जोगवा

जोगवा

राजन गवस

हिन्दी अनुवाद

गोरख थोरात

वाणी प्रकाशन ग्रुप

भारतीय ज्ञानपीठ

वाणी प्रकाशन : भारतीय ज्ञानपीठ की पुस्तकों के एकमात्र प्रकाशक एवं वितरक

लोकोदय ग्रन्थमाला : ग्रन्थांक 1436

सजिल्द पहला संस्करण : 2020
सजिल्द दूसरा संस्करण : 2025

वाणी प्रकाशन : भारतीय ज्ञानपीठ की पुस्तकों के एकमात्र प्रकाशक एवं वितरक

वाणी प्रकाशन

4695, 21-ए, दरियागंज, नयी दिल्ली-110 002
दूरभाष : 011-23273167, 23275710
ईमेल : sales@vaniprakashan.in
www.vaniprakashan.com

ISBN : 978-93-7112-950-3

मूल्य : ₹ 495

जोगवा

(उपन्यास)

प्रो. राजन गवस

JOGAVA
(Novel)
by Prof. Rajan Gavas

मुद्रक : आर. टेक ऑफ़सेट प्रिंटर्स, दिल्ली-110 032

तायाप्पा —

बचपन में तुम्हारा पल्लू पकड़कर
घर-घर तुम्हारे साथ घूमता था —
उस वक्त यह सवाल सालता था
कि 'आदमी' होकर भी
तुम्हारी देह पर 'साड़ी' क्यों...
लेकिन आज दीख पड़ते हैं
तुम्हारे पल्लू की आड़ की
सिसकियों में छिपे वल्मीक।
इसलिए यह सब तुम्हें
और
तुम जैसे अनगिनत को...

अनुवाद के बहाने...

एक अनुवादक के रूप में 'जोगवा' मेरी चौथी कृति है। इससे पूर्व 'हिंदू-जीने का समृद्ध कबाड़?', 'देखणी' तथा 'बालगंधर्व' जैसी रचनाओं का अनुवाद कर चुका था और धीरे-धीरे मुझे यह पता चल गया था कि शायद अनुवाद ही मेरा प्रिय कर्म है। हालांकि इसकी शुरुआत उम्र के पैंतालीस साल गुजर जाने के बाद हुई, फिर भी पहली रचना से ही मुझे काफी प्रशंसा मिली। परिणामत: चुनौती भरी रचनाएँ, अनुवाद के लिए मेरे पास आने लगीं। यह रचना भी इसी की एक कड़ी है।

दरअसल यह उपन्यास 'भंडारभोग' शीर्षक से मराठी में बहुचर्चित रहा है। मराठी में इस पर 'जोगवा' नाम से फिल्म भी बन चुकी है और वह भी अत्यधिक चर्चित रही है। इस फिल्म को राष्ट्रपति द्वारा अलंकृत भी किया जा चुका है। यह एक विलक्षण रचना है, जिसका कथ्य बहुत ही जबरदस्त है। इसका विषय अंधविश्वास से संबद्ध है, जो महाराष्ट्र, कर्नाटक, तेलंगाना और आंध्र प्रदेश के ग्रामीण हिस्सों में कई लोगों की जिन्दगियाँ तबाह कर चुका है। उपन्यास सचमुच हमें अपने इन्सान होने पर शर्मिंदगी का अहसास कराता है।

उपन्यास का अनुवाद आसान की श्रेणी के आसपास भी नहीं जाता। कथ्य के साथ शैली की जटिलता इसकी अनन्य विशेषता है। साथ ही इसमें जो व्यापक परिवेश है, वह दूर-दूर तक हिंदी माहौल के साथ मेल नहीं खाता। एक तरह से यह एक आँचलिक रचना है। ये आँचलिक रचना है तो मराठी में, परंतु मराठी भाषियों के लिए भी वह आसानी से हजम होनेवाली नहीं है। क्योंकि इसमें कन्नड़ तथा तेलुगू शब्दों की भरमार है, जो बड़ी मशक्कत के बाद समझ में आते हैं। आम तौर पर उपन्यास में लेखक का निवेदन मानक भाषा में होता है, परंतु यहाँ वो बात भी नहीं है। मूल रचना पूरी की पूरी आँचलिक भाषा में है। चाहे संवाद हो या निवेदन, पूरी रचना अनुवादक से कड़ा परिश्रम करवाती है। ऐसे में मुहावरे और कहावतें पता नहीं अनुवादक से किस जनम की दुश्मनी का

बदला लेते हैं। एक-एक शब्द से जूझते समय उस टिप्पणी का अर्थ मेरी समझ में आया जो अनुवाद के लिए रचना सौंपते वक्त लेखक ने की थी। उन्होंने कहा था, ''जो व्यक्ति भालचंद्र नेमाड़े के 'हिंदू' जैसे उपन्यास का अनुवाद कर सकता है, यह उपन्यास भी शायद उसी के बूते की बात है।'' लेकिन मैंने अनुभव किया कि अनुवाद की सच्ची खुशी भी ऐसी ही रचनाओं के अनुवाद से मिलती है। अनुवाद पूरा होने के उपरांत पुणे विश्वविद्यालय की प्राध्यापिका और लेखिका शशिकला राय की टिप्पणी ने भी मेरी खुशी में चार चाँद लगा दिए। उन्होंने कहा, ''मुझे यकीन नहीं हो रहा है कि 'भंडार-भोग' का हिंदी में अनुवाद हुआ है। क्योंकि मैं सोच भी नहीं सकती थी कि इसका हिंदी अनुवाद भी हो सकता है।''

उपन्यासकार श्री राजन गवस ने इस उपन्यास के अनुवाद के लिए मुझ पर विश्वास जताया और भारतीय ज्ञानपीठ द्वारा इस रचना का प्रकाशन हो रहा है। आप दोनों के प्रति मैं कृतज्ञ हूँ।

—अनुवादक

उपन्यास के बारे में...

हमारा भारत रूढ़ि-परंपराओं से आक्रान्त देश है। अमानुष प्रथाएँ बनाए रखने में, उन्हें किसी त्योहार की तरह मनाने के लिए हम भारतीय लोगों में कमाल का जोश है। यहाँ इन प्रथा-परंपराओं, रूढ़ियों की आलोचना करना भी महापाप माना जाता है। इसलिए इनका पालन यानी हमारे लिए गौरव की बात। इसी प्रवृत्ति के चलते कई प्रथाएँ आज भी हमारे भीतर रची-बसी हैं। इनमें से कई प्रथाएँ तो इन्सानियत के नाम पर कलंक हैं, जो भारतीय समाज को शर्मिंदा करती हैं। ऐसी ही एक प्रथा है यल्लम्मा और बुचरम्मा जैसी देवताओं के नाम पर पुरुषों को अर्पित करना। मनौती या किसी ओझा के कहने में आकर बचपन में या जवानी में किसी पुरुष को इन देवताओं को समर्पित किया जाता है। फिर जिंदगी भर ये पुरुष साड़ी पहनकर देवता की पूजा-अर्चा में जिन्दग़ी बिताते हैं। भगवान के नाम पर 'जोगवा' माँगते हुए जीते रहते हैं। इन पुरुषों को जोगता या हिजड़ा भी कहा जाता है। देवता के नाम पर चढ़ाए गए ये पुरुष धार्मिक व्यवस्था के दबाव के चलते धीरे-धीरे नपुंसक बनते जाते हैं। उनके हावभाव, भाषा, व्यवहार सब कुछ किसी स्त्री की तरह होने लगते हैं। उनका पौरुष खत्म हो जाता है और पूरी जिन्दग़ी दोजख़ बन जाती है।

वैसे भगवान के नाम पर लड़कियों को अर्पित करने की प्रथा महाराष्ट्र में बड़े पैमाने पर विद्यमान थी। भगवान के नाम पर अर्पित की गयी ये स्त्रियाँ जोगवा माँगकर या देह-व्यापार करके अपना पेट पालती हैं। उनकी जिन्दग़ी भी भीषण होती है। लेकिन उनसे भी अधिक भीषण जिन्दग़ी जोगते या हिज़डों की होती है। उनका स्पर्श भी अन्य लोगों को मंजूर नहीं होता। इसलिए अधिकांश जोगते नशेड़ी बनकर अपनी तार-तार हुई जिन्दग़ी जीते रहते हैं। उनका न मतदाता सूची में नाम होता है और न ही जनगणना में हिसाब। उनकी जिन्दग़ी कुत्ते-बिल्ली या रेंगनेवाले कीड़ों से भी बदतर हो जाती है। बाद में इन जोगतों या हिजड़ों का जीवन अनेक प्रथा-परंपराओं से ग्रसित हो जाता है। ये समाज उन्हें देह-व्यापार के लिए भी बाध्य करता है। जोगता या हिजड़ा मर जाए तो

उसे दफ़नाने के लिए जगह भी नहीं मिलती। इस तरह इस उपन्यास में सभी तरह से पशु भी बदतर जिन्दग़ी जीनेवालों की दुनिया चित्रित हुई है। इस भीषण समस्या पर गहराई से कटाक्ष करनेवाली यह एकमात्र कलाकृति है।

—लेखक

जोगवा

1.

धुंधलका छाने लगा था। कल्लव्वा ने दो मुट्ठी चावल पल्लू में बाँध लिए, हाथ में दो अगरबत्तियाँ लीं और मटके से दस पैसे का सिक्का ढूँढकर टेंट में फँसाया। आक्कव्वा अभी तक घर नहीं पहुँची थी। उसके आने से पहले घर से बाहर निकलना मुश्किल था। कल्लव्वा वैसे ही चौखट पर आकर खड़ी हो गयी। गली में बच्चे हुड़दंग मचा रहे थे। इस हुड़दंग के चलते किसी की कोई बात सुनाई नहीं पड़ रही थी। खेत से लौट रहे लोग गली में निढ़ाल-से आ-जा रहे थे। कल्लव्वा घड़ी भर सुन्न-सी चौखट के सहारे खड़ी रही। दूर तक निहारा, पर आक्कव्वा नजर नहीं आई। फिर उसने गली में खेल रहे बबनिया को आवाज़ देकर बुलाया और उसे दहलीज़ पर बैठने के लिए कहते हुए बोली—

"यहीं बैठे रहो और माँ घर आने से पहले कहीं जाना नहीं, समझे? मैं ज़रा होकर आती हूँ...।"

बबनिया उसे ताकता ही रह गया। उसे खेलना था, इसलिए रूआँसा हो गया। कल्लव्वा दहलीज़ से निकल पड़ी। बबनिया गुस्से में नथुने फूलाए उसे ताकता रहा। पर वह तेजी से ओझल हो गयी। उसने बिना पीछे मुड़कर देखे एक-एक गली पीछे धकेलना शुरू की। उसका दिमाग़ किसी बात से भन्नाया हुआ था। हर कदम के साथ एक-एक विचार उसके दिमाग़ में भरभराने लगा। उसका मन भरे हुए खत्ते जैसा हो गया। मुल्ला की दुकान के पास आते ही वह रुकी, मानो कुछ याद आया हो। जरा-सी ठिठकी। दुकान में कासीमभाई किसी हिसाब-किताब में मशगूल था। उसने थोड़ी देर रुककर साँस ली और सड़क से ही कासीम को पुकारा—

"अरे, तुम्हारे पास तनिक कपूर मिलेगा?" वह दुकान में आई। लेकिन काफ़ी देर तक कासीम को उसकी तरफ़देखने की फुरसत ही नहीं हुई। वह जल-भुनकर खड़ी रही। कासीम का काम ख़त्म हुआ और उसने मैले कपड़े से हाथ पोंछते हुए पूछा—

"कितने का दूँ कपूर?"

"दस पैसे का।"

"दस पैसे का? उसमें कितना दूँगा!" उसकी त्योरियाँ चढ़ी, फिर भी कपूर की

चार बड़ियाँ कागज़ में लपेटकर उसने पुड़िया उसके हाथ में थमायी। 'पैसे बाद में बच्चे के हाथों भिजवाती हूँ' कहकर कल्लव्वा दुकान से बाहर चल पड़ी। कासीम ठगा-सा उसकी तरफ़ देखता ही रह गया। क्या हो रहा है, उसकी कुछ भी समझ में नहीं आ रहा था। कल्लव्वा आँखों से ओझल होने तक वह उसी तरफ़देखता रहा। अब कल्लव्वा के पैरों में मानो चकरी बँध गयी थी। वह रेगड़े की गली पार कर घोरपड़े की झुग्गी के पास आई। उसके पैर ज़मीन पर पड़ ही नहीं रहे थे। तानू बढ़यारिन के दरवाज़े पर आकर उसकी रफ़्तार धीमी हुई। लेकिन गली में अंधेरा ऐसा घना था कि पास खड़े आदमी की शक्ल भी दिखाई न दे। सड़क की बत्तियाँ भी गुल थीं। घर की नाटी-सी ड्योढ़ी से वह भीतर गयी। भीतर कमरे में काफ़ी औरतें बैठी थीं। तानू बढ़यारिन पीढ़े के सामने दीवार से पीठ सटाए बैठी थी। कल्लव्वा को देखते ही वहाँ बैठी कुछ औरतों में कानाफूसी शुरू हुई। तानू बढ़यारिन ने भी उसे अनदेखा किया। तभी शिंदे की बाजयाबाई उसके लिए जगह बनाती हुई बोली—

"चाचीऽऽ, इधर आ जाओ।" कल्लव्वा चुपचाप उसकी तरफ़ बड़ी और वहीं बैठ गयी। उसके हाथों की चूड़ियाँ खनक उठीं। उसके दिमाग़ में विचारों का कोलाहल थम गया। वह नज़रें गड़ाये तानू बढ़यारिन की तरफ़देखने लगी। तानू चाची सामने बैठी एक-एक औरत से आँय-बाँय बोल रही थी। उसकी आवाज कभी अचानक बिल्कुल गुस्साये जैसी तेज़ हो जाती। सामने बैठी औरतें भी चौंक जातीं। तभी तानू चाची की बहू बीच की दहलीज़ पर आई। उसने हाथ से इशारा किया और तानू चाची सबकुछ छोड़कर भीतर चली गयी। सारी औरतें एक दूसरी का मुँह ताकने लगीं। फिर काफ़ी देर बाद अपने में ही खोई जनाक्का इधर-उधर देखती हुई कल्लव्वा की तरफ़खिसकी—

"क्यों री, बच्चा कैसा है अब तेरा?" उसने धीमी आवाज़ में पूछा।

"जैसा था वैसा ही है।"

"अस्पताल में दिखाया था न?" कसाले की गंगव्वा ने बीच में मुँह खोला।

"हाँ, दिखाया तो था, पर कोई फ़ायदा नहीं हुआ..."

"अरी बहना, अस्पताल की दवा-दारू से कुछ नहीं होगा...पहले ही किसी ओझा या भगत को दिखाना चाहिए था...।" जनाक्का नाईन बात को आगे बढ़ाती हुई बोली।

"दिखाया था बहन, तंगव्वा को भी दिखाया था। जो-जो कहा सब किया, पर आराम कहाँ? देखें अब ये देवीजी क्या कहती हैं...।" उसने पैर सीधे करते हुए बदन तोड़ा और बेसब्री से चौखट की तरफ़ नज़रें गड़ाये तानू बढ़यारिन के बाहर आने की प्रतीक्षा करने लगी। कौन क्या कह रहा है, उसकी कुछ भी समझ में नहीं आ रहा था।

तानू बढ़यारिन बाहर आई और सभी ने राहत की साँस ली। अचानक सभी की बातें रुक गयीं। तानू अदब से पीढ़े के पास आ बैठी। फिर उसने पास बैठी घेवड़े की

हौसा को इशारे से पूछा और हौसा टूटे मेड़-सी भड़भड़ाकर बोलने लगी। बाक़ी औरतें सुनते-सुनते सहम गयीं। तानू बढ़यारिन ने पीढ़े पर चुटकी भर चावल उठाकर भगवान से कौल[1] माँगा। उसके माथे पर सलवटें उभरीं, मानो किसी पेंच में फँसी हो। सामने बैठी हौसा रूआँसी हुई। यह सोचकर बेचारी अधमरी-सी हो गयी कि पता नहीं अब तानू क्या बताएगी! तभी नाई की जनाक्का आगे खिसकती हुई बोली-

"मामला बहुत पेचीदा लगता है बहन...।" तानू बढ़यारिन मानो इसी प्रतीक्षा में थी। उसका मुँह रेल के इंजन की तरह खुल गया। कल्लव्वा लुटी-सी सुनती ही रह गयी।

...कल्लव्वा की बारी आते-आते भोजन का समय हो गया। अब बरामदे में केवल नाई की जनाक्का, कल्लव्वा और तानू बढ़यारिन-इतनी ही औरतें बची थीं। कल्लव्वा ने आगे बढ़कर अपने साथ लाया सामान बढ़यारिन के सामने रखा और ठोड़ी से पल्लू लगाये बैठी रही। थकावट के कारण तानू का बदन कसमसा रहा था। इस औरत का काम निपट जाने पर दरबार समेटने का मनसूबा बाँधकर उसने चुटकी भर चावल हथेली में लेकर पीढ़े पर डाले। कल्लव्वा आँखें फाड़े देखने लगी। जनाक्का नाईन भी साँस रोके देख रही थी। लेकिन पहला ही कौल बिगड़ गया। तानू बढ़यारिन ने दुबारा चुटकी भर चावल पीढ़े पर डाले। फिर वही। पाँचों कौल उलट गए...!

"मामला ज़रा पेचीदा लग रहा है रीऽऽ... लगता नहीं इससे जल्दी उबर पायेगा बच्चा...।" तानू बढ़यारिन बोल गयी और कल्लव्वा का सब्र का बाँध टूट गया। तानू बढ़यारिन उसे समझाते-समझाते ढाढ़स बँधाती हुई बोली-

"सच कहूँ कल्लव्वा, ये पहेली मेरे भी पल्ले नहीं पड़ रही है। इस मंगल को हम इंचनाल चलेंगे। वहीं ठीक-ठीक पता चलेगा...।" कल्लव्वा का दिल बैठ गया। उसकी आँखों से झड़ी लग गयी। तभी जना नाईन उसे समझाने लगी, "अरी पगला गयी हो क्याऽऽ... अभी से आस छोड़ दोगी तो कैसे चलेगा? अब इसकी पकड़ में नहीं आ रहा है, तो ठीक है, चलेंगे हम इंचनाल!"

जना नाईन और कल्लव्वा, दोनों तानू बढ़यारिन के घर से बाहर निकलीं। गली में घना अंधेरा छा गया था...बिल्कुल पंढरपुर के बुक्के[1] जैसा।

घर के सामने पूरी गली इकट्ठा हुई थी। कोने-कोने से गाँव का एक-एक आदमी आ रहा था। क्या हुआ है, भीड़ में किसी की समझ में नहीं आ रहा था। हर कोई भीड़ में आगे-आगे बढ़ता जा रहा था। पूरे घर में औरतों का जमघट। किसी को किसी की बात सुनाई नहीं पड़ रही थी। पूरा कोलाहल मचा हुआ था। आक्कव्वा का धैर्य चुक गया था। उसने अपना सिर पीटना शुरू किया। कल्लव्वा धीरज के साथ तायाप्पा के

---

1. देवता की मूर्ति पर फूल आदि चढ़ाकर शगुन बिचारना।

सिरहाने बैठी थी। कसाले की गंगव्वा चम्मच से थोड़ा-थोड़ा पानी उसके मुँह में डाल रही थी। लेकिन उसके दाँत बैठ गये थे। गले से घर्रऽऽ घर्रऽऽ की आवाज़ें आने लगी थीं। औरतें उचक-उचककर देख रही थीं। तायाप्पा के सिरहाने रखी ढिबरी बीच-बीच में फड़फड़ा रही थी। भीड़ इतनी कि भीतर घुसने की जगह ही नहीं थी। तभी खड़के का बुढ़ऊ मल्लू सभी को पीछे ठेलता हुआ घर में घुसा और जोर से चीखा—

"अरे क्या तमाशबीन की तरह घेरकर खड़ी हो! बच्चे को तनिक हवा तो लगने दो...।" उसकी घुड़की सुनकर तायाप्पा के इर्दगिर्द भीड़ बनकर खड़ी औरतें ज़रा-सी आगे-पीछे हुईं। कुछ औरतें ढीठ-सी वहीं खड़ी रहीं। खड़किया के बुढ़ऊ ने हाथ से उन्हें पीछे ठेलते हुए राह बनाई और आगे आया। सारी औरतें दीवार की तरफ़ खिसकीं। माहौल तनिक खुल गया। मल्लू बुढ़ऊ तायाप्पा के बिस्तर के पास आया। तायाप्पा के गले से आनेवाली आवाज़ें अब बढ़ गयी थीं। आँखों की पुतलियाँ गरगर घूमने लगी थीं। दाईं पलकें ऊपर-नीचे हो रही थीं। बूढ़े ने अपने साफ़े से हवा करने की कोशिश की। पलकों पर उंगलियाँ रखकर पलकें बंद करने की कोशिश कीं, पर पलकें बंद होने के लिये तैयार नहीं थीं। बुढ़ऊ ने कातर स्वर में गंगव्वा से पूछा, "पानी गले से नीचे उतर तो रहा है न?" उसने हामी भरी। बुढ़ऊ अचानक उठकर खड़ा हो गया।

"अरे, बसप्पा कहाँ है?" बुढ़ऊ ने बरामदे में आकर पूछा। लेकिन किसी ने कोई जवाब नहीं दिया। उसने जोर से दुबारा बसप्पा को पुकारा। तभी संगाप्पा सामने आता हुआ बोला—

"वह ऊसर की तरफ़गया है... शिंदे डॉक्टर के पास।"

"अरेऽ, तो इस तरह तू हाथ पर हाथ धरे क्यों बैठा है? किसी को साथ ले जा और किसी की बैलगाड़ी जोतकर ले आ।" खड़किया के बुढ़ऊ ने संगाप्पा को लगभग धकेलकर ही बाहर खदेड़ा और पास ही खड़े जकाते के काशाप्पा की कलाई पकड़ते हुए बोला—

"जाओ भैयाऽऽ, किसी की बैलगाड़ी जोतकर ले आओ। बच्चे को अस्पताल ले जाना पड़ेगा...।"

दरवाज़े से दोनों ओझल हो गये। वहाँ मौजूद हर आदमी एक अजीब-सी बेचैनी महसूस कर रहा था। बबनिया दरवाज़े पर खड़े लोगों की तरफ़ काफ़ी देर से देख रहा था। अचानक वह भीतर दौड़ा और आक्कव्वा के पास आकर रोने लगा।

संगाप्पा और काशाप्पा गली लाँघकर माने के दरवाज़े पर आये। किसके घर जाएँ; उनकी समझ में नहीं आ रहा था।

"किसके घर जायेंगे?" काशाप्पा ने पूछा और संगाप्पा के कदम उसी पल

---

1. वारकरी संप्रदाय के आराध्य विठ्ठल की पूजा में काम आनेवाला काले रंग का गुलाल जैसा पदार्थ।

ठिठक गये। उसने मन ही मन सभी घरों का जायज़ा लिया और कुछ सोचकर आगे बढ़ गया— "चलो।"

गली में बिजली के खंभों के पास उजाला फैला था। बाक़ी सारी गली अंधेरे में डूबी हुई थी। उनकी आहट से सुस्ता रहे कुत्ते जाग गए और भौंकने लगे। फिर एक-एक कर गाँव के सारे कुत्तों का भौंकना शुरू हुआ। संगाप्पा और काशाप्पा हानमा शिंदे की ड्योढ़ी पर आकर खड़े हो गये। गली में खुलनेवाला उसके घर का दरवाज़ा बंद था। संगाप्पा ने हौले-से दरवाज़े की दरार से भीतर झाँककर देखा। बीच के कमरे में उजाला दिख रहा था। उसने दरवाज़ा खटखटाते हुए जोर से आवाज़ दी, "हानमू तातियाऽऽ, अरे ओ हानमू तातियाऽऽ...।" भीतर से कोई प्रतिक्रिया नहीं हुई। अब काशाप्पा ने संगाप्पा से भी बुलंद आवाज़ में पुकारा। दोनों वैसे ही खड़े रहे। भीतर से कोई आवाज़ें नहीं आ रही थीं। दुबारा दरार से झाँककर देखा तो बरामदे का दिया भी बुझ चुका था। काशाप्पा ने संगाप्पा की तरफ़देखते हुए दरवाज़े पर प्रहार किया और बोला—

"लगता है, हमें आया देखकर दिया भी बुझा दिया...।" संगाप्पा दरवाज़े की तरफ़ देखे जा रहा था। उसने दुबारा आवाज़ दी। अब भीतर से एक औरत की आवाज आई, "कौन है?"

"मैं हूँ, संगाप्पा पवार... हानमू तातिया है घर में ऽऽ?"

"नहीं हैंऽऽ, वो गाँव गये हैं।" हानमा की घरवाली दरवाज़े के पास आकर बोलने लगी, लेकिन उसने साँकल नहीं खोली। संगाप्पा लुटा-सा पलटा। काशाप्पा पीछे-पीछे आता हुआ बोला, "माँ का जना, अभी शाम को हम दोनों साथ-साथ आये थे और अब ये गाँव चला गया!"

"यही तो समझ में नहीं आ रहा...।"

"अरे, काहे का गाँव चला गया! घर में ही है। हमसे पीछा छुड़ाने के लिये झूठ बोल रही है उसकी घरवाली! अब किसके पास जायेंगेऽऽ?"

"गनपा पत्रावले से कहें गाड़ी जोतने को...? चलो..।" और संगाप्पा ने डग भरना शुरू किया। मुहल्ले का एक भी दरवाज़ा खुला नहीं था। एक भी आदमी जाग नहीं रहा था। पूरी गली में बस दोनों के ही कदमों की आवाजें सुनाई दे रही थीं। दोनों ने कोरिया के घर के पास से मुड़कर पत्रावले की गली में कदम रखा। लेकिन तभी तुकिया पत्रावले का कुत्ता झल्लाकर उनकी तरफ़ लपका। काशाप्पा डर के मारे पीछे हट गया। संगाप्पा ने बड़ी होशियारी से पत्थर उठाया और कुत्ते के पुट्ठे पर दे मारा। कुत्ता कुईऽऽ कुईऽऽ करता हुआ भाग गया। दोनों गनपा पत्रावले के दरवाज़े पर आए। काशाप्पा ने सावधानी से दरवाज़े की दरार से झाँककर भीतर देखा। घना अंधेरा! फिर भी संगाप्पा ने उसे पुकारा। पहली ही पुकार में गनपा पत्रावले जाग गया। संगाप्पा की जान में जान आई। गनपा ने दरवाज़ा खोला। वह केवल लंगोट पहने था। संगाप्पा को

अपनी दहलीज़ पर देख उसे अचंभा हुआ—

"क्या बात है भईऽऽ, इतनी रात गए... ?"

"अरे बच्चा बेहाल है, हिंग्लज ले जाना होगा। तुम्हे गाड़ी जोतने के लिए बिनती करने आये हैं...।" संगाप्पा ने यथासंभव दीन आवाज़ में कहा। पत्रावले पल भर चुप रहा। बाद में झटके से भीतर मुड़ते हुए बोला, "आप लोग आगे चलो, मैं गाड़ी जोतकर अभी आता हूँ।" अचानक संगाप्पा की आँखें भर आईं। खुद को सँभालते हुए बिना कुछ बोले ही वह मुड़ गया। उसके साथ मुड़ते-मुड़ते काशाप्पा बोला—

"जल्दी आना भाईऽ, देर मत करना...।" और वह भी संगाप्पा के पीछे हो लिया...

...दरवाज़े पर अभी भी लोगों की भीड़ उमड़ी थी। औरतें मुँह से पल्लू लगाए बाहर के बरामदे में बैठी थीं। बड़का शिंदे डॉक्टर को ले आया था। शिंदे डॉक्टर तायाप्पा को जाँचकर कोई इंजेक्शन लगा रहा था। संगाप्पा को देखते ही खड़ा किया का बुढ़ऊ जी उठने जैसा कुलबुलाया—

"क्या हुआ... ? मिली गाड़ी... ?"

"हाँ, मिल गयी" और संगाप्पा भीतर गया।

"गाड़ी किसलिए?" घुटनों से गर्दन ऊपर उठाते हुए बड़के ने पूछा।

"किसलिए? ये क्या पूछ रहे हो पगले... इस हालत में बच्चे को यहाँ रखेंगे? सीधे हिंग्लज ले जाओऽऽ।" बोलते-बोलते मल्लू बुढ़ऊ हाँफने लगा। बड़के ने शिंदे डॉक्टर की तरफ़देखा। शिंदे डॉक्टर भी सोच में पड़ गया। कुछ देर वह इंजेक्शन की शिशि को हथेली पर घुमाता रहा। ज़रा देर बाद उसके दिमाग़ में कुछ आया और अपना बैग़ समेटते हुए वह बोला—

"मेरे हिसाब से इसे हिंग्लज ले जाना ही ठीक होगा। मैं पर्ची देता हूँ, आप लोग अभी चले जाइए...।" बड़के ने केवल गर्दन हिलाई। आसपास खड़ी औरतें एक दूसरे का मुँह ताकने लगीं। शिंदे डॉक्टर ने अपने बैग़ से कागज़ का बंडल निकाला। जेब से पेन लिया। तभी येरयुंडिया की सुंदरा डॉक्टर के पास आती हुई बोली—

"क्यों रे म्हादियाऽऽ, बच्चे को क्या हुआ होगा?"

शिंदे डॉक्टर हाथ में पेन लिये वैसा ही बैठा था। वह यों ही बोला, "ये सब बुखार के कारण हुआ है। चिंता की कोई बात नहीं है।"

"ऐसा कैसा बुखार... अजीबोगरीब ही दिख रहा है बाबाऽऽ।"

"इसमें क्या कर सकता हूँ?" शिंदे डॉक्टर पर्ची लिखने लगा। बड़के ने कमीज पहनी और मांगलिया के शंकर को अलग बुलाकर उसके कानों में कुछ बुदबुदाया और दुबारा भीतर चला गया। शिंदे डॉक्टर हाथ में पर्ची देता हुआ बोला, "गुणिया के अस्पताल में जाना। ये पर्ची उन्हें दिखाना। डॉक्टर को जगाकर लाने के लिए कहना।"

बड़के ने गर्दन हिलाते हुए सब सुन लिया। तभी गली में पत्रावले के गनपा की गाड़ी की आवाज़ आई। संगाप्पा जल्दी-जल्दी गाड़ी के पास गया। गनपा पत्रावले बैल की रास को खींचता हुआ चिल्लाया—

"अरेऽऽ, ज़रा फूस लाकर बिछाओ गाड़ी में...।" संगाप्पा गाड़ी से पीछे मुड़ा। तभी गली में खड़ा कोई आदमी बुदबुदाया, "माँ का जना, आते-आते चंगुल भर फूस डालकर नहीं ला सकता था गाड़ी में?"

"अरे भईऽऽ, जल्दबाज़ी में नहीं सूझता आदमी कोऽऽ।" दूसरे ने मुँह खोला और बात बढ़ती ही चली गयी।

संगाप्पा ने गाड़ी में फूस फैलाई। उस पर टाट का बोरा फैलाकर ऊपर गुदड़ी बिछाई। फिर वह दो-तीन जनों को लेकर भीतर गया।

"चलोऽऽ, अब बाहर निकालेंगे...।" उसने तीनों को अपने साथ लिया। कल्लव्वा जगह छोड़कर अलग हो गयी। तीनों ने मिलकर तायाप्पा को बगल से पकड़कर आहिस्ता से उठाया और बाहर ले आये। तायाप्पा की केवल हड्डियाँ रह गयी थीं। उसे गाड़ी में लाकर सुलाया गया। बड़का गाड़ी पर सवार हुआ, उसके पीछे-पीछे कल्लव्वा भी। मांगलिया का शंकरिया गाड़ी के इर्दगिर्द मँड़राने लगा, तभी खड़किया का बुढ़ऊ चिल्लाया—

"अरे चढ़ जा पट्ठे...।"

शंकरिया बिजली की फुर्ती से गाड़ी पर सवार हुआ। सारी औरतें यों ही कानाफूसी करने लगीं। गाड़ी की तरफ़ देखते ही आक्कव्वा का दिल भर आया। उसने अपना पल्लू मुँह में ठूँस लिया। पत्रावले के गनपा ने बैलों को 'दाऽऽ' इशारा किया और बैल चल पड़े। औरतें बड़के को कुछ-कुछ समझा रही थीं। गाड़ी धीरे-धीरे गली से अंधेरे में विलीन हो गयी। गली की औरतें भी एक-एक कर चली गयीं। लेकिन आक्कव्वा ठूँठ पत्थर-सी अकेली खड़ी रही। अपने घर की तरफ़ जा रही गंगव्वा बीच रास्ते से लौट आई और आक्कव्वा का हाथ पकड़कर बोली—

"चलो बहनऽऽ, यों खड़े रहने से क्या लाभ...!" आक्कव्वा गंगव्वा के साथ दहलीज़ के भीतर आई। बच्चे कमरे में जहाँ जगह मिले, सो गए थे।

"बच्चों को जगाकर खाना परोस देंगे। चूल्हा सुलगाओ।" आक्कव्वा बिना कुछ बोले पिछले कमरे में आई। चूल्हे से राख निकालकर उसने अंगार का जायज़ा लिया। घास-फूस और डंठल डालकर चूल्हा सिलगाया। तरकारी का बर्तन छोटे चूल्हे भान चूल्हे पर रखा। चूल्हे पर तवा रखते-रखते उसने कठौती खींची। मटके से आटा निकालकर कठौती में डालते-डालते उसने चँगेरी पर नज़रें फेरीं। तीन-चार बासी रोटियाँ दिख रही थीं।

"और किसलिए बनाऊँ रोटियाँ?" वह मन ही मन बुदबुदाई। फिर भी उसने

कठौती में दो रोटियों का आटा निकाल लिया। गंगव्वा चुपचाप चूल्हे की आग की तरफ़ देख रही थी। रोटी के लिए गर्म पानी मिले इसलिए उसने तीन-चार कटोरे पानी तवे पर डाला। चर्रऽऽर की आवाज़ें हुईं। आक्कव्वा के रोंगटे खड़े हो गये। कठौती के आटे में हाथ डालती हुई वह यों ही बोली—

"इन्हें पहुँचने में बारह बज जाएँगे, नहीं... ?"

"नहीं रीऽऽ, घंटे-दो घंटे में पहुँच जाएँगे।"

"जल्दी पहुँच जाए तो अच्छा।"

"पहुँच जायेंगे रीऽऽ, तू चिंता मत कर।"

"लेकिन क्यों री गंगव्वा... ऐसा क्या हुआ होगा... ?" आक्कव्वा चिंतित होकर बुदबुदाई।

"सच कहूँ तो मैं भी कुछ समझ नहीं पा रही हूँ। अच्छा, कोई बीमारी कहें, तो क्या डॉक्टर को पता नहीं चलता! पर वो भी नहीं। मुझे तो कुछ और ही आसार लग रहे हैं...।"

"फिर क्या हो सकता है रीऽऽ?" आक्कव्वा की जिज्ञासा बढ़ी।

"भगवान की मनौती का कुछ भूल हो गयी होगी, या फिर किसी का टोना-टोटका!"

"हूँऽऽ, ऐसा ही होगा। पिछले हफ़्ते मेरी जेठानी भगतिन के पास भी हो आई...पर वहाँ भी कुछ पता नहीं चला...।"

"फिर तो पक्का टोना ही है। वरना बिरवा जैसा बच्चा बिस्तर से कैसे लगता?" गंगव्वा अपना हाथ ठोड़ी पर रखती हुई बोली। आक्कव्वा के दिमाग़ में चींटियाँ बिलबिलाने लगीं। किसने किया होगा? उसने बिरादरी के सभी लोगों को याद किया। रिश्तेदारों के नाम भी याद किये। लेकिन उसका दिल मानने को तैयार नहीं हुआ कि कोई ऐसा कर सकता है। आटा गूँधते-गूँधते वह बोली, "पर ऐसा कौन करेगा री? सभी तो अच्छे-से बोलते-बतियाते हैं।"

"अरी बहना, अच्छा बोलने-बतियानेवाले ही धोखा करते हैं! अब उस नवलाप्पा की तंगव्वा को ही देखो न। सभी कैसी मीठी-मीठी बातें करते थे। सुख-दुख में मिलने आते थे। लेकिन उस चचेरे हरामी ने कर ही दिया न? और यहाँ-वहाँ से नहीं... सुना है सतारा से करवाया था उसने टोना...।"

गंगव्वा बोलती ही रही। रोटियाँ बनाते-बनाते आक्कव्वा के हाथ रुक गये। सहसा उसका चेहरा पसीने से तरबतर हो गया।

"हूँऽऽ ज़रूर ऊपर की तरफ़ रहनेवाले उस हरामी का काम होगा। बस वही एक अंदर से काला है...।" आक्कव्वा की आँखों में आग उतर आई।

"वही होगा रीऽऽ। सीधे आदमी का कहाँ निबाह होता है?" गंगव्वा ने सुलगते

चैले को चूल्हे में धकेगा। आक्कव्वा मन ही मन तवे जैसी फूलती गयी...।

...तायाप्पा को अस्पताल से घर लाए हफ़्ते भर से ऊपर हो गया था। तबीयत में थोड़ा-बहुत सुधार ज़रूर हुआ था, लेकिन बहुत मामूली। मिलने आनेवाले नाते-रिश्तेदारों का घर पर ताँता लगा हुआ था। बर्तन-कटका करते-करते आक्कव्वा ऊब चुकी थी। बड़के को तो अपनी जान ही भारी लग रही थी। बच्चे की बीमारी ने सभी को निचोड़ डाला था। लेकिन कल्लव्वा मन ही मन इंचनाल की शेवंता मौसी के पैरों पड़ रही थी और बेसब्री से मंगलवार का प्रतीक्षा कर रही थी। वह उसी के जुगाड़ में लगी थी। तीन-चार दिन पहले ही उसने तानू बढ़यारिन से बात की थी। फिर एक बार उसे याद दिलाने के लिये वह घोरपड़े की गली से ऊपर चढ़कर नायक की गली में पहुँची। पूरी गली मरे हुए साँप जैसी निचेष्ट पड़ी थी। कल्लव्वा अपनी ही धुन में घोरपड़े के घर का चक्कर लगाती हुई बढ़ई के घर के पास आई। गली में उसने दूर तक नज़रें फेरीं। कहीं कोई आहट नहीं थी। वह तानू की दहलीज़ पर आई। देखा, तानू भीतर की दहलीज़ पर बैठी हुई है।

"इतनी धूप में कहाँ भटक रही है रीऽऽ?" बढ़यारिन ने दहलीज़ से उठते हुए पूछा।

"तुम्हारे पास ही आई हूँ। सोचा किसी बहाने आ जाऊँ।"

"तबीयत कैसी है बच्चे की अबऽऽ?"

"और कैसी होगी? लेकिन तुम और शेवंता दीदी मेरे साथ हैं तो...।"

कल्लव्वा की आवाज़ भर्राई हुई थी। वैसे ही खुद को सँभालती हुई वह भीतर के कमरे में जाकर तानू बढ़यारिन के पास बैठ गयी।

"सब ठीक हो जाएगा री...बस जो कहा गया है, वो कर। चिंता की कोई बात नहीं।"

मैं कहाँ मना कर रही हूँ। वो मैया जो कहेगी, सब करेंगे। जब ओखली में सिर दे दिया है, तो मूसल से क्या डरना?"

"वो बात नहीं रीऽऽ, पर इन्सान का क्या भरोसा? काम निकल जाने पर बदल जाते हैं। पिछला सब भूल जाते हैं।"

"मैं उनमें से नहीं हूँ बहना..।" कल्लव्वा ने पैर सीधे किये। वह नज़रें गड़ाए तानू बढ़यारिन का पूजाघर देखने लगी। देवी माँ के लिये लकड़ी का सिंहासन बनाया गया था। उसके आसपास मोरपंख लगे हुए थे। ठीक बीच में देवी माँ का बड़ा-सा टाँक[1] रखा हुआ था। बगल की परड़ी[2] में छोटी-छोटी कौड़ियों की माला। एक छोटी-सी परड़ी में एक-दो मुट्ठी चावल। सभी तरफ़ भंडारा[3] बिखरा हुआ था। देखते-देखते

कल्लव्वा उसमें खो गयी। तभी तानू बढ़यारिन उसे जगाती हुई बोली-

"अस्पताल में हजार रुपये तो निकल गए होंगे, क्यों?" उसकी आवाज से कल्लव्वा चेत गयी और मन ही मन सँभलती हुई बोली—

"क्या बात कर रही हो बहना... हजार रुपये तो कल ही उड़ गये। पहले के अलग। सब मिलाकर पाँच-छह हजार से ऊपर निकल गये होंगे!"

"कहाँ से लाई रीऽऽ इतने रुपये?"

"कहाँ से लाते? आंबीलकाटी की उपजाऊ ज़मीन सारी की सारी दे डाली शिंदे को। अब पथरीले धोंडल के पट्टे पर भी पैसे उठाने की सोच रहे हैं।"

"देखा बहन, पैसा भी चला गया और ऊपर से तायाप्पा की जान भी आफ़त में...।" बोलते-बोलते तानू बढ़यारिन संज़िदा हो गयी। अब कल्लव्वा को लगने लगा कि विषय आगे न बढ़े तो अच्छा। वह बिना कुछ बोले यूँ ही बैठी रही। तानू बढ़यारिन सूखी आँखों से गली में आने-जानेवालों को ताकने लगी।

"कल का याद रखना, भूलना नहीं। तड़के जल्दी निकलना है।" कल्लव्वा उठी और तानू बढ़यारिन के जवाब की प्रतीक्षा किए बिना अपनी गली में पहुँच गयी। गली में चक्की में अनाज पिसवाने आए लोगों की कतार गणू पाटील के घर तक पहुँची थी। उसे देखकर उसकी चाल और तेज़ हो गयी।

कल्लव्वा घर आई। तायाप्पा दीवार से टिका आराम से बैठा था। बाक़ी बच्चे अभी पाठशाला से लौटे नहीं थे। चूल्हे के सामने आक्कव्वा का कुछ काम चल रहा था। संगाप्पा और बड़का खेत में गये थे। कल्लव्वा ने तायाप्पा के पास जलावन की लकडियाँ रखीं और कनखियों से इधर-उधर देखकर उससे बोली—

"चाय पी तुमनेऽऽ?"

"अभी-अभी तो चढ़ायी है चूल्हे पर।" तायाप्पा अपने लकड़ी जैसे पैर पास खींचते हुए बोला।

"तुमने माँगी नहीं?" कल्लव्वा की आवाज़ बुलंद हो गयी।

"ज़रूरत नहीं थी, इसलिए नहीं माँगी।" तायाप्पा की पतली आवाज़ और पतली हो गयी। कल्लव्वा ने गुस्से से उसकी तरफ़ देखा। उसकी पतली आवाज़ सुनकर उसकी उसे जोर से डाँटने की इच्छा हुई कि जोर से बोले। लेकिन खुद को रोक लिया। फिर वह भीतर कमरे में गयी। झाड़ू से झोपड़ी का कोना-कोना बुहारने लगी।

बुहारते-बुहारते वह पत्थर की ओखली के पास आई। ओखली से कचरा निकालने के लिए उसने हाथ डाला और तीन-चार भिलावे उसके हाथ में आ गए।

---

1. धातू की चद्दर पर बना हुआ देवता या पूर्वज का ठप्पा।
2. पूजा का सामान रखने की डलिया।
3. हल्दी की बुकनी। महाराष्ट्र में खंडोबा आदि देवताओं की पूजा में इसी भंडारे का प्रयोग होता है।

''भिलावे इसमें क्यों रखे हैं रीऽऽ ?''

''कहाँ?'' आकव्वा बाहर आई। देखा तो ओखली में भिलावे।

''रखे होंगे किसी बच्चे ने...।'' आक्कव्वा दुबारा भीतर गयी।

''बच्चे क्यों रखेंगे? इसी ने रखे होंगे और भूल गयी होगी। अब बच्चों पर धकेल रही है...।'' झाड़ते-झाड़ते बड़बड़ाते हुए कल्लव्वा अगले कमरे में आई। तायाप्पा अभी भी पैर पसारकर वहीं बैठा था।

''बाहर जाकर कहीं घूम-फिरकर आना चाहिए बेटा...!''

''नहीं माँ, खड़ा भी नहीं हुआ जाता...।'' उसने हाथ से ही मना करते हुए कहा।

''धीरे-धीरे आ जाएगी ताक़त! तुम्हारे पीछे भी न जाने ये क्या झंझट लग गया ह।'' कचरा उठाकर फेंकते हुए कल्लव्वा बुदबुदाई। तायाप्पा का तनिक धीरज बँधा। उसने यूँ ही चेहरे पर हाथ फेरा।

''माँ... अभी मैं सोया था न, तभी एक सपना देखा।'' कल्लव्वा का हाथ जगह पर ही रुक गया।

''क्या सपना देखा रेऽऽ ?''

''सपने में ऐनापुर की भगतिन आई थी। उसने मेरे माथे पर भंडारा लगाया और अचानक जोर-जोर से हँसने लगी। मैं चौंका और उठकर बैठ गया।''

''लो, तब तो भगवान ही आये थे तुझसे मिलने। लेकिन भगवान हँसे क्यों?'' कल्लव्वा अचानक सोच में पड़ गयी। तायाप्पा उसके चेहरे की तरफ़ देखता ही रह गया। उसकी समझ में नहीं आ रहा था कि माँ किस सोच में डूबी है। फिर भी साहस करते हुए उसने पूछा-

''वह क्यों हँसी होगी माँऽ ?''

''कल इंचनाल जा रहे हैं न, वहीं पूछेंगे।'' कल्लव्वा अपनी जगह से हटी। एक नहीं, हजारों विचारों ने उसे जकड़ रखा था। उसी खुमारी में वह उठी और भैंसऊर की तरफ़ चली गयी।

तायाप्पा अकेला अगले कमरे में बैठा था। बैठ-बैठे उसे जकड़न महसूस हुई। उसने उठने का उपक्रम किया। लेकिन लड़खड़ाकर गिरने को हुआ। फिर पल भर वैसा ही बैठा रहा। तनिक आराम किया और फिर दोनों हाथों सहारे उठने का प्रयास किया। उठते-उठते उसकी हड्डियों से अजीब-सी आवाज़ें आईं। फिर उसने दीवार का सहारा लिया और लंबी-लंबी साँसें भरते हुए गली की तरफ़ एक-एक कदम बढ़ाना शुरू किया। जैसे-तैसे वह ड्योढ़ी तक पहुँचा, पर उसे थकावट महसूस होने लगी। धूप ढल चुकी थी और गली में छायाएँ लंबी-लंबी होने लगी थीं। धूप का घना पीलापन उसे न जाने कैसा लग रहा था। वह वहीं ड्योढ़ी पर बैठ गया...'चार कदम चलने से ये हाल...

मतलब क्या रह गया है मुझमें?' वह बुदबुदाया। उसने अपनी बाएँ हाथ की कलाई दाएँ हाथ में लेकर देखी। उसे यक़ीन नहीं हो रहा था। हथेली में न समानेवाली मोटी कलाई अब सूखे गन्ने-सी हो गयी थी। उसने दूर दिख रहे बबूल के पेड़ पर नजरें जमाईं। काफ़ी देर तक वह उसी पेड़ की तरफ़ पागल की तरह देखता रहा। कोंडकर के घर की छत पर अचानक पाँच-दस कौए चीखे और वह चेत गया। फिर उसने सामनेवाले घर की छत पर बैठे कौओं की तरफ़ नज़रें घुमाईं। कौए एक-दूसरे को नोचने में, धींगामुस्ती में डूबे हुए थे। कौओं की मस्ती देखकर उसे हँसे आई। उसी धुन में उसने ताली बजाने की कोशिश की। 'पिऽऽचऽऽ'... आवाज़ आई। उसे जाने कैसा लगा। 'मुझमें ताली बजाने तक की ताकत नहीं बची है...' उसे आश्चर्य हुआ। घड़ी भर वह अपनी सफ़ेद पड़ चुकी हथेलियों की तरफ़ देखता रहा। उसे अपने हाथ गंदे लगने लगे। अनजाने में उसने हाथ झटक दिये।

... क्या किस्मत है साली माँ की जनी! पाँच साल करघी पर हाथ रगड़े लेकिन तब भी कभी इस तरह सफ़ेद नहीं हुए। पढ़ायी के दौरान भी इतने कमजोर कभी नहीं लगे। वाकई, न जाने कौन भगवान मेरे पीछे पड़े हैं? तायाप्पा के दिमाग़ में एक-एक काँटा धँसने लगा। उसे सब अजीब लगने लगा। वह यह भी भूल गया कि वह ड्योढ़ी पर बैठा है।

किसी की आहट हुई और वह होश में आया। इधर-उधर देखा। गली के पाटनिया की किसना दादी उसे ग़ौर से निहारते हुए पूछ रही थी-

"आराम लग रहा है न रे अब?"

"हूँऽ..." उसने गर्दन नीचे झुका ली। किसना दादी जीवट से उसके पास आई और उसके दोनों गालों पर हाथ फेरती हुई बोली—

"कुछ भी नहीं बचा बिटवा तुममें तो, बस हड्डियाँ रह गयी हैं। भगवान भी... उसका जनाज़ा निकले...।" वह बड़बड़ाने लगी लेकिन तायाप्पा मन ही मन डर गया। उधर बुढ़िया भगवान को गालियाँ दे रही थी और इधर वह पानी-पानी हो रहा था। उसने बुढ़िया की तरफ़ बिना देखे मन ही मन भगवान से क्षमा माँगी। बुढ़िया उसे कुछ ज़्यादा ही ग़ौर से निहार रही थी। उसने फिर उसके सिर पर हाथ फेरते हुए पूछा, "अब खाना हज़म होता है न?" उसने गर्दन हिलाई।

"बात करने में ज़बान लड़खड़ाती है क्या रे...?" बुढ़िया मानो उसे काटने पर तुली हुई थी। बोलने के सिवा अब और कोई चारा नहीं था।

"नहीं तो दादी, बस ज़रा-सी थकावट महसूस होती है।" वह चली जाए इसलिए उसने मुँह खोला। लेकिन बड़ी घाघ निकली और गली की तरफ़ जाने के बजाय घर में घुस गयी।

उसे दुबारा वही सपना याद आया। उसने आँखें बंद कीं और याद करने का

प्रयास किया कि सपने की भगतिन बुढ़िया कहीं ऐसी ही तो नहीं थी। उसकी आँखों के सामने घने अंधेरे के गोले गुज़रने लगे। क्या हो रहा है, उसे कुछ भी समझ नहीं आ रहा था। वह यूँ ही बैठा रहा। सहसा उसे याद आया— इचलकरंजी में करघे पर काम करते समय भी एक बार ऐसा हुआ था। वह गश खाकर गिर गया था। अब उसे वही डर सताने लगा। उसने आँखें खोलीं। सामने का फ़ीका उजाला उसे न जाने कैसा लग रहा था। वह गली की तरफ़ मुँह किए बैठा था। अब उसने भीतर की तरफ़ चेहरा मोड़ा और मँझले कमरे की चौखट पर नज़रें गड़ाए बैठा रहा। पीछे से किसी के पैरों की आहट हुई। गर्दन मोड़कर पीछे देखा तो दरवाज़े में हाथ में थैली लिये पिताजी खड़े थे।

"यहाँ क्यों बैठा है रेऽ, भीतर बैठता...!" बड़का भीतर आया।

वह दरवाज़े के सहारे खड़ा रहा। पिताजी के पीछे-पीछे अंदर आया और बीच के कमरे में बिस्तर पर लेट गया। बँड़ेर के पास के खप्पर की दरार से उजाला भीतर आ रहा था। उस उजाले से उसे सड़ाँध आने लगी।

मुर्गे की पहली बांग पर कल्लव्वा की नींद खुली। लेकिन थकावट से बदन दर्द कर रहा था। उठने की इच्छा नहीं हो रही थी। फिर भी उसने अनिच्छा से गुदड़ी उतार फेंकी। करवट बदलते-बदलते पैर सीधे किये। लेकिन आँखें खुलने को तैयार ही नहीं थीं। फिर भी उसने हाथ बड़ाकर दिया सलाई ढूँढ़ी। बोझिल हाथों से दिया जलाया। तायाप्पा के बिस्तर की तरफ़ देखा। अभी वह गहरी नींद में था। कल्लव्वा ने आलस्य उतरने तक लेटने का सोचा, लेकिन लेटते ही पलकें भारी हो गयीं। ऐसे में नींद लग जाए तो सुबह तक खुलेगी नहीं। उसने उठकर बगल में सोये बबनिया को गुदड़ी ठीक से ओड़ाई। दिये का उजाला कमरे के अंधेरे पर पीलिया जैसा फैला हुआ था। कल्लव्वा ने लंबी उबासी लेकर अँगडाई ली। उंगलियाँ चटकाईं और दिया लिये बीच के कमरे में आई। आक्कवा पैर फैलाए चित सोई थी। उसके बदन से चादर हट गयी थी। औरत जात का इस तरह सोना उसे ठीक नहीं लगा। उसने पैरों के पास पड़ी गुदड़ी उसे ओड़ाई। बालिया और अंजी पास ही सोये थे। उनकी भी गुदड़ी ठीक की और भीतरी कमरे के चूल्हे के पास पहुँची। बिल्ली ने पूरे कमरे में चूल्हे की राख बिखेरकर रख दी थी। उसने बिल्ली को गाली देते हुए झाड़ू उठाया। फटे सूप में राख भरी और मोरी के पास रखा पोछे का सकोरा पास खींचते हुए जम्हाई ली। आँखों पर अभी भी नींद की खुमारी थी। उसने लोटा भर पानी लेकर कुल्ला किया और चेहरे पर पानी का छापाका मारा। लगा नींद उड़ गयी। फिर उसने चूल्हे के ऊपर रखा सामान हटाकर उसे झाड़ू से साफ़ किया। चूल्हे से राख का ढेर अलग कर पटसन के डंठल सुलगाए और चूल्हा पोतना शुरू किया... कौओं की काँव-काँव अभी शुरू हो जाएगी। दिन उगने से पहले घर से चल देना होगा। ये तुका मोहिते भी पता नहीं गाड़ी जोतकर कब आएगा। उसे जगाने जाना

पड़े तो और देर... एक बार जल्दी-जल्दी सभी का नहाना हो जाए तो फिर निकल पड़ने में देर नहीं लगेगी... लेकिन तब तक नैवद्य कैसे बने... ? कल्लव्वा ने इसी सोच में चूल्हा पोता। हल्दी-कुंमुम लगाया और राख के कंडे पर मिट्टी के तेल की बूँदें छिड़कीं। कंडा चूल्हे में सरकाया और उसे सुलगती हुई दो तिलियाँ छुआई। भक्क्ऽऽ से आग जल उठी। मुट्ठी भर होले (होरहा) चूल्हे में झोंके और चावल के सकोरे की तरफ़ हाथ बढ़ाते हुए आक्कव्वा को आवाज़ दी। चावल बर्तन में निकाले जा चुके थे और अभी तक आक्कव्वा जगी नहीं थी। कल्लव्वा सीधी भीतर गयी और उसने आक्कव्वा को जोर-जोर से झकझोरा। लेकिन गहरी नींद में सोयी आक्कव्वा को कुछ भी सूझ नहीं रहा था। कल्लव्वा जोर से चीखी—

"अरी उठ न! सारा काम निपटकर निकलना है। देर हो रही है।"

आक्कव्वा बिस्तर से उठी। उसे याद आया। आज मंगलवार है और कल रात ही आज इंचनाल जाने की बात हुई थी। उसने अँगडाई लेते हुए उबासी ली और आँखें मलते हुए पिछले कमरे में आई। कल्लव्वा सूप में दाल पछोर रही थी। आक्कव्वा पानी का लोटा लिये मोरी की तरफ़ मुड़ी...

काम निबटते-निबटते कौओं की काँव-काँव शुरू हो गयी। वह बड़के के बिस्तर के पास पहुँची। वह अभी भी खर्राटे भर रहा था। उसे बहुत गुस्सा आया। गुस्से में ही उसने उसकी गुदड़ी खींची। उसे खूँटी पर लटकाया और अधजगे बड़के से पूछा—

"इंचनाल जाना है कि नहीं? अभी तक चित्त लेटे हो! उस तुकिया को जगाने कौन जाएगा... ?" कल्लव्वा के तेवर देख बड़का झट से उठा। दीवार से टेककर बैठते हुए उसने चिलम उठाई। उसमें ठूँसी साफ़ी को बाहर निकालते-निकालते कल्लव्वा से पूछा, "तायाप्पा जग गया?"

"अभी जग जाएगा।"

"उसे जगाकर नहला दो।"

"क्यों, तुम नहीं नहाओगे.. ?" कल्लव्वा चिढ़कर बोली।

दरअसल बड़के की नहाने की इच्छा नहीं थी, लेकिन भगवान के काम से जाना मतलब... वह तनिक लड़खड़ाया। अपने आप से कुछ बुदबुदाया और चिलम में तंबाकू ठूँसते हुए बोला—

"पहले उसका तो निबटने दो..।"

कल्लव्वा मुड़ी और तायाप्पा को जगाकर चूल्हे के पास ले आई। मिस्सी भुनकर दी और इंचनाल के लिए ज़रूरी सामान बाँधने लगी।

बड़का और तायाप्पा तैयार होते-होते पौव फट चुकी थी। कल्लव्वा की भागदौड़ बढ़ गयी। उसने आक्कव्वा से इधर-उधर का सामान समेटने को कहा और मोहिते के घर जाने के लिए बाहर के कमरे में आई। गली में लोगों की आवाजाही शुरू हो चुकी

थी। पानी की बर्तनों की आवाज़ें आने लगी थीं। वह गली में आ ही रही थी कि उसे येरगुंडे के दरवाज़े पर तुकिया मोहिते की गाड़ी आती दिखाई दी। वह गर्रर से पीछे मुड़ी और कमरे में जाते-जाते आक्कव्वा से बोली-

''अरी सुन, चाय नहीं बनी है न अभी तुकिया की गाड़ी आ गयी... चूल्हे में दो डंठल और डालकर ज़रा चाय बढ़ा दे। ''

तुका मोहिते की गाड़ी दरवाज़े पर आई और तुका गाड़ी से उतरकर घर में आया। तभी आक्कव्वा चाय लिये बाहर आई। बड़के ने सामान की थैली गाड़ी में रखी। कल्लव्वा तायाप्पा को लिये गाड़ी पर सवार हुई। पानी भरने जा रहे गली के लोग रुक-रुककर देखने लगे।

तानू बढ़यारिन घोरपड़े के घर के पास गाड़ी की प्रतीक्षा कर रही थी। गाड़ी पास आते ही उसमें सवार होते-होते कल्लव्वा से बोली,

''कबसे खड़ी हूँ पगली! अब तुम्हारे घर ही आ रही थी...।''

''हो गयी देर बहन, माफ़ करना। फिर भी मुर्गे की पहली बांग पर उठे थे हम...।'' और कल्लव्वा उसे ब्यौरेवार सारी तैयारी बताने लगी। तायाप्पा कान देकर सुन रहा था। तुका मोहिते बैलों को दौड़ाता हुआ बोला, ''अरे चाचीऽऽ, कहाँ चार दिनों का सफ़र है? लो, दस बजे तक पहुँचाए देता हूँ...।''

''वो बात नहीं रेऽऽ, उस भगतिन के यहाँ बहुत भीड़ होती है। ज़रा देर हुई नहीं, कि दिन डूबने तक रुकना पड़ता है...।'' तानू बढ़यारिन ने उसे समझाया।

''ऐसी कौन लाट साहिबा है वोऽऽ जो इतनी भीड़ लगती है!''

''भगवान की भगतिन है भाईऽ, भगवान के घर जाते वक्त ऐसा नहीं कहते...।'' कल्लव्वा बीच में कूद पड़ी और तुका समझ गया कि उससे ग़लती हो गयी है। वह थप्पड़ खाए-सा चुप हो गया।

...गाड़ी बेलगुंदी की सरहद पर आई और पहाड़ के उस पार सूरज ऊपर चढ़ता दिखाई देने लगा। तानू बढ़यारिन ने भक्तिभाव से उसे प्रणाम किया। कल्लव्वा के हाथ अपने आप जुड़ गए। तायाप्पा ने भी दोनों का अनुकरण किया।

धीरे-धीरे सूरज की किरणें गाड़ी में आने लगीं। पूरे इलाके में धूप ऐसी बिखरी थी, मानो सगवारे के हल्दी लगी हो। बीहड़ के ऊलजलूल पेड़ कोमल धूप में मनोरम लग रहे थे। बीच-बीच में कोई पखेरू फुर्रर से उड़ जाता। सड़क के किनारे हरियाली पर जमी ओस की बूँदे ऐसी लग रही थीं मानो, धूप की बूँदे ही नीचे फिसल रही हों। बैल अपनी धुन में रास्ता काट रहे थे। तायाप्पा कई दिनों बाद बीहड़ में आया था और सभी तरफ़ ऐसे देख रहा था, मानो सब पहली बार देख रहा हो।

बेलगुंदी की सरहद पीछे छूट चुकी थी। इंचनाल की सरहद अभी घंटे भर के फ़ासले पर थी। तुका अपनी ही धुन में बैल हाँक रहा था। बड़का जब से गाड़ी में बैठा

है, तभी से किसी सोच में डूबा हुआ था। केवल कल्लव्वा ही थी, जो थोड़ा–बहुत हँस–बोल रही थी। तानू बढ़यारिन के मन में कुछ खटका हुआ और उसने तुका को छेड़ते हुए पूछ—

"क्यों रे, शेवंता मौसी के यहाँ पहले कभी गया है तू.. ?"

"नहीं दीदी... एक बार बीवी बहुत जिद कर रही थी। लेकिन मैंने मना कर दिया। सोचा, बेवजह क्यों जाएँ?"

"अरे बहुत पहुँची हुई भगतिन है वह...।" तानू बढ़यारिन बुदबुदाई।

"पहाड़ोंवाली मैया सवार होती है न उसमें?" तुका ने पीछे मुड़कर देखते हुए पूछा।

"बिल्कुल बाक़ी भगतिनें अलग और शेवंताक्का अलग। अब तायाप्पा को ही देखो न। सारे डॉक्टरों ने हाथ खड़े कर दिए थे, लेकिन वहाँ के बस चुटकी भर भंडारे ने उसे ठीक कर दिया।"

"ऐसा! लेकिन गाँववाले तो कहते हैं कि गुणिया डॉक्टर ने ठीक किया।"

"अरे गाँववालों को क्या पता? कल्लव्वा से पूछ न! उस दिन हम दोनों ने इंचनाल का चक्कर लगाया था, इसलिए तो सब ठीक हुआ...।

"हाँ, वरना बहुत बड़ी मुसीबत में फँस जाते बाबाऽऽ...। गुणिया डॉक्टर ने भी हाथ खड़े कर दिए थे। सभी ने आस छोड़ दी थी। सचमुच, देवी माँ के भंडारे ने बेड़ा पार किया...।" कल्लव्वा बोलती रही। तुका सारी बातें कान देकर सुनता रहा। धीरे–धीरे उसकी आँखों के सामने पहाड़ोंवाली मैया की दुनिया सरकने लगी।

धूप तेज़ होने लगी और बैलों की रफ़्तार भी धीमी पड़ गयी। धूप के कारण गाड़ी में बैठे सभी लोग मुरझाए–से हुए। तायाप्पा से धूप सही नहीं जा रही थी। उसने बड़के के गमछे से अपना सिर ढँक लिया। कल्लव्वा ने अपने पल्लू से उसकी आधी देह ढँक दी। बैलों को दौड़ा–दौड़ाकर तुका गला सूख चुका था। उसका भी चेहरा मुरझा गया था।

...गाड़ी इंचनाल की पगडंडी पर आई और तुका ने राहत की साँस ली। अब वह जोश में आ गया। कंधे पर रखा चाबुक अब उसके हाथों में साँप की दुम की तरह लहराने लगा। बड़के ने फिर एक बार चिलम का दम भरा। गाड़ी गाँव में आई। गलियों में घूमते छोटे–बड़े बच्चे गाड़ी में बैठे लोगों की तरफ़ ऐसे देखने लगे, मानो पिंजड़े में बंद बंदर को देख रहे हों। तानू बढ़यारिन अपने ज्ञान का परिचय देती हुई तुका को गली–गली की जानकारी दे रही थी। इस गली से उस गली में जाने का निर्देश दे रही थी। आख़िरकार शेवंता भगतिन का घर आया और तुका मोहिते ने बैलों को माँ की गाली देकर रोका। तानू बढ़यारिन जल्दी–जल्दी नीचे उतरी। बड़का आराम से उतरा और उसने तायाप्पा को लगभग उठाकर ही नीचे उतारा। कल्लव्वा ने थैली का भार बड़के को सौंपा। तानू बढ़यारिन

ने तुका को पास बुलाकर कहा—

"देखो, बैलों को उस पेड़ के नीचे बाँध दो, जाओऽऽ।" तुका ने इधर-उधर देखा। गाँव में शेवंता भगतिन का घर लगभग एक छोर पर था। आसपास सभी तरफ़ घास। बीच-बीच में इक्का-दुक्का पेड़। पास ही पगडंडी। खूब उगे हुए दूधिया झंखाड़। उसने जल्दी-जल्दी बैल खोले और पास ही बबूल के पेड़ की जड़ों में बाँध दिए। उसके आने तक बाक़ी सभी सदस्य गाड़ी के पास ही रुके रहे। तुका मोहिते कंधे पर चाबूक डाले 'चलोऽऽ' कहता हुआ उनके पास आया। तानू बढ़यारिन चल पड़ी। उसके पीछे-पीछे बाक़ी सभी चलने लगे। शेवंताक्का की ड्योढ़ी पर लोगों की भीड़ देखकर तानू बढ़यारिन समझ गयी कि भीतर का कमरा भी खचाखच भरा होगा। वह दरवाज़े की सीढ़ी पर आई। भीतर झाँककर देखा, तिल धरने को भी जगह नहीं थी। उसने तुका और बड़के को बाहर ही खड़े रहने का इशारा किया और तायाप्पा का हाथ पकड़कर उसे भीतर ले गयी।

भीतर कदम रखते ही तायाप्पा अचकचाया। सभी तरफ़औरतें ही औरतें। पूरा कमरा ठसाठस भरा हुआ। ऊँचे दालान पर भी औरतें एक दूसरे से चिपककर बैठी थीं। ऊपरी हिस्से में बड़े-से जग[1] की पूजाअर्चा की गयी थी। पास ही देवी माँ के ऊँचे-ऊँचे आसन बनाये गये थे। ऊपर देवी माँ का बड़ा-सा टाँक रखा हुआ था। पूरे देहरे पर मोरपंख और चोली के कपड़े लगे थे। खूँटी पर लटकती कौड़ियों की मालाएँ देखनेवालों की नज़रें अपनी ओर खींचती थीं। शेवंता भगतिन कंधे पर पल्लू डाले और बालों की जटाएँ खोले पास के पीढ़े पर बैठी थी। तायाप्पा हक्काबक्का था। उससे खड़ा भी रहा नहीं जा रहा था। तानू बढ़यारिन उसे लेकर औरतों के बीच से रास्ता बनाती हुई ऊँचे दालान पर आई। औरतों को ज़रा-ज़रा सरकाकर उसके लिए जग बनाई और खुद खड़ी रही। कल्लव्वा भी उसी के साथ दीवार से टेक गयी। तायाप्पा ने बैठे-बैठे पलकें मूँद लीं।

"उदंऽऽ गऽ आईऽ उदंऽऽ उदंऽऽ...।"[1] कोई जोर से चिल्लाया और तायाप्पा ने चौंककर आँखें खोलीं। शेवंताक्का के बगल में बैठी औरत जोर-जोर से 'उदंऽऽ' का घोष करने लगी। उसकी 'उदंऽऽ' की ध्वनि बुलंद और तेज़ थी। इस ध्वनि के साथ ही पीढ़े पर बैठी शेवंताक्का अचानक सिर धुनकर हिचकने लगी। बाक़ी औरतें साँस रोके बैठी हुई थीं। कुछ औरतों ने अपनी ठोड़ी घुटनों पर टिकाई। एक-एक औरत आगे सरकने लगी और शेवंता भगतिन सिर धुनते और हिचकते-हिचकते अंट-संट बोलने लगी। सारी औरतें आँखें फाड़े उसकी तरफ़ देख रही थीं। बीच-बीच में आपस में कुछ

---

1. देवदासी या जोगतिनों का देहरा, जिसे सिर पर उठाकर ढोते हैं। बेत के झौआ जैसी बड़ी बुट्टी में देवी माता का टाँक। उसके इर्दगिर्द मारेपंख सजाए। बीच की जगह में रखा भंडारा और अन्य पूजा का सामान रखा हुआ।

फुसफुसा भी रही थीं। केवल सामने बैठी हुई औरत शेवंताक्का की बातें ध्यान से सुन रही थी। एक-एक औरत धीरे-धीरे आगे सरकते-सरकते भगतिन के पैरों पर लोट रही थी और अपने साथ लाया कोंछ भरने का सामान भगतिन के पास बैठी उसकी सेविका को सौंप रही थी। सब कुछ बिल्कुल अनुशासनबद्ध तरीके से चल रहा था, मानो किसी अध्यापक की कक्षा हो। तायाप्पा भी इस गतिविधि को हैरत से देख रहा था। बाहर ओरी के नीचे बैठे बड़का और तुका के बीच रह-रहकर तंबाकू का दौर चल रहा था।

दोपहर दो बजे के आसपास भीड़ तनिक छँट गयी। फिर भी दस-बारह औरतें बैठी हुई थीं। तानू बढ़यारिन को लगने लगा कि घर से हम बेवजह बहुत जल्दी निकल पड़े। उसने कुहनी से कोंचते हुए कल्लव्वा को बाहर चलने का इशारा किया और दोनों ऊँचे दालान से बाहर आईं। तुका बैठ-बैठकर उकताया था। तानू बढ़यारिन को बाहर आता देखकर तनिक ग़र्मजोशी से बोला—

"क्यों, आ गयी हमारी बारी?"

"तनिक सब्र करो। पाँच-दस ही बची हैं...।"

"लेकिन हमारे बाद आई सारी औरतें तो चली गयीं!"

"अरे भाई, उनका काम अलग, हमारा काम अलग। हमें उतारा (वारना) करवाना है, कोंछ भरवानी है। भगवान का काम है यह! उतावली से काम नहीं चलता।" तानू बढ़यारिन छोटे बच्चे को समझाने की तरह तुका को समझाने लगी। कल्लव्वा ने टेंट से मिस्सी की डिबिया निकाली और हथेली पर मिस्सी उँडेलकर डिबिया तानू बढ़यारिन को थमायी।

"अब यहाँ अपना घर है क्या जो दाँत माँजने चली हो? या जूठे मुँह भगवान के सामने कैसे जाए, इसलिए माँज रही हो?" बड़के ने तानू बढ़यारिन की ओर देखकर पूछा। तभी ऊँगली मुँह से बाहर निकालती हुई कल्लव्वा बोली-

"यहाँ इतने सारे घर हैं। तुम्हें क्या लगता है कि कोई हमें एक लोटा पानी भी नहीं देगा?"

"बैठे-बैठे जी ऊब गया रीऽऽ...।" तानू ने दाँत माँजना शुरू किया।

"उस गजरगाँव की औरत को देखा..?" कल्लव्वा ने थूकते हुए पूछा।

"मैया रीऽऽ, मेरे तो रोंगटे खड़े हो गए थे!" तानू अचानक गंभीर हो गयी।

"क्या हुआ था उस औरत को?" तुका ने उत्सुकता से पूछा।

"अरेऽ, उसके बदन पर रोटी के आकार के चकत्ते पड़ गए थे...।"

"कैसे?"

---

1. महाराष्ट्र में माता के नाम का जयकारा लगाते समय की जानेवाली उद्घोषणा।

2. सौभाग्यवती स्त्री के आँचल में नारियल, चावल, हल्दी आदि डालना। देवी माँ को भी सौभाग्यवती समझकर उसकी भी कोंछ भरी जाती है।

"यही, भगवान का प्रकोप। सुना है बचपन में कभी उसने भगवान का भंडारा पैरों तले रौंदा था।"

"वही अब भुगतना पड़ रहा है...।" कल्लव्वा ने जानकारी दी।

कल्लव्वा और तानू दोनों सामने के घर में गयीं और लोटा भर पानी लेकर कुल्ला कर आईं।

पल्लू से मुँह पोंछती हुई तानू बढ़यारिन भीतर गयी और तुरंत बाहर आकर बोली, "चलो, हमारा नंबर आनेवाला है। सभी भीतर चलो।"

भीतर शेवंता भगतिन सामने बैठी औरतों के साथ ठंडेपन से अंट-शंट बोल रही थी। पास बैठी उसकी सेविका तो उबासियाँ ही ले रही थी। सामने बैठी औरतें भी लगातार इधर-उधर ताक रही थीं। तानू बढ़यारिन उनके बीच जा बैठी। कल्लव्वा भी उसकी बगल में जा बैठी।

घंटे भर में सारी औरतें रफ़ा-दफ़ा हो गयीं और तानू बढ़यारिन ने सामने आकर शेवंताक्का के पैर छुए। पीछे-पीछे कल्लव्वा ने भी उसका अनुकरण किया। सुबह से ऊब चुकी शेवंताक्का मुस्कुराने का उपक्रम करती हुई बोली, "क्या हाल है अब लड़के का?"

"माँ के आशीर्वाद से लड़का बच गया। उसी को आपके चरणों में लाई हूँ।" तानू बढ़यारिन मानक भाषा में बोली और अच्छी-भली लगनेवाली शेवंताक्का अचानक सिर धुनकर हिचकने लगी और हिचकते-हिचकते कहने लगी, "कहाँ है मेरा पेड़ ऽऽ[1], कहाँ बिठाया है उसे— मेरे सामने ले आओऽऽ मेरे सामने ले आओऽऽ।"

कल्लव्वा ने तायाप्पा को जल्दी-जल्दी उठाकर उसके सामने ला बिठाया। तायाप्पा ने घुटने टेककर शेवंताक्का के कदमों पर मत्था टेका। तभी शेवंताक्का बोली—

"कितने दिनों बाद आया है पेड़ऽऽ।" और चीखती हुई कदमों पर पड़े तायाप्पा पर झुकी। तायाप्पा का दम घुटने को हुआ। उसने उठकर पीछे खिसकने का प्रयास किया, लेकिन शेवंताक्का ने उसे और ज़्यादा कसकर जकड़ते हुए पास बिठा लिया और बड़बड़ाती हुई उसके चेहरे पर हाथ फेरने लगी। तायाप्पा का दम घुट रहा था। तानू बढ़यारिन सामने आकर बोली—

"भगवन्, ऐसा ही प्यार था बच्चे से तो पहले ही क्यों नहीं उसे ठीक किया..?

"तुम कब आईऽऽ, कब आई तुम मेरे पासऽऽ, आख़िर मेंऽऽ।" और शेवंता दुबारा सिर धुनती हुई हिचकने लगी। फिर कल्लव्वा आगे बढ़ी-

"अभी भी कुछ तकलीफें हैं...!"

"सारी तकलीफें बंद हो जाएँगी...।"

"अब नया झंझट खड़ा हो गया है। इसकी पेशाब से खून निकलने लगा है...।" कल्लव्वा ने शेवंताक्का को रोकते हुए कहा और शेवंताक्का अचानक चीखी—

"पेड़ऽऽ मेरा हैऽऽ और उसकी पेशाब से खूनऽऽ!" और शेवंताक्का अचानक धम्म से भूमि पर गिर पड़ी। उसकी सेविका भी हड़बड़ाई। उसने झट् से उठकर पूजा की थाली से भंडारा शेवंताक्का के माथे पर लगाया। जग के सामने रखे लोटे का पानी छिड़का। थोड़ी देर तक शेवंताक्का की पलकें भी नहीं झपकीं। सभी घबरा गए। कल्लव्वा का बदन काँपने लगा। तायाप्पा का गला सूख गया। बड़के की भी साँसें फूल गयीं। तानू बढ़यारिन ने शेवंताक्का को जग का भंडारा सुँघाया। शेवंताक्का में तनिक हरकत हुई और सभी ने राहत की साँस ली। उसे उठाकर दीवार के सहारे बिठाया गया। शेवंताक्का ने आँखें खोलते ही परड़ी में हाथ डाला और मुट्ठी भर भंडारे से तायाप्पा माथा सन गया। भंडारा उसकी आँखों में भी चला गया और आँखों से आँसुओं की झड़ी लग गयी... कल्लव्वा भंडारे से सने अपने लड़के के माथे की तरफ़ देखती ही रह गयी।

धूप ढलते समय तुका मोहिते ने बैल खोले और गाड़ी जोती। बड़के ने तायाप्पा को गाड़ी में बिठाया। कल्लव्वा और तानू बढ़यारिन शेवंताक्का के पैर छूकर बाहर निकलीं। दोनों गाड़ी में सवार हुईं। तभी शेवंताक्का बड़के के पास आती हुई बोली,

"आनेवाली चैती पूनम को ही सब पूरा कर डालो, वरना कोई और झंझट खड़ा हो जाएगा। ज़्यादा सोचने से कोई फ़ायदा नहीं। कोई कान फूँक देगा तो बिफर जाओगे और अपने ही हाथों ज़िंदग़ी का सत्यानाश करवा लोगे...।"

बड़का बस सुनता रहा। शेवंताक्का की बात ख़त्म हुई और वह गाड़ी में चढ़ा। तानू बढ़यारिन ने बिदा लेते हुए शेवंताक्का को हाथ जोड़े और तुका मोहिते ने 'दाऽऽ' कहकर बैलों को इशारा किया।

गाड़ी इंचनाल की सरहद लाँघकर कोस भर आगे निकल आई थी, लेकिन कोई किसी से बात नहीं कर रहा था। सभी नज़रें बचाकर एक दूसरे को निहार रहे थे। ख़ामोशी से गाड़ी हाँकना तुका मोहिते के लिए मुश्किल हो गया। वह अपने आप से बातें करने जैसा बड़बड़ाया—

"बाप रे बाप, क्या भीड़ थी, माँ की जनी। मैं तो दंग रह गया।"

"अरे ये तो कुछ भी नहीं। पूनम को आकर देखना। गली में खड़े रहने की भी जगह नहीं मिलती।" तानू बढ़यारिन ने मौके का लाभ उठाया।

"वैसे चमत्कारी दिखती भी है भगतिन।"

"चमत्कारी मतलब? हमारा तायाप्पा जीएगा, लगता भी था किसी को?" कल्लव्वा ने बीच में ही मुँह खोला। इधर तायाप्पा को शेवंताक्का की सारी महिमा

---

1. ओझा आदि की तकनीकी शब्दावली में बाधित या रोगी व्यक्ति के लिए इस 'पेड' सांकेतिक शब्द का प्रयोग किया जाता है।

अद्भुत लग रही थी।

"देखकर नहीं लगा था कि ऐसी पहुँची हुई भगतिन होगी। लेकिन बहुत पहुँची हुई है।" तायाप्पा ने भी मुँह खोला। तानू बढ़यारिन को संतोष हुआ। वह अपने आप खिल उठी—

"अरे यह तो कुछ भी नहींऽऽ, मौत के दरवाज़े तक पहुँचे लोगों को भी बचाया है उसने। येसादा की आन्नव्वा पता है न,। अरे वही जो अभी पिछले महीने मरी! दो सालों से दवादारू कर रही थी। तनिक भी फ़ायदा नहीं हुआ। ऐसे ही किसी बाज़ार में मुझसे मिली और लगी रोने। मैंने कहा, शेवंताक्का से मिलकर तो देखो। सब तरफ़ से हार चुकी थी बेचारी। केवल भंडारे के पानी से छुआरे जैसी हो गयी। साल भर जीती रही...।" तानू साँस लेने से पहले ही शुरू हो गयी। तुका मोहिते सुनते-सुनते पछताने लगा था। उसके दिमाग़ में विचार आया कि अपने घरेलू झमेलों के बारे में भी कुछ पूछना चाहिए था... घर में कुछ तो बिगाड़ ज़रूर हुआ है। कुछ न कुछ राह ज़रूर दिखाती। बच्चे के बारे में भी कुछ बता देती। पहले ही दिमाग़ चलाना चाहिए था...।

लेकिन बड़के को ये बातें परेशान कर रही थीं। उसे लगता था कि ये लोग ख़ामोश हो जाएँ। शेवंताक्का ने जो कहा था, उससे उसका दिमाग़ भन्नाने लगा था। ये औरत न जाने क्या-क्या हमारे पीछे लगा रही है... और इसका नतीजा क्या होगा, यही उसकी समझ में नहीं आ रहा था। वह अपनी ही तंद्रा में झट् से बोल गया,

"ओझा-भगतों का सच ही होता है, ऐसा भी नहीं!"

"ऐसा कैसे... तुम्हारे तायाप्पा का इलाज करते-करते डॉक्टर भी थक गए थे न! गुणिया डॉक्टर के पास ले गए, तब किसी को लगता भी था वह जीएगा? उस दिन मैं और कल्लव्वा नहीं जातीं, तो ये सब होता...? आदमी को सोच-समझकर बोलना चाहिए... कुछ भी बेसिर-पैर की बातें करने से कोई नया बखेड़ा खड़ा हो जाता है...।" तानू बढ़यारिन ऐसे बोल रही थी, मानो उसके कलेजे को चोट लगी हो। कल्लव्वा को भी न जाने कैसा लग रहा था। उसे यूँ ही तानू बढ़यारिन से डर लगने लगा। फिर भी उसने उसका पक्ष लेते हुए बड़के को फटकारा—

"आपकी ऐसी ही बातों से लड़के की ये दुर्दशा हुई है। वरना कभी का ठीक हो जाता...।" बीवी की बातों से बड़का और बिफर गया। उसका संतुलन चुक गया—

"फिर बाँधो बच्चे के गले में दर्शन और चिल्लाओ। ...कहती है बच्चा कभी का ठीक हो जाता, भगतिन ने कहा है तो क्या बच्चे को जोगता बनाकर छोड़ देंगे...?

"अगर भगवान की यही मर्ज़ी है तो क्या कर सकते हैं?" तानू ने उसकी बात बीच में ही काटी। अब तक ख़ामोशी से बैठा तायाप्पा अचानक पसीना-पसीना हो गया। बड़के का 'जोगता' शब्द उसे कचोट गया... मैं और जोगता...? गाड़ी के पहिए के साथ-साथ सारा सगवारा उसे गरगर घूमता-सा लगने लगा। उसने जोर से होंट

काटा। सामने का अंगोछा कसकर आँखों से लगाया... तभी आक्कव्वा उसे सहारा देती हुई बोली—

"क्यों रेऽऽ, कुछ तक़लीफ़ हो रही है... ?"

"नहीं माँ ऽ, ज़रा मतली-सी हो रही है...।"

"ऐसा कर, तू लेट जा थोड़ी देर...।" तानू बढ़यारिन ने उसे लिटा दिया। लेटते-लेटते तायाप्पा को गाड़ी उछलती हुई-सी लगने लगी...

...ड्योढ़ी की सीड़ी पर तायाप्पा पैर पसारे बैठा था। अब पिंडलियों में दर्द महसूस हो रहा था। बनियान देह से चिपकने लगी थी। उसने अपनी हथेली आँखों के सामने पकड़ी। कलाई पर नज़र जाते ही खिन्नता से वह हँसा। छोटी पमी की कलाई भी मेरी कलाई से मोटी होगी। बबनिया की तो बात ही छोड़ दो। वह कलाई की तरफ़ देखता ही रहा। काफ़ी देर तक देखते रहने से उसे आभास होने लगा कि कलाई बड़ी-बड़ी होती जा रही है।

"क्यों तायाप्पा, कलाई में धागा बाँध रहे हो?" गली से गुज़रते म्हादबा मोरे ने यूँ ही आवाज़ लगाई और तायाप्पा चौंका! उसकी कलाई अपने आप नीचे आ गयी।

"नहीं तो, बस यूँ ही...।" तायाप्पा मुस्कुराते हुए बोला।

"अब ठीक लग रहा है नऽऽ? डटकर खाओ-पियो... और देखो, अब इचलकरंजी जाने का नाम भी मत लेना...।"

म्हादबा मोरे बड़बड़ाता हुआ आगे बढ़ गया। तायाप्पा ने उसकी बात पर हामी भरी। दरअसल, इचलकरंजी का नाम लेते ही तायाप्पा अचकचाया था... अब इचलकरंजी जाना हो पाएगा? उसने अपने आप से पूछा और एक-एक दिन उसकी आँखों के सामने से सरकने लगा।

गली में धूप अब काफ़ी तेज़ हो गयी थी। तवे की तरह उसकी गरमी झुलसा रही थी। तायाप्पा ने अपनी पैरों की पिंडलियाँ पास खींची और ज़मीन का सहारा लेता हुआ उठा। उठने पर उसने दीवार का सहारा लिया। लेकिन उसकी आँखों के सामने अंधेरा छा गया। ऐसा लगा जैसे सिर में से झट् से कुछ बाहर निकल गया हो... काफ़ी देर तक वह उसी तरह दीवार को कसकर थामे खड़ा रहा... सामने धुँधला-धुँधला दिखाई देने पर धीरे-धीरे डग भरते हुए उसने दहलीज़ पार की। घर के भीतर आया, पर उसे सामने की ज़मीन दिखाई नहीं दे रही थी। लड़खड़ाते हुए उसने सामने की चौखट पकड़ी और आहिस्ता-आहिस्ता नीचे बैठ गया। पमी पाठशाला जाने की तैयारी में थी। उसकी दशा देखकर बोली—

---

1. भगवान के नाम से गले में पहनी जानेवाली सफ़ेद-लाल मणियों की माला।

"जब सही नहीं जाता तो धूप में बैठते क्यों हो... ? गिर जाते न अब... ।" और वह तेवर दिखाती हुई अपना बक्सा उठाकर चली गयी। पमी की बात से उसे अचंभा हुआ। उसके सामन कभी खड़ी भी न रहनेवाली पमी इस बीमारी में उसे तेवर दिखाकर घुड़कने लगी थी। उसे याद आया, सुबह पानी का लोटा देते समय बबनिया भी ऐसा ही कुछ बुदबुदाया था। उसने यूँ ही दोनों हथेलियों की उँगलियों को एक दूसरे में फँसाया और हाथ घुटने में डालकर उँगलियाँ चटकाने की कोशिश की... कोई एक ऊँगली ढीली हो गयी थी। वह यूँ ही बैठा रहा। सामने बाँस पर लटकी रस्सी पर मच्छरों की भीड़ लगी थी। उसके दिमाग़ में एक-एक मच्छर भिनभिनाने लगा...

...कुछ भी कहें, ना-ना करते बीमारी में सात-आठ हज़ार रुपये निकल गए... घर के कामों का गुड़गोबर हो गया सो अलग! अस्पताल जाने से कुछ भी फ़ायदा नहीं हुआ। बड़े बाबा के महीने-दो-महीने इसी में चिंता में बरबाद हो गए। चाची के पीछे भी इतने सारे कामों का झंझट.. सभी को छकाया। साला, इसी में ख़त्म हो जाता तो अच्छा होता। ठीक है, अब इस देवी माँ ने ठीक किया है, लेकिन भगवान के नाम पर भी कितना पैसा फूँकें.. ?"

किसी आवाज़ से तायाप्पा चौंका। देखा तो चाची गोबर का चोथ और पानी की गगरी लिए उसके सामने खड़ी थी। वह चौंककर सरकते हुए बोला-

"परे हटने के लिए कह नहीं सकती थी... !"

"कितनी बार... एक बार या दस बार.. ! मेरा मुँह काठ का बना होता, तो टूट जाता अब तक। स्वाँग रचानेवाले आदमी के सामने क्या चिल्लाती ?" और इसी तरह बड़बड़ाते हुए चाची ने गोबर मसला और उसमें पानी डाला। तायाप्पा झट् से उठने को हुआ, लेकिन घुटने में तेज़ दर्द उठा और वह तड़पकर "माँऽऽ' कहकर चिल्ला उठा। आक्कव्वा के हाथों की रफ़्तार बढ़ गयी। उसने कनखी से उसकी तरफ़ देखा। तायाप्पा ने वैसे ही पैर खींचते हुए दीवार की खूँटी को कसकर पकड़ा। दर्द कम होने तक वहीं खड़ा रहा और फिर भीतरी बरामदे में अपने बिस्तर पर चला गया।

वह बिस्तर पर लेट गया और बँडेर पर नारियल बँधा सफ़ेद कपड़ा उसकी आँखों के सामने में लटकने लगा, जो गंदा होकर काला पड़ गया था... उस नारियल के प्रति उसमें अजीब-सी जिज्ञासा जाग उठी... नारियल के बारे में सोचते-सोचते ही उसकी पलकें भारी हो गयीं और उसे पता भी नहीं चला कि वह कब सो गया...

जब जगा तब माँ उसे झकझोर रही थी। वह चौंककर उठा। देखा तो कड़गाँव की बुआ सिर पकड़े बिस्तर के पास बैठी है। आँखें मलते हुए वह उठा। पर बुआ अचानक रोने लगी। उसकी समझ में नहीं आ रहा था कि क्या कहें। वह यूँ ही आँखें मलता रहा। बुआ रोती-रोती पूछने लगी—

"अब कैसे हो बबुआ, ठीक तो हो... !"

"पहले से काफ़ी अच्छा हूँ...।"

"देखा बबुआऽऽ, पिछले महीने ही मैं हाथ जोड़कर सबसे कह रही थी कि देखो, यह बीमारी नहीं है, भगवान का प्रकोप है। पर मेरी सुनता कौन है? अब उसी रास्ते से जाना पड़ा न। कम से कम अब सब ठीक-ठाक करो, वरना लेने के देने पड़ जाएँगे...।" और बुआ ने आँखें पोंछी और नाक सुड़कते हुए जी भरकर उसे देखती रही। तभी कल्लव्वा उसे समझाते हुए बोली—

"आनेवाली चैती पूनम को पहाड़ोंवाली मैया की सारी मनौतियाँ पूरी करनी हैं। कुछ भी बाक़ी नहीं रखेंगे! शेवंताक्का ने भी यही कहा है। एक झटके में ही सब निबटाकर जान छुड़ा लेंगे। फिर सब ठीक हो जाएगा।"

"क्या-क्या करने को कहा है?"

"ज़्यादा कुछ नहीं, गले में दर्शन बाँधना, पाच सफ़ेद धागे पहनाना और बाल-जोगता बनाकर जोगतिन को अर्पित करना...।"

"पाँच धागे पहनाने को भी कहा है?" बुआ की चर्या बदल गयी। अभी थोड़ी देर पहले तक शांत लग रही बुआ साँप जैसी कुलबुलाई। उसका चेहरा थप्पड़ खाए-सा फक्क् पड़ गया। वह हैरत से तायाप्पा की ओर देखने लगी। तायाप्पा से वहाँ बैठा नहीं गया। वह उठा और दूसरे कमरे में चला गया। उसने गगरे से ठंडा पानी लेकर चेहरे पर छपाका मारा। फिर मोरी के पास घड़ी भर खड़ा रहा। उसकी इच्छा हुई कि चेहरे पर बार-बार पानी के छपाके मारे। खुद को सँभालते हुए वह चूल्हे के पास गया। माँ, चाची और बुआ उसके बिस्तर के पास फुसफुसाकर बातें कर रही थीं... पल भर उसने कान देकर सुनने का प्रयास किया। लेकिन बाद में उसे अपनी यह हरकत गंदी लगी। उसकी भूख मर गयी थी, फिर भी उसने खाना परोसने के लिए चाची को पुकारा और दीवार के सहारे बैठ गया...।

...तायाप्पा ने घर में कदम रखा, लेकिन उसे अंदर का माहौल अजीब लगने लगा। कमरे के निचले हिस्से में बड़के बाबा घुटनों में गर्दन छिपाये बैठे थे। बुआ चौखट से टेककर मिस्सी से दाँत माँज रही थी। माँ दीवार से सटी खड़ी थी और खोयी-सी पैरों के नाखून से ज़मीन पर लकीरें बना रही थी। तातिया तंबाकू की फंकी मुँह में दबाए पत्थर जैसा बैठा था। ढिबरी के आसपास पमी और बबनिया किताबें खोले बैठे थे। तायाप्पा थक्का-हारा सा आया और बीच में ही बैठ गया। उसने सभी को निहारा। कोई किसी से बात नहीं कर रहा था। एक-दूसरे की तरफ़ देख भी नहीं रहा था। रसोई से आनेवाली रोटियाँ थापने की आवाजें पूरे घर में गूँज रही थीं। तायाप्पा ने पैर सीधे कर देह को सुस्ता लिया और बुआ की तरफ़ देखा। बुआ अपनी ही रौ में दाँत माँज रही थी। अन्य समय किताब को रट-रटकर दिमाग़ चाटनेवाला बबनिया थप्पड़ खाए जैसा चुपचाप बैठा

हुआ था। तायाप्पा बिना कुछ बोले यूँ ही बैठा रहा। पमी ने उसकी तरफ़ ऐसे देखा जैसे किसी कौए की तरफ़ देख रही हो। उसे देखकर तायाप्पा को हँसी आई। अपनी हँसी दबाए वह पमी की तरफ़ खिसका। उसके बक्से से किताब निकालकर यूँ ही उस पर नज़रें फेरने लगा। बुआ ने मिस्सी थूककर दरवाज़ा बंद किया और दुबारा अपनी जगह पर आ बैठी। तायाप्पा ने दुबारा बुआ की तरफ़ देखा। ...मेरी बातूनी बुआ ऐसी चुप क्यों है? सोचा, कुछ पूछें, लेकिन बाद में उसने खुद को किताब में उलझा लिया।

तभी बाहर के दरवाज़े पर दस्तक हुई। सभी चौंके। गनपा कोंडकर किवाड़ों को ठेलते हुए भीतर आया। उसे किसी ने भी भीतर आने को नहीं कहा था। तायाप्पा को अजीब लगा। उसने मुँह खोला—

"आओ तातिया, इधर बैठोऽऽ।" और पास का टाट का टुकड़ा उसने गनपा तातिया की तरफ़ सरकाया।

"इस तरह मुँह पर ताला लगाए क्यों बैठे होऽऽ?" गनपा तातिया ने सभी की तरफ़ देखा। अब मुँह खोलने के सिवा बड़के बाबा के पास और कोई चारा नहीं था।

"कहाँ? बैठे हैं यूँ ही...।" और बड़के बाबा ने दुबारा गर्दन घुटनों में डाली।

"कुछ तो ज़रूर हुआ है?" और गनपा तातिया ने संगाप्पा की तरफ़ देखा। संगाप्पा उठकर तंबाकू की पीक थूक आया और हाथ से मुँह पोंछते हुए बोला—

"नहीं बाबाऽऽ, ऐसी कोई बात नहीं, यूँ ही बैठे हैं।"

गनपा तातिया आगे कुछ भी बोल नहीं पाया। फिर भी कुछ बात करने के लिए उसने बुआ की तरफ़ देखते हुए पूछा—

"अरे, तुम कब आई?"

"आईऽऽ हूँऽऽ।" और मुँह से झरती लार सँभालती हुई बुआ दरवाज़े की तरफ़ गयी। मिस्सी थूककर भीतर आकर बैठती हुई बोली—

"आई हूँ। तायाप्पा की बीमारी में मिलने आना नहीं हुआ था। सोचा, देख आएँ।"

"लेकिन पहले भी तो आकर गयी हो एक बार!"

"तब आई थी। अभी फिर देखने का जी किया इसलिए आ गयी... पर यहाँ तो कुछ अलग ही झमेला खड़ा हो गया है। क्या बताएँ...!" बुआ झट् से बोल गयी और बड़का चौंका। उसकी इच्छा थी कि बाहरी लोगों के सामने यह विषय न निकले। उसने घुटनों से गर्दन उठाकर बहन की तरफ़ देखा। लेकिन वह तैश में आ चुकी थी—

"अब तुम ही बताओ गनपाऽऽ, इंचनाल की उस शेवंता भगतिन की बातों में आकर ये लोग अनहोनी करने पर आमादा हैं। क्या करें? सोने जैसा लड़का बरबाद करने पर तुले हैं। कहते हैं, उसे धागा पहनायेंगे। लेकिन भगतिन की सारी बातें सच ही होती हैं, कैसे मानें?"

"अब हर कोई मुँह खोलने लगा है। जब मेरा बच्चा बरबाद हुआ जा रहा था, तब कोई नहीं था बतानेवाला कि ये करो या वो करो। और अब हमें सिखाने चले हैं। यानी मेरा बच्चा बरबाद हो यही...।" कल्लव्वा ने बीच में ही मुँह खोला।

"लेकिन बड़का क्या कहता है?" गनपा तातिया ने बीच में ही बड़के की तरफ़ देखा।

"वो क्या कहेगा? किसी को कुछ भी कहने दो। लेकिन धागा नहीं पहनाएँगे...।"

संगाप्पा ने अंतिम फैसला सुना दिया। उसकी बात सुनकर कल्लव्वा का खून खौल उठा। काट खाने के अंदाज में अपनी ही जगह पर बिलबिलाती हुई वह चीखी–

"लड़का मेरा है। उसका क्या करना है और क्या नहीं, ये हम देखेंगे। अब किसी को इसमें दखल देने की ज़रूरत नहीं...।"

कल्लव्वा के इस पैंतरे से संगाप्पा चौंक गया। उसका दिमाग़ ही चकरा गया। उसकी समझ में नहीं आ रहा था कि वह क्या सुन रहा है। सहसा उसकी आँखें लाल हो गयीं। उसने क्रोध से बड़के की तरफ़ देखा। बड़के ने दूसरी तरफ़ गर्दन मोड़ी। वह और ज़्यादा बेचैन हुआ। तायाप्पा को लगने लगा मानो सामने की ढिबरी फड़फड़ा रही है। गनपा कोंडकर भी पेंच में फँस गया। लेकिन किसी का भी पक्ष लेना यानी आग में घी डालना था। वह चुप रहा। तभी बुआ उसे बीच में घसीटते हुए बोली—

"देखाऽऽ, अब ये लोग ऐसी बात करेंगे तो हम क्या करें, बताओ। कम से कम तुम तो समझदारी की दो बातें समझाओ इन्हें...।"

"अब मैं क्या बोलूँ?" गनपा कोंडकर सोच में डूब गया।

"क्या बोलूँ? अरे वही बोलो, जो सही लगेऽऽ!" संगाप्पा घायल की तरह बोला।

"भाई, तुम्हारा ये सारा मामला गुत्थमगुत्था है। शेवंता के इलाज से बच्चा ठीक हुआ, ये सही है। लेकिन ठीक होने पर उसने जो कहा, वह करना ज़रूरी थोड़े ही है। दो-एक समझदार भगतिनों से मिलो, उनकी राय लो। वे जो कहेंगी, वैसा करो।" गनपा कोंडकर ने समझदारी की बात की। उसकी बात ख़त्म होते ही हाथ नचाती हुई बुआ बोली–

"अरेऽऽ, शाम से यही तो मैं चिल्ला रही हूँ। पर ये मियाँ-बीवी सुने तब न! क्या करें बताओ।"

"ऐसा कैसे रे बसाप्पा!" उसने बड़के की तरफ़ देखा।

"ठीक है, तुम्हारे मन की करेंगे। लेकिन दूसरी भगतिनें कौन हैं, ये तो बताओ?" बड़के ने धीरे-धीरे मुँह खोला।

"ढेरों हैं! हिटणी की आक्कू और भादवन की कमला जोगतिन से बात करेंगे। वो जैसा कहेंगी, वैसा करेंगे।" बुआ मिस्सी की हथेली झाड़ते हुए बोली। बबनिया और

पमी बुआ का मुँह ताकते रह गए...।

...गौरा बुआ जब से हिटणी होकर आई थी, तभी से उसका धैर्य जवाब दे गया था। उसने मन ही मन जो सोचा था, सब उसके विपरीत हो रहा था। इसलिए भादवण जाते-जाते उसने नया राग छेड़ा। कुछ भी हो, तायाप्पा को साथ लेकर ही जाएँगे। कल्लव्वा को लग रहा था कि लड़का चल नहीं पाएगा। पर सच्ची बात सुने कौन! एक बार उसने कहा भी, लेकिन गौरा बुआ ने उसका भी तोड़ निकाला। भादवन तिराहे तक गाड़ी से जाएँगे। वहाँ से है ही कितना दूर? एक फर्लांग की दूरी पर गाँव! वह जिद पर अड़ गयी। तायाप्पा को जल्दबाज़ी में कपड़े पहनाए गए और उसे लेकर उन्होंने तिट्टे की राह पकड़ी।

गाँववालों के सामने तमाशा न हो, इसलिए कल्लव्वा ने हवलदार के खेत की पगडंडी की राह पकड़ी। लेकिन शिंदे के पोखरे की तरफ़ भी फ़ारिग होने आई औरतें एक-एक कर सताने लगीं इसलिए आक्कव्वा ने सीधे मस्कर के खेत से ऊपर निकलने की सोची और माने के घर के सामने से होती हुई मस्कर की मेड पर आई। गौरा के दिमाग़ में दूसरी उथल-पुथल मची हुई थी। लोग क्या कहेंगे या कौन क्या बोलेगा, इससे ज़्यादा फ़िक्र उसे इस बात की थी कि भादवनवाली भी तायाप्पा को इस झंझट से बचा पाएगी या नहीं। इसी विचार के साथ उसका एक-एक कदम आगे बढ़ रहा था। कल्लव्वा तो बेसब्री से तिट्टे पर पहुँचना चाह रही थी। तायाप्पा दोनों के पीछे-पीछे पैर घसीटता, धकेलता हुआ जा रहा था। तीनों में मस्कर की मेड पार की और चव्हान के खेतों में कदम रखा। उन्हें देखते ही चव्हान की स्त्री ऐसे सामने आई, मानो उन्हीं राह तक रही हो। बोली—

"अरे, ननद-भौजाई कहाँ चल दीऽऽ? और इस लड़के की बारात कहाँ ले जा रही होऽऽ"

"लड़के ने ही तो पागल बना दिया है बहनऽऽ!" गौराक्का झट् से बोल गयी और कल्लव्वा के माथे की त्योरियाँ चढ़ीं।

"इसे ले जाकर क्या करेंगी रीऽऽ?"

"करना क्या है, ज़रा गडहिंग्लज से कुछ सामान खरीदना है।" और कल्लव्वा आगे बड़ी। गौरव्वा सब समझ गयी और हँसते हुए उसके साथ हो ली। कल्लव्वा उसकी तरफ़ देखती ही रही। तिराहे पर पहुँचते ही कल्लव्वा ने इधर-उधर देखना शुरू किया। हारबा के होटल में जाकर उसने पूछताछ की। गाड़ी के आने में अभी समय था। इसलिए गौरव्वा को लेकर वह दूर नीम के पेड़ तक जाकर रुकी। होटल के शेड तले बैठा हर आदमी तायाप्पा को निहारने लगा। सामने शिंदे के खेत की गन्ने की हरी-हरी फ़सल थी। तायाप्पा उस पर नज़रें गड़ाए खड़ा था। तभी नीचे की तरफ़ के शिरपा के ठेले से किसी ने आवाज़ लगाई—

"अरे ओऽऽ तायाप्पाऽऽ! कहाँ जा रहे हो, इधर आओ!"

तायाप्पा ने खड़े-खड़े ही मुड़कर देखा तो शिरपा के ठेले के सामने पटरे पर कालू पाटील का निविया बैठा है और उसे बुला रहा है। तायाप्पा के कदम अपने आप मुड़ गये। जैसे ही वह शिरपा के ठेले के पास गया, निविया पान की पीक थूकता हुआ बोला—

"कहाँ जा रहे होऽऽ?"

"भादवन!" उसने सच-सच कह दिया।

"क्योंऽ?"

"कुछ नहीं, ज़रा काम है।"

"काहे का काम! तुम्हारी माँ ने कोई नया भगवान ढूँढ़ निकाला होगा!" निविया शिरपा की तरफ़ देखता हुआ बोला। तभी नीचे की तरफ़ से गाड़ी की आवाज़ सुनाई दी और तायाप्पा वहाँ से चल दिया। उसे जाता देख निविया और शिरपा हँसने लगे। तायाप्पा को अच्छा नहीं लगा।

तायाप्पा ने गाड़ी में कदम रखा और उसे लगा कि गाड़ी से उतरकर कहीं भाग जाए। लेकिन कंडक्टर ने घंटी बजायी और तायाप्पा चुपचाप सीट पर बैठ गया। गाड़ी ने रफ़्तार पकड़ी और तायाप्पा के दिमाग़ की भन्नाहट भी बढ़ती गयी। ...जहाँ जाए सब भगवान के नाम पर मेरी खिल्ली उड़ाते हैं। साला, पता नहीं इन लोगों से देखा क्यों नहीं जाता...भगवान हमारे घर आएँगे, हम भगवान की पूजा अर्चा करेंगे, इसमें पता नहीं इन लोगों को क्या परेशानी है? लोग भी कैसे-कैसे होते हैं साले माँ के जने! जिससे पीछा छुड़ाओ, वही बार-बार सामने आता है। अपने घर की रोटियाँ तोड़कर दूसरे के मामले में नाक घुसेड़ने की आदत ही है साली... इसी तरह खुद से कुछ-कुछ बुदबुदाता रहा।

भादवन तिट्टा कब आया, उसे पता भी नहीं चला। माँ और बुआ उतरने को हुईं। वह फिर भी बैठा रहा। तभी कल्लव्वा चीखती हुई बोली-

"क्यों रेऽऽ उतरना नहीं है?" माँ की आवाज़ से वह उठा और उसके पीछे-पीछे नीचे उतरा। माँ और बुआ ने नीचे उतरते ही राह पकड़ी। लेकिन उसे ज़रा बोझिलपन महसूस होने लगा। उसने देह तोड़ी। तभी दस-बीस कदम आगे चल रही कल्लव्वा पीछे मुड़कर चिल्लाई—

"अब क्या हुआ? चल न!"

"आप लोग चलिए आगे-आगे...।" और तायाप्पा ने डग भरना शुरू किया। सड़क पर आदमी का कहीं नामोनिशान नहीं था। पूरा इलाका देह ताप रहे साँप जैसा सुस्ताया पड़ा लग रहा था। हरियाली के नाम पर कहीं-कहीं बबूल के पेड़ दिख रहे थे। माँ और बुआ को दूर जाता देख उसने अपनी रफ़्तार बढ़ाई। उसकी नज़रें निर्जन रास्ते पर लगातार इधर-उधर घूम रही थीं। दूर पेजलेवाड़ी इलाके के पहाड़ों पर मटके जैसे

पेड़ दिख रहे थे। ये पेड़ उसे ऐसे लगने लगे, मानो लाठी के छोर पर लुटिया रखे गयी हो। वह अपने आप हँस पड़ा। सड़क के दोनों तरफ़ के पत्थर सफ़ेद चूने में रंगाए गए थे। वे उसकी तरफ़ ऐसे टुकुर-टुकुर देखने लगे, मानो छिले हुए बत्तख हों। उसकी चाल फिर धीमी होने पर गौरव्वा और कल्लव्वा थैली नीचे रखकर खड़ी हो गयीं। उसे क़रीब आता देखकर गौरव्वा बोली-

"चलने में तकलीफ़ हो रही है क्या रेऽ, ज़रा देर आराम करेंगे?"

"नहीं, मैं ज़रा इधर-उधर देखता आराम से चल रहा हूँ, इसलिए देर हुई।"

"जल्दी चलो भैया, जल्दी से निबटाकर दिन ढलने से पहले लौटना है।" और कल्लव्वा घुटने पर हाथ टिकाती हुई आगे बड़ी। गौरव्वा ने तायाप्पा को आगे कर लिया और खुद पीछे हो गयी। अब उनकी रफ़्तार से चलने के सिवा तायाप्पा के सामने और कोई चारा नहीं था।

भादवन में कदम रखते ही तायाप्पा को यह गाँव अलग ही लगने लगा। सारा गाँव टीलेनुमा पत्थरों से बना। बीच-बीच में घुटने जितने गहरे गड्ढ़े! उसकी समझ में नहीं आ रहा था कि इस गली को गली कैसे कहें! एक भी घर सीधी रेखा में नहीं। एक घर झुका हुआ तो दूसरे का छप्पर बीच में ही नीचे धँसा हुआ और तीसरा घर सीधा सड़क के बीचोंबीच। एक गली से दूसरी गली में कदम रखो तो जहाँ देखो वहाँ गलियाँ ही गलियाँ। गौराबुआ एक गली से निकलकर दूसरी गली में घुसने लगी। लेकिन तायाप्पा की कुछ भी समझ में नहीं आ रहा था कि कहाँ से आया है और कहाँ जा रहा है।

गौराबुआ एक चौखट से भीतर घुसी और तायाप्पा ने राहत की साँस ली। माँ के पीछे-पीछे वह भी अंदर गया। बाहर की तरफ़ भैंसऊर, उसमें भैंस बँधी। सामने आठ खंबों की चाँड़। चाँड़ पर बहुत सारी बोरियाँ, झाले रखे। तायाप्पा वहीं जाकर टिक गया। तभी भीतर से एक मर्दाना कदकाठी की काली-कलूटी जटाधारी औरत बाहर निकली। उसकी जटाएँ एड़ियों तक लटक रही थीं। तायाप्पा उसकी जटाओं को ऐसे देखता रहा, मानो कोई अजूबा देख रहा हो। गौराबुआ ने जान-पहचान निकालकर उसे कुछ बताया। फिर वह अपनी जटाओं को सँभालती हुई भीतर गयी और पानी का लोटा लिए बाहर आई। तायाप्पा ने आधा लोटा गटगट ख़त्म किया। उसे अच्छा लगा।

"ये है तायाप्पा, मेरा भतीजा! और ये मेरी भाभी। भाई की बीवी।"

गौरा बुआ ने परिचय कराते ही तायाप्पा ने उसके पैर छुए। जोगतिन उसके पास बैठते हुए बोली—

"आज कैसे आना हुआ?"

"तनिक काम था...।"

और गौरव्वा ने सारा मामला उसे समझाया। सुनकर वह तनिक सोच में पड़

गयी। उसने यूँ ही उँगलियाँ गिनना शुरू किया। उँगलियाँ गिनना ख़त्म होने पर वह तायाप्पा को निहारने लगी। तभी कल्लव्वा तायाप्पा से बोली–

"तनिक उजाले में तो आऽऽ।"

तायाप्पा घिसटते हुए उजाले की तरफ़ मुड़ा। भूमि पर लोट रही अपनी जटाओं को हाथ में लिए वह यूँ ही उन्हें हिलाने लगी। फिर कुछ याद आने की तरह बोली—

"मौसी, भगवान के सामने चलते हैं। कपूर जलाएँगे।"

वह उठी और उसके पीछे-पीछे गौरव्वा, तायाप्पा और कल्लव्वा भीतर गए। भीतर पूरा अंधेरा था। बीच में मिट्टी के बड़े दिए में बाती जल रही थी। उसके सामने जग, देहरा। गौरव्वा ने मत्था टेका। जोगतिन ने अगरबत्ती, कपूर की टिकिया जलाई और पलथी मारकर और आँखें मूँदकर भगवान के सामने बैठ गयी। घड़ी भर बाद हिचकियाँ देते-देते सिर धुनने लगी। फिर सहसा रुककर बोली—

"तुम्हारे मन में जो है, वो नहीं होगा। पेड़ मेरे मन में बसा है। उसे मेरी सेवा में ही आना ही होगा...।"

"तुम्हारी सेवा में अर्पित करने से इन्कार नहीं है। लेकिन केवल दर्शन बाँधेंगे।"...गौरव्वा साहस के साथ बोली।

"नहींऽऽहींऽऽ होगा।" जोगतिन लगभग चीखी और अचानक ठंठी पड़ गयी। गौरव्वा भी ठंडे पानी में डूबने जैसी बिल्कुल ठंडी हो गयी। तायाप्पा उसकी तरफ़ देखता ही रहा। पर कल्लव्वा ऐसी कोरी मुद्रा बनाकर बैठी रही, मानो यही होना था। घड़ी भर बाद जोगतिन में दुबारा हरक़त हुई। उसने देवी माँ के पैर छुए और पास का भंडारा गौरव्वा के माथे पर लगाते हुए भंडारे की तरह गहरे पीलेपन से मुस्कुरायी...

गौरव्वा का कलेजा भंडारे की थैली की तरह लटककर उछला... उसने अपनी राह पकड़ी।

...माघी पूनो अभी एक सप्ताह दूर थी। लेकिन अभी तक किसी बात का कोई ठिकाना नहीं था। घर में बात करने को भी कोई राज़ी नहीं। कल्लव्वा भीतर ही भीतर कुड़ रही थी। उसे यही डर सता रहा था कि ऐन समय पर आदमी का मन बदल जाए तो क्या करेंगे? सारा खेल बिगड़ जाएगा। घर के किसी काम में उसका मन नहीं लग रहा था। किसी से कुछ कहने जाए, पर आदमी की नीयत का क्या भरोसा? जब अपने ही लोग साफ़ दिल नहीं हैं, तो ग़ैरों का क्या भरोसा... कल्लव्वा सब तरफ़ से मानों पेंच में फँसी थी। केवल तानू बढ़यारिन जोगतिन और महार की फुला बीच-बीच में आकर आँय-बाय बोल जाती थीं। बस यही उसके लिए थोड़ी-बहुत राहत की बात थी। इसी कुढ़न के कारण भोजन के समय कल्लव्वा की कौर उठाने की भी इच्छा नहीं होती थी।

बड़के की राय जानने के लिए कई बार उसके सामने बात छेड़ी। पर बड़का था कि बात छिड़ते ही उसे टालकर नौ दो ग्यारह हो जाता और फिर दो-दो दिन तक किसी

से बात भी नहीं करता। इस कारण बड़के से बात करने का मामला ठंडे बस्ते में पड़ा हुआ था। दरअसल, माघी पूनो के लिए महज़ आठ दिन बचे थे। आठ दिन तो ऐसी-वैसी चीजें जमा करने में पखेरू की तरह उड़ जाएँगे। कुछ भी हो, आज फ़ैसला हो ही जाए, यह सोचकर उसने मिस्सी का बर्तन चूल्हे में सरकाया, उसमें तंबाकू डाली और अंगार की तरफ़ देखती रही।

बड़का भैंस लेकर पिछवाड़े से सीधा भैंसऊर में आया। भैंस को जैसे-तैसे बाँधकर उसके सामने घास का पूला डाल दिया। वह खुद भी भूख से बेहाल था। घर में आते ही उसने लोटे भर पानी से मुँह धोया और लोटा वहीं रखकर मटके के पास बैठ गया। कल्लव्वा मिस्सी से दाँत माँज रही थी।

''अरी, भूख लगी है, खाना परोस न जल्दी!'' बड़के ने सामने रखे लोटे से पानी पीते हुए कहा।

''मैं क्या खाली बैठी हूँऽऽ देखते नहीं, काम में लगी हूँ!''

''वाह, आराम से दाँत माँज रही हो और ऊपर से कहती हो खाली बैठी हूँ क्या?''

''मैं कहती हूँ, पेट में आग लगने पर जैसी तिलमिलाहट होती है, वैसा दूसरे काम के बारे में भी सोचना चाहिए आदमी को।''

''अच्छा! तुम्हारा कौन-सा काम अटका पड़ा है बिना सोच का?''

''आज हफ़्ता भर बचा है माघी पूनो को, लेकिन कोई भी ध्यान देने को तैयार नहीं। मैं अकेली क्या जान दे दूँ?...''

कल्लव्वा रुआँसी होती हुई बोली। बड़का भोजन के समय यह बहस नहीं चाहता था। बात को टालने के लिए उसने बहाना बनाना शुरू किया। लेकिन कल्लव्वा बिफर गयी। उसका आपा छूट गया।

''आज फ़ैसला हो ही जाए। जो दिल में है, एकबारगी उगल दो। बिना वजह दिमाग़ ख़राब मत करो...।''

''किस बात से ख़राब हो रहा है तुम्हारा दिमाग़? अभी आठ दिन पड़े हैं। ज़रा ठंडे दिमाग से सोचेगी भी या नहीं।'' बसप्पा भी बिगड़ गया।

''आठ दिन! अभी तक किसी बात का ठिकाना नहीं। क्या करेंगे आठ दिन में? क्या सामान चाहिए, क्या खरीदना है, कैसे करना है, कौन-कौन जाएगा, इस पर अभी नहीं सोचेंगे तो क्या ऐन वक्त पर सोचेंगे? मैं बोलती हूँ, इसलिए बुरी बनती हूँ। लेकिन ये बातें सोची भी हैं किसी ने? आज ही इंचनाल जाइए और उस औरत से मिलकर सारी बातें ठीक-ठीक पूछ आइए। क्या सामान चाहिए, कब जाना है सब तय कर आइए ताकि बाक़ी तैयारी में लग सकें...।''

कल्लव्वा गुस्से की रौ में भड़भड़ाकर बोल गयी थी। बड़के को लगा, अब बात

करने से कोई फ़ायदा नहीं। उसने परोसी हुई थाली चुपचाप सामने खींची और रोटी के टुकड़े करना शुरू किया। कल्लव्वा अभी भी अँट-सँट बड़बड़ा रही थी। उसका सारा गुस्सा फूट रहा था। रोटी तोड़ते-तोड़ते बड़के को उसकी बातों की तड़प अनुभव हुई।

बड़के ने थाली में हाथ धोया और अंगोछे से हाथ पोंछता हुआ बाहर हो लिया। उसके दिमाग़ में दीमक बिलबिलाने लगे... कितनी भी कंजूसी करें, पर चार पैसा खर्च होगा ही इस काम में... अब तक तो मुझे इसका जुगाड़ कर लेना चाहिए था। खैर, जो हुआ सो हुआ। कम से कम अब इधर-उधर हाथ मारना होगा। कहीं से चार पैसे का जुगाड़ करना ही होगा।

अपनी ही धुन में वह महार बस्ती की तरफ़ मुड़ा। उस धुन में वह यह भी भूल गया कि किसलिए जा रहा है। फुला जोगतिन के घर के पास आने पर वह होश में आया। मन ही मन कुछ हिसाब लगाया। फुला के घर के पास आने पर दूर से ही उसने फुला को आवाज़ दी। बड़के को देखकर फुला की माँ बाहर आई।

"बहुत दूर चक्कर लगाया जी आज?"

"हाँ, आया था यूँ ही। तनिक काम था... फुला है घर में?"

"नहीं जीऽ, अभी-अभी नीचे की तरफ़ गयी है। ज़रा रुकिए, मैं बुलाकर लाती हूँ...।" और फुला की माँ महार बस्ती के तट की तरफ़ खिसकी। बड़का सड़क पर ही इधर-उधर देखता खड़ा रहा...।

फुला लगभग दौड़ती हुई आई। बसप्पा का दरवाज़े पर यों खड़ा रहना उसे बुरा लगा।

"भीतर आइए नऽऽ...।" कहती हुई वह भीतर दौड़ी और उसने बीच की दीवार से सटकर टाट का टुकड़ा बिछाया। बसप्पा भीतर जाकर बैठता हुआ बोला—

"पूनो को पहाड़ पर जाना है नऽऽ।"

"और क्या... टालने से कैसे चलेगा... आपका क्या विचार है?"

"यही तो पूछने आया हूँ। पिछले साल उस कदम की छोरी के लिए कितना खर्च आया था?"

"उसका अलग है। लड़कियों का खर्च अलग, लड़कों का अलग।"

"फिर भी कितना हुआ था?"

"उन्हें कुल मिलाकर हजार रुपये खर्च आया होगा। लेकिन आपको ज़्यादा आएगा। लड़का की बात है। औरत के मुक़ाबले उसका सब अलग होता है...। शेवंताक्का ने भी तो कुछ बताया होगा न?"

"नहीं, उसके पास कल जाने की सोच रहा हूँ। पहले तुम्हारे पास आया हूँ। सोचा तुम्हें भी तो कुछ पता होगा?"

"हमने अभी तक लड़के का किया नहीं है। इसलिए इस बारे में ज़्यादा नहीं पता।

लेकिन जो देखा है वो बताती हूँ। लड़के के लिए कुल मिलाकर डेढ़ हजार तक खर्च आएगा। लेकिन घर के कितने लोग आएँगे, इसपर सब निर्भर है। कम से कम दो जोगतिनें ले जानी होंगी। कोई जोगता भी अपने खर्च से ले जाना होगा। इसके अलावा सामान। चाहे जितना लगे, लेकिन उधर ही निबटा डालो...।''

''निबटाने की ही सोच रहे हैं। एक बार रह गया तो रह गया! जो उसकी किस्मत में बदा है, वह होकर ही रहेगा...।'' वह चिंता में बुदबुदाया।

''किस्मत के चंगुल से छूटा भी है कोई? आदमी के कहने से क्या होता है? सबकी डोर उसी के हाथों में है।'' और फुला अपने आप में खो गयी।

बड़का उठा और 'चलता हूँ' कहकर चौखट से बाहर हो लिया। उसके दिमाग़ में डेढ़ हज़ार का आँकड़ा उल्टा-सीधा घूमने लगा... इन दिनों इतना सारा रुपया कैसे खड़ा करेंगे...? उधार पर जुगाड़ होना मुश्किल है... बड़का अपने आप से बड़बड़ाता हुआ जा रहा था। हर कदम के साथ एक-एक सवाल उसे बिच्छू के डंक की तरह सालने लगा।

घर में कोलाहल मचा हुआ था। किसी का किसी से तालमेल नहीं था। कल्लव्वा एक-एक गठरी बनाकर अलग रखे जा रही थी। शेवंताक्का एक जगह पर बैठी ब्यौरेवार बता रही थी। भूल-चूक पर नज़र रखे हुए थी। जाधव की पारव्वा शेवंताक्का के पास बैठी जग का सामान साफ़ करते हुए फिर उसी में सजा रही थी। पमी एक कोने में खड़ी सबकुछ अचरज़ से देख रही थी। ना ना करते तीन बड़ी गठरियाँ बनीं। फिर भी सामान बचा हुआ था। इसलिए कल्लव्वा ने परछत्ती से काली पट्टियों की बोरी निकाली। दो गठरियों की एक गठरी बनाई। बचा हुआ सामान सीमेंट के एक थैले में ठूँसा। तभी दरवाज़े से शिऊ शिंदे चिल्लाई-

''अरीऽ चलो, बाहर निकलो। सब लोग मंदिर चले गए।'' शिऊ की आवाज़ से धाँधली मच गयी। कल्लव्वा हैरान। शेवंताक्का ने बार-बार याद करने की कोशिश की कि कहीं कुछ छूट तो नहीं गया... पारव्वा जग के लिये गेंडुली बना रही थी। शिऊ घर में घुसी और सभी औरतें उठकर खड़ी हो गयीं। अभी कल्लव्वा को साड़ी बदलनी थी। वह बाँस पर रखी साड़ी लेकर झट् से मड़ैया की तरफ़ सरकी। तभी शिऊ चिल्लायी, ''जल्दी के समय ज़रा जल्दबाज़ी करनी चाहिए।''

''हम बैठे हैं क्या चाची?'' आक्कव्वा ने उसे घुड़की पिलाई और थैलियों के मुँह बाँध दिए। गठरियाँ उठाकर जायज़ा लिया। शेवंताक्का ने पल्लू सीधा करते हुए चेहरे पर हाथ फेरा। तभी दरवाज़े में बालू महार की दफली फड़क उठी। बड़के ने भीतर आते हुए सभी को चेतावनी दी—

''बहुत हो गया, अब चलो सभी बाहर।''

तभी शेवंताक्का बाहरी दरवाज़े पर आई। पारव्वा ने 'उदं ग आई उदंऽऽ'' का घोष करते हुए जग उठाया और उसे नचाते हुए 'उदंऽऽ' के घोष के लिए जो मुँह खोला, तो गली में आने तक बंद ही नहीं किया। बालू महार की दफली ने अच्छी लय पकड़ी थी और तानू बढ़यारिन हिचकते हुए सिर धुनने लगी थी। देखते ही देखते पूरी गली छोटे-छोटे बच्चों से खचाखच भर गयी। शेवंताक्का ने तायाप्पा को अपने साथ लिया और भीतरी कमरे के देहरे के पास ले गयी। परड़ी का भंडारा उसके माथे पर लगाया और 'उदंऽऽ गं आई उदंऽऽ' का घोष करते हुए परड़ी उठाकर तायाप्पा के हाथों में दी। संगाप्पा ने उसके हाथ से लेकर परड़ी अपने सिर पर उठा ली। पीछे-पीछे आक्कव्वा और बड़का गठरियाँ लेकर बाहर आए। दरवाज़े में आने पर सभी ने एक सुर में घोष किया—

'उदंऽऽ गं आई उदंऽऽ।'

गली के बच्चों ने भी उस आवाज़ में आवाज़ मिलायी। पूरी गली आवाज़ से गूँज उठी। तभी रामा माने बालू महार पर चिल्लाया, "अरे ज़रा आगे भी बढ़ोऽऽ।" बालू महार ने दफली के लय पर अपने पैर आगे बढ़ाए।

तानू बढ़यारिन के साथ-साथ अब महार की फुला और मोहिते की गंगव्वा भी दफली की लय पर नाच रही थीं। उनकी हिचकते हुए सिर धुनने की रफ़्तार भी बढ़ती गयी। सभी ने पैर हिलाते हुए घोष किया—

"उदंऽऽ गं आई उदंऽऽ।"

पूरी गली आगे सरकने लगी। सबसे आगे बालू महार की दफली। बीच में नाचती हुई औरतें और पीछे लोगों का जमावड़ा। जग सिर पर उठाए पारव्वा सबसे आगे। साथ में शेवंताक्का। गली की औरतें अपने घरों से पानी की गगरियाँ लाकर पारव्वा और शेवंताक्का के पैरों पर उँड़लने लगीं। कोंडकर लक्ष्मी आगे थी और सामने पड़नेवाले हर आदमी के माथे पर भंडारा लगा रही थी। एक-एक आदमी भीड़ में शामिल हो रहा था। भगवान के साथ चार कदम चलने के लिए भीड़ आगे-आगे सरक रही थी।

सारी भीड़ विठोबा मंदिर में आई और बालू महार तैश में आया। दफली की लय धूप के साथ बढ़ती गयी। दफली की बढ़ती आवाज़ से शेवंताक्का का भी अचानक सिर धुनना शुरू होकर वह भी तानू बढ़यारिन के साथ मिलकर नाचने लगी। भीमा माने सभी को पीछे ठेलता हुआ बोला-

"अरेऽऽ, इस रफ़्तार से चलेंगे तो गाँव में ही शाम हो जाएगी... ज़रा कदम बढ़ाओ।"

बालू महार अनिच्छा से आगे बढ़ गया। लड़कों का 'उदंऽऽ गं आई उदंऽऽ' का उद्घोष जारी था। भीड़ के बीचोंबीच चल रहा तायाप्पा चींटी की चाल से एक-एक कदम आगे बड़ा रहा था।

जुलूस लक्ष्मी माता के मंदिर में आया और पूरा गाँव वहाँ जमा हो गया। कोई भंडारा लगा रहा था तो कोई पहाड़ पर जानेवालों के पैर छू रहा था।

"आराम से जाओऽऽ आराम से आओऽऽ।" सूचनाएँ जारी थीं। नाच रही औरतें अब थक चुकी थीं। बालू महार की दफली की लय भी धीमी पड़ चुकी थी। मंदिर की सीढ़ियों से लेकर लकड़ीबाई के घर तक सभी लोग घिचपिचकर खड़े थे। पहाड़ पर जानेवाली औरतें लक्ष्मी माता के सामने कपूर-शक्कर जलाकर उसे प्रणाम कर रही थीं। तभी सिर धुनती शेवंताक्का के हिचकियाँ आने लगीं। सभी लोग ख़ामोश हो गये। किसी की कुछ भी समझ में नहीं आ रहा था। शेवंताक्का दुबारा जोर-जोर से सिर धुनने लगी। तभी पारव्वा सिर पर रखा जग सँभालती हुई हाथ की भंडारे की थैली टेंट में खोंसकर आगे आकर बोली—

"भगवनऽऽ, गाड़ी को देर हो रही है, जल्दी कीजिए।"

शेवंताक्का ने उसकी बात को अनसुनी कर दी और दुबारा सिर धुनने लगी। भीड़ में खड़ी घोरपड़े की बुढ़िया सयानी बनकर सामने आयी और बोली—

"भगवन्, जो भी पहेली होगी, जल्दी बूझिए।"

शेवंताक्का सिर धुनते-धुनते कहने लगी, "मेरे पुराने पेड़ को कैसे भूल गए... मेरे पुराने पेड़ को बुलाइए।"

"घोरपड़े की बुढ़िया सोच में पड़ गयी। वह याद करने लगी कि गाँव में सबसे पुरानी जोगतिन कौन है। तभी भीड़ कोई बोला—

"लीकमा की बुढ़िया की बात कर रही है शायद।"

घोरपड़े की बुढ़िया के दिमाग़ की बत्ती जल उठी—

"भगवन्, आपका पेड़ तो बहुत थका हुआ है... उसे कैसे लाएँ...!"

"इसीलिए कह रही हूँ, मेरे पेड़ के पैर छूकर, भंडारा लगाकर आइए।"

सभी परस्पर कानाफूसी करने लगे। बड़का सामने आया। शेवंताक्का की भंडारे की थैली से चुटकी भर भंडारा लिया और लीकमा के घर की तरफ़ तेज़ी से दौड़ पड़ा। इस अवसर का लाभ उठाते हुए बालू महार ने दुबारा दफली पीटना शुरू किया। रुकी हुई तानु बढ़यारिन दुबारा लय में आई। लोग 'उदंऽऽ ग आई उदंऽऽ' का घोष करते हुए भावविभोर हुए। सभी के दिल पहाड़ौं वाली माता की महिमा से गद्गद् हो गए। इधर भीमा माने चौपाल के चबूतरे पर यह सब निबट जाने के इंतज़ार में बैठा था। दफली दुबारा जोश के साथ बजने लगी। शेवंताक्का यह भूलकर नाचने लगी कि उसने अभी-अभी कुछ कहा भी था। बड़का हाँफता हुआ मंदिर में आया। उसे देखते ही भीमा माने बोला—

"अब हो गया हो तो चलें। कुंड पूजन करेंगे और निकल पडेंगे।"

अभी भी कुछ लोगों का लक्ष्मी के दर्शन करना बाक़ी था। वे सभी झट से मंदिर

में घुसे। बड़के ने तायाप्पा से कहा कि वह मंदिर हो आए। तायाप्पा छोटे बच्चे की तरह जल्दबाजी में मंदिर में घुसा। सभी लोग 'उदंऽऽ गं आई उदंऽऽ' का घोष करते हुए मंदिर से कुंड की तरफ़ मुड़े।

जुलूस महार टोले के पास आया और इतनी देर तक उबासियाँ ले रही फुला सिर धुनने लगी। लगभग आधा महार टोला भीड़ में शामिल हुआ था। कुंड महार टोले के पीछे था। उधर जानेवाले पचासेक लोग जल्दी-जल्दी आगे बढ़े और कुंड-पूजन कर बालू महार की दफली की प्रतीक्षा करने लगे।

तायाप्पा दफली की धुन पर मन ही मन डोल रहा था। कुंड के पास आने पर न जाने उसे क्या हुआ, वह भी बैठे-बैठे दफली की धुन पर डोलने लगा। पास खड़ी आक्कव्वा उसकी तरफ़ आँखें फाड़-फाड़कर देखने लगी। बालू महार ने कुंड का चक्कर लगाते हुए दफली की धुन तेज़ की और तायाप्पा अचानक खड़ा हो गया। आक्कव्वा चौंकी। उसने तायाप्पा को झट से पीछे खींचते हुए ही पूछा—

"क्यों रे, सचमुच सवारी आई है या ऐसे ही सिर धुन रहे हो?"

आक्कव्वा की बातों से तायाप्पा झेंपकर शर्म से गड़ गया। फिर दूर नज़रें गड़ाए देखता खड़ा रहा। लोग कुंड पूजन समाप्त कर तिट्टे की तरफ़ मुड़े। तायाप्पा थप्पड़ खाए-सा चल रहा था।

तिट्टे तक आते-आते लोगों की भीड़ काफ़ी कम हो गयी और केवल पहाड़ पर जानेवाले लोगों के घरवाले दिखने लगे। फिर भी सौ-डेढ़ सौ लोगों की भीड़ तिट्टे के पास थी। तिट्टे के पास आने पर बालू महार ने दफली रोकी। नाचनेवाला एक-एक पेड़ अपनी ही जगह पर सिर धुनने लगा। शेवंताक्का कुछ देर सभी के बीच सिर धुनती रही और पेड़ छोड़कर मुक्त हो गयी। भीड़ उसकी आँखों से पानी लगाकर उसके पैर छू रही थी। सभी के साथ तायाप्पा ने भी शेवंताक्का के पैर छुए। तभी आक्कव्वा सामने आई। उसने तायाप्पा को शेवंताक्का के पास खड़ा किया। पानी का लोटा दोनों के पैरों पर उँड़ेला। हाथ से ही दोनों की पलकें भिगोईं, पैर छुए और उनकी हाथों पर गुड़ की डली रखी। सभी ने अपने-अपने लोगों को पानी दिया और सामान उठाकर सभी गड़हिंग्लज की राह पर चल पड़े। पचास लोगों का दल चिल्लाया—

"उदंऽऽ गं आई उदंऽऽ।"

कल्लव्वा हाथ में लोटा सँभालती हुई उस आवाज़ में आवाज़ मिलाती रही।

सभी 'अच्छा-चलते हैं' कहते-कहते हाथ हिलाते-हिलाते राह पर चल पड़ें। आक्कव्वा का हाथ ऊपर गया ही नहीं। वह तो बस 'उदंऽऽ ग आई उदंऽऽ' का घोष कर रहे जमावड़े की तरफ़देखती रही। लोग नज़रों से ओझल हो गए थे, लेकिन आवाजें आ रही रही थीं। आक्कव्वा होश में आई। लोग सरहद लाँघकर जा चुके थे। उसने मन ही मन पहाड़ोंवाली माता के हाथ जोड़े। उसके होठों में अपने आप हरकत हुई—

"उदंऽऽ गं आई उदंऽऽ।"

वह घर की तरफ़ मुड़ी। लेकिन उसके कदम उठ नहीं रहे थे।

...हिंग्लज बस अड्डे पर जहाँ-तहाँ लोग ही लोग दिख रहे थे। पहाड़ पर जानेवाले। सभी के मस्तक भंडारे से सने। हर गाँव का दल अलग बैठा हुआ। पूरा बस अड्डा भर गया था। आदमी के खड़े रहने की भी जगह नहीं थी। ऐसी घिचपिच में भी किसी-किसी गाँव की जोगतिनें दफली की धुन पर जहाँ-तहाँ नाच रही थीं। वहाँ जमा लोग कुछ अजीबोगरीब दृश्य देखने की तरह उनकी ओर देखे जा रहे थे। कोई-कोई आदमी भंडारा लगाता हुआ नाचनेवाली औरत के पैर छूकर आगे बढ़ रहा था!

तीन बजे गाड़ी अड्डे पर आई और भीड़ गाड़ी की तरफ़ लपकी...।

सभी ने अपने लोग, अपने सामान की तफ़्तीश करते-करते पूरी गाड़ी सिर पर उठा ली। इस बीच हरबा माने की लड़की घबराकर रोने लगी। पूरी गाड़ी उसके रोने की आवाज़ से भर गयी। हर कोई अपनी-अपनी हड़बड़ी में होने के चलते उसकी तरफ़ किसी का ध्यान नहीं था। गाड़ी का ड्राइवर आते-आते चार बज गए। भीमसुभानिया ने गाड़ी में चढ़ते-चढ़ते पान की सीठी नीचे फेंकी और अपनी जगह पर आया। गाड़ी शुरू हुई। सभी औरतों ने लय पकड़ी—

"उदं गऽऽ आई उदंऽऽ।"

गाड़ी हिंग्लज को पीछे छोड़ बाहर निकली। खुली हवा से भीतर का माहौल तनिक खुल-सा गया। तायाप्पा काफ़ी देर से घुटन महसूस कर रहा था। उसने भी राहत की साँस ली। औरतों का शोर अभी भी जारी था। बाल-बच्चे ख़ामोशी से गाड़ी से बाहर ताक रहे थे। पुरुषों का अपना-अपना कुछ-कुछ जारी था। गाड़ी की रफ़्तार के साथ ताया पा का मन भी दौड़ने लग... साला, एक झंझट से पीछा छुड़ाओ तो दूसरा आगे खड़ा! इस पहाड़वाली को मैं ही क्यों दिखता हूँ?

गाड़ी संकेश्वर के मोड़ से मुड़ी और सीट के कोने पर बैठा तायाप्पा नीचे गिरते-गिरते बचा। शेवंताक्का ने उसे झकझोरते हुए पूछा—

"नींद आ रही है क्या रे?"

"नहीं तोऽऽ।' उसने बस से बाहर देखना शुरू किया। संकेश्वर का इलाका भैंस की पीठ जैसा घना काला दिख रहा था। बबूल के अलावा किसी पेड़ का पता नहीं था। खेतों में मेडों का भी पता नहीं था। काले-काले मक्खन जैसा इलाका। तायाप्पा इलाके में ही खो गया।

"क्यों रेऽऽ, आते समय वो इंदी क्या कह रही थी तुमसे?"

पिछली सीट पर बैठी मोरे की आक्कव्वा तायाप्पा के कानों से लगती हुई बोली। तायाप्पा सोच में पड़ गया। उसकी समझ में नहीं आ रहा था कि आक्काचाची क्या पूछ

रही है। वह दुबारा सामने देखने लगा। आक्कव्वा उसे फिर कुरेदती हुई बोली—

"अरेऽऽ, मैं क्या पूछ रही हूँ?"

"तायाप्पा ने दुबारा उसकी तरफ़ देखा। वह दुबारा उसके कानों से लगती हुई बोली—

"सुना है; वो काली रांड बहुत कुछ बक बक कर रही थी?"

"कौन... ?"

"अरे वही, तुम्हारे घर के सामनेंवाली...।"

"क्या बोल रही थी?"

"वही तो, तुम्हारे बारे में...।"

"बकने दो, माँ की जनीऽऽ।"

तायाप्पा ने उसकी तरफ़ ध्यान ही नहीं दिया। वह दुबारा बाहर खेतों की तरफ़ देखने लगा। गाड़ी की आवाज़ के बीच कब उसकी आँख लग गयी, उसे पता भी नहीं चला...

जब वह जगा, अंधेरा घना हो चुका था। गाड़ी के हेडलाईट भूमि पर दूध उँड़ेलने की तरह हथेली भर जगह पर जगमगा रहे थे। उसने आँखें खोलकर इधर-उधर देखा। कल्लव्वा उसे छूकर बोल रही थी—

"गोकाक चला गया, एऽऽ।"

उसने तनिक हँसते हुए माँ की तरफ़ देखा। औरतों की बकबक अभी भी जारी थी। उसे औरतों की बोलने की क्षमता पर हैरत हुई। भीमसुभानिया घोड़े बेचकर सोने की तरह जोर-जोर से खर्राटे भर रहा था। उसकी तरफ़ देखते हुए शेवंतामौसी कह रही थी—

"देखो न, कैसा सोया है आदमी। ऐसे बेखटके खर्राटे भर रहा है, जैसे घर में सो रहा है। क्या करें, बताओ... ?"

"जाने दो, होती है एक-एक की आदत।" कल्लव्वा ने शेवंता को चुप करा दिया।

...गाड़ी मुनोली नदी पर आकर रुकी और अंगड़ाई लेते हुए सभी खड़े हो गए। भीमसुभानिया को भी किसी ने जगाया। हारबा मोरे अपना सामान लेकर सबसे पहले नीचे उतरा। उसके पीछे-पीछे तायाप्पा। देखा, सभी तरफ़ बैलगाड़ियाँ ही बैलगाड़ियाँ। जहाँ-तहाँ लालटेन का उजाला और बैलों के घुंघरुओं की आवाजें। लोग चींटियों के झुंड की तरह इधर-उधर घूम रहे थे। सड़क पर दोनों तरफ़ अलग-अलग सामानों की दुकानें सजी थीं। नदी के दोनों तट भी पूरी तरह से भर गए थे। अंधेरे में सब भूतबाबा की आग जैसा दिखता था।

गाड़ी के सारे बच्चे आधे-अधूरे जगे थे। नीचे उतरते ही सभी की नींद खुल गयी।

सामान भी नीचे उतारा। हारबा मोरे दादू कुपटिया के पास जाते-जाते कह रहा था—

"कहीं पर अच्छी-सी जगह ढूँढ़ोऽऽ, और एकबारगी सभी को वहाँ ले जाकर पटक दोऽऽ।"

"अरे भाई, तुम चलो न आगे! सारा इलाका खाली ही तो है। ज़रा ठीक-ठाक जगह देखना। बहुत दूर भी न हो। लोग गंदगी करते हैं...।"

"यहाँ पास कहाँ से मिलेगी? सारी जगह तो इन गाड़ीवानों ने हथिया रखी है...।"

"अब कहीं भी जाए, गाड़ियाँ तो होंगी ही। उसी में ढूँढ़ना ज़रा...।"

"तुम भी चलो न...।"

हारबा मोरे ने कदम पीछे खींच लिए। तभी भीमसुभानिया बसप्पा को आगे ठेलते हुए बोला—

"अरे आप समझदार लोग ज़रा आगे बढ़िए न!"

"मैं काहे के समझदार? पहली बार आया हूँ।" बसप्पा नीचे बैठ गया। तभी शेवंताक्का आगे बढ़कर हाथ नचाते हुए बोली-

"चलो, मैं जगह दिखाती हूँ। हमारे गाँव के लोगों की हमेशा की जगह है, चलो।"

शेवंताक्का आगे बढ़कर बैलगाड़ियों के बीच से रास्ता बनाती हुई आगे बढ़ी। नदी के तट पर जहाँ देखो वहाँ लालटेन ही लालटेन दिखाई देने लगे। शेवंताक्का बुदबुदायी—

"इस साल का मेला बहुत बड़ा लग रहा है!

"देखो न कितनी गाड़ियाँ हैं! हमारे गाँव की गाड़ियाँ भी यहीं कहीं खोली गयी होंगी।"

"कितनी गाड़ियाँ होंगी तुम्हारे गाँव की?"

"पाँच तो होंगी ही।"

भीमसुभानिया आगे बढ़ा। इधर-उधर देखा और पास के गाड़ीवाले के पास जाकर उसने आवाज़ दी—

"ओ भैया, थोड़ी देर लालटेन देंगे अपना?"

"किस गाँव के हो भैया...?"

वह आदमी पंगत से उठकर उसके पास आया। वह आदमी मराठी बोल रहा था। अन्य भाषा से अनभिज्ञ शेवंताक्का को यह अच्छा लगा। भीमसुभानिया ने अपनी मीठी बोली से फुसलाकर उससे लालटेन प्राप्त किया। लगभग सारा इलाका गन्ने की खेतों से भरा था। भीमसुभानिया लालटेन लेकर पलटा और रास्ते का अंदाज़ा लगाता हुआ आगे बढ़ा। तभी खलिहान जितनी जगह दिखाती हुई शेवंताक्का बोली—

"यहीं पर काटेंगे रात।"

"ठीक-ठीक।"

और भीमसुभानिया लालटेन वहीं छोड़कर सड़क की तरफ़ चल पड़ा। सभी को अपनी-अपनी गठरिया लाने के लिए कहता हुआ अपनी गठरी उठाकर आगे बड़ा। सभी सुस्त-से पड़े थे। भीमसुभानिया के पीछे-पीछे सभी लालटेनवाली जगह पर आए। शेवंताक्का सभी को डाँटती हुई बोली—

"जो निबटना है, जल्दी-जल्दी निबटकर सो जाओ। कल पौ फटते ही नीम पहनकर निकलना होगा...!"

रोटी की पोटलियाँ खोलने और बच्चों को परोसने की जल्दबाजी शुरू हुई। भीमसुभानिया इसी अवसर का लाभ उठाकर मनोली गाँव की दिशा में चल पड़ा। आज यूँ ही उसका बदन दर्द कर रहा था। दवा के बिना काम चलनेवाला नहीं था...।

...मुर्गे की बाँग पर शेवंताक्का ने पहले कल्लव्वा को और फिर पारव्वा को जगाया। बाद में सभी औरतें जग गयीं। मनोली नदी पर नीम पहननेवालों को जल्दी से तैयार होने की हिदायत देकर शेवंताक्का नदी तट की तरफ़ चल पड़ी। मधुमक्खियों का छत्ता टूटने की तरह रात भर लगातार बैलगाड़ियाँ, एस. टी. बसें आती रहीं। इस कारण रात भर आँख भी नहीं लगी थी। शेवंताक्का के पीछे-पीछे पारव्वा भी नदी की तरफ़ मुड़ी। दोनों मिलकर हमेशा की नहाने की जगह पर आईं। कितनी ही औरतें ऐसे अंधेरे में स्नान से निबटकर नैवेद्य बनाने में लगी थीं। पारव्वा के लिए ये कोई नई बात नहीं थी। हर साल यह दृश्य देख-देखकर वह इसकी आदी हो गयी थी। कल्लव्वा सब निबटकर दो-चार औरतों को लिये तट पर आते ही बोली—

"क्यों री शेवंताक्का, ये लोग रात में सोए भी थे या नहीं ऽऽ?"

"अरी, भगवान की राह में सोना-जागना नहीं देखा जाता।" पारव्वा साड़ी की लौंग ठीक करती हुई बोली।

"नहीं, मैं यह कह रही थी कि इनका पूरन पोली बनाना शुरू भी हो गया। देखो न...।" कल्लव्वा बोली।

"लेकिन इन्होंने पूरन[2] कैसे पीसा?" आक्कव्वा माने बोली।

"यहाँ के तो पत्थर भी सिल्ली जैसे हैं। ज़रा-सा धोकर उसी पर पिसाई...।"

"हैंऽऽ!' मिसाल की बसव्वा अचानक चौंकी। लेकिन शेवंताक्का उसे समझाती हुई बोली—

"इसमें क्या दिल छोटा करना...भगवान की राह पर सब चलता है..।"

सभी औरतों ने स्नान किया और शेवंताक्का सभी को लिये ठिकाने पर आई। पुरुषों में अभी तक कोई भी उठा नहीं था। भीमसुभानिया की खर्राटों की आवाज़ें सभी

तरफ़ गूँज रही थीं। औरतों ने दो-तीन बड़े-बड़े पत्थर इकट्ठा कर दो-तीन चूल्हे बनाए। कुछ औरतें घास-फूस बटोरने इधर-उधर चली गयीं। शेवंताक्का ने कल्लव्वा को ठीक से समझाया कि क्या-क्या करना है और यह सोचकर लेट गयी कि शायद तनिक झपकी आ जाए...।

औरतों का काम निबट रहा था। कल्लव्वा ने शेवंताक्का को आवाज़ दी। वह जाग ही रही थी। शेवंताक्का ने सभी पुरुषों को जगाया। कुछ पुरुष पहले ही जगकर नदी पर चले गए थे। तायाप्पा भी उठकर फ़ारिग़ हो आया था। शेवंताक्का ने उसे पास बुलाया।

"देखो, यहाँ से नीम पहनकर पहाड़ तक जाना है।"

शेवंताक्का उसे समझाने लगी। तायाप्पा गर्दन हिलाता रहा। औरतों ने अपनी-अपनी गठरियाँ बाँधीं। पुरुष भी तैयार हो गए। नीम पहनने जा रहे आदमियों को लेकर शेवंताक्का नदी पर आई। पारव्वा, शेवंताक्का और तानू बढ़यारिन अपनी-अपनी परड़ियाँ लेकर तट पर रुकीं। औरतों में से केवल चार को नीम पहनना था। वे नदी में उतरीं और बदन पर पानी छिड़ककर गीले बदन ही तट पर आ खड़ी हुईं। पुरुषों में अकेला तायाप्पा ही था। वह नदी में उतरा, डुबकी लगाई और वहीं बदन मलता हुआ खड़ा रहा। तभी कल्लव्वा चीखी—

"अरे यह दिवाली का नहाना नहीं है। जल्दी कर।"

"तायाप्पा जल्दबाज़ी में बाहर आया। औरतों के साथ नंग-धडंग खड़ा रहा। उसके नंगे बदन की तरफ़ देखती हुई गंगव्वा माने बोली—

"देखो न बहना, केवल हड्डियों का ढाँचा बनकर रह गया है।"

परंतु उसकी तरफ़ ध्यान देने के लिए किसी के पास समय नहीं था। पारव्वा अपना 'जग' लायी और उसे सबके बीच में रख दिया। उसके इर्दगिर्द पाँच परड़ियाँ सजाई गयीं। शेवंताक्का ने तायाप्पा को जग के पास बुलाकर सूखे नैवेद्य से परड़ियाँ सजायीं। अगरबत्ती जलाई। पारव्वा ने परड़ी के पास नारियल पूजन करते हुए कपूर की टिकिया जलाई और तानू बढ़यारिन ने 'उदं ग आई उदंऽऽ' का घोष करते नीम की डालियों का पूला खोला। तायाप्पा को पूरब की तरफ़ चेहरा किए खड़ा किया गया। शेवंताक्का तायाप्पा की कमर पर करगते से ऊपर सुत से नीम की डालियाँ बाँधने लगी। नीम की पत्तियों के स्पर्श से तायाप्पा को गुदगुदी होने लगी। साथ ही किसी डाली से चुभन भी महसूस होती। बचपन में पेड़ पर चढ़ते समय पत्तियों का स्पर्श होते ही उसकी गुलगुली हँसी छूटती थी। पर आज कमर से लपेटी नीम की पत्तियों की तरफ़ वह अड़िग देखता खड़ा रहा। उसके सिर पर दो बड़ी-बड़ी नीम की डालियाँ रखी गयीं। शेवंताक्का

1. महाराष्ट्र का एक व्यंजन, मीठी रोटी, जो गेहूँ का आटा, गुड़ और बेसन से बनती है।
2. पोली के भीतर का घोल, जो बेसन और गुड़ से बनता है।

ने बाक़ी औरतों को नीम पहनाना शुरू किया। कल्लव्वा नीम पहने तायाप्पा की तरफ़ आँखे फाड़े देखने लगी। उसे सब अजीब लग रहा था। शेवंताक्का ने सभी औरतों को नीम पहनाया और सभी के मुँह में नीम की पत्तियों की एक-एक काड़ी थमायी। तायाप्पा के पास आने पर उसका हाथ रुका। उसने इधर-उधर देखते हुए खुद को सँभाला और तायाप्पा के मुँह में नीम की काड़ी देती हुई बोली—

"जोगल बावड़ी पहुँचने तक मुँह से हटाना नहीं।" तायाप्पा ने गर्दन हिलाई। शेवंताक्का ने भंडारे की थैली निकाली। माथे पर भंडारा पोता। परड़ियों में अगरबत्ती जलाई और 'उदं ग आईऽऽ उदंऽऽ' के घोष के साथ परड़ियाँ उठायीं। सारी औरतें एक सुर में चिल्लायीं—

"उदं ग आईऽऽ उदंऽऽ।"

... पूरी नदी के तट पर भीड़ का नीम पहनाने का कार्यक्रम जारी था। प्रत्येक समूह से 'उदं ग आईऽऽ उदंऽऽ' का घोष सुनाई पड़ रहा था। रुकी हुई गाड़ियाँ अब धीरे-धीरे जुती जा रही थीं। सभी ने अपनी-अपनी गठरियाँ उठाईं। भीमसुभानिया ने जायज़ा लिया कि पीछे कुछ छूटा तो नहीं, और दल के सभी लोगों पर नज़रें डालकर चिल्लाया— 'चलो।' सभी सड़क पर आ गए। तायाप्पा पुल के किनारे पानी में पैसे ढूँढ़ रही औरतों, बच्चों को चलते-चलते निहार रहा था। लोगों के दल के दल। सबके बीच वह बस नीम पहने। उसे शर्मिंदगी महसूस होने लगी। वह नीम पहनी औरतों की ओट में चलने लगा।

पूरी सड़क बैलगाड़ियों से भर गयी थी। छतवाली गाड़ियाँ पुआल और सामान से भरी हुईं। गाड़ी में केवल कोई बूढ़ा या बच्चे बैठे थे। बाक़ी सारे लोग पैदल ही चल रहे थे। एक-एक कतार में साठ-सत्तर बैलगाड़ियाँ। सब तरफ़ लोग ही लोग। गाड़ी के सामने नीम पहनी औरतें और पुरुष। सभी अपनी धुन में 'उदं ग आईऽऽ उदंऽऽ' का घोष करते हुए आगे कदम बढ़ा रहे थे।

आसपास का माहौल देख-देखकर तायाप्पा का धीरज बँधा। उसके कदमों ने भी रफ़्तार पकड़ी। साथ चली रही लक्ष्मी गोड़से और रत्ना मस्कर दोनों यह भूल चुकी थीं कि वे भी नीम पहनी हैं। उनके कदम सबसे आगे पड़ रहे थे। पारव्वा सिर पर जग को सँभालती हुई तायाप्पा के पीछे-पीछे चल रही थी। अब दिन उगने लगा था। उगते हुए सूरज की किरणों के साथ चलनेवालों की रफ़्तार भी बढ़ती जा रही थी...।

समूह आगे बढ़ा और चलते-चलते तायाप्पा पिछड़ गया। पारव्वा के भी कदम उठ नहीं रहे थे। राह काटे नहीं कट रही थी। बातें करते-करते रास्ता कट जाता है, इसलिए पारव्वा ने विषय छेड़ा—

"पता है, जब मुझे देवता को अर्पित किया गया था, तब मेरे बदन पर आधा पूला नीम बँधा था।"

"किसलिए इतना?" तायाप्पा चलते-चलते ही बोला।

"भैया, औरतों का तुम्हारी तरह नहीं होता, हमें तो पूरी देह ढँकने के लिए कफ़न जैसा नीम पहनाया जाता है। तुम्हारे बदन पर थोड़ा-बहुत कपड़ा है। हमारा वैसा नहीं होता... तुम्हारे जैसा नंगे बदन नीम पहनना। फिर कमर पर ही आधा पूला... सीने पर अलग...।"

"इतना सारा भार लेकर चलेंगे...?" तायाप्पा को अजीब लगा।

"इस राह पर चल पड़ने के बाद हर भार हल्का हो जाता है।"

पारव्वा सिर पर जग सँभाले दूर तक देखती हुई बोली और तायाप्पा अपने आप में डूबता गया।

"इस देवता का सारा काम अजीब है। अब यही देखो न कि मैं यहाँ से नीम पहनकर वहाँ तक जाऊँगा। इसमें भगवान को क्या मिलेगा?" तायाप्पा रौ में बोल गया, लेकिन पारव्वा तुरंत उसके मुँह पर हाथ रखती हुई बोली-

"राम राम! भगवान की राह पर ऐसा नहीं बोलते भैयाऽऽ। ऐसी-वैसी बात करनेवाले का क्या हश्र होता है, सुनोगे तो बौरा जाओगे...।"

और पारव्वा ने अपनी रफ़्तार बढ़ायी और खुद ही उलझती चली गयी। फिर कुछ याद आने की तरह बोली-

"वो गोपाल जाधव याद है? कैसा हट्टा-कट्टा गबरू जवान था... चार लोगों का काम अकेला करता था। लेकिन इस राह पर ऐसा ही कुछ उल्टा-सीधा बड़बड़ाया और कर लिया खुद का सत्यानाश?"

"क्या हुआ?"

"होगा क्या?" उसकी बीवी में भगवान की सवारी आने लगी। उसके घर में ये देवता नहीं थे... ये पट्ठा लगा उसे गालियाँ देने, पीटने... फिर क्या था, हो गयी देवी माँ कुपित— भर गया पूरा बदन चकत्तों से... और पकड़ लिया बिस्तर घर में!" पारव्वा कह रही थी और तायाप्पा के रोंगटे खड़े हो रहे थे। ...बीच-बीच में मैं भी पागल की तरह सोच रहा था। कोई कुछ भी कहता और मैं बेवकूफ़? उसमें उलझ जाता। भगवान का काम। अच्छा हुआ मैंने किसी की ऐसी-वैसी बात सुनी नहीं। वरना मेरी जिंदगी का भी कोई ठौर नहीं था... भलाई का साथी कोई नहीं होता। सब अपना-अपना...

तायाप्पा मन ही मन बहता गया। उसने कसकर दाँत खींच लिए। लेकिन उसके दाँतों से नीम की काड़ी कटकर नीचे गिर गयी। वह सिटपिटाया। नीचे पड़ी काड़ी को ऊपर उठाते हुए उसने पारव्वा की तरफ़ देखा। उसकी दशा देखकर पारव्वा बुदबुदायी-

"कोई बात नहीं। उठा लेऽ, होता है...।"

तायाप्पा का ढाढ़स बँधा। उसने दुबारा नीम की काड़ी मुँह में पकड़ी। उसके कदम अब सुस्त हो गए थे। पूरी राह लोगों से भर गयी थी। गाँव के लोग काफ़ी आगे

निकल गए थे। उनको पकड़ने लिए दौड लगाना ज़रूरी था। उसे शेवंताक्का पर हैरत हो रही थी। देह आधी रह गयी है इस औरत की, और सबसे आगे दौड़ रही है! उसे फ़ासले का अनुमान नहीं हो रहा था।

''और कितना बाक़ी हैऽऽ ?'' तायाप्पा ने पारव्वा की तरफ़ देखा।

''क्यों ? थक गए ?''

''नहींऽ, ऐसे ही पूछा... ।''

''अभी जोगलगाँव आने में ही घंटा भर लगेगा... ।''

और पारव्वा ने कदमों की रफ़्तार बढ़ाई। तायाप्पा ने भी तेज़ी से डग भरना शुरू किया। गाड़ियों की कतार अब लगभग आधी बची थी। आसपास के पहाड़ों की कतारों पर भी लोग ही लोग नज़र आ रहे थे। औरतें तो दौड़ने जैसी चल रही थीं। गाड़ियों को लाँघकर तायाप्पा आगे बढ़ा। गाड़ी के सामने भीड़ की भीड़ चल रही थी। बीच-बीच में दफली बज रही थी। किसी की कुछ समझ में नहीं आ रहा था कि क्या चल रहा है। तायाप्पा जल्दबाजी में ही आगे बड़ा। देखा, भीड़ में दो-तीन औरतें और दो पुरुष नाच रहे थे। वह दौड़ते-दौड़ते पारव्वा तक पहुँचा।

''देवता की सवारीवाले पुरुष भी काफ़ी दिख रहे हैं।''

''अरे बाबा, ये देवी माँ आदमी की अरथी को और घर के बँड़ेर को भी नहीं बक्शती।''

''लेकिन हमारे गाँव के पुरुषों में माता की सवारी कभी नहीं आई।''

''ऐसा कैसे? रामू मामा बढ़ई में सवारी आती है न। और यों भी, माता की सवारी हर किसी देह में नहीं आती। इसके लिए बड़ी साधना चाहिए।''

यह कहते समय पारव्वा का हाथ जग पर कसा।

''यह जग हर साल लाना पड़ता है... ?''

''और क्या... धीरे-धीरे तू सारी बातें समझ जाएगा।''

पारव्वा अपने आप से बुदबुदायी। तभी लगातार तीन एस.टी. बसें आईं। तायाप्पा छोटे बच्चे जैसा नाली के किनारे जाकर खड़ा रहा। पारव्वा बोली—

''अरे बाबा, अब यहाँ गाड़ियाँ ही गाड़ियाँ होंगी। हर गाड़ी देखकर यदि इसी तरह बिदकने लगा तो यहीं पर शाम हो जाएगी।''

तायाप्पा झेंप गया। पीछे से दुबारा गाड़ी आई और 'उदं ग आई उदंऽऽ' का घोष रास्ते की धूल के साथ आगे बढ़ गया। तायाप्पा ने भी उस आवाज़ में आवाज़ मिलाते हुए मन ही मन हाथ जोड़े।

अब धूप तनिक तेज़ हो गयी थी। गर्मी लगने लगी थी। तायाप्पा के नंगे बदन पर पसीने की बूँदें जमा होने लगी थीं। कमर से बँधी नीम की पत्तियाँ सूख-सी गयी थीं। सिर पर बँधी डालियाँ कड़ी हो गयी थीं। सड़क पर लोग ही लोग दिख रहे थे। आसपास

के पथरीले ऊसर में सूखकर पीली पड़ी घास धूप की किरणों के कारण झुकी-सी नज़र आ रही थी। दूर तक नज़र दौड़ाने पर भी कहीं पेड़ नहीं दिख रहा था। चलते-चलते यूँ ही हवा की लहर आने से उसे अच्छा लगता। हवा की लहर के साथ तायाप्पा के नंगे बदन पर रोंगटे खड़े हो जाते। माथे का भंडारा अब पसीने के कारण चूता हुआ नाक तक आ गया था। उसकी मिट्टी जैसी हल्दिया गंध उसकी नाक को नई-नई लगने लगी थी...।

तायाप्पा जोगल बावड़ी की जगत् पर आया। लेकिन अपनी आँखों पर उसे यक़ीन नहीं हो रहा था। सभी तरफ़ चींटी के झुंड जैसे लोग ही लोग... वह चकराया। इतने सारे लोगों के बीच मैं नंगा जाऊँगा? उसकी चाल अपने आप धीमी पड़ गयी। लोगों का कोलाहल उसके कानों से टकराने लगा। पारव्वा उससे काफ़ी आगे निकल गयी थी। इसलिए वह उसकी प्रतीक्षा में रुक गयी। तायाप्पा चलते-चलते लड़खड़ाने-सा लगा था। पारव्वा उसकी हालत देखती ही रह गयी। न जाने अचानक उसे क्या हुआ, उसके कंठ में सिसकी अटक-सी गयी। तायाप्पा को अभी भी लोगों पर आश्चर्य हो रहा था।

''हर साल इतने सारे लोग आते हैं?'' उसने पारव्वा से पूछा।

''पगले, ये तो कुछ भी नहीं। ऊपर जाकर पहाड़ पर देखना। चलो।'' पारव्वा तनिक हल्की-सी होती गयी।

तायाप्पा सामने फैले पहाड़ की तरफ़ देखते हुए चलने लगा। खूब ऊँचा पहाड़। उस पर चढ़ रहे लोग। अगल-बगल सभी तरफ़ ढलवाँ खेत। यह सब उसकी आँखों में समा नहीं रहा था। वह चकित-सा चलने लगा।

जोगल बावड़ी के पास पेड़ के नीचे सारी मंडली इन दोनों की राह तक रही थी। लगातार चलने से थकी-हारी औरतें पैर पसारे बैठी थीं। पुरुष भी बैठ गए थे। शेवंताक्का घुटने पर गर्दन झुकाए बैठी थी। तानू बढ़यारिन लगभग लेटी ही थी। छोटे-छोटे बच्चे परेशान हो गए थे। सभी के चेहरे मानो मुरझा गए थे। पारव्वा और तायाप्पा उनके पास पहुँचे। भीमसुभानिया ने पान का तोबड़ा थूकते हुए पूछा—

''कैसा जवाँमर्द रे तू ? इतना पीछे रह गया? इस मस्कर के आनिया को देख...।''

''अरे, अभी कहीं बेचारे के शरीर में ताक़त आ रही है।''

''बेचारा अभी-अभी बीमारी से उठा हुआ। ठीक है।''

दादू कुपटे ने हाँ में हाँ मिलायी। तायाप्पा ने उनके पास बैठक जमायी, पर बोला कुछ नहीं। कमर पर नीम चुभने से उसे झुरझुरी होने लगी। घड़ी भर सुस्ताता हुआ वह य़ों ही बैठा रहा। कल्लव्वा ने उसके पास आकर बोली—

''अब पानी की बूँद भी हलक से नीचे नहीं उतरनी चाहिए। ध्यान रखना। वरना भूल जाओगे और पी लोगे पानी...।'' तायाप्पा ने आज्ञाकारी की तरह गर्दन हिलायी।

"चलिए, उठिए, आगे बढ़िए...।" शेवंताक्का उठकर खड़ी हो गयी। सभी ने जगह खाली की। 'उदं ग आई उदंऽऽ' का घोष शुरू करते ही सभी के कदमों में जोश भर गया।

"अपने-अपने बच्चों को सँभालो। वरना खो जाएँगे।" भीमसुभानिया ने सभी से कहा। छोटे बच्चे अपनी-अपनी माँओं से चिपक गए। जोगल बावड़ी पर अब लोगों की बाढ़-सी आ गयी थी। रास्ता बनाते हुए सभी सीढ़ियाँ उतरे। सभी तरफ़ दुकानें ही दुकानें। जोगल बावड़ी के पास छोटा-सा मंदिर था। मंदिर के आसपास गुरुपद जोगते के जग का पूजन हुआ था। जोगतों ने दुकान सजाने की तरह अपने टाट के तंबू सजाए थे और आनेवालों की राह तकते थे। इन लोगों ने यहाँ तंबू क्यों गाड़े हैं, तायाप्पा की कुछ भी समझ में नहीं आ रहा था। शेवंताक्का एक तंबू के सामने खड़ी हो गयी। तंबू की जोगतिन चेहरे पर जान-पहचान का भाव लिये सामने आई।

"कितनी औरतों को नीमऽऽऽ।"

"हैं पाँच-छह औरतें। एक पुरुष। चार जने यहाँ पहनेंगे...।"

"उठो बहनोऽऽ, और इन्हें ये नीम पहना आओऽऽ।" उसने तंबू में बैठी अन्य जोगतिनों पर नज़र फेरी। सभी जोगतिनें तुरंत उठ गयीं। उनमें से एक पुरुष ने चौंडके[1] की तरफ़ हाथ बढ़ाया और 'टाँगऽऽटाँगऽऽ की ध्वनि शुरू हुई। उनमें से एक ने सुती चौंडके[2] पर ताल पकड़ा। तीन-चार जने आगे आए। बाक़ी सब पीछे। तायाप्पा दाँत तले की काड़ी सँभाले उनके पीछे-पीछे चलने लगा। लोगों की भीड़ में कदम बढ़ाना भी कठिन था। पहुँचने में आधा घंटा लग गया... सामने इतने सारे लोग। पोखरे की भीतर गहरी सतह पर घुटने तक पानी। उसमें लोगों की घिचपिच। सारा पानी मटमैला गंदला। देखने की भी इच्छा नहीं हो रही थी। लोग उसी में नहा रहे थे। तायाप्पा के पैर सीढ़ी से नीचे बढ़ ही नहीं रहे थे। शेवंताक्का और चौंडकेवाला नीचे तलहटी तक पहुँच गए। नीम पहने सभी ने हो-हल्ला मचाया। शेवंताक्का ने एक-एक को आय-बाँय बताया और तायाप्पा के पास आई।

"देखो, पानी में हाथ-पैर भिगोकर आ जाओ। चाहे तो कुल्ला कर लेना... लेकिन...सिर की नीम की टहनी गिरने न पाए...जल्दी करो...।"

तायाप्पा पोखरे में उतरा। ऊपर देखा तो लोग ही लोग। सीढ़ियाँ कहीं नज़र नहीं आ रही थीं। पूरे पोखरे में चौंडके की आवाज़ें गूँजने लगीं। उसने जल्दबाजी में कुल्ला किया। पानी का स्वाद उसे न जाने कैसा लगा। वह ऐसे ऊपर आया, जैसे बिच्छू ने डंक मारा हो। उसके हाथ में पान की गिलौरी और नीम की काफ़ी दी गयी। फिर हाथ जोड़ने के लिए कहा गया। सभी ऊपर आए और मंदिर के इर्दगिर्द प्रदक्षिणाएँ शुरू हुईं। शेवंताक्का सुत के फेरे लगा रही थी। अपने चौंडके की आवाज़ अन्य चौंडकों से अधिक बुलंद हो, इसलिए चौंडकिया पूरा ज़ोर लगाकर उसे बजा रहा था। चौंडके की

आवाज़ की धुन पर तायाप्पा के पेट में चूहे कूदने लगे थे...।

जोगली पोखरे से निबटकर पहाड़ चढ़ना शुरू करने में दोपहर हो गयी। सभी के पेट में चूहों ने ऊधम मचाना शुरू किया। सड़क पर सजी दुकानों में जो मिले, उसे खरीदकर भकोसना शुरू हुआ। तायाप्पा में सुस्ती-सी चढ़ी थी। भूख से अंतड़ियों में मरो?-सी उठ रही थी। चलना दूभर हो गया था। बीच बीच में कोई 'उदं गऽऽ आई उदंऽऽ' का नारा लगाता और इस आवाज़ के साथ सुस्ती दूर हो जाती। चाल में जोश भर जाता। शेवंताक्का और तानू बढ़यारिन सबसे आगे दौड रही थीं। सारी औरतें उनकी तरफ़ टुकुर-टुकुर देखने लगी थीं। केवल पारव्वा थी कि उसके कदम पीछे ठिठक रहे थे। इस समूह में अनेक गाँव के लोग आ मिले थे। सड़क पर जहाँ राह मिले लोग आगे बढ रहे थे। दोनों तरफ़ भिखारियों ने ऊधम मचा रखा था। किसी ने अपनी देह ज़मीन में गाड़कर केवल सिर ऊपर निकाल रखा था, तो किसी ने केवल अपना हाथ बाहर रखा था। कोई वैसा ही चित पड़ा हुआ था। कोई किसी लूले बच्चे को सड़क पर ही सुला रहा था। तायाप्पा को यह सारा मामला अजीब लगने लगा था।

आखिरकार सभी पहाड़ पर पहुँचे। उसने सभी तरफ़ नज़रें दौड़ायीं। खील की बोरी फटने की तरह लोग ही लोग! पुरुष भी और औरतें भी। नज़ारा उसकी नज़र में समा नहीं रहा था। कदम-कदम पर गाडियाँ। एस. टी. बसों ने तो आधे पठार पर कब्जा कर रखा था। नाममात्र के लिए भी कहीं खाली जगह नहीं बची थी। तायाप्पा की आँखें घूमने लगीं। उसने मुड़कर इधर-इधर देखा कि कहीं मंदिर नज़र आए। लेकिन सभी तरफ़ लोगों का जमावड़ा। मंदिर का कहीं पता नहीं चल रहा था। उसका दिमाग सुन्न हो गया। उसने शेवंताक्का तक पहुँचकर धीमे-से पूछा—

"मंदिर तो कहीं भी दिख नहीं रहा...।"

पल भर के लिए शेवंताक्का की हँसी छूट गयी। बाद में तायाप्पा को पास बुलाती हुई वह बोली—

"वो देखो, वो ढलान है न, उसी ढलान पर मंदिर है।

तायाप्पा सामने ढलान की तरफ़ देखता ही रह गया। लेकिन उसे सब तरफ़ लोग ही लोग, दुकानें ही दुकानें दिख रही थीं। ढलान तो बस नाममात्र के लिए ही दिख रहा था।

आधे पठार तक पहुँचने पर भीमसुभानिया ने सभी को एक जगह पर जमा किया। शेवंताक्का ने आगे बढ़कर सभी को अपने-अपने बच्चे गोद में उठा लेने को कहा।

"कहाँ ठहरना है, पहले से तय कर लो।" दादू कुपटिया तंबाकू का बटुवा

---

1. एक तंतूवाद्य, जिसे बगल में लटकाकर उंगलियों से बजाते हैं।
2. एक तंतूवाद्य, जिसे सामने पकड़कर उंगलियों से बजाते हैं।

निकालता हुआ बड़बड़ाया।

"इसीलिए तो रुके हैं। यहीं तय करेंगे कि कहाँ ठहरना है, ताकि सामान वहीं रखकर भगवान के दर्शन कर आएँ।" भीमसुभानिया ने शेवंताक्का को सब सौंप दिया।

उसने गड्ड़े के पास इमली का पेड़ दिखाया। सभी पेड़ की तरफ़ चल पड़े। तायाप्पा को अब ज़रा-ज़रा सा मंदिर का शिखर दिखायी देने लगा।

इमली के पेड़ तले दो-तीन गाँव के लोग बिस्तर बिछाए बैठे थे। जगह बनाते हुए सभी ने वहीं अपना-अपना सामान रख दिया। भीमसुभानिया ने टाट बिछाकर अपने बच्चों को वहाँ लिटाया। शेवंताक्का नीम पहने लोगों को लिये मंदिर की तरफ़ चल दी। तायाप्पा का पूरा बदन कसमसा रहा था। वह सोच रहा था कि पता नहीं यह सब कब ख़त्म होगा। शेवंताक्का भीड़ से रास्ता बनाती हुई मंदिर की तरफ़ जाती सीढ़ियाँ उतर रही थी। तायाप्पा भीड़ से बचता हुआ आगे बढ़ रहा था। उसने चिरौरी के स्वर में शेवंताक्का से पूछा—

"ये सब कब ख़त्म होगा आक्का?"

"अरे, वेणी कुंड के पानी से पैर धोने के बाद ख़त्म हुआ ही समझो।"

शेवंताक्का ने उसका ढाढ़स बँधाया। उसमें तनिक जोश आया। भीड़ से गुज़रते हुए उसकी साँसें फूलने लगी थीं। भीड़ से गुजरते समय उसे अनेकों का धक्का लग रहा था। तायाप्पा की नज़रें तो बस वेणी कुंड को खोज रही थीं। शेवंताक्का जिस तरफ़ जा रही थी, बहुत बड़ी भीड़ उसे उसी तरफ़ जाती हुई दिखने लगी। उसे लगा मानो उसके पैर कीचड़ में धँस रहे हैं। सामने से कुछ औरतें भीगी साड़ियों के निचोड़ लिए और कुछ वैसी ही भीगे बदन चली आ रही थीं। शेवंताक्का के साथ वह भी उस भीड़ में जा घुसा। उसे अपना बदन भी निचोड़ा जाता अनुभव हुआ...उसका दम घुटने लगा।

...तायाप्पा और शेवंताक्का वेणीकुंड चले गए। पारव्वा देवल के घर की तरफ़ चल पड़ी। बतौर जोड़ीदार उसने माने की गंगव्वा को साथ लिया था। देवल के दो-चार ही घर थे, लेकिन मेले के समय सारे घर भरे होते। गंगव्वा सीधे दत्तू देवल के घर में घुसी। घर में तिल धरने के लिए भी जगह नहीं थी। दत्तू देवल भी कहीं दिख नहीं रहा था। पारव्वा सीधी रसोई के पास पहुँची। दत्तू देवल की पत्नी उसकी परिचित थी। पारव्वा को देखकर वह उठी—

"कब आना हुआ रीऽऽ?" पारव्वा के लिए उसने टाट का बोरा सरकाया और खुद खड़ी हो गयी।

"आज ही पहुँचे हैं। दरअसल हमारा नेसरी का म्हादू जोगता पहुँचा नहीं है।"

"अरी, वो तो कल ही पहुँच गया!" और दत्तू देवल की स्त्री उसके पास बैठ गयी।

"अब हम कहाँ ढूँढे उसे?"

"काफ़ी देर तक यहीं तो बैठा था। पर उसे क्यों ढूँढ रही हो?"

"हमारे गाँव के एक लड़का का देवी माँ का कार्यक्रम करना है।"

"हाँऽ, तभी मुझसे कह रहा था। शेवंताक्का भी आनेवाली थी न?"

"आयी है, नीम लेकर कुंड के पर गयी है।"

"फिर ये कार्यक्रम कहाँ करोगे? कुंड के पास या बाहर पठार पर?"

"कुंड के पास जगह कहाँ मिलेगी? पठार पर ही करना होगा! लेकिन इस म्हादू को ढूँढ़ें कैसे?"

"यहाँ आते ही भेज दूँगी। तुम लोग कहाँ ठहरे हो?"

"वहीं जहाँ हर साल ठहरते हैं। उसी मरघट की इमली के नीचे।" पारव्वा देवल की स्त्री के पास से उठी। "आते ही जल्दी भेज देनाऽऽ" कहती हुई बाहर निकली। भीड़ से बाहर निकलते-निकलते वह बेहाल हो गयी।

...इधर वेणी कुंड का पानी लिए शेवंताक्का कभी की आ चुकी थी। तायाप्पा भी अब पैर फैलाए आराम से बैठा था। उसके बदन का नीम पूरी तरह से सूख चुका था। बाक़ी औरतों के नीम अभी बचे थे। कल्लव्वा गाँव से गूँधकर लायी लोयी बेलने लगी। भीमसुभानिया जलावन खरीद लाया था और चूल्हा जलाकर तैयार बैठा था। शेवंताक्का गाँव से लाए सामान की थैली सूँघ रही थी। उसे वह सामान ख़राब हुआ-सा लग रहा था। लेकिन कैसे बताए? उसने इधर-उधर देखा। सामने पारव्वा खड़ी थी।

"म्हादू मिला क्या री?"

"नहीं, सुना है मेले में गया है। मैं देवल की औरत से कह आई हूँ कि आते ही उसे इधर भेज देना।"

पारव्वा शेवंताक्का के पास बैठ गयी।

"अब मेले में कहाँ गया वो? पर तुमने ठीक से कहा न उसे कि देवल के घर से कहीं जाना नहीं?"

"बैठ-बैठकर ऊब गया होगा। गया होगा कहीं! अभी आएगा।"

"आने दो। अच्छा ज़रा देखना तो, कहीं ये पूरन ख़राब तो नहीं हुआ?" शेवंताक्का ने पूरन का गोला उसे थमाया और दादू कुपटे के पास आती हुई बोली-

"भैयाऽऽ, नीचे भगवान के पास जाओगे? देवल के घर से पाव सेर दूध लाना है।"

"अभी-अभी तो पारव्वा गयी थी वहाँ! तब क्यों नहीं बताया?"

"हाँ भाई, भूल गयी। और सुनो, उसके यहाँ से एक चौकी भी ले आना। क्या पता म्हादू लाएगा भी या नहीं।"

"लेकिन वो लोग देंगे मुझे?" दादू कुपटे ने बच निकलने का प्रयास किया।

"मेरा नाम बताने पर जरूर देंगे, जाओऽऽ।" और वह सोच में पड़ गयी। फिर

अपनी धुन में तानू बढ़यारिन की तरफ़ देखती हुई बोली—

"तानाक्का, तू ही चली जा बहना, इसे कुछ नहीं सूझेगा।"

तानू बढ़यारिन उठी। उसके पीछे-पीछे मस्कर की आक्कवा भी उठी। दोनों देवल के घर की तरफ़ चल पड़ीं। शेवंताक्का दुबारा चूल्हे की तरफ़ खिसकी और नये पूरन के लिए दाल गलाने लगी। बसप्पा को चिकना-सा पत्थर लाने को भेजा, भीमसुभानिया को भी कुछ सामान लाने बाज़ार भेजा और वह तायाप्पा के पास बैठती हुई बोली—

"चाहे हो तो घड़ी दो घड़ी लेट जाओ।"

तायाप्पा ने गर्दन हिलाकर मना कर दिया। उसका पूरा ध्यान पठार पर फैले लोगों पर था। शाम ढलने को थी, लेकिन अभी तक नैवेद्य तैयार नहीं हुआ था। म्हादू जोगते का भी अभी तक कोई पता नहीं था। सभी लोग घूम-फिरकर वापिस आकर बैठ रहे थे। शेवंताक्का की बेचैनी बढ़ती जा रही थी। पारव्वा ने पास-पड़ोस के गाँवों से दो-तीन जोगते-जोगतिनें इकट्ठा कर लिए थे। तानू बढ़यारिन देवल से माँग लायी चौकी धो-पोंछकर सजाने में लगी थी। तभी शेवंताक्का को ढूँढ़ता हुआ म्हादू जोगता वहाँ आ पहुँचा।

"क्यों भैया, कोई ऐसा भी करता है भला? दोपहर से राह तक रहे हैं। कहाँ मर गया था?" शेवंताक्का ने उसका स्वागत किया।

"अभी अभी बताया गया मुझे और मैं पहुँच गया।" म्हादू मुस्काया।

"अच्छा किया, वरना यहीं हमें रात के बारह बज जाते।" पारव्वा ने बीच में मुँह खोला।

"तुम्हारा क्या है, आई और बैठ गयी। हमारा ऐसा होता है क्याऽऽ?"

म्हादू पारव्वा के पास टिकता हुआ बड़बड़ाया। साथ लाया सारा सामान उसने शेवंताक्का के हवाले कर दिया। अब शेवंताक्का की भागादौड़ी बढ़ गयी।

शेवंताक्का ने तायाप्पा को चौकी के पास बुलाया। कमर से बँधी नीम की डालियाँ खोलने को कहा। म्हादू जोगते ने तायाप्पा को निरखना शुरू किया। उससे नज़रे बचाते-बचाते तायाप्पा परेशान हुआ। म्हादू तायाप्पा की देह पर हाथ फेरता हुआ बोला—

"अरे, ये तो शरमा रहा है।"

उसका स्पर्श तायाप्पा को न जाने कैसा लगा। उसके रोंगटे खड़े हो गए।

"अरे इससे डर रहे हो? अब इसे ही अपना गुरु समझना।"

शेवंताक्का ने तायाप्पा को समझाया। तायाप्पा शर्म से गड़ गया।

पारव्वा गठरी खोलकर चौकी के पास ले आई। शेवंताक्का ने तायाप्पा को खड़ा किया। तभी पारव्वा ने नई करारी हरी साड़ी उसके हाथ में थमायी। शेवंताक्का ने साड़ी का आँचल उलट-पलटकर देखा। उसे हवा में तनिक झटका और मंदिर के शिखर की

तरफ़ हाथ जोड़कर बुदबुदायी—

"उदं ग आई उदंऽ।"

तभी म्हादू भी जनाना आवाज़ में चीखा—

"उदंऽऽ उदंऽऽ उदंऽऽ।"

उसने साड़ी हाथ में ली। शेवंताक्का ने तायाप्पा के कंधे से लेकर सिर तक आँचल बिछाया। तायाप्पा को नई करारी साड़ी का स्पर्श पहली बार मुलायम और कमाल का मनभावन लगा। शेवंताक्का ने उसे गोल-गोल घुमाते हुए साड़ी पहनाकर उसकी चुन्नट बाँधी। बढ़िया-सा केला बनाया और कमर पर साड़ी को कस दिया। तायाप्पा पानी-पानी हो गया। उसकी देह काँपने लगी। उसकी कंपकंपी देखकर शेवंताक्का बुदबुदायी—

"शुरू-शुरू में ऐसा ही होता है।"

उसकी बातें सुनकर तायाप्पा और ज़्यादा डर गया। उसे लगा, उसका गला सूख रहा है। तभी पारव्वा ने हरी-हरी अंगिया उसके हाथ में थमायी। उसने आँखें मूँदते हुए अंगिया पहनी। आगे उसका दिमाग सुन्न हो गया था। शेवंताक्का ने उसकी अंगिया के बटन लगाए, आँचल ठीक किया और दुबारा जोर से चिल्लायी—

"उदंऽऽ ग आई उदंऽ।"

बसाप्पा ने साड़ी पहने तायाप्पा को दूर से ही देखा और उसकी आँखों से धाराएँ बहने लगीं। उसने गर्दन घुटने में छिपाई और साफे का आँचल मुँह में ठूँस लिया। बगल में बैठी माने की गंगव्वा के मुँह से अचानक सिसकी फूट पड़ी। तभी शेवंताक्का गुस्से से आगबबूला होती हुई चिल्लायी—

"भगवान के काम में ऐसा अपसगुन मत करो। वरना कुछ भी सही नहीं होगा...!"

शेवंताक्का की बुलंद आवाज़ के तले सभी दब गए। चूल्हे के पास बैठी कल्लव्वा पल्लू आँखों से लगाने के बावजूद मन ही मन हाथ जोड़ती रही। भीमसुभानिया उठा और भीड़ में कहीं खो गया...।

म्हादू जोगता अपनी साड़ी सँभालता हुआ चौकी पर आ बैठा। उसने तायाप्पा को पास बिठाया और पारव्वा से कहा कि सामान से ब्याह का मौर निकाल दे। शेवंताक्का ने गठरी से खंजर निकाला। दादू कुपटे ने खंजर पर साफा लपेटकर उस पर मौर बाँध दिया। तायाप्पा को सेहरा बाँधते हुए म्हादू ने उसके बदन पर पाँच उंगलियों से हल्दी की लकीर खींची और पारव्वा से उसके माथे पर मौर बाँधने को कहा। उसके गाल पर दीठ लगायी। सफ़ेद कपड़े का अंत:पट बनाकर म्हादू ने उस पर गीली हल्दी से स्वस्तिक का चिह्न बनाया। मुट्ठी भर चावल भंडारे में घोलकर उसके दो-दो दाने दो-चार लोगों के हाथ में दिए और ख़ामोश हो गया। उसका एक हाथ तायाप्पा के कंधे पर था।

शेवंताक्का ने थैली में रखी चूड़ियाँ निकालीं और तायाप्पा सिटपिटाया। शेवंताक्का ने उसका हाथ अपने हाथों में लेकर धीरे-धीरे उसकी कलाइयों मे चूड़ियाँ सरकानी शुरू कीं। तायाप्पा की मानो घिग्घी बँध गयी।

शेवंताक्का ने आमंत्रित जोगतिनों को सामने बिठाया। उनकी परड़ियाँ चौकी के पास रखीं। पारव्वा ने कतार में रखी पाँचों परड़ियों की पूजा की। साथ ही परड़ियों के पास रखे पाँच नारियल, पाँच नये कपड़े और पाँच लोटे आदि की पूजा करना भी नहीं भूली। हर लोटे में एक-एक छुआरा डाला गया। परड़ी में सूखा-गीला नैवद्य ठूँसा गया। पास ही केले के पत्ते पर दही-चावल का नैवेद्य रख दिया और वह म्हादू जोगते के पास आकर खड़ी हो गयी। सारे लोग गर्दन उचक-उचककर देख रहे थे। मौर बँधे तायाप्पा को देखकर सभी की धड़कनें तेज़ हो गयी थीं। शेवंताक्का ने म्हादू जोगते को पलथी मारकर चौकी पर ठीक से बैठने को कहा। साथ ही कंधे पर उतरे उसके आँचल को भी सिर पर लेने को कहा। तायाप्पा को अब पूरब की ओर चेहरा किए बिठाया गया। उसके माथे पर भंडारा, कुंमकुम लगाया गया। तायाप्पा का सिर ठीक म्हादू की गोद में आया। उसके सामने खंजर पकड़ा गया। खंजर पर मौर बँधा साफ़ा झूल रहा था। दोनों के बीच अंत:पट का कपड़ा धरा गया। म्हादू जोगते के हाथ में दूध की कटोरी थमायी गयी। फिर शेवंताक्का मंदिर के शिखर को हाथ जोड़े खड़ी हो गयी। पाँचों जोगतिनें उसके पास आईं। उन्होंने परड़ी को हाथ लगाया और सभी ने मिलकर पाँच बार "उदंऽऽ गऽ आईऽ उदंऽऽ" का घोष कर परड़ियाँ ऊपर-नीचे कीं। हाथ के छुआरे, नारियल के टुकड़े तायाप्पा पर बरसाए। आवाज़ थमने के बाद म्हादू जोगते ने दूध की कटोरी तायाप्पा के मुँह से लगायी। तायाप्पा के ओठों के दोनों कोणों से झरता हुआ दूध नई साड़ी के पल्लू पर गिर गया।

शेवंताक्का दुबारा "उदंऽ उदंऽ उदंऽ" पुकारती हुई तायाप्पा के पास आई। तायाप्पा को उठाकर चौकी के इर्दगिर्द घुमाया। तायाप्पा को लगा, उसे चक्कर आ रहा है। वह जैसे-तैसे नीचे बैठ गया। उसे आभास हुआ कि म्हादू जोगतिया दाँत निपोरता हुआ हँस रहा है। उसने अपनी आँखों पर हाथ रख दिया। माथे पर मौर का स्पर्श उसे न जाने कैसा लगने लगा...।

...सूर्यास्त के समय तायाप्पा के माथे से मौर उतारा गया। शेवंताक्का ने उसके हाथ में दही-चावल का नैवेद्य थमाया। बसप्पा और कल्लव्वा के हाथ में एक-एक नीम की काड़ी दी। वेणीकुंड जाने के लिए वह और पारव्वा आगे बढ़ी। चलते-चलते तायाप्पा के पैरों साड़ी में उलझने लगे। बदन की अंगिया चुभने लगी। ऐसा लगने लगा कि हाथ में धरा दही-चावल का नैवेद्य नीचे तो नहीं गिर जाएगा! भीड़ के लोग मुड़-मुड़कर उसकी तरफ़ देख रहे थे। म्हादू जोगता उसका हाथ थामे ले जा रहा था। तायाप्पा को उसका हाथ भारी, गंदा और घिनौना लग रहा था।

वेणीकुंड पहुँचने पर शेवंताक्का ने तायाप्पा के हाथ से दही-चावल का नैवेद्य ले लिया। उसे माता-पिता के बीच में खड़ा किया और नैवेद्य को उस पर वारते हुए कुंड के दोनों तरफ़ फेंक दिया। पारव्वा ने लोटा भर पानी लाकर तीनों के आँखों से लगाया। उसके मुँह में डाला। म्हादू ने अपने हाथों से उसके मुँह में पानी की एक बूँद डाली। कल्लवा ने पीछे मुड़कर ही 'उदंऽऽ' का घोष किया। सभी मिलकर मंदिर की तरफ़ सरके। लोग धक्का-मुक्की करते हुए देवी माँ के दर्शन के लिए नंबर लगाए खड़े थे। मंदिर के इर्दगिर्द लोगों के दस-बारह घेरे पड़े थे। शेवंताक्का तायाप्पा को देवी माँ के दरवाजे के सामने लायी और सीढ़ी का भंडारा उसके माथे पर पोत दिया।

'उदंऽऽ उदंऽऽ' का घोष करते हुए उसने उसे हाथ जोड़ने के लिए कहा। बसप्पा और कल्लवा कितनी ही देर तक हाथ जोड़े खड़े थे।

"चलोऽऽ, आख़िरकार हो गयाऽ!"

म्हादू ने सभी को मंदिर के सामने से हटाया और लोगों की भीड़ से रास्ता बनाता हुआ तायाप्पा को एक ओर ले आया। एक-एक सीढ़ी चढ़ते-चढ़ते शेवंताक्का को उन्मुक्त-सा लगने लगा। तायाप्पा को साड़ी की चुन्नट पकड़े सीढ़ियाँ चढ़ना ऐसा लग रहा था मानो पिंडलियाँ पस्त हो गयी हों...!

2.

ड्योढ़ी पार कर गली में आते ही तायाप्पा पल भर के लिए रुका। पूरी गली आँखें फाड़े उसकी तरफ़ देख रही थी। वह सकुचाता हुआ गर्र से मुड़ा। उसके आँचल में अचानक हरकत हुई। पैर कुलबुलाए। न जाने उसने क्या सोचा, और येरगुंडे के घर की तरफ़ मुड़कर चलने लगा। गर्दन नीचे झुका ली। अब उसे केवल अपने पैर दिख रहे थे। वह दीवान की इमली के पेड़ तले आया। लेकिन गर्दन में दर्द होने लगा इसलिए ऊपर देखा। पाँच-छह औरतें घिर्रीवाली बावड़ी से पानी की गगरियाँ लिए आ रही थीं। उसने अपने कदम सीधे रामन्ना की मड़ैया की तरफ़ मोड़े। फिर वह रास्ते पर आया और तब उसे खुलापन महसूस होने लगा।

शिंदे के खेतों तक आने के बाद उसे लगा कि वह गाँव से काफ़ी दूर निकल आया है। अब इधर-उधर देखने में कोई हर्ज़ नहीं। उसने दूर आरजी के खेतों तक नज़रें दौड़ाई। उधर किसी इन्सान का नामोनिशान तक नहीं था। उसे अच्छा लगा। सरोकर की मेड पर आने के बाद घड़ी भर वह यूँ ही खड़ा रहा। धूप काफ़ी तेज़ हो गयी थी। सगवारे में कहीं भी हरियाली का नामोनिशान नहीं था। पाटील के खेत में आम का पेड़ बदन पर उठे चकत्ते जैसा हरा-भरा दिख रहा था। उसने अपना हाथ यूँ ही हवा में घुमाया और

तभी उसका आँचल नीचे गिर पड़ा। पल भर के लिए तो उसकी आँचल उठाने की भी इच्छा ही नहीं हुई। वह उसी तरह हवा में हाथ घुमाता रहा। हाथ स्थिर होने पर अपने आप ही नीचे झुका और आँचल कंधे पर रख लिया। उसे तनिक ठीक किया। सामने मेड़ पर नज़र डाली। सूखी घास की पत्तियाँ हवा में लहरा रही थीं।

उससे ज़्यादा देर तक रुका नहीं गया। उसके पैरों में हरकत हुई और एक साँस में उसने आरजी के खेत पार किए। अब उसे वहाँ के नाले के तट की घने पेड़ों की कतार पास आती महसूस हुई। उसके पैरों की गति बढ़ गयी। धूप की तपिश का अहसास कम हुआ। वह यह भी भूल गया कि वह पसीने से तरबतर हो गया है। पवार के कुएँ पर आने के बाद उसने राहत की साँस ली। वहाँ अब किसी आदमी का नामोनिशान नहीं था। कुएँ के पास बाँस के टापू में एक मुर्ग़ा बिलबिला रहा था। उसने कुएँ की जगत पर गूलर के नीचे बैठक जमाई। मुर्ग़ा एक टापू से दूसरे टापू पर यूँ ही छलाँगे लगा रहा था। उसके पंखों का लाल रंग धूप में अचानक घना हो आया था। मुर्गे को देखकर तायाप्पा को मज़ा आने लगा। उसने कंकड़ उठाया और टापू में दे मारा। मुर्गा बिफर उठा। कंकड़ से टापू की सूखी पत्तियाँ खनक उठीं। मुर्ग़ा टापू से उड़कर नाले के किनारे जा बैठा। उसकी लाल आँखें तायाप्पा को बहुत लुभावनी लगने लगीं। मुर्ग़े ने अचानक मुँह फेरा। तायाप्पा जगह छोड़कर उठा। धीरे-धीरे सरकता हुआ नाले के किनारे घास पर आया। मुर्ग़ा भुर्र से उड़ा और आँखों से ओझल हो गया... तायाप्पा ने गुस्से से इधर-उधर देखा। उसके हाथ कुछ भी नहीं आया। उसने हवा में जोर से हाथ घुमाया। उसे अपने आप पर ही हँसी आई। वह दुबारा कुएँ की जगत पर गूलर के पेड़ तले आ बैठा और दो-तीन कंकड़ उठाकर अकेला ही खेलने लगा।

शिंदे के खेतों की ओर से दो-तीन लोगों की आवाजें आईं। वह सिटपिटाया और कंकड़ नीचे फेंकता हुआ मुड़ा। नायक गली में रहनेवाले कुपटे के बच्चों ने अभी-अभी मधुमक्खियों का छत्ता निकाला था और उसी को हाथ में लिए वे कुएँ पर आए थे। वह हड़बड़ाया और सिकुड़कर बैठ गया। बच्चे कुएँ की जगत पर आते ही थम गए। एक बड़बड़ाया—

"अरेऽऽ, ये कौन औरत बैठी है यहाँ...।"

तायाप्पा ने आँचल और ज़्यादा नीचे खींचा और बैठा रहा।

" आवाज़ देना तो... हमारे गाँव की तो नहीं लगती...।" दूसरा बोला।

"जाने दो, होगी कोई। चलो...।" तीसरे ने सभी को घुड़की दी। लड़का गूलर के पेड़ के पास आए और तायाप्पा को ऊपर देखना ही पड़ा। उसे देखते ही अंतु कुपटे का लड़का सदिया हड़बड़ाया।

"अरे तायाप्पा! तुम और इस तरहऽऽ?" वह लड़का भी पसोपेश में कि क्या कहें। बाक़ी लड़का उसके चेहरे की तरफ़ देखते ही रह गए। तायाप्पा बिना कुछ बोले

उठा और साड़ी झटककर रास्ता नापने लगा। उसके मुड़ते ही एक लड़का सभी को समझाने लगा—

"अरे पिछले महीने से ये साड़ी पहन रहा है। सुना है उस पर भगवान का प्रकोप हुआ था...।"

"मतलब, अब हमेशा साड़ी पहनेगा... ? दूसरे ने संदेह जताया और तायाप्पा को लगा कि यहाँ से भागकर कहीं दूर चले जाए।

"हाँ, अब ये हमेशा साड़ी ही पहनेगा।"

"साला, दिखता भी बिल्कुल औरत जैसा है रेऽऽ।"

"अरे, अब तो ये आधी औरत ही बन गया समझो...।"

"धत् तेरीऽऽ" दूसरा लड़का चिल्लाया। तायाप्पा ने अपने कान पल्लू से कसकर दबाए। अब वह लगभग भागने लगा। लड़का गूलर के पेड़ तले खड़े उसे भागता हुआ देख रहे थे। तायाप्पा ने पीछे मुड़कर भी नहीं देखा और तेड़ी से शिंदे की बावड़ी पर आया। उसे अपना कंठ सूखता हुआ महसूस हुआ। उसने इधर-उधर देखा। कोई नहीं दिख रहा था। वह बावड़ी की जगत पर खड़ा रहा। बावड़ी का पानी कौए की आँख की तरह दिख रहा था। उसने पैरों पर लोट रही साड़ी का छोर हाथ में पकड़ा। एक-एक सीढ़ी नीचे उतरते हुए पानी के पास आया। बायाँ कदम पानी में बढ़ाया। पानी का स्पर्श होते ही वह रोमांचित हुआ। उसे सुकून मिला। उसे खुद पता नहीं चला कि सीढ़ी पर वह कैसे बैठ गया। अब उसने हौले से दाहिना पैर भी पानी में डुबोया। उसे फिर अच्छा लगा। हाथ ऊपर उठाया और हाथ पर नजरें गड़ाए बैठा रहा। उसे अपने हाथ की हरक़त में मज़ा आने लगा। सफ़ेद पड़ चुकी हथेली की चमड़ी भी पतली होने का आभास होने लगा। उसने हाथ झटकते हुए पानी में खँगालकर हाथ धोए। पानी आँखों से लगाया। उसे अच्छा लगा। काफ़ी देर तक वह आँखों पर हाथ धरे बैठा रहा। फिर उसने आँखों से हाथ हटाया। पानी स्थिर हो गया था। उसने अपना साड़ी पहना चेहरा पानी में देखा और हड़बड़ाया। उससे वह चेहरा पहचाना ही नहीं जा रहा था। चेहरा निरखते-निरखते उसने पानी में गिरे अपना आँखों के प्रतिबिंब पर नज़रें जमायीं। उसे अपने आप से डर लगने लगा। उसने चेहरे पर छपाछप पानी के छपाके मारे। गटगट पानी पिया और पल्लू से मुँह साफ़ करते हुए बावड़ी की जगत पर आया। लेकिन देखा तो शिंदे के घर के दो बच्चे सिकुड़ते हुए उसकी तरफ़ देख रहे थे। उसे सामने से आता देख बच्चे भी चौंक गए। उसकी इच्छा हुई कि बच्चों को पकड़कर पीटें। लेकिन लड़कों की तरफ़ बिना देखे ही वह चल पड़ा। पीछे मुड़कर देखने का भी उसका साहस नहीं हुआ। लेकिन बच्चे थे, जो ओझल होने तक उसकी पीठ निहार रहे थे।

आधा रास्ता कट गया। परंतु उसे लगा उसकी धड़कनें तेज़ हो गयी हैं। उसने तनिक गर्दन मोड़कर पीछे देखा। शिंदे की बावड़ी काफ़ी पीछे छूट चुकी थी। उसे

सबकुछ अजीब लगने लगा। ...इस तरह कब तक मुँह छिपाता फिरता रहूँगा? घर में भी कितने दिन छिपा बैठा रहूँगा? इससे तो अच्छा है कि दुबारा इचलकरंजी चला जाऊँ...! लेकिन वहाँ भी तो जान-पहचान के लोग हैं! वहाँ भी इस साड़ी के पहनावे में कौन काम देगा? चलो, माना कि मिल गया काम, पर साड़ी पहनकर करघे पर काम कर पाऊँगा? अनेक सवालों का तूफान उसके मन में उठता गया। गाँव में कब पहुँचा, उसे पता भी नहीं चला। उसने दुबारा गर्दन झुका ली। जल्दबाजी में दीवान की इमली का पेड़ लाँघा और येरगुड़े के दरवाज़े पर आया। इधर-उधर देखा भी नहीं।

''बात क्यों नहीं करता है रे?'' जनाक्का गली में आई, लेकिन तायाप्पा चार डगों में ही अपने घर पहुँचा। जनाक्का भी उसके पीछे-पीछे दरवाज़े में आई। कल्लवा अगले बरामदे में बैठी धान का ढेर पछोर रही थी।

''इसे क्या हुआ री जो इस तरह फूलकर कुप्पा हो गया है? आवाज़ देने पर भी बोलने को तैयार नहीं!'' शिकायत करती हुई जनाक्का भीतर आई। कल्लव्वा ने हाथ का सूप नीचे रखते हुए पूछा—

''किसकी बात कर रही हो?''

''दूसरा कौन? यही तायाप्पा...!''

''अब तू ही कुछ समझा इसे बहन... घर में भी इसका यही बर्ताव है। दो महीने हुए देवी माँ के पास से लौटे। अब तो इसे इसकी आदत हो जानी चाहिए! लेकिन नहीं...! घर से बाहर निकलता ही नहीं! बस कोना पकड़कर घुन्ने की तरह घर में ही बैठा रहता है। न किसी से बात करना, न और कुछ। बस अपनी ही धुन में। पता नहीं क्या हो गया है इसे...?''

''मेरे भी कुछ पल्ले नहीं पड़ा। तभी तो चली आई इसके पीछे-पीछे।''

''अरी बहन, आज दो महीने बाद घर से बाहर कदम रखा है इसने। ये भी क्या कम है?''

''नहीं बोलना है तो न बोले, पर घर से बाहर निकलना चाहिए! हवा का अच्छा असर होता है। तबीयत ठीक हो जाएगी। वरना जचगी की औरत जैसा ऐसा ही पिचका रह जाएगा ये।''

''सुधर जाएगा आहिस्ता-आहिस्ता...।'' जनाक्का बुदबुदाई।

''शेवंताक्का भी यही कह रही थी। देखते हैं क्या होता है।''

कल्लव्वा ने दुबारा सूप हाथ में लिया और धान पछोरने लगी। उसके सूप की आवाज़ें घर भर में भर गयी। तायाप्पा पैर नीचे लटकाए बीच के बरामदे में चबूतरे पर बैठा था। उसे खुलापन महसूस हो रहा था। सूप की आवाजें बढ़ती ही चली गयीं और बाहर के कमरे से वार्तालाप की आवाजें सुनाना मुश्किल हुआ। कल्लव्वा और

जनाक्का को बातों में मसरुफ़ देख वह बाहरी कमरे में आया। हाथ बढ़ाकर खूँटी से लटकी अपनी थैली उतारी और दुबारा अपने कमरे की तरफ़ मुड़ा। पूरी थैली खाली की। भीतर का सामान तितर-बितर हो गया। तभी जनाचाची उसके पास आकर बैठती हुई बोली—

"अब बीमारी का तो कुछ नहीं रहा न... ?"

"नहीं... ।" वह जैसे-तैसे बोला। उसकी समझ में नहीं आ रहा था कि ये औरत भीतर क्यों चली आई?

"अब थोड़ा-बहुत खेतों की ओर भी चक्कर लगाओ। अच्छा लगेगा... ।"

उसने बस हामी भरी।

"क्यों रे, किसी से बात करने की इच्छा नहीं होती है!" जनाचाची बोलती ही रही। लेकिन उसकी उससे बात करने की बिल्कुल इच्छा नहीं थी। उसने थैली का सामान दुबारा थैली में भर दिया।

"अरे, इस तरह घुन्ने की तरह बैठे रहने से कैसे चलेगा? जो जी में है, साफ-साफ बोलकर जी हल्का कर लेना चाहिए आदमी को। मन ही मन कुढ़ते रहना ठीक नहीं होता। बेकार में दूसरे की जान साँसत में फँसी रहती है... ।" जनाचाची ने मुँह खोला और खुला ही छोड़ दिया। बाहरी बरामदे से आनेवाली सूप की आवाजें बंद हो गयीं। कल्लव्वा भी भीतरी कमरे में आई और जनाचाची के सुर में सुर मिलाती हुई बोली—

"इस तरह गूँगा बने रहने से कुछ नहीं होगा बेटा। बिना वजह हमारी जान को यों साँसत में क्यों डालता है?"

"फिर क्या करूँऽऽ? नाचूँ या गला फाड़कर रोऊँ?" वह बिफर गया।

"क्यों, रोने के लिए तुम्हारी माँ मर गयी है.. ?" कल्लव्वा भी बिफर गयी।

"बेकार में मेरा दिमाग़ मत चाटो। मैं वही करूँगा जो मेरा दिल चाहेगा... मुझसे उलझकर अपना दिमाग़ ख़राब मत करो। अपना काम देखो। जाओऽऽ... ।" और तायाप्पा उठकर पिछले दरवाज़े से सीधे बाहर निकल गया।

जनाचाची उसकी तरफ़ देखती ही रह गयी।

"अब क्या कहूँ...मेरी किस्मत... !" कल्लव्वा उठी और बाहरवाले बरामदे में आई। धान का सूप भी उसे पत्थर की तरह भारी लगने लगा... ।

...संगाप्पा ने घुटने में फँसाई गर्दन ऊपर उठाई और आवाज़ देकर देवल से हल खोलने को कहा। दिन कभी का डूब चुका था। घर जाते-जाते अंधेरा हो ही जाता है। अभी बैलों को पानी देना है। फिर बैलों की खंदाड़ी[1] जोतकर उन्हें घर ले जाना है। यानी काफ़ी रात होगी। वह देह झाड़कर उठा। आखरी कूँड़ कहते-कहते देवल ने खेत के किनारे पर भी कूँड़ लगा दिए। अब दुबारा ऊपरी छोर की तरफ़ आने की ज़रूरत नहीं,

कहते-कहते उसने हेंगा खोला और पास आते-आते संगाप्पा से पूछा—

"किसकी बावड़ी पर पिलाएँगे पानी बैलों को?"

"मोहिते की बावड़ी पर! मतलब वहीं से ऊपर गाँव की तरफ़ निकलना आसान हो जाएगा।" और वह भोजन के बर्तनों की पोटली उठाकर हल के पास आया। इधर देवल ने हेंगा ज्यू पर उल्टा लटकाकर खंदाड़ी बाँधी और इधर-उधर देखते हुए बैलों को 'दाऽऽ' कहा।

"साला, इस साल दौंगरे का कुछ ठिकाना नहीं लग रहाऽऽ।"

"बरसता तो आँखें मूँदकर जुताई पूरी कर देते।"

"कैसे होगा? खेत इतना सूख गया है कि हेंगा भीतर घुसने को तैयार ही नहीं। बैल भी पस्त हो गए हैं।"

और देवल ने खंदाड़ी मोहिते की बावड़ी की तरफ़ घुमाई। अंधेरा टूटे घड़े के पानी जैसा चू रहा था। इलाके में इन्सान की आवाज़ तक नहीं आ रही थी। देवल भी अब तनिक जल्दी मचाने लगा था। उसने हवा में ही चाबुक लहराया और थके-हारे बैल छलाँगे मारते हुए दौड़ने लगे। उनके साथ दौड़ते-दौड़ते संगाप्पा बेहाल हो गया। मोहिते की बावड़ी पर आने के बाद संगाप्पा मड़ैया से बाल्टी लाया और तेड़ी से बावड़ी की सीढ़ियो से नीचे उतरा। बावड़ी में बस अंधेरा ही अंधेरा था। जल्दबाज़ी में ही वह बाल्टी भरकर ऊपर लाया। देवल ने उसके हाथ से बाल्टी ली और बैलों के सामने रखते हुए बोला—

"सुना है बड़के ने अब खेतों की तरफ़ आना ही छोड़ दिया?"

"नहीं तो, आता है न बीच-बीच में!"

"मतलब, पहले जैसा कहीं दिखाई नहीं देता इसलिए...।"

"अब क्या कहूँ भाई! सब बिगड़ चुका है... घर को क्या हुआ है, कुछ समझ में नहीं आता... सारा खेल बिगड़ गया है... बड़का इस तरह कुढ़ रहा है। उधर भाभी भी अजीब बर्ताव कर रही है मानो दिमाग़ ख़राब है। सारा खेल ही बिगड़ गया है...।"

"देवी माँ का पूरा किया था न सब...? फिर ऐसे कैसे हुआ...?" देवल ने एक बैल के सामने रखी बाल्टी को दूसरे बैल की तरफ़ सरकाया। संगाप्पा अपनी ही सोच में खो गया। देवल ने क्या कहा था, यह भी वह भूल गया। बाल्टी खाली होते ही वह सीढ़ियों से दुबारा नीचे गया। उसका इस तरह कुछ न बोलना देवल को बड़ा अजीब लगा। संगाप्पा ऊपर आखरी सीढ़ी पर आया और लड़खड़ाकर संतुलन बिगड़ने से ढहने को हुआ।

"अरे अरे, अब तो भी बाल्टी ऊपर नहीं ला पा रहे हो बावड़ी से..?"

"होता है...।" संगाप्पा ने जैसे-तैसे बाल्टी बैल के सामने रखी। फिर जेब से तंबाकू की थैली निकाली और नीचे बैठ गया।

"साला बहुत सताया इस लड़का ने। अरे देवी माँ का प्रकोप बताया, वह भी किया। कितने महीने बीत गए। अभी भी लड़का घुन्ने की तरह सुन्न-सा बैठा रहता है और ये दोनों उसकी चिंता में सूखकर काँटा हो रहे हैं...।"

"अरे भाई, लेकिन इस तरह हाथ पर हाथ धरे बैठने से भी कैसे चलेगा? कुछ तो करना ही पड़ेगा न! दुबारा उस औरत के पास हो आए या नहीं?"

"दो दिनों से बस यही चल रहा है...।"

संगाप्पा ने बाल्टी माहिते की मड़ैया में रख दी। देवल ने बैलों को गाँव की तरफ़ मोड़ा। संगाप्पा बिना कुछ बोले उसके पीछे-पीछे घसीटता-सा आने लगा।

"साला, ये सारे झमेले तुम्हारे ही हिस्से क्यों?" देवल ने बात छेड़ी।

"मुझे भी अब यही लगने लगा है। सोच रहा हूँ, इन सारे झमेलों से अलग हो जाऊँ। बहुत हुआ इनका धरम-करम। करने दो अपना-अपना उन्हें। तुम क्या कहते हो?"

"मैं भी यही कहनेवाला था। लेकिन कैसे कहता? लड़का अब हाथ से जा चुका है। मुझे बता, अब वह ज़्यादा से ज़्यादा क्या करेगा? बहुत हुआ तो जोगवा माँगकर खाएगा। इससे ज़्यादा कर ही क्या सकता है...?"

"अरे भाई, जोगवा माँगकर खाता तो भी कोई हर्ज़ नहीं था। लेकिन उसका भगवान अगर लगतार गर्दन पर सवार होने लगा तो मैं क्या करूँगा? अभी की बात देखो न! सब मिलकर देवी माँ की पहाड़ी पर गए। पता है कितना खर्च हुआ? सोच ज़रा कितना आया होगा?"

"आया होगा पाँच-छह सौ...।"

"पाँच-छह सौ! अरे हजार और छह सौ, यानी सोलह सौ! मैं कहता हूँ चलो ठीक है, भगवान का काम था। सब ठीक-ठाक हो जाता तो उसका भी मलाल नहीं होता। लेकिन आगे भी और क्या-क्या निकलकर आता है क्या पता...? संगाप्पा अपने आप से बड़बड़ाने जैसा बुदबुदाया। जैसे-जैसे गाँव पास आता गया, देवल का ध्यान संगाप्पा की बातों से उड़ता गया। खंदाड़ी गाँव के पास की सँकरी सड़क पर आई। संगाप्पा अपनी ही धुन में चल रहा था। देवल बोला—

"कल क्या काम करेंगे?"

"करेंगे क्या? बचा हुआ छोर पूरा कर देंगे...।"

संगाप्पा होश में आता हुआ बोला और हगनहटी के पास से घर की तरफ़ मुड़ा। उसके दिमाग़ की कुलबुलाहट रुकने का नाम नहीं ले रही थी। वह उसी में खो गया।

...हम दोनों मियाँ-बीवी कितना खटेंगे? इनका क्या है, दोनों जून में भरपेट खाएँगे और आराम से रहेंगे। मगर मेरी बच्ची का क्या? अगर अभी से अलगा अलगी

1. शाम को खेत से घर लौटते समय बैल जूए के ऊपर हल वगैरा सामान बाँधकर ले जाना।

कर लें तो इसमें बुरा क्या है? पास-पड़ोस के लोग ऐसा-वैसा कहेंगे। कहने दो। कोई हमें लाकर तो नहीं खिलाता। कुछ उधार लेना पड़ेगा, लेकिन इनके बीच रहकर तो हमारी भी हड्डियाँ मरघट पर पहुँचेगी और मेरे बच्चे बेसहारा हो जाएँगे... एकबारगी फैसला हो ही जाए।

दिमाग़ की बिलबिलाहट के साथ संगाप्पा तेड़ी से चलता रहा। दीवान का इमली का पेड़ कब पार किया, उसे पता भी नहीं चला। येरगुंडे की ड्योढ़ी के पास आते ही तायाप्पा उसके सामने आया, जो हाथ में लोटा लिए बाहर जा रहा था। उसे देखकर वह होश में आया... चौंका। उसके दिमाग़ की बिलबिलाहट अचानक थम गयी। अब तायाप्पा उसे किसी औरत जैसा ही लगने लगा...।

भोजन के समय बड़का भीतर आया। अगले दरवाज़े के बरामदे में मस्ती कर रहे सुमी, पमी, बबनिया, किसनिया अचानक चुप हो गए और ताखे में रखी अपनी-अपनी किताबें लेकर लालटेन के पास आ बैठे। बड़के ने कंधे का गमछा खूँटे पर लटकाया और किसनिया को आड़े हाथों लिया—

"इतना बड़ा घोड़ा हो गया है... नवीं तक पढ़-लिख गया है और अभी भी इन छोटे-छोटे बच्चों के साथ ऊधम मचा रहा है? रंडी के जने, मास्टर ने यही सिखाया है तुझे!"

किसनिया ने गर्दन भी ऊपर नहीं की। उसे अपनी पुस्तक के अक्षरों में बड़े बप्पा ही दिखाई देने लगे। अब गुस्सा ठंडा हुआ तो ठीक, वरना पिटाई। फिर भी उसने कनखियों से बबनिया की तरफ़ देखा। बबनिया पुस्तक में ऐसे खोया हुआ था, मानो कुछ हुआ ही न हो।

"सुमेऽऽ, लोटा भर पानी ले आऽऽ।" और बड़का लालटेन के पास ही दीवार से सटकर बैठ गया। सारे बच्चे सहम-से गए। सुमी लोटा भर पानी ले आई और बड़का दहलीज़ पर गया। बच्चे इसी अवसर की तलाश में थे। बबनिया ने आँखें मिचकाते हुए किसनिया की तरफ़ देखा। किसनिया के तन-बदन में आग लग गयी। उसने उसे मारने के लिए हाथ उठाया, लेकिन तभी बड़का भीतर आया। लोटा नीचे रखता हुआ अपने आप से कुछ बुदबुदाया और बच्चों के पास आता हुआ बोला-

"क्यों रे, खाना खाया या नहीं!"

"नहीं...!" बबनिया ने पुस्तक बंद करते हुए कहा। वह भी यही चाहता था।

"दस बजने को हैं और अभी तक खाना नहीं परोसा?...ये चुगलखोर औरतें घर में बैठे-बैठे क्या करती हैं?" और बड़का भीतरी बरामदे की तरफ़ खिसका। आक्कव्वा रोटी के लिए आटा गूँध रही थी। कल्लव्वा थालियाँ धो रही थी।

संगाप्पा तंबाकू की फंकी मारकर दीवार से सटकर बैठा था। चूल्हे के पास आता हुआ बड़का झल्लाया—

"बच्चों को परोसा क्यों नहीं अभी तक... ?"

"परोस रही हूँ! झल्ला क्यों रहे हो? रात ख़त्म हो गयी क्या?"

"साली, दिन भर इधर-उधर घूमती रहती हो। शाम ढलते चूल्हा सुलगाना भी नहीं होता। ऊपर से कह रही हो रात ख़त्म हो गयी क्या... ? खा-खाकर बहुत मस्ती चढ़ी है... ?"

"बेकार क्यों दिमाग़ में खराब कर रहे हो! ज़रा चुप बैठो...।" कल्लव्वा ने हमेशा की तरह घुड़कने का प्रयास किया। लेकिन बड़का एकदम बिफर गया।

"इसी वजह से पूरे घर का सत्यानाश हो गया है... किसी को किसी का लिहाज़ नहीं... एक बार मुझे ऊपर पहुँचा लो और आज़ाद हो जाओ...।"

"ज़रा खुद ही सोचकर देखिए और फिर बात कीजिए कि कौन किसे ऊपर पहुँचाने की तैयारी कर रहा है...।" इतनी देर चुप बैठे संगाप्पा ने बीच में ही मुँह खोला।

"हाँ, मैंनें ही सबको ऊपर पहुँचाने की तैयारी कर रहा हूँ... मैंने ही सबका सत्यानाश किया है... सभी को सँभाला, यही मेरी ग़लती है...।"

बड़का बौड़म की तरह बड़बड़ाने लगा और संगाप्पा जान गया कि भैया आज गुस्से में है। इसके मुँह लगना ठीक नहीं। वह उठकर बाहरी कमरे में चला गया। कल्लव्वा ने सभी को पुकारा। मड़ैया में बैठा तायाप्पा कुलबुलाया और झगड़ा अपनी तरफ़ न मुड़े इसलिए चूल्हे के पास आकर बैठ गया। कल्लव्वा ने बाक़ी बच्चों के साथ उसकी भी थाली परोसी और उसकी तरफ़ सरकायी। बड़का अभी भी बड़बड़ा रहा था। अब कल्लव्वा से रहा न गया और वह बोली—

"अब चुप भी हो जाओ। बच्चों को खाना तो खाने दो...।"

"तो क्या मैं उनकी थाली खींच रहा हूँ? या तुम्हारी थाली से निवाला छीन रहा हूँ... ? इतनी क्यों मिरची लगी तुझे... ?" बड़के की आवाज़ और चढ़ गई।

"मेरा नहीं, घर में लड़का बीमार है, कम से कम उसका तो खयाल करो और चुप हो जाओ। नहीं तो दफ़्ना दो उसे नहलाकर मिट्टी में...।"

"तू ही दफ़्ना दे उसे। वैसे भी बैठकर ही खाएगा ये साँड़! अब तो साड़ी पहन ली है। मेहनत करने को कहो तो नहीं...!"

अब बड़के का गुस्सा तायाप्पा पर फिसल गया। कल्लव्वा भी आग-बबूला हो गयी। उसने छाती पीटते हुए मुँह खोल दिया और जोर से चीखी—

"भड़ुवे, मेरे बच्चे को दफ़्नाने चला है। तू ही चला जा नऽऽ। बच्चे को साड़ी मैंने पहनायी है या तूने?"

तायाप्पा का कौर हाथ में ही रह गया। बाक़ी बच्चे भी सुन्न हो गए। बड़का भी थप्पड़ खाए जैसा चुप हो गया। कल्लव्वा की रोटी थापने की रफ़्तार बढ़ती गयी। तायाप्पा खाना अधूरा छोड़कर उठा। उसे ऐसा लगा मानो उसकी टाँगों में जान ही न

हो...।

...तानू बढ़यारिन जल्दी-जल्दी पुताई कर रही थी। अभी ढेर सारे काम बाक़ी थे। इसलिए सारे काम निबटकर जोगवा माँगने के लिए गाँव के चार घर घूमना उसे मुश्किल लग रहा था। अभी घंटे भर में स्कूल की दो बजे की छुट्टी हो जाएगी। बच्चों को परोस कर बाहर निकालने में शाम ढल जाएगी।

गोबर का घोल भी कुछ ज़्यादा ही पतला हो गया था। इसलिए उसने हल्का-सा पुताई का हाथ मारना शुरू किया। लेकिन अभी एक पूरा कमरा बाक़ी था। उसे लगा, पुताई में ही बारह बज जाएँगे। उसने यथासंभव जल्दी करना शुरू किया। उसका हाथ किसी चक्की के पट्टे जैसा घूमने लगा...।

दरवाज़े में किसी की आहट मिली और उसकी त्योरियाँ चढ़ गयीं। 'अब इस वक्त कौन आया टाँग अड़ाने', उसने कुढ़ते हुए मन ही मन सोचा और पुताई करते-करते पीछे मुड़कर देखा। दरवाज़े पर कल्लव्वा खड़ी थी। कल्लव्वा को देख वह तनिक झेंप गयी—

"भीतर आओ न, दहलीज़ पर क्यों खड़ी हो...?"

"सोचा, देखे तो सही, तुम्हारा क्या चल रहा है...?" कल्लव्वा दरवाज़े से भीतर आती हुई बोली।

"और क्या करूँगी? ज़मीन पोत रही हूँ। अभी बर्तन-भांडे माँजने हैं। नहाना है, पूजा करनी है। आज जोगवा माँगने भी नहीं गयी... तुम तो तायाप्पा से पूजा करवाकर ही आयी होगी...?"

"पूजा सुबह ही हो गयी...।"

"अच्छा, ये तो बता, इधर का रास्ता कैसे भटक गयी ऐसी धूप में?"

"पूछने आई हूँ, बरसात होगी या नहीं....?"

"क्यों नहीं होगी? अभी तो बरसात के दिन बाक़ी हैं...।" वह घोल को खींचते हुए दहलीज़ तक आई और अगले दरवाज़े में घोल पोतती हुई बोली-

"तायाप्पा कैसा है? अभी तक लोगों के बीच उठना-बैठना शुरू हुआ या नहीं उसका...? पिछले महीने तुम्हारे घर आई थी, तब समझाया था उसे। बाद में उससे मुलाकात नहीं हुई... लेकिन तुम भेज दो उसे मेरे घर।" तानू बढ़यारिन घोल में पानी मिलाती हुई बोली और कल्लव्वा सुन्न-सी नीचे बैठ गयी। तानू ने लगभग आधा कमरा पोता, लेकिन तब तक कल्लव्वा के मुँह से एक शब्द भी नहीं फूटा। तानू सब समझ गयी।

"हूँऽऽ, मतलब मुझे ही तुम्हारे घर चक्कर लगाना पड़ेगा।"

"चक्कर की क्या बात करती हो तानाक्का, सारा खेल बिगड़ गया है। अब तो

लगता है, लड़का मर जाता तो अच्छा होता... ।'' कल्लव्वा बुदबुदायी और तानू का हाथ जहाँ के तहाँ थम गया। उसे मामला कुछ और ही लगने लगा। घोल को वैसे ही छोड़कर वह कल्लव्वा के सामने आकर बैठती हुई बोली—

''क्या हुआ रीऽऽ? फिर से कुछ तकलीफ़ शुरू हुई उसे?''

''उसे क्या होना है? अब तकलीफ़ सारे घर को शुरू हो गयी है। पिछले हफ़्ते से रोज़ रात को बखेड़ा हो रहा है। हफ़्ता भर घर में चलता रहा, अब बखेड़ा गली तक पहुँच गया है... क्या करूँ बता... ।'' कल्लव्वा बड़बड़ाती रही, लेकिन तानू के पल्ले कुछ भी नहीं पड़ रहा था।

''कौन, तायाप्पा झगड़ा करता है?''

''नहीं बहना? घरवाला रोज़ पीकर आता है और सबको अनाप-शनाप गालियाँ बकता रहता है। दो-तीन दिन देवर ने सहा। चुप रहा। लेकिन अब घरवाले से उसका छत्तीस का आँकड़ा हो गया है। अजीब ज़िद पर अड़ा है। अब तो मैं ही भीतर ही भीतर छटपटा रही हूँ... ।''

''लेकिन बीच में ही ये अचानक क्या शुरू हो गया?''

''वही तो कुछ समझ में नहीं आ रहा! तायाप्पा के बहाने दोनों मारपीट पर उतारू हो जाते हैं। किसे समझाएँ और क्या समझाएँ, यही समझ में नहीं आ रहा। और तो और तायाप्पा ने भी खाना-पीना छोड़ दिया है। अब तू ही बता, किस-किस का मुकाबला करूँ मैं... ।''

कल्लव्वा भर्राये गले से बोल रही थी। तानू तो मानो गूँगी ही गयी थी। ये क्या नया बखेड़ा खड़ा हो गया? गोबर से सना हाथ लिए वह अपनी ही तंद्रा में बैठी रही। तभी कल्लव्वा सिसकी रोकती हुई बोली—

''जाओ बहन, कमरे की पुताई पूरी कर लो। लगता है, अब हमारा घर उजड़कर ही रहेगा।''

''लेकिन बड़का इस तरह बेक़ाबू होगा, लगता नहीं था रीऽऽ!''

''लगता नहीं था, पर अब क्या करें? गाँववाले बहुत भलेमानस होते हैं क्या? धरम-करम की उन्हें क्या समझ? उन्हें तो सब तमाशा लगता है। पिछले हफ़्ते की बात। घरवाला आटे की चक्की के पास बैठा था। तभी वो लकड़बाई का भडुवा और मिसाल का गनपिया वहाँ आए। बातों ही बातों में कुछ बात निकली होगी!'' कल्लव्वा रुकी।

''फिर?'' तानू बढ़यारिन की जिज्ञासा बड़ी।

''फिर क्या...लकड़ीबाई का भडुवा बोला, लड़के को भगवान के नाम पर छोड़ दिया, बहुत अच्छा किया। वैसे भी लड़का किसी काम का नहीं था। पहले से ही गया-गुज़रा था। लेकिन तुम्हें भगवान भी बहुत अच्छे मिले। लड़के का कल्याण कर दिया तुमने... ।

...अब इस पर वो मिसाल का भडुवा चुप रहता न! लेकिन नहीं। अरे उसकी उम्र कितनी, मेरे घरवाले की उम्र कितनी? भडुवा बोला, 'गाँव के लोगों का अच्छा सुभीता कर दिया तुमने। बहुत अच्छा किया। बस! तभी से इनके दिमाग़ में न जाने क्या फितुर घुस गया। कुछ पता नहीं...।

तब से सब बिगड़ चुका है... वहीं पर माँ-बहन की गाली और झगड़ा। तब से इन्होंने पीकर ही घर में कदम रखा है। यह बात भी मैंने दूसरे के मुँह से सुनी है। तानाक्का, लगता नहीं गाड़ी अब पटरी पर आएगी। इससे लड़का पूरी तरह से हिम्मत हार गया है। एक तो वह घर से बाहर निकलता नहीं था, ऊपर से ये झमेला। अब तो वह बाहर कदम भी नहीं रखेगा रीऽऽ...।''

कल्लव्वा ने बोलते-बोलते गहरा निश्वास छोड़ा और रुक गयी। तानू का चेहरा सफ़ेद पड़ गया था। वह उठकर दरवाज़े के पास गयी। घोल में दुबारा पानी मिलाया और पोतना शुरू किया। दो-तीन हाथ फेरने के बाद वह कल्लव्वा को समझाने लगी—

''ज़िदगी में ऐसा चलता ही रहता है रीऽऽ। पहाड़ोंवाली माँ सब देख रही है। तू चिंता मत कर...।''

तानू बढ़यारिन की बातों से कल्लव्वा अभिभूत हो गयी। उसने मन ही मन पहाड़ोंवाली के पैर पकड़ लिए। हाथ भी अपने आप जुड़ गए...।

पारव्वा सड़क छोड़कर घोलप के घर की तरफ़ मुड़ी। उसे याद आया कि तायाप्पा महीने भर से कहीं दिखाई नहीं दिया। सब ठीक तो है, कुछ भी पता नहीं। इसलिए जाते-जाते वह येरगुंडे की झोपड़ी की तरफ़ मुड़ी। कोंडकर के दरवाज़े में ह्वगाड़े की वृद्ध माँ बैठी गुदड़ी सी रही थी। गली से गुज़रती पारव्वा को उसने घड़ी भर निहारा, पर पहचान नहीं पायी। तब पारव्वा ही झेंपकर बोली—

''क्या कर रही हो दादी?''

''क्या करेगी बुढ़िया! बूढ़े लोग मतलब काम के न काज के!''

''ऐसा क्यों कहती हो दादी! बुजुर्ग हैं तो सब है। मुझे पहचाना?''

पारव्वा ने पास आते हुए पूछा। वृद्धा अपनी अधखुली आँखों से अभी भी उसे पहचानने की कोशिश कर रही थी।

''क्या बताऊँ बेटा, नज़र बहुत ही कमज़ोर हो गयी है...।''

''मैं हूँ जाधव की पारव्वा!''

''हाय रे किस्मत! तुम काशीबाई की लड़की हो, देववाली! हाँ, अब पहचाना...इधर कैसे रास्ता भटक गयी री?''

''पवार के घर जा रही हूँ। सब ठीक तो है नऽऽ?।''

''हाँ, ठीक ही है।'' वृद्धा ने दुबारा गुदड़ी टाँकना शुरू किया। पारव्वा वहाँ से

निकली और तायाप्पा के दरवाज़े पर आई। सामने के बरामदे में कोई भी दिखाई नहीं दे रहा था। दूसरी तरफ़ का दरवाज़ा खुला था, लेकिन वहाँ किसी की आहट नहीं मिल रही थी।

पारव्वा इधर-उधर देखती हुई चौखट से टेककर खड़ी रही। भीतर से कोई आवाज़ नहीं आ रही थी। इसलिए भीतर आते हुए उसने पुकारा–

"अरी ओ मामी, घर में कोई है या नहींऽऽ?" काफ़ीदेर तक कोई आवाज़ नहीं आई। पारव्वा को कुछ अजीब लगा। दरवाज़ाखुला छोड़कर सब कहाँ चले गए... वह ठिठकी। तभी बीच के बरामदे से बाहर झाँकते हुए तायाप्पा ने पूछा, "कौन है?" और पारव्वा ने राहत की साँस ली।

"अकेले क्या कर रहे होऽऽ? और बाकी लोग कहाँ गए?"

वह भीतर गयी। देखा, तायाप्पा बाँस पर टँगे अपने सारे पुराने कपड़े नीचे उतारकर सामने फैलाए बैठा है।

"माँ और बाक़ी लोग खेत चुनने गए हैं। बच्चे स्कूल में। मैं हूँ अकेला" और तायाप्पा ने अपने पुरानी कमी? दोनों आस्तिनों से पकड़कर झटकी।

"क्या कर रहे होऽऽ?"

"करूँगा क्या, पत्थर? पुराने कपड़े निकालकर देख रहा हूँ...।"

तायाप्पा ने कमीज़ को बदन से लगाकर देखा। पारव्वा सिहर गयी और बोली–

"अब ये सारे के सारे कपड़े उधर परछत्ते पर फेंक दोऽऽ। घर की औरतों ने इन्हें नीचे कैसे रखा रेऽऽ?"

वह उसके पास आ बैठी। तायाप्पा ने कमीज़ का गोला बनाया और हाथ में पकड़े वैसा ही बैठा रहा। उसकी इच्छा हुई कि पारव्वा से कुछ कहें। घड़ी भर वह उसी सोच में डूबा रहा। फिर न जाने क्या सोचकर उसने गोला बनी कमीज़ गुस्से से नीचे फेंक दी।

"किस सोच में डूबे होऽऽ?"

"और किस सोच में, यही कि...।"

लेकिन अचानक वह चौंका और शब्द को मुँह के भीतर ही दबा गया। क्या कहें, उसकी कुछ भी समझ में नहीं आ रहा था।

"थोड़ा-बहुत बाहर निकलना शुरू किया या नहीं?" पारव्वा ने यूँ ही पूछा।

"निकलता हूँ कभी-कभी। लेकिन पारव्वा...।"

उसकी इच्छा हुई कि धड़ाधड़ सब बोल दें। लेकिन मुँह से शब्द ही नहीं फूट रहे थे। वह यूँ ही सिर खुजाने लगा। पारव्वा उसके बिखरे बालों की तरफ़ देखती हुई बोली–

"अब नाई के पास मत चले जाना... बालों में कैंची नहीं लगानी है अब।

शेवंताक्का ने बताया होगा न... ?''

उसने गर्दन हिलाई। सामने रखे कपड़ों की तरफ़ देखते-देखते उसे अजीब लगने लगा। उस पर अचानक कोई सनक सवार हुई। उसने मुँह खोला—

''पाराक्का, मैं दुबारा अपने मर्दाना कपड़े पहन लूँ तो?''

''हे भगवाऽऽन!'' पारव्वा का कलेजा मुँह को आ गया।

''ए भैया, भूलकर भी ऐसा मत सोचना। ठीक नहीं होगा। पहाड़ोंवाली माता है वो, ऐसी-वैसी नहीं। नामोनिशान मिटा देगी। अपनी बात छोड़ो, तुम्हारे पूरे घर को तबाह कर देगी...।'' वह तड़पकर बोली।

''तबाही में अब क्या कसर रह गयी? देख रही हो न, क्या-क्या हो रहा है... ? सारा घर तितर-बितर हो गया है। मेरी तो घर से बाहर कदम रखने की भी इच्छा नहीं होती। कलेजा मुँह को आ जाता है। लोगों में जाता हूँ तो...।'' बोलते-बोलते ही वह रुक गया।

''अरे, इतने दिन बीत चुके हैं और अभी भी तुम इस तरह घुट रहे हो? ज़रा लोगों के बीच रहना सीख लो भैया। सब भूल जाओगे। लगातार घर में पड़ा रहते हो न, इसीलिए ये सब होने लगा है... तुम कलेजा कड़ा करोगे तो सब ठीक होगा। वरना तुम्हारा कुछ ठीक नहीं भैया।''

पारव्वा की बातों से तायाप्पा का ज़रा धीरज बँधा।

''बाहर जाने की खूब सोचता हूँ, लेकिन जैसे ही दहलीज़ लाँघकर गली में जाता हूँ, पानी-पानी हो जाता हूँ। पिंडलियाँ पस्त हो जाती हैं। सामने से आ रहे आदमी को देखता हूँ तो लगता है, सब ख़त्म हो गया। इससे कैसे पार पाएँ, कुछ समझ में नहीं आता।''

''तो क्या इसी तरह घर में बैठे रहोगे जिंदगी भर?''

पारव्वा ने अचानक उसके कलेजे पर ही हाथ डाला। उसका मुँह बंद हो गया। पारव्वा ने ग़लत क्या कहा... वह मन ही मन बुदबुदाया। पारव्वा उसे भरोसा दिलाती हुई बोली—

''तुम्हें लोगों से डर लगता हो, तो हमारे घर आकर बैठो। तानाक्का के घर जाओ। कौन-क्या कहेगा, यह डर तुम्हें वहाँ नहीं सताएगा...। लेकिन तुम इस तरह बैठे रहते हो और बाक़ी लोग भी तिल-तिल मरते रहते हैं। अभी तो बहुत भुगतना है भाई। उनकी जान को यों साँसत में डालने से कैसे चलेगा? इस तरह भगवान को समर्पित जीवन बड़ा अजीब होता है...।''

''मुझे भी ऐसा ही लगने लगा है। बहुत सोच-विचार किया है मैंने। सोचा, घर छोड़कर भाग जाएँ। लेकिन मेरी वजह से घरवालों पर ही आफ़त आएगी... लोगों के बीच जाने की सोचता हूँ तो डर लगता है कि साड़ी में लोग क्या कहेंगे? एक नहीं, हजारों

बातें दिमाग़ में आती हैं और टूटकर बिखर जाता हूँ।

"तुम जैसे लड़के का जब यह हाल है, तो ज़रा सोचो, औरों का क्या हाल होता होगा? ...अरे, कौन क्या कहता है, इसकी फ़िक्र तुम क्यों करते हो? पहाड़ोंवाली माता सब देख रही है न। तुम्हें छेड़नेवालों को अपने हाथों अपने घर पर पलीता रखना होगा... इतना आसान नहीं है भैया! कुछ भी दिमाग़ में मत पालो... घरवालों को भी तनिक चैन से जीने दो...।"

पारव्वा बोलती रही और तायाप्पा के भीतर ही भीतर कुछ टूटा हुआ जुड़ता गया। पहली बार उसे कुछ अच्छा लगने लगा। उसने मन ही मन काफ़ी कुछ तय करना शुरू किया। सामने की कपड़ों की गठरी को वह तेज़ी से थैली में भरने लगा। 'जाती हूँ' कहकर पारव्वा चली गयी। वह हाथ की कपड़ों की गठरी से खेलता रहा। खेलते-खेलते न जाने उस पर क्या सनक सवार हुई। उसने गठरी परछत्ते पर फेंक दी। परछत्ते पर धप्प से आवाज़ हुई। तायाप्पा थका-सा नीचे बैठ गया।

गुंडप्पा की ड्योढ़ी पर बाँस का बढ़िया-सा पंडाल सजाया गया था। खंभे की हँसुली पर आम की टहनियाँ लटकायी गयी थीं। बीच में ही संकेश्वर और दासली के फूल टँगे थे। काटकर लाया केले का तना खूँट-खूँट पर बँधा था। दासली के पौधे वैसे ही उखाड़ कर लाए गए थे। गली से गुज़रता हर आदमी घड़ी भर के लिए रुककर क्या चल रहा है, देखकर आगे बढ़ता था। गुंडप्पा की वृद्ध माँ पाँवों में चकरी बँधी होने की तरह इधर से उधर घूम रही थी। बालबच्चे पंडाल में यूँ ही हुड़दंग मचा रहे थे। गुंडप्पा के घर में लगभग पूरी गली इकट्ठा हो गयी थी। गुंडप्पा का बेटा आप्पाण्णा दीवाने की तरह घूम रहा था। आज उसने धराऊ रेशमी साफा पहना था। पहली बार वह सफाचट दाढ़ी बनाकर आया था। इस कारण उसकी छपरी मूँछे चेहरे पर अधिक घनी दिख रही थीं। उसकी कमीज़ भी जगमगा रही थी। ज़मीन पर उसके कदम ठहर ही नहीं रहे थे। लगातार इधर-उधर दौडधूप कर रहा था। उसकी पत्नी की भी धाँधली मची हुई थी। बेचारी परेशान-सी हो गयी थी। ऊपर से बच्चे भी बीच-बीच में उसकी देह से जूझ रहे थे। गुंडप्पा की वृद्धा अपनी बुज़ुर्ग नज़रों से हर बात का जायज़ा ले रही थी।

पाठशाला की घंटी बजी और बाँध टूटने की तरह बच्चों का रेला गली-गली में फूट पड़ा। तभी भीतर जाते-जाते गुंडपा की माँ बहू से बोली-

"अरी, पाँच बजने को हैं, मगर अभी तक पारव्वा और तानाचाची का पता नहीं। देखना तो ज़रा...।"

"देखने के लिए क्या मैं खाली बैठी हूँ!... आप ही बढ़िए न दो कदम आगे!"

"हाँ, मैं ही खाली बैठी हूँ। सबकी आँखों में मैं ही खलती हूँ...।"

वृद्धा ने हमेशा की तरह बड़बड़ाना शुरू किया। आख़िरकार आप्पाण्णा वृद्धा के

पास आता हुआ बोला—

''तुम पास की तानूचाची के यहाँ हो आओ, मैं पारव्वा के पास हो आता हूँ!''

वृद्धा को तनिक अच्छा लगा। वह तेज़ी से जकाते के घर से ऊपर की तरफ़ खिसकी। आप्पाण्णा ने पारव्वा के घर की राह पकड़ी। पाठशाला से छूटे बच्चे गली-गली से आ जुटे और गुंडप्पा का पंडाल पूरा भर गया। बच्चों का कोलाहल बढ़ता ही गया और गुंडप्पा की बड़ी बहू बाहर आती हुई झल्लायी—

''अरे जाओ न भडुवो अपने-अपने घर। यहाँ क्या राधा नाच रही है?''

''वही तो देखना है... ?'' भीड़ से कोई उद्दंड लड़का चिल्लाया और सारे बच्चे खिलखिलाकर हँस पड़े। मल्लव्वा ने कड़बी का डंठल हाथ में लिया और जमावड़े की तरफ़ बढ़ी। उसे देखते ही सारे बच्चे तितर-बितर हो गए। उसने घर के बच्चों को भीतर धकेला और गली में दूर तक देखा। गली में दूर खड़ी औरतें उसकी तरफ़ देख रही थीं। वह तनिक इतरायी और उसी तेवर के साथ भीतर की तरफ़ मुड़ी। तभी पीछे से किसी ने उसे पुकारा और वह फिर पीछे मुड़ गयी। दरवाज़े में खड़ी शेवंता उसकी तरफ़ आती हुई बोली—

''अरी, बच्चे है, जमा तो होंगे ही!''

''वो तो ठीक है बुआजी! लेकिन इनके शोरगुल के कारण घर में कुछ भी सूझ नहीं रहा है। इसीलिए ज़रा घुड़काया।''

''अच्छा, अच्छा। पर ये बीच में ही क्या निकाला?''

''यूँ ही, आप जैसे सयाने लोग जब बताते हैं तो करना ही पड़ता है! आइए...।'' मल्लव्वा उसे घर के भीतर ले गयी। भीतर आटा गूँधने की आवाजें गूँज रही थीं। तीन-चार औरतों को पूरन पीसने के काम पर लगाया गया था। मोरे की गंगव्वा चूल्हे पर चढ़ी तड़के की दाल पर नज़रें जमाये बैठी थी। नन्हे-नन्हे बच्चे अपनी-अपनी माँओं को झकझोर रहे थे। पूरा घर भर गया था। किसी को किसी की बात समझ में नहीं आ रही थी।

...हाथ की परड़ी सँभालती हुई तानू बढ़यारिन वृद्धा के साथ भीतर आई और सभी तरफ़ हड़बड़ी मच गयी। आते ही तानू बढ़यारिन ने सारे घर को अपने कब्ज़े में ले लिया। क्या तैयारी हुई, क्या बाकी है— सारा जायज़ा लिया। सबसे पहले अंबील—घुघरी[1] के नैवेद्य पर नज़र डाली। देहरे पर जाकर देखा कि क्या-क्या तैयारी हुई है और मल्लव्वा को पास बुलाते हुए पूछा—

''किस-किस की परड़ियाँ बुलाई हैं?''

''अपने गाँव की तीनों परड़ियों को न्यौता दिया है। गाँव के बाहर खेतबस्ती की नहीं बुलाईं।''

''ऐसा कैसे चलेगा बहन... कम से कम पाँच परड़ियाँ तो चाहिए न!''

“शेवंताक्का तो बोली कि एक परड़ी भी काफ़ी होगी!”

“अरी, लेकिन गाँव में हैं न परड़ियाँ, फिर ऐसा क्यों? खैर छोड़ो, किसी आदमी को मिसाल की रकमा को बुलाने के लिए भेज दो।”

“लेकिन तब भी चार ही होंगी...।”

“जैसा मैं कह रही हूँ, वैसा करो। पाँचवीं मैं देखती हूँ।” और वह देहरे से हटकर बगल के बरामदे में आई। तब तक पारव्वा अपना जग लिये हाज़िर हो गयी थी। उसे देखकर तानू बढ़यारिन को लगा कि उसका काम आसान हो गया है। उसने उसे जल्दी-जल्दी देहरे के पास जग रखकर लौट आने को कहा। पारव्वा जग रखकर उसके सामने आकर खड़ी हो गयी। तानू बढ़यारिन ने मल्लव्वा को काफ़ी कुछ ब्यौरेबार बताया और पारव्वा का हाथ पकड़कर उसे गली में ले आई।

“चलो तनिक ज़रा हो आएँगे।”

“अब समय की बरबादी किसलिए? चलों न उधर निबट डालेंगे...।”

“खेतबस्ती से रकमा आ रही है। तब तक हम हो आएँगे!” और तानू तेज़ी से कदम बढ़ाने लगी। पारव्वा उसके पीछे-पीछे चीथड़े की तरह घसीटती जा रही थी। उसकी समझ में नहीं आ रहा था कि तानाक्का कहाँ लिए जा रही है। एक-दो बार पूछा भी, लेकिन वह कुछ नहीं बोली। आख़िरकार वह चुपचाप उसके पीछे-पीछे चलती रही।

भैरू पाटील की मड़ैया से होकर तानू बढ़यारिन सीधे कालू पाटील की ड्योढ़ी पर आई। अब पारव्वा पहचान गयी कि ये औरत तायाप्पा के घर की तरफ़ जा रही है। उसने आगे बढ़कर पूछा,—

“तुम जा तो रही हो, लेकिन वह आएगा... ?”

“नहीं आएगा तो खींचकर ले आएँगे। लेकिन आज उसे बाहर निकालकर ही रहेंगे...।”

“लेकिन दीदी, उसके घरवाले क्या कहेंगे... ?”

“कहेंगे क्या? उसे हम अपने लिए थोड़ी ले जा रहे हैं? भगवान का काम है, आना नहीं चाहिए...!”

“तुम ही देखना दीदी। मैं बीच में कुछ नहीं बोलूँगी...।”

“लेकिन कम से कम मेरे साथ रहोगी?”

तायाप्पा के दरवाज़े पर पहुँचने के बाद तानू बढ़यारिन के कदमों की रफ़्तार तनिक धीमी हुई। उसने पारव्वा को अपने पीछे आने का इशारा किया और दहलीज़ के भीतर कदम रखा। पमी और सुमी बाहर खेल रही थीं। तानाक्का को देखते ही दोनों थम गयीं।

“घर में कौन है रीऽऽ ?”

"सभी हैं...।" सुमी ने मुँह पर हाथ रखते हुए कहा। तानाक्का सीधे पिछले कमरे में पहुँची। कल्लव्वा अभी-अभी खेत से लौटी थी। आक्कव्वा चूल्हे के पास कुछ काम कर रही थी।

"क्या कर रही होऽऽ ?" तानाक्का सीधे चूल्हे के सामने जाकर खड़ी हो गयी। उसे इस तरह अचानक आई देख आक्कव्वा हकबकाई। लेकिन कल्लव्वा स्थिर थी। बोली—

"बहुत दूर आ गयी रीऽऽ!"

"हाँ, आना पड़ा!"

"और कौन आया है?" कल्लव्वा ने चौखट की तरफ़ देखा तो पारव्वा दीख पड़ी। अब उसे अपनी जगह से हिलना ही पड़ा।

"दोनों एकसाथ आई हो, मतलब...?"

"क्यों, दोनों का एकसाथ आना मना है...?" पारव्वा दहलीज़ से नीचे उतरी।

"मना क्यों होगा? तुम बैठो, अभी आती हूँ नाले की तरफ़ से। ज़रा खेत चुनना है। काम ख़त्म करके अभी आती हूँ...।"

"बैठने के लिए नहीं आई हैं हम। तायाप्पा कहाँ है?"

"जाएगा कहाँ? होगा यहीं कहीं।" कल्लव्वा ने तायाप्पा को पुकारा।

"आया!" पिछवाड़े से तायाप्पा भीतर आया और दोनों को एकसाथ देखकर सिटपिटाया। फिर अपनी साड़ी का निचला छोर सँभालता हुआ खड़ा हो गया। पारव्वा उसकी तरफ़ देखने की बजाय बाहर देखने लगी। तानू बढ़यारिन चूल्हे के पास से उसके सामने आई और बोली—

"चलो, दूसरी साड़ी पहन लो।"

"क्यों?" तायाप्पा ने डरते-डरते पूछा।

"बताती हूँ। पहले साड़ी तो बदलो।"

"ये साड़ी ठीक नहीं है क्या?"

"नहीं है बाबा। साड़ी बदलो। बिना वजह मेरा दिमाग़ मत चाटो।"

तानाक्का घुड़कते हुए बोली। तायाप्पा उसकी तरफ़ देखता ही रह गया। उसकी कुछ भी समझ में नहीं आ रहा था। उसे वहीं कुलबुलाता खड़ा देख पारव्वा उसकी तरफ़ देखती हुई बोली-

"जल्दी करो भई। बाहर जाना है। जल्दी करो!"

"लेकिन कहाँ?"

"लोगों के बीच! इतना कुछ हो गया, पर 'कहाँ' पूछना नहीं भूला! यहीं गाँव में

---

1. मँडुए के आटे को छाछ में पकाकर बनाया गया तरल पेय पदार्थ।

जाना है।'' पारव्वा तनिक अपनेपन से बोली।

''मुझे नहीं आना लोगों के बीच।''

''लोगों के बीच नहीं रेऽऽ, तू चल तो सही...।'' और तानू बढ़यारिन खींचते हुए उसे भीतर ले गयी और उसके सामने खड़ी हो गयी। निरूपाय हो तायाप्पा ने अलगनी से अपनी साड़ी खींची और पुरानी साड़ी उतारकर उसे पहनना शुरू किया। तभी तानू बढ़यारिन कल्लव्वा के पास जाती हुई बोली–

''इसे ज़रा गुंडप्पा के घर ले जा रहे हैं...।''

''तो ले जाओ। मैंने कब मना किया। तुम्हारा पेड़ है। अपने पेड़ को तुम कहीं भी ले जा सकती हो। कुछ भी करो, पर इसे इन्सानों के बीच ले आओ।''

गुंडप्पा का नाम सुनते तायाप्पा सारा माजरा समझ गया। साड़ी पहनते–पहनते वह रुक गया।

''रुक क्यों गया रेऽऽ ?'' पारव्वा ने चौखट से उसकी तरफ़ देखा। तानू बढ़यारिन दुबारा उसके सामने आ बैठी। तायाप्पा ने जैसे–तैसे साड़ी पहनी और तानू बढ़यारिन लगभग घसीटती हुई उसे देहरे के सामने ले आई। उसके माथे पर भंडारा पोता। बीच में कुंमुम की बिंदी लगायी और उसके हाथ में परड़ी देती हुई बोली–

''चलोऽऽ अब रुकने का समय नहीं है।''

''वहाँ के लोगों में–'' तायाप्पा ठिठका। लेकिन अचानक कल्लव्वा ने कसकर उसकी कलाई पकड़ी और उसे बाहर खींच लायी। गली में आने पर भी तायाप्पा के कदम आगे बढ़ नहीं रहे थे। अब तानाक्का आगे बढ़ी और उसकी कलाई पकड़कर चलने लगी। तायाप्पा हाथ में पकड़ी परड़ी सँभाले उसके पीछे–पीछे चलने लगा। उसे अपने कदमों के सिवा कुछ भी नज़र नहीं आ रहा था। गली के लोग खड़े–खड़े उनकी तरफ़ देख रहे थे। कोई तायाप्पा पर अफ़सोस जता रहा था तो किसी को तानू बढ़यारिन का तमाशा देखकर मज़ा आ रहा था। पारव्वा सभी की तरफ़ आँखें तरेरकर देखती हुई दोनों के पीछे–पीछे चलने लगी थी।

तायाप्पा को गुंडप्पा के घर में धकेलकर तानू बढ़यारिन ने उसका हाथ छोड़ा। गुंडप्पा के घर की सभी औरतें चौंकीं और तायाप्पा की तरफ़ देखने लगीं। किसी की कुछ भी समझ में नहीं आ रहा था। पारव्वा उसे देहरे के पास ले गयी और परड़ी को नीचे रखने के लिए कहा। तायाप्पा की इच्छा हुई कि देहरे के पास ही बैठा रहे। लेकिन वह दीवार की तरफ़ मुँह किए खड़ा रहा। पारव्वा फिर उसका हाथ पकड़कर बगल के बरामदे में ले आई, जहाँ बहुत सारी औरतें ठूँसी–सी बैठी थीं। वहीं तायाप्पा के लिए जगह बनाती हुई पारव्वा बोली—

''बैठो यहीं। ये औरतें तुम्हें खा नहीं जाएँगी...।''

तायाप्पा वैसा ही खड़ा रहा। आख़िरकार पारव्वा ने हाथ पकड़कर उसे नीचे

बिठाया। तायाप्पा की आँखों में आँसू जमा होने लगे थे। वह नीचे बैठ गया। तभी कोने में बैठी नुल्ले की बुढ़िया उसके पास आती हुई बोली—

"इस तरह शर्मा ने से क्या होगा बेटाऽऽ! अब तो यही तुम्हारी ज़िदग़ी है। मान लेना कि पहाड़ोंवाली चाहती थी, इसलिए ऐसा हो गया!"

"और क्या? किस्मत कोई माँगकर थोड़े ही लाता है? जो बदा है, सहना ही पड़ता है।" दूसरी औरत बुदबुदायी। मामला बढ़ जाने पर सारा काम बिगड़ जाएगा, यह सोचकर पारव्वा ने सभी को नज़रों से चुप कराया। सारी औरतें तायाप्पा की तरफ़ देखती रहीं। सभी के दिमाग़ में उसी का विषय कुलबुला रहा था और तायाप्पा घुटनों में गर्दन फँसाए सुन्न-सा बैठा हुआ था। तानू बढ़यारिन की धाँधली मच गयी थी। अभी तक दफलची बालू बूढ़ा नहीं आया था। फुला भी कहीं नज़र नहीं आ रही थी। कोई नाई की रत्ना को बुलाने गया था, जो वहीं का होकर रह गया था। शाम ढलने को थी। उसने आप्पाण्णा को पुकारा, "अरे, तुम्हारा वो बालू महार कहाँ है...?"

"है न, मगदूम के खेत में दफली ताप रहा है...।"

"ठीक है। फिर फुला को बुलाने किसी को भेज दोऽऽ।"

"भेजा है, भेजा है।" और आप्पाण्णा वहाँ से पल्ला झाड़कर दरवाज़े में आया। बालू महार ने पूला भर घास सिलगाकर अलाव जलाया था। अलाव पर दफली पकड़े उस पर एक उंगली से चोट कर दफली को घुमा रहा था। आप्पाण्णा की नज़रें महार टोले की तरफ़लगी थीं। दूर पेंगी के घर के पास फुला नज़र आई और उसने राहत की साँस ली।

बालू महार ने दफली पर ताल पकड़ा और तानू बढ़यारिन ने मल्लव्वा को पास बुलाया। उसके माथे पर भंडारा मल दिया। आंबली के कुल्हड़ को भंडारा, कुंकुम लगाया और सभी को बाहर खदेड़ते हुए वह कुल्हड़ को दहलीज़ से बाहर लायी। मोगा को मल्लव्वा के सिर पर रखते हुए उसने जोर से आवाज़ लगाई—

"उदं गऽऽ आई उदंऽऽ।"

इसी के साथ वहाँ इकट्ठा सभी ने उस आवाज़ में आवाज़ मिलायी—

"उदं गऽऽ आई उदंऽऽ उदंऽऽ।"

बालू महार की दफली ने अच्छी-खासी ताल पकड़ी थी। फुला खड़ी-खड़ी सिर धुनने लगी। पारव्वा ने उसका आँचल कमर से बाँध दिया। अब फुला दफली की तर्ज़ पर नाचने लगी। थोड़ी देर बाद नाई की रत्ना भी सिर धुनने लगी। देखते ही देखते तीन-चार औरतें सिर धुनने लगीं। नाचनेवाली औरतों का एक जमावड़ा ही बन गया। बालू भी तनिक तैश में आया और घुटने को झटका दे-देकर दफली बजाने लगा। देखनेवाले लोग यह भी भूल गए कि हम कहाँ खड़े हैं।

गुंडप्पा के घर के सारे लोग दरवाज़े पर आए और देहरे के पास बैठे तायाप्पा को

ज़रा खुलापन लगने लगा। उसने मन ही मन मनसूबा बाँधा कि जैसे ही ये लोग दरवाज़े से आगे बढेंगे, इधर से घर की तरफ़ रफूचक्कर हो जाना। और वह दरवाज़े का हुजूम आगे बढ़ने की राह देखने लगा। बालू महार पूरे जोश में दफली पीट रहा था इसलिए किसी की भी आगे बढ़ने की इच्छा नहीं हो रही थी। तानू बढ़यारिन सभी तरफ़ ध्यान रखे हुए थी। उसने पारव्वा को हाथ के इशारे से पास बुलाया और बोली–

"तायाप्पा को बाहर ले आ, फिर इन्हें यहाँ से भगाएँगे...।" पारव्वा तुरंत भीतर गयी। तायाप्पा उसे देखते ही थर–थर काँपने लगा। "तुम्हारे पैर पकड़ता हूँ, मुझे उस भीड़ में मत ले जा...।" वह रोने लगा। पारव्वा निरूपाय हो ख़ाली हाथ तानाक्का के पास आई। लेकिन तानू बढ़यारिन बिना कुछ पूछे भीतर गयी। उसने तायाप्पा की कलाई पकड़कर उसे खड़ा किया और उसे घसीटती हुई बाहर ले आई। सारी औरतें अचानक जमा हो गयीं। तायाप्पा भी झट से खड़ा हो गया। उसकी कलाई अभी भी तानू बढ़यारिन के हाथ में थी। उसने बालू महार को आगे बढ़ने का इशारा किया और पूरा मजमा आगे बढ़ा।

तायाप्पा की देह काँपने लगी। उसे लगने लगा कि उसका संतुलन बिगड़ रहा है। वह गिरने को हुआ। उसका गला सूख गया था। सिर का पल्लू नीचे आ चुका था। लेकिन कलाई पर तानू बढ़यारिन का कसाव ढीला होने का नाम नहीं ले रहा था। पास आते ही पारव्वा ने उसका पल्लू ठीक करके सिर पर रखा। तायाप्पा को लग रहा था कि अब सब कुछ ख़त्म हो गया है। उसकी गर्दन नीचे झुकी थी। ठोड़ी सीने से लग रही थी। सारे लोग नाचनेवाली औरतों के बजाय तायाप्पा को ताकने लगे थे। बालू महार दफली के ताल पर घुटनों को झटके दे–देकर आगे बढ़ रहा था। मस्कर के दरवाज़े में सभी इकट्ठा हुए और दफली का ताल अपने आप थम गया। मस्कर की यमनाक्का नाचनेवाले देवताओं के पैरों पड़ती हुई बोली–

"भगवन् हमारी छोटी बच्ची ने बिस्तर क्यों पकड़ लिया है, पहले यह पहेली बूझिए, फिर कदम आगे बढ़ाइए...।"

रत्ना नाचते–नाचते हड़बड़ाई। लेकिन फुला सिर धुनने का अपना ताल ज्यों का त्यों रखते हुए चिल्लाई–

"महीने भर से बच्ची बिस्तर पर है, और तुम आज पूछ रही हो? ये शोभा देता है तुम्हें?"

"भूल हो गयी भगवन्।" यमनाक्का पैर छोड़ती हुई बोली।

"भूल तो भूल है। मैं तुम्हारे घर आना चाहती हूँ। पहाड़ से लाकर मुझे अपने घर में बिठा लो...।"

"बिठाऊँगी। लेकिन मेरी बच्ची को ठीक कर दो।" और यमनाक्का ने दुबारा पैर पकड़ लिए। बालू महार की दफली का ताल दुबारा शुरू हुआ।

"उदं गऽ आई उदंऽ उदं।" का घोष करते हुए यमनाक्का पीछे खिसक गयी और जमावड़ा आगे सरकने लगा। तायाप्पा की गर्दन अकड़-सी गयी थी। असहनीय दर्द हो रहा था। आखिरकार उसने ऊपर देखना शुरू किया। पूरी गली लोगों से भर गयी थी। रास्ते की बत्तियाँ कब की जल चुकी थीं। पुरुष मंडली भी मजमे में 'उदंऽ' का घोष करती हुई आगे बढ़ रही थी।

जत्था कुंड पर जाकर घर लौटने में रात के नौ बज चुके थे। बालू महार जैसा मँजा हुआ दफली वादक भी थक गया था। औरतें भी नाच-नाचकर पस्त हो चुकी थीं। लोगों की भीड़ तितर-बितर हो गयी थी। चावल का पिंड डालकर पैरों पर पानी लेते-लेते देवता को भीतर लिया गया। पीछे तानू बढ़यारिन के साथ तायाप्पा। वह अब ज़रा सँभला हुआ लग रहा था। रास्ते में उसने हर संभव प्रयास किया, लेकिन तानाक्का ने उसकी कलाई नहीं छोड़ी थी। इससे वह पस्त-सा हो गया था। गुंडाप्पा के घर में आते ही उसने एक कोना पकड़ लिया और वहीं गर्दन झुकाए बैठा रहा।

सब निबट गया। औरतों की पंगत ख़त्म हुई। आख़िर में घर की सारी औरतों को बिठाया गया और उनकी पंगत में तायाप्पा की भी पत्तल बिछाई गयी। दरअसल, आसपास सारी औरतें देखकर उसकी भूख मर चुकी थी। लेकिन मना करे तो तानाक्का दुबारा डाँट पिलाएगी इसलिए वह चुपचाप पत्तल पर बैठ गया। बदन चुरा-चुराकर वह परेशान हो चुका था। चाहे जितना सँभाले, मन काबू में नहीं आ रहा था। औरतें भी उसकी हर हरकत को आँखें फाड़ देख रही थीं। उसे लग रहा था कि वह किसी टूटे पत्ते की तरह घसीटता जा रहा है।

...एक ही सप्ताह में दो बार दौंगरा बरस चुका था। किसी से मेल-मुलाकात नहीं हो रही थी। हर कोई धाँधली में अपने-अपने काम में लगा हुआ था। चार दिनों में रोहिणी उग आए तो बुआई की उतावली मचनेवाली थी। इसलिए हर कोई अपने खेत की मेड ठीक करने और कंकड़-पत्थर चुनने में लगा था। लगातार कामों के कारण संगाप्पा पूरा बेहाल हो उठा था। काम के चलते दिन भी उसे छोटा लगता था। बड़का खेत पर कभी आता था, कभी नहीं। अभी तक नाले की तरफ़ कँटीली मेड बनानी थी। बांबर नामक खेत में भी मेड का पता नहीं था। गाँव से सटा खेत चुनना भी अभी बाक़ी था। गुरव के खेत को अभी तक हाथ भी नहीं लगाया था। क्या-क्या करें, संगाप्पा को कुछ भी सूझ नहीं रहा था...।

कल्लव्वा और आक्कव्वा के प्राण भी जगह पर नहीं थे। उनकी भी लगातार दौडधूप जारी थीं। चार दिन के लिए उन्होंने किसना का पाठशाला जाना बंद कर दिया था। सारी धाँधली देखकर तायाप्पा भी घर से बाहर निकलने लगा था। यथासंभव काम करके घर लौट आता था। ज़्यादा मेहनत के काम उससे नहीं होते थे, इसलिए उसने

औरतों के साथ चुनना-बोना जैसे मामूली काम शुरू किए। ऊब जाने पर बिना किसी से पूछे घर लौट आता था। लौट क्यों गया, उससे कोई पूछ भी नहीं रहा था। घर से बाहर निकलकर खेत में आता है, यही उनके लिए राहत की बात थी।

कल्लव्वा और आक्कव्वा गुरव की पट्टी में फल नामक औज़ार से मेड बना रही थीं। तायाप्पा का बांबर का खेत चुनना-भरना जारी था। धूप उतरने समय खेत से उसका जी उचट गया इसलिए उसने चुने हुए सारे कंकड़ डाल दिए और झौआ हाथ में लिए सीधे घर की राह पकड़ी। खेतों में लोगों की धाँधली मची हुई थी। जिधर देखो उधर लोग ही लोग। सभी की उतावली मची। तायाप्पा इधर-उधर नज़रें घुमाता हुआ बांबर खेत में से कोयना मैया की बावड़ी से ऊपर खिसक गया। उसने नित्य की राह बदली और हवलदार के खेत से मुरकुटे के घर के पास मुख्य रास्ते पर आ गया। गली में इन्सान का नामोनिशान नहीं था। एकाध-दूसरी बुढ़िया दरवाज़े में पैर फैलाए बैठी थी। तायाप्पा को लगा, वह बेकार ही जल्दी लौट आया। एखाद पाँत आराम से पूरी हो जाती। कल के काम का भार हल्का हो जाता। 'मेरा काम भी बौड़म की तरह ही है', वह मन ही मन बुदबुदाया। उसे अपने आप पर हँसी आई। रास्ते में उसे एक वृद्धा मिली-

वृद्धा ने पूछा, "आज क्या काम किया?"

"कुछ नहीं, ज़रा-सा बांबर चुना..." और वह आगे बढ़ा। वृद्धा और तूल-तवाल करेगी इसलिए उसने जल्दबाजी में वहाँ से पैर खींच लिए। दरवाज़े पर आया और टेंट से चाबी निकालकर ताला खोला। घर में भीषण सन्नाटा पसरा हुआ था। उसने खड़े-खड़े ही बुट्टी डाली। रसोई में गया। उसकी इच्छा हुई कि और बढ़िया-सी चाय बनाकर पिए। चूल्हे पर रखी माचिस की डिबिया ढूँढ़ी। दिया जलाया। नाँद से मुट्ठी भर डंठल लाकर चूल्हे के सामने बैठ गया। चूल्हे पर चाय की पतीली चढ़ाई। डंठल भरभराकर सुलगने लगे। वह आग की तरफ़ देखता रहा। डंठल सुलगते-सुलगते चूल्हे से बाहर तक जलते हुए आने लगे। उसे घुटन-सी महसूस होने लगी। चाय की प्यालियाँ धोकर उसने छलनी को हाथ लगाया। उसमें सुबह की पोर भर पत्ती जमा हो गयी थी। उसे साफ़ कर उसने छलनी धोयी। उबली चाय में दूध उंडेलने के लिए उठा ही था कि रो-रोकर बेहाल हुई सुमी घर में घुसी। उसके गालों पर गूलर के फूल खिले थे। उसकी सिसकियाँ रुकने का नाम नहीं ले रही थीं। वह उसके पास गया और हाथ पकड़कर उसे पास खींचते हुए पूछा—

"किसने मारा रीऽऽ?"

लेकिन उसके हाथ पकड़ते ही सुमी और झल्लाकर चिल्लाने लगी। उसने झट् से उसका हाथ छोड़ दिया। वह एड़ियाँ रगड़-रगड़कर रोती जा रही थी। वह सुमी की तरफ़ देखता ही रह गया। तभी उतावली में भीतर आती हुई पमी बोली—

"पाठशाला से ही रोती हुई आई है। क्या हुआ, कुछ भी नहीं बता रही...।"

“किसी ने मारपीट की होगी। कक्षा की लड़कियों से पूछा...?” तायाप्पा ने पमी को डाँटा।

“मैंने पूछा लेकिन कोई भी बताने को तैयार ही नहीं...।” पमी ने बक्सा खूँटे से लटकाया और खिसक गयी। तायाप्पा ने दुबारा सुमी को मनाना चाहा। लेकिन उसका हाथ लगते ही वह झल्लाकर रोने लगी। आख़िरकार उसने उसे मनाने का इरादा छोड़ दिया और चूल्हे की तरफ़ मुड़ा।

अंधेरा होने तक सुमी रोती रही। रो-रोकर बेहाल वहीं लेटी और सो गयी। तायाप्पा हवलदार की बावड़ी से दो-चार गगरियाँ पानी भर लाया था। घिर्रीवाली बावड़ी से एक खेप और लाने के लिए बाहर निकला। अंधेरा घिर चुका था। अंधेरे में आदमी का चेहरा भी दिख नहीं रहा था। उसने कोयना मैया की बावड़ी से रस्सी ली और घिर्रीवाली बावड़ी पर आया। घिर्री पर लक्कण्णा की तंगव्वा आराम से हाथ-पैर धो रही थी। कोई जोड़ीदार आई देखकर जल्दी में उसने घिर्री से गगरी लगाई और पीछे से सुनाई देनेवाली पदचाप पास आकर रुकने के बाद बोली—

“देर कर दी रीऽऽ!”

तायाप्पा कुछ नहीं बोला। उसने चुपचाप दूसरी घिर्री पर रस्सी चढ़ायी।

पानी में गगरी की आवाज़ आने पर लक्काण्णा की तंगव्वा चौंककर बोली, “अच्छा तुम हो! मैं समझी...।” वह बोलते-बोलते रुकी, फिर बोलने लगी—

“देर कर दी?”

तायाप्पा गूँगे की तरह गगरी ऊपर खींचने लगा। तंगव्वा को यूँ ही उससे डर लगने लगा। उसने जल्दबाजी में गगरी उठायी, रस्सी उठायी और जाते-जाते बोली-

“क्यों रे, बात करने के भी पैसे लगते हैं? दूसरा आदमी सहमकर मर जाएगा न!”

तायाप्पा ने उसकी तरफ़ देखा और गगरी उठाकर उसके पीछे-पीछे चलने लगा। उसे तंगव्वा पर हँसी आने लगी। 'क्या मैं भूत हूँ, जो मुझे देखकर आदमी सहमकर मर जाएगा... ये औरतें भी न!' उसने सिर की गगरी सीधी की और दिमाग़ से तंगव्वा का विचार झटक दिया।

दहलीज़ पर आते ही उसने सिर पर रखी गगरी आहिस्ता से कमर पर रख ली। रस्सी वैसे ही भीतर डाली। तभी उसे याद आया कि वह कोयना मैया के दरवाज़े से आया, लेकिन रस्सी लेना भूल गया। उसने खुद को ही लताड़ा। साड़ी का निचला छोर सँभालते हुए पिछले कमरे में आया। देखा तो माँ जोर-जोर से किसी को गालियाँ दे रही थी। उसका मुँह बेकाबू हो गया था।

“राँड, भडुवे हमारे ही पीछे हाथ धोकर क्यों पड़े हैं? बौरा गया है एक-एक का दिमाग़। एकेक की अरथी निकले...।” कल्लव्वा पागल की तरह गालियाँ बके जा रही

थी। पास ही खड़ी सुमा दुबारा सिसकने लगी थी। तायाप्पा ने कमर पर रखी गगरी नीचे रखते हुए माँ से पूछा—

"क्या हुआ री माँऽऽ?"

"होना क्या है भइयाऽऽ, तू ही तो हमारी जड़ें काटने पर तुला है!" कल्लव्वा को यह होश भी नहीं रहा कि वह क्या बोल रही है। तायाप्पा झुंझलाया। माँ क्यों बड़बड़ा रही है, उसकी समझ में नहीं आ रहा था। फिर भी साहस कर उसने पूछा-

"क्या हुआ कुछ बताएगी भी...?"

"होना क्या है मेरा सिर...! स्कूल में सारी लड़कियाँ सुमी को परेशान कर रही हैं। है तुम्हारे पास कोई दवा? वो गनपिया जाधव की लौंडी सुमा को बार-बार जोगते की बहन कहकर चिढ़ा रही है। लड़की कैसे जाएगी स्कूल? एक बार सारी रंडियों का नखरा उतारती हूँ। इसके बिना वे ठंडी नहीं होंगी...।" कल्लव्वा का मुँह चलता ही रहा। इधर तायाप्पा सिटपिटाया। अब उसकी समझ में आया कि सुमी उसका हाथ क्यों झटक रही थी। गुस्से से दाँत पिसता हुआ वह भीतरी कमरे में गया। बीच के कमरे का अंधेरा उसे अपने इर्दगिर्द गरगर घूमता अनुभव हुआ। वह दीवार के सहारे बैठा। पूरा स्कूल उसकी आँखों के सामने खड़ा हो गया। ऐसा लगा, जैसे सुमी का नन्हा-सा चेहरा पास-पास आ रहा हो। कोई भयानक टीस उसके मस्तिष्क में उठी और वह अपनी जगह से चल दिया।

जाधव के घर के सामने जाते ही उसने गनपा को पुकारा। गनपा जाधव अभी-अभी खेत से लौटा था। जैसे-तैसे उठकर वह दरवाज़े में आया और तायाप्पा ने मुँह खुला छोड़ दिया—

"मैं जोगता हूँ या हिजड़ा हूँ। कभी तुम्हारे दरवाज़े पर रोटी का टुकड़ा माँगने आया था...रंडी के जनेऽऽ!"

"अरे अरे, क्या हुआ बता तो सहीऽऽ?"

"होगा क्या, झाँटा! जिस लौंडी को जना है तूने, उस रंडी से पूछ न! कभी तुम्हारे घर में जोगता बनकर घुसा हूँ या तुम्हारा दरवाज़ा खटखटाया है? बच्चों को ठीक से पाल नही सकते तो जना क्यों रेऽऽ?" तायाप्पा की आवाज़ बहुत बुलंद हुई। गली के सारे लोग जमा हो गए। तायाप्पा की देह में उत्तेजना फैली थी। उसने गनपा को माँ-बहन की गालियाँ देना शुरू किया। सुननेवाले और गनपा जाधव भी कुछ समझ में नहीं आ रहा था। उसे सबकुछ उल्टा-पुल्टा लगने लगा। तायाप्पा हाथ नचा-नचाकर उसे गालियाँ दे रहा था। कुछ देर बाद जाधव की औरत के दिमाग़ में कुछ आया। वह घर के भीतर गयी और बच्ची के बालों को झिंझोड़ती हुई बोली-

"बता, तूने किसी से कुछ कहा था क्या रीऽऽ?"

लड़की ने डरते-डरते सब सच-सच कह दिया। जाधव की औरत बच्ची को

पीटती हुई ही बाहर ले आई और तायाप्पा को समझाती हुई बोली–

"अरे बेटाऽऽ, छोटी बच्ची है। उसकी बात का बुरा क्या मानना? छोड़ देना चाहिए...।"

"देखो, कैसी मैना जैसी बोल रही है... छोड़ देना चाहिए! हमारे घर के अंदर हम कुछ भी हो सकते हैं। तुम्हें उससे क्या?" तायाप्पा बहुत झल्लाया था। आसपास के लोग उसे दूसरी तरफ़ खींचकर ले गए और उसे समझाया। तायाप्पा धीरे-धीरे शांत हुआ। उसे हैरत हुई कि वह इतना कैसे भड़क गया।

तायाप्पा घर पर आया। घर पर उसकी माँ तैयार ही बैठी थी। घर में उसके कदम पड़ते ही उसका मुँह खुल गया—

"भड़ुवे, तू सारा गाँव इकट्ठा करने उसके दरवाज़े पर क्यों गया? तू जोगता नहीं है, ये बताने गया था?"

तायाप्पा थप्पड़ खाए जैसा खड़ा रहा। उसके मुँह से शब्द ही नहीं फूट रहे थे...

"इतना बड़ा घोड़ा हो गया है और अभी तक तुझे अकल नहीं आई! उनके दरवाज़े पर क्यों चला गया तू? जोगते को जोगते की तरह अपनी औकात में रहना चाहिए। बहुत ज़्यादा मर्दानगी दिखाना ठीक नहीं। अच्छा नहीं होता। सब लोग अकल के अंधे कहते हैं...हमें...।"

कल्लव्वा आय-बाँय बड़बड़ाती रही। तायाप्पा का दिमाग़ भी भन्नाया था। माँ का एक-एक शब्द उसका कलेजा छलनी करता गया। दिए का पीला उजाला उसे अपने पल्लू के जैसा मटमैला लगने लगा।

दिन उगने से पहले ही रत्ना पारव्वा के घर प्रकट हुई। अभी नैवेद्य की तैयारियाँ चल रही थीं। रात का बिस्तर अभी यथावत् पड़ा था। पारव्वा की माँ दूसरी तरफ़ कमरे में बैठी अकेली आँय-बाय बुदबुदा रही थी।

"अरी, अभी तक तुम्हारी नैवेद्य की तैयारियाँ ही चल रही हैं?"

"क्या करूँ बहन, कल रात को चाची के पेट में अचानक दर्द उठा। सारी रात उसी में कट गयी...।"

"अब कहाँ है चाची?"

"कहाँ होगी? मुँह-हाथ धो रही है..।" पारव्वा ने कोने में रखा आसन रत्नव्वा की तरफ़ सरकाया। रत्नव्वा धीरे से बैठ गयी। पारव्वा ने चूल्हे का जलावन आगे सरकाया। रतजगे के कारण उसकी आँखें चढ़ी हुई थीं। बदन भी टूट रहा था। पीठ में भी अकड़न-सी थी। उसे अपना सब कुछ रहस्यमय लग रहा था। इसी सोच में वह चूल्हे के अंगार की तरफ़ देख रही थी। वह यह भी भूल गयी कि रत्नव्वा उसके पास बैठी है। पारव्वा की चाची सत्यव्वा हाथ में पानी का लोटा लिए और पल्लू से मुँह पोंछते

हुए भीतर आई।

"चाची, रात को काफ़ी दौड़ाया न... ?" रत्नव्वा ने विषय छेड़ा।

"क्या बताऊँ बिटिया, जो-जो सामने उभरेगा, सामना तो करना पड़ेगा न! यह पेटदर्द बीच-बीच में उठता है, क्या करूँ?" पल्लू से मुँह पोंछती हुई सत्यव्वा चूल्हे के पास बैठी। उसकी लंबी नाक पर पानी की बूँदें ठहर गयी थीं। आँखें गहरी धँसी हुई और कोटर के आसपास काले-काले वृत्त जमा होने लगे थे। सिर पर शायद ही कोई काला बाल बचा था। ठिंगने कद की सत्यव्वा बेहाल-सी लग रही थी। रत्नव्वा सोच में डूब गयी। उसकी आँखों के सामने से सत्यव्वा की जिंदगी का एक-एक दिन गुज़रने लगा... न जाने कहाँ से आयी थी ये औरत। दिन गुज़ारने के लिए गाँव में आई। रोज एक-एक की मेड पर घूमती रही। बहादुर स्त्री ने अपनी बच्ची को बिरवे की तरह पाल-पोसकर बड़ा किया।... अब बच्ची देवता को भा गयी तो बेचारी क्या करती... ? एक-एक की किस्मत... दीवार पर छिपकली की आवाज़ आई और रत्नव्वा का विचारचक्र अचानक थम गया।

पारव्वा ने जल्दबाजी में नैवेद्य की थैली भरी। देवता के सामने की परड़ी थैली में रखी और माँ से कुछ कहकर बाहर निकल ही रही थी कि महार की फुला दरवाज़े से चिल्लायी—

"अरी, हुआ कि नहीं अभी तक? दिन कितना ऊपर निकल आया है? अब तो जाते समय धूप गेंदे के फूल जैसी तेज़ हो जाएगी।"

"आईऽऽ, आईऽऽ!" रत्नव्वा बाहर आई। बहुत दिनों बाद आज फुला ने रंगीन बेलबूटी की साड़ी पहनी थी। लंबी-लंबी दो चोटियाँ निकाली थीं। एक चोटी आगे रख छोड़ी थी। रत्नव्वा को उसका यह रूप देखकर हँसी आई।

"आज कुछ और ही लग रहा है। लगता है रात में चक्कर हो गया!" रत्नव्वा हँसते-हँसते बोली और फुला इतराई। रत्नव्वा सब समझ गयी। पारव्वा के हाथ से थैली ली और चप्पल पहनती हुई गली में आकर बोली-

"चलो बहनो! उधर तानाक्का चिल्ला रही होगी...।" और तेजी से आगे बढ़ी। उसके पीछे ये दोनों। तानाक्का पोटली लिए दरवाज़े में ही खड़ी थी।

"सोचा था, मुझे और एक चक्कर काटना पड़ेगा।" तानाक्का पारव्वा की थैली में अपनी पोटली डालती हुई बोली। उसके माथे का भंडारा आज माँग की तरफ़ खिसक गया था। कुंमकुम का टीका भी हमेशा से बड़ा हो गया था। 'चलती हूँऽऽ!' उसने बहू को आवाज़ दी और सभी को लेकर आगे बढ़ी।

"ये आदमी अभी बिस्तर से उठा या नहीं, क्या पता?" और वह भैरू पाटील की मड़ैया से पवार के दरवाज़े पर आई। गली में आते ही उसने तायाप्पा को पुकारा। लेकिन पमी दौड़ते-दौड़ते बाहर आई।

"वह पिछवाड़े गया है। माँ तुम्हें अंदर बुला रही है।" पमी भीतर दौड़ पड़ी।

"अब क्या नया बखेड़ा है इस औरत का.. ?" तानाक्का भीतर गयी। बड़का अभी तक बिस्तर पर ही लेटा था। तानाक्का को देखते ही हड़बड़ी में उठ बैठा। सुमी बीच के कमरे में बिस्तर पर ही सो रही थी।

"नैवेद्य के लिए क्या लूँ रीऽऽ?" खड़े-खड़े ही कल्लव्वा ने तानाक्का से पूछा।

"वही जो हमेशा लेते हैं... नया क्या लेना है... ?'

"मुझे लगा, इस जगह का नैवेद्य कुछ अलग होगा।"

"नहीं तोऽऽ...।" तानाक्का पिछवाड़े गयी। तायाप्पा दासली के फूल चुन रहा था।

"अरे अरे, फूल किसलिए चुन रहा है। देर हो रही है, जल्दी चलो!"

"भगवान के लिए वहाँ फूल कहाँ से मिलेंगे। यहीं से ले लेते हैं न!" तायाप्पा हाथ के फूलों से खेलता हुआ बड़बड़ाया।

"अरे बाबा, इस भगवान को फूल का कोई शौक नहीं है। भंडारे पर ही सब चलता है। चलो।" तानाक्का फिर भीतर गयी।

"चाय चढ़ाऊँ? सबको अंदर तो बुला लोऽऽ।" आक्कव्वा चूल्हे की राख में मिस्सी थूकती हुई बोली। लेकिन तानाक्का ने उसकी बात सुनी-अनसुनी कर दी और तायाप्पा को लेकर बाहर निकली।

दिन काफ़ी ऊपर निकल आया था। पनघट की राह पर लगातार पानी की गगरियाँ दिखाई दे रही थीं। बरसात थम चुकी थी इसलिए खेतों में कहीं-कहीं लोग दिखाई देने लगे थे। मेड़ के किनारे हरियाली थी। कुछ-कुछ खेतों में धान के अंकुर उगे नज़र आ रहे थे। कोमल धूप सभी को सुहानी लग रही थी। तायाप्पा नंगे पैर ही चला आया था। फुला सबसे आगे तेड़ी से कदम बढ़ा रही थी। तायाप्पा को आज उसकी हर बात नई लग रही थी।

"आज तो बहुत बन-ठनकर आई है फुला!" तायाप्पा ने चलते-चलते उसे छेड़ा।

"सुना है ठेकेदार आया था... रात को!" पारव्वा ने आँखें मिचकाई।

"सच? क्यों री फुला?" तानाक्का के शब्दों से फुला के कदमों की रफ़्तार धीमी पड़ गयी।

"हाँ। अब बरसात शुरू हो गयी है न! बरसात में काम रुक जाने पर वह हिंग्लज में ही ठहरता है।" फुला शर्मायी-सी बोली।

"तभी सोचूँ कि आज फुला सबसे आगे कैसे! तो ये बात है! अच्छा, क्या-क्या दे गया?" तायाप्पा ने मज़ाक में उसे छेड़ना शुरू किया।

"अब यहीं तो है। देगा किसलिए?" पारव्वा ने भी छेड़ा।

“नहीं, नहीं। खर्च के लिए पचास रुपया दे गया है।” फुला बोल गयी। तानाक्का बिना कुछ बोले गंभीर हो गयी। उसके मन में न जाने क्या आया।

“बीवी-बच्चे किस गाँव में रहते हैं री उसके?” तानाक्का ने फुला को पकड़ा।

“सुना है, मलकापुर के तरफ़ कहीं हैं। ठीक से मैं भी नहीं जानती।” फुला इधर-उधर देखती हुई बोली। तानाक्का मामले को और ज़्यादा तूल न देकर चलने लगी। तायाप्पा मन ही मन गहरा धँसता गया... बाल-बच्चे मलकापुर की तरफ़। ये रहेगा हिंग्लज में और आएगा इसके पास। मतलब साला सारा झमेला ही है। ये आदमी कैसे सब सँभालता होगा क्या पता...?

“तायाप्पा, इससे पहले कभी आए थे तुम इस पहाड़ पर?” तानाक्का ने उसकी तरफ़ देखते हुए पूछा और तायाप्पा की सोच का क्रम टूट गया।

“नहीं दीदी। बस सुना था। आज पहली बार जा रहा हूँ...।”

“अब तो ज़िदग़ी भर चक्कर काटने पड़ेंगे बाबा...।” रत्नव्वा बुदबुदायी।

“भगवान का घर है, चक्कर काटना कैसा!” पारव्वा ने बीच में ही मुँह खोला। तायाप्पा बिना कुछ बोले उनके पीछे-पीछे चलने लगा। गाँव का इलाका कभी का पीछे छूट चुका था। धूप में भी अब तपिश महसूस होने लगी थी।

“चप्पल पहननी चाहिए थी, दीदी...।” तायाप्पा को अपनी भूल महसूस होने लगी।

“फिर क्यों नहीं पहनी? बहुत बोझ बढ़ जाता? अब नानी याद आएगी पैदल चलकर...।”

“सोचा, कल की तरह बरसात हो गयी तो ख़राब हो जाएगी, इसीलिए नहीं पहनी। लेकिन आज तो बरसात के कोई आसार नहीं...!” उसने आसमान को ताकते हए कहा।

“पगले, सारी सड़क गिट्टी से बनी है। इसे कीचड़वाली सड़क समझ रखा था तुमने?”

“मुझे क्या पता था। घर पर बताती तो अच्छा होता... वैसे भी इधर बरसात ज़रा कम ही दिखाई देती है।”

“हमारे यहाँ अच्छी हुई बरसात। अभी-अभी बुआई ख़त्म हुई।” रत्नव्वा ने खेतों की तरफ़ देखते हुए जानकारी दी। तायाप्पा को गाँव के घर दिखाई देने लगे और उसके कदमों की चाल धीमी पड़ गयी।

म्हागाँव का इलाका शुरू हुआ और आसपास गन्ने की फ़सल देखकर तायाप्पा को ठंडक महसूस हुई। आगे बढ़ने का उसका मन नहीं हो रहा था। उसके कदम ठिठकने लगे। पसीने की बूँदों के साथ रत्नव्वा के माथे का भंडारा चूकर नीचे आ रहा था। लेकिन फिर भी वह माथे पर पल्लू नहीं खींच रही थी। बातों ही बातों में राह कट जाएगी,

इसलिए तायाप्पा ने विषय छेड़ा,

"तुम्हारा बड़ा भाई क्या करता है रीऽऽ?"

"कौन... भैया? वो तो मुंबई में ही रहता है।" रत्नव्वा ने विषय वहीं ख़त्म कर दिया।

"और छोटा?"

"उसकी कुछ मत पूछो। वो तो फ़कीर है। मामा के घर रहकर पूरे कड़गाँव में आवारागर्दी करता घूमता है...काम के नाम पर काड़ी को भी हाथ नहीं लगाता।"

"आहिस्ता-आहिस्ता आ जाएगा रास्ते पर...।"

"अब काहे का आएगा वो रास्ते पर। एक जगह टिकता ही नहीं। हाथ से निकल गया है वो...।"

"अच्छा! और क्या किया उसने?"

"क्या करेगा, सभी की जान साँसत में डाले हुए है भड़ुवा! परसो किसी दिन आया था और उसी दिन चला गया। अब बता!"

भाई के गुस्से के चलते रत्नव्वा के कदम तेड़ी सं पड़ने लगे। दोनों आगे चल रही फुला तक पहुँचे। फुला काफ़ी निढ़ाल-सी हो गयी थी। अब उसने पल्लू की गेंडुरी बनाकर सिर पर रख ली थी। धूप से बचने के लिए हाथ की थैली से आँखों के लिए ओट बना ली थी। इन दोनों को पीछे से आता देखकर रुकते बोली—

"तायाप्पा, ज़रा उन दोनों से कहो कि कहीं आराम करेंगे...।"

तायाप्पा को लगा, फुला ने उसके मन की बात कह दी है। उसने तानाक्का को जोर से आवाज़ लगाई। तानाक्का अपनी जगह पर थम गयी।

फुला की चाल देखकर पारव्वा को हँसी आई। फुला लड़खड़ाती हुई चल रही थी।

"पेट में पिंड बढ़ रहा होगा, इसीलिए लड़खड़ाकर चल रही है।" तानाक्का ने समर्थन किया।

"अब तो मेरा ही पिंडदान करने की नौबत आई है।" फुला मटकती हुई नीचे बैठी और तायाप्पा को हँसी आई। उसने हँसते-हँसते फुला को चिढ़ाया—

"तुम्हारा पिंडदान भी हमीं को करना पड़ेगा।"

"और नहीं तो क्या वो ठेकेदार आएगा? झुर्रियाँ पड़ जाने पर वह इधर झाँकेगा भी नहीं।" रत्नव्वा अचानक बोल गयी। फुला सिहर उठी। उसने पल्लू से अपना पसीना पोंछा। तायाप्पा को यूँ ही लगा कि रत्नव्वा को ऐसा नहीं कहना चाहिए था।

"मेरा तो जैसे-तैसे हो जाएगा रीऽऽ, लेकिन तुम्हारा क्या?" फुला इस तरह बोली मानो कुछ हुआ ही नहीं और तायाप्पा भी तनिक सहज हुआ। उसके मन की उलझन कहीं बिखर गयी।

"यहाँ रुकने की बजाय आगे बनिया की बावड़ी पर रोटी खाने के लिए रुकेंगे न!" तानाक्का ने विषय बदला और फुला को उसकी जगह उसे उठाया।

बनिया की बावड़ी आते-आते फुला रुआँसी हो गयी थी। बावड़ी पर पहुँचते ही रत्नव्वा जल्दी-जल्दी नीचे उतरकर पानी में खड़ी हो गयी। पारव्वा वहीं किनारे आम की छाँव में बैठ गयी। तानाक्का नाली के किनारे स केले का एक लंबा-सा पत्ता तोड़ लाई और पारव्वा के पास बैठते हुए रोटी की पोटली बाहर निकाली। तायाप्पा ने कुल्ला कर पेटभर पानी पिया। उसने अपनी थैली तानाक्का की तरफ़ सरकायी और पैर सीधे कर निढ़ाल होकर बैठ गया। फुला ने अभी तक रोटी की पोटली को छुआ नहीं था। तानाक्का ने सभी की पोटली से एक-एक रोटी निकाली और दुबारा पोटली बाँधी। सभी की रोटी पर थोड़ी-थोड़ी सब्जी-चटनी परोसी और एक रोटी फुला की तरफ़ सरकायी। रोटी का टुकड़ा तोड़ते-तोड़ते अचानक पारव्वा को कुछ याद आया। वह बोली-

"ऐनापुर की कमला से मुलाकात हो जाएगी न आज पहाड़ पर ?"

"क्यों, उससे क्या काम है तुम्हें?" रत्ना ने निवाला उठाते हुए पूछा।

"मेरा काम! और उससे? अरी, पिछले इतवार को हौसा से मुलाकात हुई थी। वही बता रही थी कि रामाप्पा ने उसकी मंडली छोड़ दी है।"

"तो तुम जाओगी उसकी जगह लेने?" रत्ना ने बात और आगे बढ़ाई।

"तुम भी न! कैसी ऊटपटांग बातें करती हो। अरी, रामाप्पा ने मंडली छोड़ दी, मतलब मंडली ही टूट गयी न!"

"टूट गयी तो टूट गयी। उधर बहुत सारी मंडलियाँ हैं। और सुना है, अभी-अभी निंगनूर की आक्कव्वा ने भी नई मंडली बनाई है।" तानाक्का ने बीच में मुँह खोला।

"और सुना है गिजवने में भी नई मंडली आई है।" इतनी देर से ख़ामोश फुला बड़बड़ायी।

"नई मंडलियाँ बनती-बिगड़ती रहेंगी री, लेकिन रामाप्पा के चौंडके की बराबरी कौन मंडली करेगी?" पारव्वा ने तुर्प का मुद्दा निकाला।

"बात तो सही है। कैसा धिरीनागी बजाता था। आदमी की पलकें तक नहीं झपकती थीं। तुम खरंदाले के भंडारे में आई थी न? कैसे चाबुक के तसमे जैसी लपलपाती थीं उसकी उंगलियाँ। देखकर आँखें ठंडी हो गयीं... ।"

तानाक्का अभिभूत-सी बोलती रही। तायाप्पा कौर चबाते-चबाते उसकी तरफ़ देखता रहा। पारव्वा अपनी ही सोच में रोटी ख़त्म कर उठी और बावड़ी में उतरी। कौर निगलते-निगलते फुला उससे बोली-

"अरी, इस कटोरी में पानी ले आना मेरे लिए भी.. ।"

"यहाँ कौन देख रहा है? खुद जाकर पी आओ। और देखनेवाले को कौन बताएगा कि तुम महार जाति की हो?" रत्नव्वा इतराती हुई फुला से बोली और फुला

पारव्वा नीचे उतरी। बावड़ी से ऊपर आने की राह तकने लगी।

म्हागाँव का इलाका पीछे छूटा और रास्ते में कहीं-कहीं लोग नज़र आने लगे। यहाँ से पहाड़ यानी चार घड़ी का रास्ता। तायाप्पा इस इलाके में पहली बार आया था। इसलिए उसकी नज़रें पूरे इलाके पर घूम रही थीं। लोगों ने अपने खेत मक्खन जैसे बना रखे थे। कहीं-कहीं बरसात के पहले की बुआई दिख रही थी। कहीं-कहीं तनिक कोंपलें भी उग आई थीं। धान के खेतों के अलावा बाकी सारे खेत ख़ाली पड़े दिख रहे थे। कहीं-कहीं मँडुए के पौधे बिखरे हुए लग रहे थे। मेड पर चुनी गयी खुत्थियों के ढेर थे। धूप में कहीं कोई बबूल या आम का पेड़ खुले छाते की तरह खड़ा था। सामने बटकणंगले का पहाड़ नंगाबूचा दिख रहा था। लाकूडबाक़ी के घरों के सिंदूरी खप्पर पहाड़ों में भी साफ-साफ दिख रहे थे। तायाप्पा सुदबुध खोकर देखता जा रहा था। रत्नव्वा और फुला गाँव की किसी की बात पर बतिया रही थीं। तानाक्का जोश में सबसे आगे चल रही थी। पारव्वा भी कदम बढ़ाने लगी थी। एक-एक खेत पीछे छूटने लगा।

माता का पहाड़, जिसे गढ़ कहते हैं, उसकी सरहद में कदम रखते ही तानाक्का ने लंबी निःश्वास छोड़ी और तायाप्पा से बोली—

''यही है वह गढ़। यहाँ गाँव के बाहर ऊपरी तरफ़ थोड़ी दूरी पर मैया का कुंड है...।'' तायाप्पा सब आँखें फाड़े देख रहा था। गाँव में घर भी बहुत ज़्यादा नहीं थे। बहुत हुआ तो सौ घर होंगे। हमारे गाँव की मोहिते बस्ती में इससे ज़्यादा घर होंगे। गाँव से गुज़रते हुए वह हर घर को निहारता जा रहा था। सारे घर झुग्गियों जैसे दिख रहे थे। पूरे गाँव में दो-चार घर ही घर कहने लायक थे। बाक़ी सारे मड़ैया जैसे। लोग भी कोंकणी लोगों जैसे। बस लंबा-सा साफ़ा पहने। खुद पर जब्त न होकर उसने तानाक्का से पूछा—

''ये गाँव कोंकण में आता है क्या... ?''

''नहीं रे, बस लोग कोंकणी लोगों जैसे दिखते हैं...।'' तानाक्का ने हँसते-हँसते कहा।

कुंड की जगह दृष्टिक्षेप में आई और तायाप्पा अवाक् हो गया। सारा इलाका ऊसर नज़र आ रहा था। सामने दो ही घर थे। एक चबूतरे जैसा मंदिर नज़र आया। उसे सब भीषण और वीरान लगने लगा। उसने पारव्वा की तरफ़ देखा। वह कुंड के पास जाते लोगों की ओर देखती हुई आगे बढ़ रही थी। कुंड के पास आने के बाद तायाप्पा ने पल्लू से चेहरा पोंछा। पल्लू से ठीक से सिर ढँक लिया। कुंड के इर्दगिर्द सभी तरफ़ लोग ही लोग दिख रहे थे। उनमें औरतें ज़्यादा थीं। कहीं-कहीं भंडारा-कपूर की दुकानें। बीच में मुरमुरेवाला बोरा लिये बैठा, जिसके आसपास सात-आठ लोग खड़े। तायाप्पा के मन में कुंड का जो कल्पनाचित्र बना था, पूरी तरह से ध्वस्त हो गया। उसने पारव्वा

की तरफ़ देखते हुए पूछा-

"बस इतने ही लोग आते हैं पूनो को भी...?"

"हाँ, आम पूनो को इतने ही लोग रहते हैं। लेकिन माघी और बेंदूर की पूनो को बहुत भीड़ होती है यहाँ...।" पारव्वा ने जानकारी दी। तानाक्का मंदिर के पास बरगद के पेड़ तले रुकी रही। फुला निःश्वास छोड़ती हुई नीचे बैठ गयी। रत्नव्वा आने-जानेवालों में कोई परिचित चेहरा ढूँढ़ रही थी।

तानाक्का ने टेंट से एक रुपए का नोट निकाला और तायाप्पा के हाथ में थमाती हुई बोली-

"सामने से कपूर और शक्कर लाना तो ज़रा!"

तायाप्पा उठा तो पारव्वा ने भी उसके हाथ में पैसे रखे। रत्ना उसके पीछे-पीछे खुद चली गयी। तायाप्पा ने अपनी टेंट से अठन्नी निकाली और कपूर-शक्कर लेने के लिए नीचे झुका। तभी किसी ने उसकी पीठ पर धौल जमायी और वह चौंककर खड़ा हो गया। देखा तो म्हादू जोगता पीछे खड़ा उसे निहार रहा था।

"अच्छा, तुम भी आए हो!" तायाप्पा ने यूँ ही कहा।

"क्यों, नहीं आना चाहिए? तुम भी तो इधर कभी दिखी नहीं।" म्हादू ने औरतों की हाथ नचाना शुरू किया।

"और कौन-कौन आया है तुम्हारे साथ?"

म्हादू जोगता गर्दन मटका-मटकाकर हँसते-हँसते पूछने लगा। तायाप्पा ने सोचा कि रत्ना उससे कुछ कहेगी, लेकिन वह कपूर लेने के लिए नीचे झुकी थी। तभी म्हादू जोगते ने उसकी चिकोटी काटी।

"हमारे साथ नऽऽ" और तायाप्पा ने तानाक्का जहाँ खड़ी थी, उधर इशारा किया। लेकिन म्हादू जोगता ताली बजाता हुआ उसी की तरफ़ देखता खड़ा रहा। रत्नव्वा ने अपना सौदा खरीदा और म्हादू जोगते से बोली, "उधर ही चलो न। तानाक्का आई है।"

"अभी आता हूँ।" म्हादू जोगते ने अपनी चुन्नट का झोल सँवारा और रत्नव्वा के पीछे से आगे बढ़ा। तायाप्पा दुबारा कपूर बेचने वाले लड़के की तरफ़ बढ़ा। उसकी आँखों में धँसा म्हादू जोगता लपलपा रहा था। उसने जैसे-तैसे कपूर आदि सामान ख़रीदा और तानाक्का के पास आया। देखा तो म्हादू जोगता उससे सटकर बैठा अँट-संट बोल रहा था। उसका हाथ तेड़ी से तानाक्का के सामने नाच रहा था। बीच में ही घुटने पर ठोड़ी रखे वह इतराने लगा। तायाप्पा को उसका सारा बर्ताव अजीब लगने लगा।

"चलिए, पहले कुंड पर हो आएँगे। फिर कीजिए गपशप...।"

फुला ने तानाक्का को उठाने की कोशिश की। लेकिन म्हादू उसकी तरफ़ देखकर

इठलाता हुआ बोला-

"क्यों री, देखा नहीं जा रहा तुमसे? कितने दिनों बाद मिले हैं। ज़रा बात तो करने देती। बहुत जल्दी हो तो तुम चलो आगे।"

फुला ने बिना उसकी तरफ़ देखे पारव्वा को इशारा किया। तानाक्का भी सब समझ गयी। वह भी उठते हुए म्हादू से बोली-

"चलो, कुंड से हो आएँगे। फिर बैठेंगे आराम से।"

म्हादू निरूपाय हो गया। वह उठकर उनके पीछे-पीछे मटकते हुए चलने लगा। उसका पल्लू भी कंधे से नीचे फिसलने लगा। उसके बालों का सुपारी जैसा जूड़ा ऐसा लग रहा था मानो उसके सिर पर चोट लगने से गुलमा उभरा हो। चलते-चलते म्हादू के हाथों में यूँ ही हरकत हुई। उसके हाथ के झोंके के साथ-साथ हाथों की चूड़ियों में भी हरकत होने लगी। उसके गले में बंधा दर्शन का घना गेरूआ फुँदना भी उसकी पीठ पर झूलने लगा।

तायाप्पा उसकी हर हरकत को निहार रहा था ...क्या मैं भी ऐसा ही दिखता हूँ? न जाने क्यों, वह भीतर ही भीतर धँसता गया। यह भी भूल गया कि वह कुंड के पास आया है।

सभी ने कुंड-पूजा की। तब तक म्हादू के आसपास तीन-चार जोगते इकट्ठा हो गए थे। उनमें आपस में आँय-बाय चल रहा था। सभी की बातों से झलक रहा ज़नानापन आने-जानेवालों को अजीब लग रहा था। उनमें से एक जोगता बार-बार मुरकते हुए यूँ ही मटकने लगा। म्हादू गुड़-सी मुस्कान के साथ सभी से अंट-शंट बोल रहा था। उसका दाहिना हाथ बात-बात पर नाच रहा था। तानाक्का की पूजा समाप्त हुई और वह तायाप्पा को लिये म्हादू के पास आई। उनमें से दो जोगते झट् से पीछे हटे। एक ने पीछे हटते-हटते झट् से तायाप्पा की कलाई पकड़ ली। तायाप्पा के रोंगटे खड़े हो गए। उसने जैसे-तैसे हाथ छुड़ाया और तानाक्का की तरफ़ खिसका।

"ये है हमारे जनाना संप्रदाय का नमूना गुरु राघू... यहीं हासुरबाक़ी गाँव की!" म्हादू ने हाथ मटकाते हुए राघू का परिचय कराया। अन्य तीन बस हँसते रहे।

"इसे पिछली माघी पूनो को भंडारा लगाया गया है। हमारी ही जाति के पवार खानदान का है।" तानाक्का ने तायाप्पा को आगे खींचा। तायाप्पा को निहारते हुए राघू ज़रा-सा मुरकते हुए बोला-

"लेकिन अभी इसका माथा कोरा ही लग रहा है रीऽऽ।"

तानाक्का की समझ में नहीं आया कि वह क्या कह रहा है। लेकिन म्हादू उसके सामने झूलता हुआ बोला-

"अभी इस नमूने की गुरुपद की दीक्षा बाक़ी है। इसीलिए तुम्हारे सामने लाया हूँ...।" म्हादू ने कंधे का पल्लू सिर पर रखा और हाथ कमर पर।

“फिर कब करेंगे इस नमूने का गुरु के नाम से गोदना?” राघू ने तानाक्का से पूछा। तानाक्का भी तनिक पसोपेश में पड़ गयी। उसने तायाप्पा की तरफ़ देखते हुए कहा—

“होना तो इसी बेंदूर को चाहिए था, ताकि वह भी पूरा जोगता बन जाए। क्यों रीऽऽ?” उसने पारव्वा को भी बीच में खींचा। पारव्वा ने गर्दन हिलाई। तायाप्पा बिना कुछ बोले खड़ा रहा।

“अरीऽऽ, अभी तक तो इसकी शरम भी नहीं टूटी है।” तीनों में से एक ने हँसते हुए कहा।

“टूट जाएगीऽऽ, जब ये जनम मिला है, तो कब तक बची रहेगी!” म्हादू ने अपना बदरंग हाथ तायाप्पा के चेहरे पर फेरते हुए कहा। तायाप्पा को घुटन हुई। बाक़ी तीनों अचानक हँसने लगे। एक ने तो पिचकी ताली बताते हुए तायाप्पा के नाक की फुनगी ही पकड़ ली। तायाप्पा निढ़ाल-सा पीछे हट गया।

“तो फिर इस बेंदूर को ही पकड़ो नऽऽ इसे, किसके बुलावे की राह देख रही हो।” म्हादू ने तीनों से कहा और अचानक उसे कुछ याद आया। बोला, “गाँव में जोगवा माँगने जाती भी है या नहींऽऽ?”

“नहीं रे, अभी तो घर से बाहर भी नहीं निकलता है।” तानाक्का ने जानकारी दी। धत् तेरी बुढऊऽऽ, अब तो ज़िंदग़ी भर यही करना है। चिंता की कोई बात नहीं। बेंदूर से माँगना शुरू करेगा।” और म्हादू ने उसे गाल की चिकोटी काटने जैसा छुआ। फिर वह साड़ी का झोल गर्र से घुमाता हुआ मुड़ा। उसके पीछे-पीछे बाक़ी तीनों मुड़ गए। उनकी चूड़ियों की आवाजें दूर-दूर जाती रहीं। उनकी इठलाती-बलखाती औरतनुमा चाल की तरफ़ तायाप्पा देखता ही रह गया। उसे सबकुछ पहेली जैसा लगने लगा।

“ये सभी एक ही गाँव के हैं क्या रीऽऽ?” फुला ने तानाक्का से पूछा।

“नहीं रीऽऽ। वो राघू हासुरबाक़ी का, म्हादू गजरगी का और बाक़ी दोनों किस गाँव के हैं, पता नहीं।”

“इन दोनों में से उस काले-से आदमी को मैंने किसी मंडली में देखा है।” पारव्वा बीच में ही बोली।

“वो लाकूड़ बाक़ी की मंडली का है...।” रत्नव्वा ने बताया। तानाक्का अपनी ही सोच में डूब गयी। उसकी आँखों के सामने आँय-बाय गुज़रने लगा। अपनी ही तंद्रा में वह तायाप्पा को ताकने लगी। पारव्वा ने उसे झकझोरा और उसे होश में लाती हुई बोली, “इस तरह अचानक चुप क्यों हो गयी रीऽऽ?”

“कहाँ?” तानाक्का ने आँखें मलीं। उसे अपना यह बर्ताव अजीब लगा। फिर तायाप्पा को देखती हुई बोली, “बार-बार इसी की चिंता सताती है री।”

“इसकी क्या चिंता सताने लगी तुम्हें?” रत्नव्वा ने हँसते-हँसते पूछा।

"यूँ ही। अब यही देखो न, पिछले हफ़्ते में कोई स्कूल की बच्ची बोल गयी होगी इसे जोगता या जनखा। जब भंडारा सिर पर पडा़ है, तो बोलेंगे ही न लोग! और ये आदमी गली में खड़ा होकर उसकी माँ-बहन कर रहा था। अब ऐसा करेगा तो क्या करेंगे... ?"

"तो फिर कोई कुछ भी बोले तो क्या चुपचाप सुन लेंगे?" तायाप्पा बोला।

"नहीं सुनेंगे? जब सुनने के लिए ही हमारा जनम हुआ है, तो सुनना ही पड़ेगा न... एक बात बता, तू बड़ा है या म्हादू जोगता बड़ा है? चाहे जैसा हो, लेकिन तुम्हारा गुरु है। ऐसा बड़ा आदमी, लेकिन कभी उसने अपना धरम छोड़ा? कभी देखा तुमने? और उस राघू को देखो। वो तो सबका गुरु है। लेकिन उसने कभी ज़्यादती की? भगवान की राह पर चलना बड़ा कठिन होता है भैयाऽऽ!"

तानाक्का खुद में ही उलझती गयी। उसका एक-एक शब्द ग्रहण करते-करते तायाप्पा भी थक-सा गया। क्या करना चाहिए, क्या नहीं, उसकी समझ में नहीं आ रहा था। ऐसा लग रहा था मानो सभी तरफ़ से अंधेरे में धकेला जा रहा हो... उसके दिमाग़ में कौओं के झुंड फड़फड़ाने लगे।

गढ़ पर इधर-उधर घूमते-घूमते दिन ढलने लगा और आसमान बादलों से पट गया। सभी तरफ़ अंधेरा-सा छा गया। सभी लोग दो घड़ी में अपनी-अपनी राह पर बिखर गए। सभी को अपने-अपने गाँव पहुँचने की जल्दी थी। पारव्वा को लगा कि उसका दिल भर आया है। वह सभी को म्हागाँव की राह पर ले आई। बादलों के साथ-साथ आसमान भी गरजने लगा था।

बरसात का जोर बहुत ज़्यादा बढ़ गया था। वह थमने का नाम ही नहीं ले रही थी। गाँव के आसपास के सारे नाले उफान पर थे। खेतों में पानी के अलावा कुछ भी नज़र नहीं आ रहा था। सभी तरफ़ पानी ही पानी... गलियाँ, गली की नालियाँ धुल चुकी थीं। पुरानी, जीर्ण दीवारें धड़ाधड़ ढह रह थीं। दहलीज़ से बाहर कदम रखना दूभर हो गया था। ऐसी बरसात न किसी ने देखी थी न सुनी थी। इस साल खेतों में झाड़-झंखाड़ बहुत बढ़ेगे। लोग इसी चिंता से परेशान थे।

तायाप्पा लगातार चलती बरसात देख-देखकर ऊब चुका था। उसकी तनिक पैर सीधे करने की इच्छा हो रही थी। लेकिन बारिश रुकने का नाम नहीं ले रही थी। उसने परछत्ती से कागज़ का बोरा निकाला। उसपर जमी धूल साफ़ की। कागज़ सभी तरफ़ से फटा हुआ था। ...लगता नहीं था इससे बरसात से बचाव होगा। लेकिन कहाँ मुझे दस मील जाना है। उसने कागज़ के बोरे की घुग्घी सीधी की। कसकर लौंग बाँधी और बोरा ओढ़कर बाहर चल पड़ा। बाहर कंकड़ की मार की तरह बरसात के बूँदों की आवाज़ें आ रही थीं। गली के सारे दरवाज़े बंद थे। टखने तक पानी बह रहा था। पानी में चलते

समय उसे गुदगुदी-सी हो रही थी।

मिसाल की मड़ैया के पास आने पर उसने गोटबस्ती तरफ़ देखा। प्रपात की तरह पानी की आवाज़ें आ रही थीं। भूमि कहीं भी नज़र नहीं आ रही थी। सभी तरफ़ का पानी भैरू पाटील के नाले की तरफ़ बह रहा था। देवके का बालूचाचा पानी से सराबोर छाता सँभालता हुआ सामने से आया और ठिठुरते हुए उसके सामने रुककर बोला-

"ऐसी बरसात में बाहर क्यों निकले हो बेटा?...अच्छा, घर में बैठ-बैठकर ऊब गए इसलिए पैर सीधे करने चले! चुपचाप घर पर जाकर पड़े रहो।"

बालूचाचा आगे बड़ा। छाता उसके ठिठुरते बदन पर बरसात की गति से नाच रहा था। तायाप्पा ने सीधे घोरपड़े की मड़ैया की तरफ़ रुख किया। केंकड़ पकड़ने गए बच्चे ठिठुरते हुए आ रहे थे। उनके दाँत बज रहे थे। हाथ की थैलियाँ सँभाले लड़खड़ाते हुए जा रहे थे।

तायाप्पा पारव्वा के दरवाज़े के पास आया। दरवाज़ा भीतर से बंद था। तायाप्पा की घुग्घी फटने के कग़ार पर थी। और घड़ी भर बरसात में भीगते रहेगी तो फट जाएगी, इसलिए तायाप्पा ने जोर से आवाज़ लगाई।

"आईऽऽ आई।" पारव्वा ने दरवाज़ा खोला। देखा तो दरवाज़े में तायाप्पा खड़ा। उसे ज़रा अजीब लगा। तायाप्पा दहलीज़ के भीतर गया।

"अरे, इतनी बारिश में कैसे आया रेऽऽ... ?"

"कौन है रीऽऽ?" रत्नव्वा बाहर आई।

"अच्छा, ये भी यहीं है?" तायाप्पा ने बोरा बाहर की दीवार पर लटकाया। खुले बदन पर पल्लू कसते हुए उसने हाथ बाँधे। उँगली से पल्लू पकड़ा।

"कैसे आना हुआ रेऽऽ?" पारव्वा का दुबारा वही सवाल।

"क्यों, आना मना है? लगता है मेरे आने से तुम्हारे काम में ख़लल पड़ गया।"

"मुए, हमारे काम में क्या खलल पड़ेगा? इतनी बारिश में आए हो, इसलिए पूछा।"

"बहुत अच्छा किया।" तायाप्पा भीतर कमरे की तरफ़ खिसका। भीतर के कमरे में पूरा अंधेरा था। वह वहीं बैठने को हुआ। लेकिन तभी पारव्वा उसे ठेलती हुई बोली—

"चूल्हे के पास चलो। ज़रा आग ताप लेना, चलो।"

"हाँऽऽ हाँ। उसे ज़रा गरमी दो, वरना ठिठुरकर मर जाएगा।" और रत्नव्वा उससे पहले आकर चूल्हे के पास बैठ गयी। चूल्हे के पास और कोई नहीं था। तायाप्पा की समझ में नहीं आ रहा था कि कालू और बुढ़िया कहाँ चले गए। उसने इधर-उधर देखा। घर में कोई भी दिख नहीं रहा था।

"बुढ़िया कहाँ गयी?"

"अरे, परसों निंगनूर जो गई, वहीं फँसकर रह गई। अब पानी उतरे बिना कैसे

आएगी?'' पारव्वा ने अंगार चूल्हे से बाहर निकाली। पास बैठते ही तायाप्पा को ज़रा खुला-खुला लगने लगा।

''इस साल बरसात कहर ढानेवाले है, नहींऽऽ।''

''तो इसमें बुरा क्या है? बरसने दे ना उसे! वह अपना काम कर रही है। तुम्हारे काम में टाँग अड़ा रही क्याऽऽ?'' रत्नव्वा हाथ तापते हुए बोली।

''किसान की बेटी होती तो ऐसा नहीं कहती। तुम्हारे बाप को खेती का कुछ पता भी है?''

''पता है, तुम बहुत बड़े किसान हो।'' रत्नव्वा इतराकर बोली।

दोनों के विवाद से पारव्वा को हँसी आई। उसने हँसी रोकी। लेकिन अभी तक उसकी समझ में नहीं आया था कि तायाप्पा यहाँ कैसे आया।

''चलो, दो घूँट चाय पीते हैं। ज़रा परे हट रीऽऽ।''

पारव्वा ने चूल्हे से बर्तन नीचे उतारा और पट्टी पर रखे बर्तन के लिए हाथ बढ़ाया। तायाप्पा अपनी ही धुन में अंगार की ओर देख रहा था। बैठ- बैठकर रत्नव्वा के उबासियाँ आने लगीं, जो रुकने का नाम नहीं ले रही थीं।

''चाची क्या कहती है रेऽऽ।'' पारव्वा ने खौलते पानी में गुड़ डालते हुए पूछा।

''क्या कहेगी? मिस्सी से दाँत माँजती रहती है।''

''और करेगी भी क्या ऐसी बारिश में?'' रत्नव्वा ने दुबारा टाँग अड़ाई।

''आज कुछ ज़्यादा ही मुँह चला रही है ये! पारक्का, हुआ क्या है इसे आज... ?''

''तुम ही देखो भैयाऽऽ।'' पारव्वा चायपत्ती का डिब्बा खोलती हुई बोली।

''कोई न कोई ज़रूर मिला है। तभी तो इस तरह इतरा रही है।''

''तुमने क्या मुझे मातंग की रकमी समझ रखा है? कोई मिले और चल दी उसके साथ!''

''अब ये रकमी बीच में कहाँ से आई?''

''हाय री दैया! देखो, गाँव की जोगतिनें भी मालूम नहीं और चला है जोगता बनने। ज़ाया हो गयी रे तेरी जिंदगी। चुल्लू भर पानी में जाकर डूब मरो।'' रत्नव्वा ने बर्तन का सिरा पकड़ा।

''मैं क्या गाँव की जोगतिनों का हिसाब लगाने बैठा हूँ? वो सब पता होता है।''

''अरे ऐसी बात नहीं। अपनी बिरादरी के लोगों की खोज-खबर होनी चाहिए। हम ही तो हैं एक दूसरे के सुखदुख के लिए?'' पारव्वा समझाने के अंदाज़ में बोली।

''लेकिन उस मातंग की रकमी पर मैं क्यों मगज़मारी करूँ? खैर, उसका क्या हुआ पारक्का?'' तायाप्पा में उत्सुकता जगी।

''रत्नव्वा ने होंट काटते हुए पारव्वा को इशारा किया और दोनों चुप हो गयीं।

रत्नव्वा उपला तोड़कर चूल्हे में डालती हुई तायाप्पा की तरफ़ देखने लगी। तायाप्पा बारी-बारी से दोनों की तरफ़ देख रहा था।

"अब क्यों सुनने को बेचैन हुआ! अभी तो इसे मगज़मारी कह रहा था न!"

"वैसा नहीं रीऽऽ!" तायाप्पा के मुँह से अचानक निकल गया और रत्ना चौंकी। तायाप्पा ने पहली बार उसे इस तरह अपनेपन से पुकारा था। वह चकरायी। चूल्हे का बर्तन उतारते-उतारते पारव्वा ने बोलना शुरू किया।

"अरे, वो रकमी हमारे बीच नहीं थी कभी। वैसे एक बार भाई थी। लेकिन तानाक्का को उसके रंग-ढंग ठीक नहीं लगे इसलिए उसे निकाल दिया। सुना है कल उसने गाँव छोड़ दिया।"

"कल! लेकिन कल तो ऐसी ही बारिश हो रही थी...।"

"तो क्या बारिश उसे जाने से रोक लेती?" रत्नव्वा बीच में ही कूद पड़ी। तायाप्पा ने उसकी तरफ़ ध्यान नहीं दिया। वह गालों पर हाथ रखे पारव्वा की बात सुनने लगा।

"अरे, बारिश थी तो क्या हुआ? तू नहीं आया भरी बरसात में हमारे घर? इसी तरह हनिमनाल का मातंग का लड़का कामधाम छोड़कर इसके पीछे पड़ गया था। इस बीच ये हिटनी की मंडली में थी। लेकिन जहाँ भी उसका जगराता होता, शाम ढलते ही ये लड़का वहाँ पहुँच जाता। हिटनी की औरतें भी परेशान। शुरू-शुरू में उसे समझाया, फिर रकमी को पीटा भी, लेकिन उसने अपनी जिद नहीं छोड़ी।"

"दरअसल, मंडली के चौंडकिया की नज़र थी रकमी पर। उसे भला कैसे सुहाता?" रत्नव्वा ने आगे कहना शुरू किया। पारव्वा ने चाय की प्याली हाथ में दी। चाय की चुस्की लेते-लेते रत्नव्वा आगे कहने लगी, "फिर उससे रहा नहीं गया और उसने रकमी को मंडली से ही निकाल दिया। इसके बाद दो महीने वह गाँव में ही रही। लेकिन तब भी वह लड़का रोज़ इसके घर आता। घरवालों ने बर्दाश्त कर लिया, लेकिन बस्ती के लोग कैसे बर्दाश्त करते बस्तीवाले पीछे ही पड़ गए। या तो झुलवा[1] रचाओ या उसे बाहर करो। लेकिन फिर भी ये सुनने के लिए तैयार नहीं।" रत्नव्वा ने चाय की चुस्की ली। चाय ठंडी हो रही थी, इसलिए उसने बोलना बंद किया।

लेकिन पारव्वा को चैन कहाँ! उसने आगे शुरू किया, "उसका ऐसा बर्ताव देखकर पूरी मातंग बस्ती खौल उठी और उस लड़के के आते ही जमा हो गयी। भीमसिया मातंग का लड़का उसे घसीटकर बाहर ले आया। पूरी बस्ती ने उसे और उस लड़के को खूब पीटा और भरी बरसात में भगा दिया बस्ती से...।"

"वो लड़का इसके पास आया था। इसमें बस्तीवालों के बाप का क्या गया?" उसके मन में मातंग बस्ती के प्रति गुस्सा जगने लगा।

"ऐसा नहीं है, भइया। मातंग बस्ती के दो-तीन आदमी पहले से रकमी के

आशिक थे। उनका काम बिगड़ा कि नहीं... ?'' पारव्वा की बात सुनकर तायाप्पा की हँसी छूट गयी। वह ठहाके मार-मारकर हँसने लगा और अचानक गंभीर हो गया।

''लेकिन ये ज़िंदग़ी भी कोई ज़िंदग़ी है?'' वह बुदबुदाया।

''देखो, अब इसकी जिंदगी की बातें शुरू हो गयीं। इसे चाहे जितना समझाओ, समझता ही नहीं। अरे भाई, भंडारे की राह ऐसी ही होती है। इसमें सच्चाई से रहनेवाली औरतें दिया लेकर खोजोगे तो भी नहीं मिलेंगी।'' रत्नव्वा ने उसे होश में लाने का प्रयास किया। लेकिन तायाप्पा भीतर ही भीतर गहरा धँसता गया। उसे बाहर की बरसात भी सुनाई नहीं दे रही थी। सामने चूल्हे की अंगार पर नज़रें गड़ाए वह भीतर ही भीतर घुटने लगा। उसे लगा, अब यहाँ से चल देना चाहिए। उसने घुटने पर हाथ रखकर उठने का प्रयास किया। तभी उसका हाथ पकड़कर नीचे बिठाती हुई पारव्वा बोली—

''क्यों रे, रकमी की कहानी से कलेजे पर चोट लग गयी... ?''

''नहीं तो।'' उसने जोर सिर हिलाकर सब दिमाग़ से बाहर फेंकने का प्रयास किया। सिटपिटाई नज़रों से उसने रत्नव्वा की आँखों में देखा और यह भी भूल गया कि अभी-अभी वह किसी के बारे में सोच रहा था...।

...गली में छोटे-छोटे बच्चों ने हुड़दंग मचा रखा था। बैलों को सजाने का तेल में घोला गया गेरू एक दूसरे के बदन पर मलते-मलते बच्चे तू तू मैं मैं करने लगे थे। गली में आने-जानेवालों के आड़ में छिपकर परस्पर कतराने लगे थे। खेलते-खेलते उन्होंने गली सिर पर उठा ली थी। घर-घर बैल धोना, उनके सींगों में रंग लगाने के धाँधली मची हुई थी। इसी बीच येरगुड़े की मड़ैया में, तायाप्पा के घर पर लोगों की भीड़ जमा हुई थी। किसी को किसी की बात सुनाई नहीं दे रही थी। पाँच गाँवों के पाँच जोगते, सभी जोगतिनें और गली की औरतें। पूरा घर लोगों से भर गया था।

कल्लव्वा का दिमाग़ मानो ठिकाने पर नहीं था। वह एक चीज़ उठाने जाती तो दूसरी ही हाथ आती। आक्कव्वा एक कोना पकड़कर बैठी हुई थी। रत्नव्वा ने चूल्हे पर कब्जा कर रखा था। पारव्वा सिलबट्टे पर पूरन पीस रही थी। तानाक्का ऐनापुर से आई जोगतिनों के साथ गप्पें लड़ा रही थी। शेवंताक्का घर के छोटे-मोटे कामों में व्यस्त थी। बड़का यूँ ही इधर से उधर घूम रहा था। उसके मन में काफ़ी कुछ चल रहा था।

अगले बरामदे में राघू, तमनिया, मायाप्पा और आप्पाया को लिए म्हादू जोगता इधर-उधर की ज़नाना बातें कर रहा था। गली के बच्चे समूह बनाकर आते, बरामदे में झुककर उनकी तरफ़ देखते और हँसकर भाग जाते थे। चौखट के पास खड़ा बबनिया इन पाँचों की बातों से हँस-हँसकर औंधा हुआ जा रहा था। उसे उनकी बातों से ज़्यादा उनका हाथ नचाना देखकर ज़्यादा मज़ा आ रहा था। बीच-बीच में उनका तालियाँ पीटना देखकर उसे गुदगुदी होती थी। बबनिया को अकेला खड़ा हँसता देखकर कसाले

का पकिया उसके पास आया और बोला–

"क्यों रे, ये लोग दोस्त हैं तुम्हारे भैया के?"

"धत्, अरे ये सब भगवान के जोगते हैं। मेरे भैया के दोस्त कैसे हो सकते हैं?"

"तो फिर तुम्हारे यहाँ किसलिए आए हैं?"

"हमारे भैया के लिए भगवान की कोई पूजा करनी है।"

"मतलब वही हुआ न! अपने दोस्त जमा किए हैं तुम्हारे भैया ने!" और वो ठहाके मारकर भाग खड़ा हुआ। बबनिया का भी माथा ठनका। वह भी उसके पीछे दौड़ने लगा।

भीमसुभानिया ने बाहरी कमरे में कदम रखा और बड़का अपनी छपरी मूँछों पर ताव देता हुआ ज़रा-सा मुस्कुराया। तभी म्हादू जोगता अपनी जगह से उठकर भीमसुभानिया के पास आया और हाथ नचाता हुआ बोला–

"इतनी देर लगाते हैं क्या? कबसे ढूँढ़ रहे हैं तुम्हें?"

"अरे भाई, बैल धोने गया था। आज त्योहार है न!"

"लो, सुनो। बस इसी के घर पर त्योहार है...।" और म्हादू जोगता भीमसुभानिया को खींचता हुआ उन दोनों के पास ले आया और उसके गले पड़ता हुआ बोला, "हम तुम्हारे गाँव आए हैं। कुछ ख़ातिरदारी करेगा भी या नहीं!"

"और क्या ख़ातिरदारी चाहिए, यहाँ का निबटने के बाद भोजन करना। बस हो गया।" भीमसुभानिया हँसते हुए बोला।

"दैया री दैया, ऐसा क्या? हमें अपने घर खाना नहीं मिलता जो यहाँ आए हैं...?" मायाप्पा ने भीमसुभानिया की ठोड़ी पकड़ी।

"देखो, हम वैसी जानेवाली नहीं हैं।" म्हादू जोगते ने दुबारा चेताया।

"ठीक है बाबा, देखेंगे। एक बोतल काफ़ी होगी न!" और भीमसुभानिया पीछे हट गया।

शेवंताक्का उनके पास आते ही सभी सिटपिटाए और बदन चुराकर बैठे रहे। शेवंताक्का ने राघू को हाथ से इशारा किया और राघू उसके पीछे से बीच के बरामदे की तरफ़ खिसका। शेवंताक्का औरतों में से रास्ता बनाती हुई उसे देहरे के सामने ले गयी और पूछा, "नीम तो देवता के सामने पहनाना है। लेकिन तुम्हारी पूजा कहाँ करेंगे? यहाँ या कमरे में?"

राघू ने इधर-उधर देखा। कहीं भी खुली जगह नहीं थी। खटिया के सामने औरतें बैठी थीं। वहीं शेवंताक्का को हाथ भर जगह दिखाकर बोला–

"यहीं सजाइए चौकी।"

---

1. देवदासी स्त्री को पत्नी के तौर पर स्वीकार करते समय की जाने वाली एक विधि।

"कुंड होकर आने पर ही अपनी पूजा सजाओगे न तुम?"

"और क्या! उसके बिना कैसे होगा। पहले उधर दर्शन कर आइए, फिर मैं यहाँ शुरू करूँगा। लेकिन गोदने के लिए गोहनहारी को बुलाया है न? आई होगी तो ठीक है, नहीं तो मैं भी गोदने का काम कर लूँगा। बस उसका सामान होना चाहिए।" राघू औरतों में घुसा। औरतें असहज हुईं और बदन चुराकर अलग हो गयीं।

"बैठ-बैठकर मेरी कमर अकड़ गयी है। चलो रीऽऽ, ज़रा गली में खड़ी रहेंगे।" मायाप्पा साड़ी झटकते हुए उठा। उसके पीछे-पीछे चारों उठे। दरवाज़े के मुहाने पर आकर चारों ने बदन सीधा किया। पूरी गली में नज़र दौड़ाई। आने-जानेवाले उनकी तरफ़ कोई अजूबा देखने की तरह देख रहे थे। मायाप्पा के मन में उथल-पुथल मची हुई थी। उसने टेंट से थैली निकाली। पान में केवल चूना लगाया। गर्दन मटकाते और थैली हिलाते हुए उसने तमनिया से पूछा, "खाएगा क्या रे?" तमनिया इठलाता हुआ उसके पास आया और उसने हाथ की थैली को हौले से झटका देते हुए खींचा।

शेवंताक्का ने तायाप्पा को बाहर निकाला। तानाक्का के हाथ में कुछ सामान देकर उसे खड़ा किया और बालू महार को ताल देने को कहा। बालू महार का दफली पीटना शुरू हुआ और तमनिया के लिए चुपचाप खड़ा होना मुश्किल हो गया। उसने अपना कसमसाता बदन गली में झोंक दिया और पूरी गली उसका नाच देखने के लिए इकट्ठा हो गयी। बाद में सभी कुंड की तरफ़ खिसक गए और म्हादू जोगता राघू को लेकर घर में आया। राघू ने बीच के कमरे में अपने हिसाब से चौकी सजाई। उस पर नया कपड़ा बिछाया। दोनों तरफ़ दोनों के बैठने के लिए आसन बिछाया। बीच में चावल सजाए। सभी तरफ़ भंडारा फैलाया। नए कपड़े पर भंडारे की टिकुलियाँ लगाईं। फिर अपनी परड़ी चौकी पर रखी। उस पर चावल-नारियल रखने के लिए कहा। परड़ी की कौड़ियों की माला को हाथ में लेकर देखा और म्हादू की तरफ़ देखता हुआ बोला-

"उन लोगों के आने तक हमारे लिए चाय बनाने के लिए कह दो।"

म्हादू तुरंत उठा। पिछले बरामदे की तरफ़ गया। राघू ने सारी तैयारी का जायक़ा लिया और पल्लू से चेहरा पोंछता हुआ बाहर आया। दफली दूर-दूर जाती सुनाई दे रही थी... आक्कव्वा ने बाहर के कमरे में उन्हें चाय लाकर दी। राघू ने म्हादू की तरफ़ देखते हुए पूछा-

"पिछली बार तुम्हारी गुरुपद की पूजा कैसे हुई थी रीऽऽ?"

"सारी पूजा पहाड़ पर ही की थी।" और म्हादू ने चाय सुड़कना शुरू किया। पल भर के लिए दोनों के सिर चकराने लगे...।

दफली की आवाज़ करीब आने लगी और राघू की धाँधली बढ़ गयी। उसने आक्कव्वा से एक कप दूध माँगा। भात का मुट्ठा लाने को कहा। पानी का लोटा भर लिया और चौखट के सहारे खड़ा हो गया। दफली की तर्ज़ पर नाच रहे बालू महार ने

आख़िर में कुछ ऐसी तेड़ी से हाथ घुमाया कि नाचनेवाला मायाप्पा मुँह में झाग आने की तरह हक्काबक्का हो गया। कमर में खोंसा उसका पल्लू फिसलकर गली भर में फैल गया। बालू महार ने अचानक दफली रोकी। तायाप्पा दरवाज़े में आया। उसे सीढ़ी पर ही खड़ा किया गया। आक्कव्वा को उसके पैरों पर पानी डालने के लिए कहा गया। पानी उँडेलकर उसने तायाप्पा की आँखों को गीली उँगलियों से छुआ। चावल का पिंड दोनों तरफ़ डाला। दोनों तरफ़ दूध छिड़का और वहाँ खड़ी शेवंताक्का के पैर छुआकर तायाप्पा को घर में लिया। तायाप्पा ने दहलीज़ के भीतर कदम रखा और म्हादू जोगते ने तायाप्पा का हाथ अपने कमजोर कंधे पर रख लिया। फिर उसकी कमर पकड़कर लगभग उसे उठाकर ही बीच के कमरे की चौकी के पास लाकर खड़ा किया। अब राघू की धाँधली मच गयी। उसने मायाप्पा को सहायता के लिए साथ लिया। थाली में आरती का दिया जलाने और पानी डालकर भंडारे और कुंमकुम का घोल बनाने को कहा। इस दौरान उसका पल्लू लगातार कंधे से फिसल रहा था और उसका कूल्हा लचकने लगा था। बीच में ही उसके गले के दर्शन के मणि उसकी नाक पर आ गए। आख़िरकार सब ठीक-ठाक संपन्न हुआ। दीर्घ निःश्वास छोड़ते हुए वह खड़ा हो गया और कमर को हाथ से सहलाता हुआ बुदबुदाया, ''रीढ़ की हड्डी गयी रीऽऽ काम से!'' उसकी इस बुदबुदाहट से पारव्वा की हँसी छूट गयी, जो रोके नहीं रुकी। तभी रत्नव्वा उसकी तरफ़ आँखें तरेरकर देखने लगी...।

शेवंताक्का आगे बढ़कर गोदनहारी को राघू के पास ले आई। राघू ने गर्दन लचकाकर कंधे का पल्लू सिर पर लिया। गोदनहारी को निहारा और उसका हाथ खींचते हुए बोला—

''इधर आ रीऽ बहना। वहाँ बैठकर गोदोगी? इधर आओऽऽ।'' फिर तमन्नाप्पा को बुलाया। तमन्नाप्पा भी सत्रह बार इठलाता हुआ औरतों को धक्का देता हुआ सामने आया। राघू तमन्नाप्पा का हाथ गोदनहारी के सामने पकड़ता हुआ बोला-

''ये हाथ ठीक से देख लो। लिखना आता है न!''

गोदनहारी ने गर्दन से ही मना कर दिया।

''कोई बात नहीं। अच्छी तरह से देख लो। उस हाथ पर बिल्कुल ऐसा ही गोदना है। माथे पर चाहे जो गोदना..।''

गोदनहारी तमन्नाप्पा के हाथ की तरफ़ देखती ही रह गयी। गोल-गोल नक्काशी के बीच कुछ लिखा हुआ। नक्काशी के मोतियों में भी कुछ-कुछ लिखा हुआ था। वह तमन्नाप्पा का कमजोर हाथ पकड़े रही। उसे यक़ीन नहीं था कि वह ऐसा गोद पाएगी। उसका चेहरा उतर गया। जैसे-तैसे बुदबुदायी, ''लगता नहीं ये नक्काशी मुझसे बन पाएगी।''

''धत् तेरी बुढ़िया! तो फिर तुम्हें क्या यहाँ खाने के लिए बुलाया है? चल हट

यहाँ सेऽऽ।'' म्हादू जोगते ने उसे हटाया और उसके हाथ की डिबिया और गोदने की सुई अपने हाथ में ली।

''अब बताओ री, क्या-क्या गोदना है। सब गोद देता हूँ।'' और तायाप्पा का हाथ काँख में पकड़कर बैठ गया। राघू ने उसे ब्यौरेवार बताया। तायाप्पा म्हादू के सामने पीढ़े पर बैठा। तमन्नाप्पा ने तायाप्पा का हाथ पकड़ा। म्हादू ने डिबिया का ढक्कन खोला। सुई डुबोई और धीरे-धीरे उसे तायाप्पा के हाथ में गड़ाना शुरू किया। सुई भीतर गड़ने लगी और तायाप्पा दर्द से अंतर्बाह्य हिल गया। हाथ में उठता दर्द उसे बर्दाश्त नहीं हो रहा था। उसका ''मैया रीऽऽ, मैया रीऽऽ'' शुरू हुआ। म्हादू ने हाथ पर एक वृत्त बना दिया।

''अरे, तुम तो बहुत अच्छा गोद लेती हो !'' राघू बोला, ''अब इस गोल के बीच में लिखो म्हादू मेंगाने...।''

बर्तन पर नाम खोदने जैसा म्हादू ने झट् से अपना नाम गोद दिया। पास में 'राघू कदम' भी गोदा और डिबिया नीचे रखकर पल भर के लिए बैठ गया। तायाप्पा ने हाथ तनिक ढीला छोड़ दिया। म्हादू ने तायाप्पा को अपने सामने बिठा लिया। तमन्नाप्पा को उसका सिर कसकर पकड़ने के लिए कहा और उसके माथे पर बढ़िया-सा गोद दिया। उस पर हल्दी मल दी और दोनों हाथों की कलाइयों पर कोई बेलबूटी बनाई। म्हादू दीर्घ निःश्वास छोड़ता हुआ दूर हो गया। तायाप्पा का शरीर सुन्न हो गया था। वह बिना चूँ-चरा किए यूँ ही बैठा रहा।

''सभी परे हटो री।'' राघू ने तमन्नाप्पा समेत सभी को दूर हटाया। तायाप्पा को पूरब की तरफ़ चेहरा कर चौकी पर बिठाया और खुद दाहिने तरफ़ पीढ़े पर बैठ गया। सामने के पीढ़े पर म्हादू को बिठाया और हाथ आगे करने के लिए कहा। तायाप्पा का हाथ म्हादू के हाथ में दिया और राघू ने आँखें बंद कर आँय-बाय बड़बड़ाना शुरू किया। घड़ी दो घड़ी वह केवल होंठ हिलाता बुदबुदाता रहा। सारी औरतें उसकी तरफ़ देख रही थीं। शेवंताक्का ने आँखें मूँदकर भगवान का जाप शुरू किया। सारा घर ख़ामोश हुआ। इधर-उधर दौड़नेवाले बच्चे भी शांत हो गए।

थोड़ी देर बाद राघू ने आँखें खोलीं। अपना हाथ निकालकर कमर से बँधी भंडारे की थैली में हाथ डाला। मुट्ठी भर भंडारा निकालकर तायाप्पा के माथे पर पोत दिया। पहले से पीला बना तायाप्पा का माथा और पीला हो गया। राघू ने भंडारे की मुट्ठी दुबारा तायाप्पा के हाथ में दी और उससे कहा कि जहाँ मैं कहूँगा, वैसे मेरे पीछे-पीछे दोहराना। उसने उसे ज़नाना संप्रदाय की शपथ दिलवाना शुरू किया... राघू ने शपथ दिलाई। प्याले का दूध अंजुलि में लिया। तायाप्पा के मुँह में डाला और उसके सामने वह पिचिकऽऽ पिचिकऽऽ तालियाँ पीटने लगा। पूरा बरामदा उसकी पिचिक पिचिक तालियों की ध्वनि से गूँज उठा... आख़िरकार उसने तालियाँ बंद कीं। परड़ी सामने ली।

उसकी कौड़ियों की माला गले में डाली। भंडारा माथे पर फिर एक बार सन गया। म्हादू को भी लगाया। तायाप्पा से हाथ जोड़ने को कहा गया। म्हादू ने भी हाथ जोड़े। उसने अपने दोनों हाथ जोड़कर परड़ी पर रखे, आँखें बंद की और सभी को सुनाई दे ऐसी बुलंद आवाज़ में चिल्लाकर बोला—

"माँ यल्लम्माऽऽ, माँ बुचराम्माऽऽ मैं आपका सेवक...ज़नाना संप्रदाय का गुरु। तायाप्पा को संप्रदाय की दीक्षा दे दी है! अपने पेड़ की रक्षा करना माँ, उसे बरकत देना।" उसने हाथ नीचे कर लिए। मुँह से दुबारा आवाज़ निकाली, 'उदं गं आई उदं उदं!' सारी औरतों ने 'उदं' का घोष किया। तायाप्पा को चौकी से नीचे उतारा। उसने दोनों गुरुओं के पैरों पर माथा टेका और अलग खड़ा हो गया। इतनी देर तक सुन्न-सा खड़ा मायाप्पा उसके पास आया और तायाप्पा की आँखों में देखता हुआ जोर से हँसा...।

भोजन वगैरह संपन्न हो गया। जोगतिनों को चोली-नारियल भेंट की गयी। ज़नाना संप्रदाय के गुरु के नाते म्हादू को साड़ी पहनाई गयी। पूजा में शामिल सभी जोगतों को चोली-नारियल का उपहार दिया गया। शेवंताक्का ने ये सब अपने हाथों से किया। कल्लव्वा ने शेतंताक्का की कोंछ भरी। गली की औरतें तितर-बितर हो गयीं। तमन्नाप्पा से अब बैठा नहीं जा रहा था। उसने भीमसुभानिया को फाँसकर रखा था। राघू बड़के के पास बैठा अपनी औरतनुमा भाषा में उसे कुछ समझा रहा था। मायाप्पा ने तायाप्पा को धीरे से इशारा किया। उसे पिछवाड़े बुलाया और गोबर की मड़ैया के पास बैठते हुए समझाना शुरू किया-

"देखो, अब ये अनहोनी तुम्हारे साथ हो गयी। अब तुम्हारा सबकुछ ख़त्म हो गया है। जोगते की जिंदगी, यानी चीथड़ जैसी। दिमाग़ में बहुत कुछ उल्टा-सीधा आता रहता है...सामने कुछ भी ऊटपटांग होता रहता है। उनकी तरफ़ ध्यान नहीं देना। बर्दाश्त के बाहर हो जाए तो देवी माँ का जाप करना... ज़िंदग़ी से ऊब जाओ तो मेरे पास हिंग्लज चले आना...।" मायाप्पा ये सब क्यों बता रहा है, खुद मायाप्पा की समझ में नहीं आ रहा था। तायाप्पा तो उसकी तरफ़ बस आँखें फाड़ देख रहा था। उसका एक-एक शब्द उसका कलेजा छलनी कर रहा था। मायाप्पा बोलने लगा-

"शुरू-शुरू में मैंने भी इससे बेज़ार होकर जान देने की कोशिश की...मेरे हाथों क्या-क्या नहीं हुआ... बस मन ही मन कुढ़ता रहा। मेरी दुआ है कि ऐसी नौबत तुम पर न आए, लेकिन सँभलकर रहना...।" उसने पल्लू से आँखें पोंछ ली। तायाप्पा का कंधा थपथपाया। तायाप्पा मन ही मन ढहता गया... मायाप्पा की नपुंसक थपथपाहट उसे न जाने कैसी लगी। वह चकराया। उसका माथा ठसकने लगा। गाँव में किसी के बैल का बेंदूर का जुलूस दफली के ताल पर पास-पास आने लगा। बाजे की आवाज़ें पास आने जैसी लगने लगीं। बच्चों ने जोर-जोर से चिल्लाते हुए बैल को प्रोत्साहित करना शुरू

किया था... सारी आवाजें तायाप्पा के कानों में भिनभिनाने लगीं। तानाप्पा की कमज़ोर आवाज़ भी उसमें घरघराने लगी। तायाप्पा को अपना सहारा ही ढहता-सा लगने लगा... उसने कसकर आँखें भींच लीं, कानों में उँगलियाँ डालीं और सिर को जोर से झकझोरा!

3.

सिर पर रखा जग तायाप्पा को भारी लगने लगा। वह मन में योजना बनाने लगा था कि बचे हुए घर कल ही पूरे करेंगे। फुला का हाथ अब सुती चौंडके से खिसकने लगा था। रत्ना को भी अपने हाथ की परड़ी पत्थर जैसी भारी लगने लगी थी। पारव्वा भंडारे की थैली कमर से लगाए खाली हाथ चलते-चलते कह रही थी-

''खेतबस्ती के घर पूरे कर लेंगे और फिर लौट चलेंगे।''

रत्नव्वा ने हाथ की थैली बगल में दबाई। लेकिन थैली का फीता काँछ में चुभने लगा। इसलिए झुँझलाती हुई वह बोली, ''कम से कम ये थैलियाँ तो रख देंगे किसी के यहाँ! लौटते वक्त ले चलेंगे।''

लेकिन पारव्वा हाथ नचाती हुई बोली, ''अरी, किसके भरोसे रखोगी? होने दो हमें जो भी प़रेशानी होनी है।''

सिर का बोझ सँभालते-सँभालते बतियाना तायाप्पा के लिए मुश्किल हो रहा था। वे मिसाल बस्ती के क़रीब आए और रत्ना बोलने लगी-

''तायाप्पा, सुना है तुम्हारा बांबर का खेत भी मिसाल ने जोता!''

तायाप्पा ने बस हामी भरी।

''इस साल भी कुछ पैसा उधार लिया था उससे?'' पारव्वा ने पूछा।

''अभी तक तो ऐसा कुछ कानों पर नहीं आया।'' तायाप्पा जैसे-तैसे बुदबुदाया।

''ज़रूर लिया होगा। वरना आज के दिनों में कौन अपने खेत पर दूसरे को कब्ज़ा करने देगा?'' फुला ने भी मुँह खोला।

''लेकिन इसे तो पता होना चाहिए!''

''ये घर में होता कहाँ है जो इसे पता होगा? थाली से उठते ही घर से बाहर!''

''वो मैं जानती हूँ रीऽऽ, लेकिन ऐसी बातें बिना इससे पूछे कैसे करेंगे इसके घरवाले?'' पारव्वा ने कुरेदना चाहा। चलते-चलते तायाप्पा की नज़र अपने पैरों की ओर मुड़ी। पल भर के लिए उसे लगा कि इन्हें सब बता दें। लेकिन उसने खुद को रोका और दीर्घ निःश्वास छोड़कर दोनों हाथों से जग उठाया।

''यहाँ किसी के घर जाकर ज़रा पानी पिएँगे।'' वह बुदबुदाया। पारव्वा ने उसकी तरफ़ ध्यान से देखा। उसका चेहरा पसीने से तरबतर हो गया था और वह उसाँसे

भर रहा था।

शामरू मिसाल के दरवाज़े पर आते ही पारव्वा ने हाथ लगाकर उसके सिर के जग को नीचे उतारा।

"इसमें से कुछ चावल निकालकर थैली में डालेंगे। बहुत भारी हो गया है।" पारव्वा ने रत्नव्वा की झोली से थैली निकालते हुए कहा और नीचे रखे जग में से चावल निकालकर थैली में डाले। तभी मिसालबाक़ी के बच्चे उनके इर्दगिर्द जमा हो गए और टुकुर-टुकुर देखने लगे। रत्नव्वा ने झुककर शामरू मिसाल के घर में आवाज़ लगाई और लोटा भर पानी लाने के लिए कहा। लेकिन काफ़ी देर तक भीतर से कोई बाहर नहीं आया।

"लगता है घर में कोई नहीं है।" रत्नव्वा पीछे मुड़ी। तायाप्पा शामरू मिसाल के खुले घर की तरफ़ देखता रहा। रत्नव्वा वहाँ खड़े एक लड़के से बोली, "घर में जाकर किसी को पानी लाने के लिए कहेगा?" लहँगा पहनी झोंटेवाली लड़की भीतर दौड़ी और दौड़ते हुए ही लोटा भर पानी ले आई। तायाप्पा ने गटगट आधा लोटा ख़त्म किया। पारव्वा उसके गले में हो रही हरक़त देखती रही।

"थोड़ा ही पियो।" रत्नव्वा उसे टोकती हुई बोली।

"अरी चुप! पानी तो चैन से पीने दे बेचारे को!" फुला ने बीच में मुँह खोला।

"पियो भइया, आराम से पियोऽऽ।" रत्नव्वा ने दुबारा लोटा उसके हाथ में थमाया। तायाप्पा झेंपता हुआ हँसा और दुबारा जग की तरफ़ देखने लगा...जग की देवी के मुखौटे के पीछे लगे मोरपंख उसे बेरंग-से लगने लगे।

"चलो उठो!" पारव्वा उठी। तभी शामरू मिसाल की वृद्ध माँ लाठी टेकती हुई बाहर आई। उसके झुर्रियों से भरे चेहरे की त्वचा लटक रही थी। सारे बाल टेढ़-मेढ़ से बिखरे हुए थे। अपना सूना माथा हिलाती हुई वह पारव्वा के पास आई और बोली-

"अच्छा, तो तुम हो! ये लड़की मुझसे बोली कि किसी गाँव से जोगतिनें आई हैं।"

"हाँ, हम ही हैं। पर तुम कैसी हो दादी?" पारव्वा उसके पास आई। वृद्धा सभी को निहारती हुई बैठ गयी। तायाप्पा की तरफ़ देखती हुई बोली-

"ये किस गाँव का है?"

"अपने ही गाँव का तो है, बसाप्पा पवार का लड़का!" पारव्वा ने बताया और वृद्धा उसके चेहरे को क़रीब से आँखें भरकर देखती हुई बोली-

"अच्छा, यही है वो!" वृद्धा ने अपने हाथ की लाठी अलग की। उसकी नज़रें अभी भी तायाप्पा पर ही टिकी हुई थीं। उसके मन का कोलाहल उसके चेहरे पर बिंबित हो गया।

"सभी मिलकर घूम रही हो इस बार?" वृद्धा ने जग पर नज़र डाली।

''इसी के लिए! सभी घर मालूम हो, माँगने की शर्म ख़त्म हो इसीलिए इसे लेकर घूम रही हैं।'' रत्नव्वा ने तायाप्पा की तरफ़ देखते हुए कहा। वह कोरी निगाहों से सामने गोठ में बँधे बैलों की ओर देख रहा था।

सभी ने अपनी जगहें छोड़ीं। तायाप्पा ने जग सिर पर उठाया। फुला ने मिसाल के दरवाज़े पर जाते ही सुती चौंडके पर ताल पकड़ा। पारव्वा ने दहलीज़ के पास जाकर 'आकुंऽऽ दीऽ जोगवाऽ' की आवाज़ लगाई। तायाप्पा सूप लिए आनेवाली औरत की प्रतीक्षा में खड़ा रहा। एक-एक घर की औरत तायाप्पा के जग में सूप खाली करने लगी। हर दरवाज़े पर झुकने से तायाप्पा की कमर दर्द करने लगी...।

पारव्वा ने गनपा मिसाल के घर में जोगवे के लिए आवाज़ लगाई और चबूतरे पर बैठा गनपा मिसाल चबूतरा छोड़कर बाहर आया। उसने चारों की तरफ़ बारी-बारी से देखा और पूछा-

''इसे भी शामिल कर लिया अपने बीच?''

''हाँ।''

''अच्छा किया। कम से कम भीख माँगकर ही सही, माँ-बाप को तो जिलाएगा तो सही! वरना इससे क्या करते बनना था?'' गनपा मिसाल अपनी काजू के बीज जैसी नाक फुलाता हुआ बोला। उसकी बात पारव्वा की समझ में नहीं आई लेकिन रत्नव्वा की नाक की फुनगी लाल हो गयी। फुला के हाथ का सुती चौंडका अचानक खामोश हो गया। वह तेवर के साथ मिसाल की तरफ़ देखती हुई बोली-

''वक्त आने पर कुछ भी करना पड़ता है। अभी वह वक्त की मार झेल रहा है इसलिए कर रहा है।''

''हाँ, यही तो मैं कह रहा हूँ। बाप ने सारी जायदाद बेचकर बच्चे को जोगता बना दिया। अब इसका फर्ज़ नहीं बनता कि इस तरह घूमकर उन्हें जिलाए? दाने दूसरे की झोली में डालकर थोड़ी ये जिलाएगा!'' गनपा मिसाल ने पारव्वा पर नज़रें गड़ाई। फुला ठंडी-सी खड़ी रही।

''दूसरे की कहाँ? अभी तो हम सभी का एक साथ है।'' पारव्वा सहज ही बोल गयी। लेकिन रत्नव्वा के दिमाग़ में अंगार सुलग उठा। वह पारव्वा को धक्का देती हुई बोली-

''चल री। ऐसे लोगों के मुँह लगेंगे तो दिमाग़ सड़ जाएगा!''

''हाँ, दिमाग़ सड़ जाएगा और फिर सब बिखर जाएगा। चल निकल।'' गनपा मिसाल ने उसे छेड़ते हुए मूछों पर ताव दिया। रत्नव्वा आपा खो बैठी-

''ए, जबान सँभालकर बात कर, वरना...।'' वह अचानक ठिठकी और झट् से आगे बड़ी। तायाप्पा मिसाल की तरफ़ देखे बिना आगे बढी। पारव्वा की समझ में कुछ नहीं आ रहा था। वह चुपचाप उनके पीछे-पीछे चलने लगी। फुला ने सुती चौंडके पर

दुबारा ताल पकड़ा।

गाँव की खेतबस्ती के सारे घर पूरे हुए, लेकिन सभी के दिमाग़ में अभी भी गनपा मिसाल ही मँडरा रहा था। केवल फुला ही थी जो गनपा मिसाल को भूलकर सुती चौंडके के ताल में उलझी थी। लेकिन रत्लव्वा गनपा मिसाल का पानी कैसे और कहाँ उतारे, यही मनसूबा बाँध रही थी। वह बेचैनी से तड़प रही थी। पारव्वा मन ही मन गनपा की बातों का अर्थ लगा रही थी। लेकिन कोई ओर-छोर उसकी पकड़ में नहीं आ रहा था। आखिरकार शिंदेवाड़ी की पगडंडी के पास आने पर उसने सभी को रोकते हुए पूछा-

"वो भड़ुवा ऐसा क्यों बोला रीऽऽ?"

"क्या करोगी, मरने दे माटीमिले को!" रत्लव्वा ने बात ख़त्म करने का प्रयास किया।

"वो बात नहीं री, लेकिन वो ऐसा क्यों बोला? क्यों रे तायाप्पा, तुम्हारी कुछ अनबन हो गयी थी क्या?" उसने तायाप्पा की तरह रुख किया। तायाप्पा ने चलते-चलते रत्लव्वा की तरफ़ देखा। रत्लव्वा ने और दूसरी तरफ़ मुँह फेर लिया। पारव्वा को टालना तायाप्पा के लिए मुश्किल था। आखिरकार उसने मुँह खोला-

"पिछले साल इससे कुछ पैसे उधार लिए थे। इस साल उसने तकाज़ा किया और पैसे के बदले बांबर का टुकड़ा माँगने लगा।"

"अब तू ही बता पारक्का", रत्लव्वा ने बीच में मुँह खोला, "इसका बाप इसके लिए भी तैयार था। बीच में एक बार मैं इसके घर गयी थी, तब इसके बाप ने बात छेड़ी। लेकिन मैंने कहा, इतने कम पैसों में उसे देने की बजाय पूरा कर्ज़ चुकानेवाला दूसरा मिल जाए तो उसे दे दो। बालू चौगुले हजार रुपये ज़्यादा देने को राजी हुआ। मैंने कहा, उसे दे दो। लेकिन पता नहीं, इसे कैसे पता चल गया।" रत्लव्वा अचानक रुकी। आगे कहें या न कहे के पसोपेश में उसने तायाप्पा की तरफ़ देखा। उसने नज़रें गड़ाईं। रत्लव्वा भी शिथिल पड़कर चलने लगी। पारव्वा की समझ में नहीं आ रहा था कि ये बोलते-बोलते अचानक क्यों रुक गयी।

"फिर क्या हुआ रीऽऽ?" उसने कुरेदा।

"होगा क्या? मुझसे जवाब तलब करने ये मेरे घर आया। बाहरी कमरे में बुढ़ियाबैठी हुई थी। उस पर झल्लाया। फिर मैंने भी आपा खो दिया और गली में ही उसे आड़े हाथों लिया। उस समय तायाप्पा भी मेरे ही घर में था। उसने इसे वहाँ देखा तभी से इस तरह बर्राने लगा है।" रत्लव्वा ने एक ही साँस में सब बोल दिया। अब उसका जी ज़रा हल्का हो गया।

"मतलब, सारा अनाज तुम्हारे ही घर लाकर डाल देता है, ऐसा कहना था उसे?"

"और क्या?"

"मिरगी आए मुए को! मतलब मैंने जो सोचा था, वही हुआ...।" पारव्वा मन ही मन बड़बड़ाती रही। जैसे-जैसे घर पास आने लगा, तायाप्पा बेचैन होता गया। दीवान की इमली के पेड़ तले उसने सिर का जग रत्नव्वा के सिर पर दिया। लेकिन घर की तरफ़ मुड़ने की उसकी इच्छा नहीं हो रही थी...।

"कल का तुम्हारे घर पर तय करेंगे।" और वह पारव्वा से आगे बढ़ा।

"घर से रूखा-सूखा खाकर ही निकलना।" पारव्वा ने उसे घर की तरफ़ मोड़ा और रत्नव्वा अपनी गली में मुड़ गयी। जग उसे पत्थर जैसा भारी लग रहा था। सोचने लगी, 'मैं तायाप्पा के बारे में इतना क्यों सोच रही हूँ...? वह मीठी-मीठी बातें करता है इसलिए या मेरे घर में पड़ा रहता है इसलिए..? लेकिन भडुवे मिसाल ने आज जो कहा है, कल पूरा गाँव वही कहने लगेगा तो...?' रत्नव्वा अंदर ही अंदर कराहती रही। गली की रेखा उसे सुई जैसी चुभने लगी।

तान्नाप्पा ने अपने सिर का मुर्ग़ियों का झाला गनू पाटील के चबूतरे पर उतारा। झाले की मुर्ग़ियाँ जोर-जोर से करकराने लगी थीं। पल भर के लिए उसे लगा, थैली से मुट्ठी भर दाने यहीं झाले में डाल दें। लेकिन फिर सोचा कि तायाप्पा का घर यहाँ से है ही कितना दूर? उसके घर पर झाला उतारने पर ही दाने डालेंगे, ताकि मुर्ग़ियाँ घड़ी भर खा सकेंगी। उसने हाथ की गेंडुली से पसीना पोंछा। गली के बच्चे उसके आसपास जमा हो गए थे। कसाले के छोटे बच्चे तो झाले में हाथ डालकर मुर्ग़ियों को नोचने लगे थे। तान्नाप्पा ने थोड़ी देर बच्चों को अनदेखा किया और दम साधता हुआ वैसा देखता खड़ा रहा। तभी कसाले की यमनाक्का पास आती हुई बोली-

"मुर्ग़ियाँ बेचने के लिए लायी थी क्या री...?"

तान्नाप्पा ने पल भर सोचा। हाँ कहूँगा तो मुर्ग़ियाँ झाले निकालकर दिखानी पड़ेंगी। उसने गर्दन हिलाते हुए कहा-

"नहीं तो। अभी आजरा के बाजार से लाई हूँ। हिंग्लज के बाजार में बेचनी हैं।"

"मतलब, यूँ कहो न कि यहाँ बेचनी नहीं हैं।"

"ऐसा ही समझ लो।" उसने झाला हौले से सिर पर उठा लिया। वहाँ इकट्ठा बच्चे उसकी तरफ़ देखकर हँसने लगे।

"क्या देख रहे हो? चलो भागो यहाँ से!" और तान्नाप्पा ने तायाप्पा के घर की तरफ़ रुख किया। लेकिन बच्चों का लेंहड़ा उसके पीछे-पीछे चलता ही रहा। तायाप्पा के दरवाज़े तक आते-आते बच्चों ने उसके नाक में दम कर दिया था। तीस-चालीस बच्चों का झुंड उसके पीछे जमा हो गया था। उसने तायाप्पा के दरवाज़े में झाला उतारा। बच्चे फिर भी झाले के इर्दगिर्द जमा हो गए।

"कैसे शैतान हैं री ये बच्चे।" वह बच्चों के पीछे दौड़ पड़ा। सारे बच्चे गली में चारों तरफ़ फैल गए। तान्नाप्पा को लगा, मानो पूरी गली में मुर्गी के पंख बिखरे हों। गली का कोलाहल सुनकर कल्लव्वा दरवाज़े में आई। देखा तो तान्नाप्पा बच्चों के पीछे दौड़ रहा है।

"ए हरामी के पिल्लो, भागो यहाँ से!" कल्लव्वा गली में आई और बच्चे गली-कूचे में गायब हो गए। तान्नाप्पा गेंडुरी सँभलता और सिर का पल्लू ठीक करता हुआ झाले के पास आया।

"इतनी धूप में कहाँ से आ रहे हो?" कल्लव्वा ने झाले की तरफ़ देखते हुए पूछा।

"आजरा के बाजार गया था। सोचा जाते-जाते तुम्हारे घर से होकर चलें।" तानाप्पा ने झाला सीधा किया।

"भीतर आओ न!" कल्लव्वा भीतर मुड़ी।

तान्नाप्पा ने झाले के ऊपर रखी थैली उठाई और उसमें से ग़रीब दो पाव जोंधरा झोले में ऊपर से डाला। जोंधरा नीचे गिरने की तड़ातड़ की आवाज़ों से झाले की मुर्ग़ियाँ छटपटाती हुई फड़फड़ाई। झाले की पट्टियों पर उनकी चोंच की टाक टाक ध्वनि उठने लगी। तान्नाप्पा जोंधरे की थैली हाथ में लेकर ही घर में मुड़ा।

"कितनी मुर्ग़ियाँ हैं झाले में?"

"ज़्यादा नहीं, छोटी-मोटी मिलाकर दस-बारह ही हैं।" कहते हुए तान्नाप्पा बिछे हुए टाट पर बैठ गया। उसे तनिक खुला-खुला लगने लगा।

"घर के सब लोग किधर गए री?" उसकी औरतनुमा आवाज़ पूरे कमरे में गूँजी।

"कहाँ जाएँगे? मैं और आक्कव्वा घर पर ही हैं। बड़का और संगाप्पा खेत पर गए हैं।"

"तायाप्पा भी दिख नहीं रहा कहीं?" तान्नाप्पा ने हाथ मलते हुए पूछा।

"मुआ गया होगा कहीं!" कल्लव्वा अचानक उखड़ गयी। तान्नाप्पा चकराया। उसने उसे लोटा भर पानी लाने को कहा। कल्लव्वा अपनी जगह से हिली और पानी का लोटा ले आई।

"एक बाजार में पंद्रह-बीस मुर्ग़ियाँ बिकती होंगी, क्यों?" कल्लव्वा ने पानी का लोटा हाथ में देते-देते पूछा।

"नहीं री बहना। बहुत हुआ तो आठ-दस। समझो, जैसे-तैसे खर्च निकल जाता है। ज़रूरत पड़ने पर माँगता भी हूँ जोगवा।" तान्नाप्पा ने पानी पीते-पीते कहना शुरू किया।

"ज़रा हमारे मुँहझौसे को भी सिखाओ न ऐसा कुछ। बस इसके-उसके घर घूमता रहता है। लड़का हाथ से निकल गया बाबा, क्या कहें।" कल्लव्वा ने विषय छेड़ा।

"लेकिन कटनी पर जोगवा माँगने बाहर निकला था न वह। कम से कम साल भर का अनाज तो लाया ही होगा!"

"साल भर का अनाज? मेरा सिर। भडुवा दो बोरे धान लाया है। बचा हुआ किस रंडी की मैयत पर चढ़ा आया, क्या पता?"

जीर्ण कपड़ा चीरने जैसी कल्लव्वा झुँझलायी। तान्नाप्पा चौंक गया।

"कुछ भी मत बोलो। लड़का ऐसा नहीं है। ऐसी तोहमत लगाओगी तो लड़के को घर में ही बिठा लोगी। अभी-अभी तो वह रास्ते पर आया है।"

"कहूँगी, एक बार नहीं, सौ बार कहूँगी। क्या करूँ, भडुवे का बर्ताव ही ऐसा है। इसे जिलाने के लिए पूरा खेत दूसरे के हलक में डाल दिया। लेकिन ये तो बस थाली से निवाला उठाने तक ही घर में होता है। बाक़ी समय पड़ा रहता है उन्हीं औरतों के बीच... सब ख़त्म हो गया... सब मिट्टी में मिल गया। पूरी ज़िदग़ी झुलस गयी। दुनिया में और भी तो जोगते हैं? केवल यही अकेला नहीं है? बात करता है तू भी...!"

कल्लव्वा बहुत ज़्यादा झुँझलाई थी। तान्नाप्पा ने सोचा, विषय बदलना चाहिए। उसने टेंट से तंबाकू की थैली निकाली। तभी आक्कव्वा बाहर से आती हुई बोली-

"हमारे भडुवे ने मकदूम का घर भरना शुरू किया है। अब तू ही कुछ समझा उसे...।"

" आक्कव्वा की बातों से तान्नाप्पा चकराया। उसे अपने कानों पर यक़ीन नहीं हो रहा था। इसी उधेड़ बुन में उसने तंबाकू रगड़ी और फंकी मुँह में डाली। तंबाकू का असर होने तक उसने मुँह खोला ही नहीं।

थोड़ी देर तंबाकू चुभलाई। एक-दो बार गली में पिचकारियाँ भी मारीं। आक्कव्वा भी उंगलियाँ चटका-चटकाकर आँय-बाँय बोल रही थी। कल्लव्वा उसमें चाभी भर रही थी। तान्नाप्पा कान देकर सुन रहा था। बोलते-बोलते दोनों चुप हो गयीं, तब तान्नाप्पा बोला-

"अब उसे मैं कहाँ ढूँढूँगा री?"

"ज़्यादातर वो बढ़ई के घर में ही मिलेगा..।"

"देखता हूँ उधर।" तान्नाप्पा इठलाया। लौंग की चुन्नट ठीक करते हुए दहलीज़ से बाहर निकल आया। गली में आने के बाद उसने सिर पर पल्लू लिया। बड़ी हुई दाढ़ी पर हाथ फेरा। उसे झेंप-सी महसूस हुई। फिर साड़ी ठीक करता हुआ वह बढ़ई की गली में मुड़ा।

तानू बढ़यारिन पुरानी चिंदियों की गठरी से गुदड़ी के लिए चिंदियाँ खोज रही थी।

उसके सामने चिंदियों का ढेर लगा हुआ था। तान्नाप्पा उसके दरवाज़े में जाकर खड़ा हो गया और वह अचानक हड़बड़ाई।

''अरी मैया, मुर्ग़ी बेचनेवाला भगवान इधर का रास्ता कैसे भटक गया री?'' उसने उठकर अलगनी पर लटक रहा टाट का टुकड़ा दीवार के पास बिछाया और बोली-

''कैसे रास्ता भटक गया रे?''

''बस भटक गया किसी बहाने।'' वह थोड़ा-सा इठलाया। उसके सिर का पल्लू कंधे पर आया। पलथी मारकर टाट के बोरे पर बैठते हुए बोला-

''तायाप्पा इधर आया है क्या?''

''नहीं तो। अपने घर में होगा...।'' तानू बढ़यारिन चिंदियाँ जमा करते हुए बोली।

''उसके घर से ही आ रहा हूँ। कान पक गए!'' तान्नाप्पा कनफुल्ली को छूता हुआ बोला।

''क्यों?'' तानू बढ़यारिन उसकी कनफुल्ली की तरफ़ देखती हुई बोली।

''उसकी माँ ने कुछ और ही शिकायतें शुरू कर दीं। मैं तो पछताने लगी कि आई ही क्यों! क्या वो इतना बदल गया है?''

''नहीं री? बेचारा दिल लगाने के लिए हममें से किसी के यहाँ आ बैठता है। उसकी माँ को लगता है, हमीं उसे बरगला रही हैं। उसे बरगलाकर हमें क्या उसके साथ घर बसाना है...?'' तानू बढ़यारिन सारी चिंदियाँ गठरी में बाँधती हुई बोली और तान्नाप्पा अपनी चूड़ियों के साथ खेलता रहा। अपने हाथ पर खुदा हरा-सा काला गोदने का निशान खुद ही निहारने लगा। तभी तानू बढ़यारिन उसे बाहर लाती हुई बोली-

''और क्या कह रही थी?''

''क्या कहेगी, ऐसा ही बहुत कुछ। रत्नव्वा को बहुत कोस रही थी।'' तान्नाप्पा ने सब बताया और तानाक्का अपनी जगह पर ही सोच में पड़ गयी। उसके मन में जाने कैसी उथलपुथल मच गयी। उसने अपने सामने की गठरी एक-दो बार पटकी, फिर अपनी ही धुन में उसे लेकर उठी। भीतर के कमरे में गयी। वहीं से खड़े-खड़े उसने गठरी को परछत्ती पर फेंका। बाहर आई। तान्नाप्पा से चिपककर बैठते हुए उसकी तरफ़ देखने गली। तान्नाप्पा को उसका यह बर्ताव अजीब लगने लगा।

''सच कहूँ तान्नाप्पा, इसमें इस भडुवे की भी ग़लती है।'' लेकिन फिर अचानक ठिठकी और फिर अपनी ही धुन में बड़बड़ाने लगी—

''जोगते की ज़िंदग़ी अलग और जोगतिन की अलग। तायाप्पा को दुनियादारी समझनी चाहिए न! उठते-बैठते उसके घर में पड़ा रहता है। वहाँ से उठता है और फुला के घर में जा बैठता है। रत्नव्वा की बात अलग है। लेकिन फुला के घर पर उसके सत्रह

यार आते हैं। ये उनके रास्ते का काँटा बन जाता है। फिर वो लोग इसके घर में एक की जगह पर दो चुगली करते हैं। इसे ज़रा ठीक से बर्ताव करना नहीं चाहिए?''

''लेकिन इसके लिए दूसरी जगह भी कहाँ है?'' तान्नाप्पा यूँ ही तायाप्पा का पक्ष लिया और तानाक्का बिगड़ी-

''लेकिन अब ये झगड़ा घर तक पहुँच गया है, इसका क्या? कल्लव्वा कहती है, पूरी कटनी में इसने जोगवा माँगा। लेकिन धान घर नहीं लाया। घर के किसी काम में हाथ नहीं लगाता... वे भी कहाँ तक इसके इसके पेट में झोकेंगे?''

''जब भगवान के नाम से छोड़ दिया है, तो खिलाना ही पड़ेगा न!''

''तुम्हें भी तो भगवान के नाम पर छोड़ा गया है। अपना पेट तुम खुद नहीं पालते?'' तानाक्का ने उसे चुप कराया।

''फिर निकाल दो उसे घर से...।'' तान्नाप्पा हाथ नचाता हुआ बोला।

''कौन निकालेगा? आदमी को खुद समझना चाहिए...।'' तानू बढ़यारिन बोल गयी और फिर चौंकी...। दोनों की बातें बढ़ती ही गयीं। तीसरे पहर में छायाएँ लंबी-लंबी होने लगीं और तान्नाप्पा सिटपिटाकर बोला-

''अब किसके घर मिलेगा मुझे ये?''

''ज़्यादातर रत्नव्वा के ही घर में पड़ा होगा।'' तानाक्का उसे ताकते हुए बोली।

''अब उसका घर मैं कैसे ढूँढूँगी?'' वह बुदबुदाया। तभी तानाक्का ने गली से गुज़र रहे मस्कर के लड़के को पुकारा। लड़का चड्डी खींचता हुआ घर में आया और चुपचाप तानाक्का की तरफ़ देखता खड़ा रहा।

''रमिया, तुम्हें मकदूम की रत्नाक्का का घर पता है न?'' तानाक्का ने उसे पास बुलाते हुए पूछा। लड़के ने गर्दन हिलाई।

''फिर इसे उसके घर तक छोड़ेगा...?'' लड़के ने दुबारा गर्दन हिलाई और तान्नाप्पा अपनी जगह से हटकर उस लड़के के पीछे-पीछे चलने लगा। गली से गुज़रते हुए उसका सिर चकरा रहा था। तायाप्पा करे भी तो क्या? ऐसा ही चलता रहा तो लड़का हाथ से निकल जाएगा। उसने दुबारा टेंट की थैली से तंबाकू निकाली और रत्नव्वा के घर तक आते-आते अच्छी तरह से रगड़ी। फंकी मुँह में डाली। लड़के ने दूर से ही उसे रत्नव्वा का घर दिखा दिया और नौ दो ग्यारह हो गया। तान्नाप्पा अपनी ही परछाया से खेलता हुआ रत्नव्वा के घर पहुँचा।

रत्नव्वा की बूढ़ी माँ दहलीज़ पर बैठी हाथ की लाठी पत्थर पर पटक रही थी। तान्नाप्पा उसे लाँघकर भीतर गया। तभी बुढ़ियाने आवाज़ दी-

''अरी रत्नव्वा, कोई आया है, देख तो ज़रा।''

रत्नव्वा पीछे के बरामदे से झट् से बाहर आई। देखा तो तान्नाप्पा। वह उसकी तरफ़ देखती ही रह गयी। घड़ी भर बाद उसने तायाप्पा को पुकारा-

"अरे, देख तो, कौन आया है...?"

तायाप्पा साड़ी का छोर सँभालता हुआ बाहर आया।

"पूरे गाँव का चक्कर लगाया री इस मुए को ढूँढ़ने के लिए।" कहता हुआ तान्नाप्पा बैठ गया।

"पूरे गाँव में क्यों ढूँढ़ने गया? सीधे यहीं आ जाता!"

"फिर तुम्हारी तारीफ़ कैसे सुनने को मिलती?"

"मतलब! बुढ़िया तेरे सामने भी बर्रायी सबकुछ!" तायाप्पा के माथे पर बल पड़ गए।

"जिसे दर्द होगा, वह बर्राएगा नहीं! जब तूने अपना दिमाग़ सड़ा लिया है, तो वह बेचारी करेगी भी क्या?" तान्नाप्पा की औरतनुमा आवाज़ तायाप्पा को बेचैन कर गयी। वह बिना कुछ बोले बैठ गया।

"हिंग्लज की तरफ़ भी नहीं आई तुम, म्हादू मेंगाने को भी नहीं दिखी। आख़िर तुम हो कहाँ?"

"यहीं तो हूँ।"

"रत्नव्वा के पास?" तान्नाप्पा अचानक बोल गया और रत्नव्वा चौंकी।

"लगता है, काफ़ी कान फूँके हैं। और क्या-क्या बताया?"

रत्नव्वा का मुँह खुल गया। तानाप्पा पहचान गया, अब कुछ बोलूँगा तो आग में घी पड़ेगा। उसने खुद को रोका। वह फटी बोरी जैसा बैठा रहा।

रत्नव्वा चाय बनाने के लिए भीतर कमरे में गयी और तान्नाप्पा तायाप्पा के पास सरकता हुआ बोला–

"अरी, तुमने ये क्या लगा रखा है? हमारे ज़नाना संप्रदाय में बहुत दिनों तक ऐसा नहीं चलता।

"क्या नहीं चलता?" तायाप्पा ने भोला बनने का स्वाँग किया।

"भोला मत बन बेटा, तुम भी जानते हो और मैं भी जानता हूँ। ऐसे बर्ताव से घर का सत्यानाश हो जाएगा। बुढ़िया मर जाएगी।" तान्नाप्पा हाथ नचाते हुए इठलाया। तायाप्पा पत्थर जैसा चुपचाप बैठा था। उसके मुँह से काफ़ी देर तक एक शब्द भी नहीं फूटा था। तभी तान्नाप्पा बड़बड़ाया–

"अरी, वह इंचनाल का राज्य इसी तरह एक जोगतिन ने लूट लिया। फाँसी लगाकर मर गया वो। घर का सत्यानाश किया और खुद का भी सत्यानाश हो गया। ज़रा सोच।" तान्नाप्पा ज़नाना अदा में उसके सामने कुलबुलाया। तभी रत्नव्वा चाय लेकर आई। दोनों ख़ामोश हो गए। उसे अपने हाथ की चाय ठंडी लगने लगी। चाय पीते-पीते तान्नाप्पा ने इधर-उधर का विषय छेड़ा और उठते-उठते तायाप्पा को लेकर बाहर आया।

घर आने तक अंट-संट बताकर उसने तायाप्पा को सुन्न कर दिया था। तायाप्पा के मुँह से एक शब्द भी नहीं निकल रहा था। वह अपनी ही धुन में सुन रहा था। सुन-सुनकर उसे लगने लगा कि अब उसका दिमाग़ फट जाएगा। तान्नाप्पा इठलाते-बलखाते, हाथ नचा-नचाकर उसे समझा रहा था। आख़िरकार परेशान होकर तायाप्पा झल्लाया,

"तुम्हारी बात और है और मेरी बात और है। तुम्हारी समझ में नहीं आएगा। तुम ज़रा चुप हो जाओ।"

"अलग कैसी री? शुरू-शुरू में मुझे भी ऐसा ही लगा था। साल भर बाद बताना...। तान्नाप्पा दरवाज़े में आया। उसने जोंधरे की थैली झाले पर रखी। तायाप्पा को हाथ लगाने के लिए कहा और झाला उठाकर सिर पर गेंडुरी पर रखा और गली से गुज़रते हुए बोला-

"सँभलकर रहना री ज़रा। भंडारे की राह जितनी पीली दिखती है, उतनी ही कड़ुवी भी होती है!"

...करीब चार बजे तायाप्पा ने घर में कदम रखा। कल्लव्वा गुदड़ी में टाँके लगा रही थी। उसके पास बैठी शिंदे की जनाक्का दीए के लिए बातियाँ बना रही थी। किसनिया स्कूल का नागा कर घर में ही दिख रहा था। तायाप्पा बिना कुछ बोले रसोई के कमरे में गया। पटरे पर रखा लोटा उठाया, मोरी में ज़रा-सा खँगालकर गगरी से ठंडा पानी लिया और एक ही साँस में पूरा लोटा खाली कर दिया। पल्लू से मुँह पोंछा और लोटे को यथास्थान रखकर भैंसऊर में आया।

उसे आया देखकर भैंस छटपटाकर उठी। शायद भैंसऊर अभी-अभी साफ़ किया गया था। नांद के पास घास का तिनका भी नहीं था। पड़वा ख़ामोश बैठा जुगाली कर रहा था। उसने भैंस के गले की रस्सी खोली। पड़वे को उठाया और उसे खोलकर भैंस की दुम मरोड़ी। भैंस समझदार की तरह कमरे के बीच से बाहरी दरवाज़े पर आकर गुदड़ी के पास खड़ी हो गयी।

"भड़ुवे के मुँह में गोबर भरा है क्या री?" कल्लव्वा ने गुदड़ी खींच ली। जना शिंदे भी खिसककर बैठ गयी और भैंस बाहर चल पड़ी। तायाप्पा ने कोने से लाठी उठाई और गली में उतर आया।

"कैसा घुन्ने जैसा बर्ताव कर रहा है री ये?" जना शिंदे दुबारा अपनी जगह पर खिसक आई।

"क्या बताऊँ बहन," कल्लव्वा ने ओठों में दाँत गड़ाए। तायाप्पा ने दाँत पीसते हुए भैंस की पीठ पर लाठी दे मारी और भैंस गली से दौड़ने लगी।

गोठन के आसपास पूरे गाँव के मवेशी चर रहे थे। तायाप्पा ने भैंस को तालाब

के ऊपर की तरफ़ मोड़ दिया। साड़ी का छोर सँभाला। कसकर लौंग लगायी और हाथ की लाठी ज़मीन पर टेकते हुए उसे खींचकर ले जाने लगा। देखते ही देखते भैंस कालू पाटील का घर लाँघकर चांगल मनिया के घर के पास से होकर ऊपर की तरफ़ चली गयी। तायाप्पा ने आसपास देखा। कोई नहीं दिख रहा था। उसने भैंस को आवाज़ दी और अच्छा-सा बड़ा पत्थर देखकर उस पर बैठ गया। हवा से उसका पल्लू कंधे पर फिसल आया था। उसे उसने कमर में खोंसा। पल्लू खोंसते-खोंसते उसने कमर खुजाई। लेकिन खुजली और ज़्यादा होने लगी। उसने ग़ौर से कमर की तरफ़ देखा। कमर के इर्दगिर्द खारिश जैसा चकत्ता बन गया था। ऊपर छिलके जैसी पपड़ी निकल रही थी। उससे यह देखा नहीं गया। उसने पेट को भीतर खींचते हुए केला[1] नीचे सरकाया। चुभन तनिक ढीली पड़ गयी।

पूरे गोठन के इर्दगिर्द भैसों की पर्त फैली नज़र आ रही थी। बच्चों का लपकडंडे के खेल चल रहा था। तमाशबीन बच्चों ने पूरे गोठन को सिर पर उठा लिया था। पत्थर पर बैठे-बैठे तायाप्पा को भी लगने लगा कि वह बच्चों में शामिल हो जाएँ। लेकिन दूसरे ही पल उसे खुद पर ही हँसी आ गयी। उसने इस विचार को दिमाग़ से हटा दिया। सामने खेतों की तरफ़ देखा। सारे खेत भंडारे जैसे पीले-पीले दिख रहे थे। दूर-दूर सभी तरफ़ खेतों में चने की फसल दिख रही थी। बीच में खरंदाले के घर के पास आम के पाँच-छह पेड़ छाते जैसे खड़े थे। आम के आसपास इक्का-दुक्का आदमी दिखने लगा था। अचानक उसे याद आया कि खरंदाले के पेड़ से आम चुराते वक्त शंकरू खरंदाले ने उसकी खूब पिटाई की था। रो-रोकर बेहाल हो गया था वह। रोते-रोते घर पहुँचा तो घरवालों ने भी उसकी मरम्मत की थी। चार दिनों तक उठना-बैठना दूभर हो गया था। उसे अपनी वह दशा याद आई और वह 'खोऽकऽ' हँस दिया। उसे अपनी आवाज़ न जाने कैसी लगी। दूर जाती भैंस की तरफ़ देखकर उसके मुँह से गाली निकल गयी। वह पत्थर से उठकर भैंस की ओर चलने लगा। टीले के पत्थर उसे बड़े मोहक लगने लगे। बीच-बीच में उगे ठिंगने-से बेरी के झँखाड़ हरे-पीले रंग में भीगे नज़र आ रहे थे। नाटी घास चप्पल से निकलकर पैरों को खुजा रही थी।

वह भैंस के पास आया। पड़वा पत्थर से अपना बदन रगड़ रहा था। भैंस घास नोच रही थी। वह उसे देखता खड़ा रहा। भैंस के बदन पर गोबर की उँगली भर पर्त चढ़ आई था। उसने मन ही मन तय किया कि आज भैंस को तालाब में ले जाकर खूब रगड़-रगड़कर धोना होगा... वरना कुछ ठीक नहीं। उसने यूँ ही हाथ की लाठी को हवा में घुमाना शुरू किया। लेकिन अचानक वह पल्लू में फँस गयी और वह लड़खड़ाया। साड़ी कहीं फट न जाए, इसलिए चौंका। फिर पल्लू अच्छी तरह से ठीक किया और दीर्घ निःश्वास छोड़ा।

"भैंस चराने लाया क्या रे?" पीछे से आवाज़ आई और तायाप्पा हड़बड़ाया।

उसने गर्र से पीछे मुड़कर देखा। परसू था। उसने गर्दन हिलाकर ही हामी भरी।

"इतनी दूर तो कभी नहीं आता तू! आज कैसे आया रे?"

"यूँ ही।"

"भैंस दुधारू है या गाभिन?"

"गाभिन भी है और दूध भी देती है!" तायाप्पा पत्थर के पास खड़े पड़वे के तरफ़ खिसका। पड़वा हड्डियों का ढाँचा बनकर रह गया था। तायाप्पा ने उसके बदन पर हाथ फेरना शुरू किया। पड़वा ख़ामोश खड़ा था।

"एक बार मूँड़ दो इसे। वरना तंदुरूस्त नहीं होगा ये...।" परसू उससे सटकर खड़ा हो गया।

"मूँड़ना ही है भाई, लेकिन फ़ुरसत कहाँ मिलती है!" उसने पड़वे के जाँघों में हाथ डाला। पूरी जाँघ चिचड़ों से भर गयी थी। उसने जल्दी-जल्दी चिचड़े निकालना शुरू किया। परसू ने भी दूसरी तरफ़ से नीचे बैठकर जाँघ में हाथ डाला और "अरे अरे, कितने चिचड़े हैं ये!" कहते हुए हाथ बाहर निकाला। तायाप्पा का हाथ और तेड़ी से चलने लगा।

...टीले के कग़ार पर सूरज का बिंब लगभग टिका हुआ लग रहा था। तायाप्पा एक काले-से पत्थर पर पैर फैलाकर बैठ गया। परसू ने उसके पास बैठते हुए तंबाकू का बटुवा निकाला।

"खाएगा?" उसके तंबाकू की चुटकी सामने की।

"नहीं भाई।"

"अरे खाना सीख ले। अच्छा होता है। समय कट जाता है...।" और उसने तंबाकू रगड़ना शुरू किया। तायाप्पा बिना कुछ बोले बैठा रहा।

"इस पूनो को पहाड़ पर जाना होगा न तुम्हें?" परसू ने विषय छेड़ा।

"देखेंगे।"

"लेकिन बहुत खर्चीला मामला है भैया...एक आदमी पर ही सौ-दो सौ रुपये उड़ जाते हैं...।"

"वो भी पूरे नहीं पड़ते!"

"फिर तू कहाँ जाएगा! यहीं से दर्शन कर लेना! कुछ नेम-धरम का झमेला तो नहीं है न!"

"वैसा तो कुछ नहीं है, लेकिन..."

"क्यों रे... ?" परसू सहसा रुका और कुछ याद करता हुआ बोला, "हमारे जैसे कपड़े पहनने का दिल नहीं करता तुम्हारा?"

"क्यों नहीं करता? पर उससे क्या होता है?" तायाप्पा बुदबुदाया।

"सही है। भगवान का मामला ठहरा। दिल का उससे क्या मतलब.. ? और अब

तो तुम्हें साड़ी के बिना अच्छा भी नहीं लगेगा, क्यों?'' परसू अकेला ही हँस दिया और तायाप्पा की ओर खिसककर बैठा।

''लेकिन कुछ भी कहो यार, साड़ी भी तुम पर खूब फबती है... बिल्कुल औरत की तरह। तुम्हारी नाक भी तो औरत जैसी है!'' तायाप्पा बस मुस्कुराया और कालू पाटील की हरी-हरी बाक़ी की तरफ़ नज़र गड़ाए बैठा रहा।

''अरे वो बसाप्पा... !'' परसू अचानक रुका।

''क्या हुआ?''

''कुछ नहीं। तुम जानते हो उसे? गिजवने गाँव का। बड़ा सुंदर आदमी है। सामने आए तो औरत होने का धोखा हो जाए।''

''उसका क्या?''

''कुछ नहीं। एक बार हमारे साथ संकेसुर गाँव आया था। बहुत मौज़-मस्ती की हमने। सभी हल्के-फुल्के हो गए थे, बिल्कुल फूल की तरह। और क्या बताऊँ तुम्हें यार!'' और परसू सहसा तायाप्पा से भिड़ गया और उसके कंधे पर हाथ डालते हुए बोला, ''वैसा मज़ा बाद में कभी नहीं आया।'' तायाप्पा ज़रा-सा दूर खिसका। परसू ने कंधे पर हाथ का दबाव बढ़ाया और तायाप्पा असहज हुआ। उसने परसू का हाथ कंधे से नीचे धकेल दिया।

''अरे रहने दो न! साड़ी की गंध सुहावनी लगती है।'' और उसने उसकी पीठ पर हाथ फेरना शुरू किया।

''इतनी अच्छी लगती है तो खुद ही पहन ले साड़ी!'' लेकिन परसू उसकी तरफ़ देखकर ठहाके मारकर हँसने लगा और उसका हाथ तायाप्पा की कमर की तरफ़ मुड़ा। कमर पर हाथ फेरकर तायाप्पा से कंधा भिड़ाते हुए बोला, ''बहुत अच्छा लग रहा है रे।'' फिर उसने अपना सिर तायाप्पा के कंधे पर रख दिया। अब तायाप्पा चौंका। उसका दिमाग़ भन्नाया। उसने परसू को झकझोरा और उठते हुए पूछा-

''तुमने क्या मुझे औरत समझ रखा है?''

''अब तो औरत ही समझना होगा!'' और परसू उसकी देह से जूझने लगा। तायाप्पा के दिमाग़ में अंगार सुलग उठा।

''तेरी माँ की... !'' उसने पत्थर उठाया। परसिया डर के मारे घबराकर भाग खड़ा हुआ।

''रुका जा, रंडी के जने... आ, दिखाता हूँ तुझे औरत हूँ या मर्द! अब रंडी की तरह दुम दबाकर क्यों भाग रहा है?'' और तायाप्पा भी उसके पीछे-पीछे दौड़ने लगा। परसिया चार छलाँग में ही तालाब तक पहुँच चुका था। पीछे मुड़कर देखा भी नहीं

---

1. नौ गज़ी साड़ी पहनते समय नाभि के पास बनाई जानेवाली केले के आकार की गाँठ।

उसने। तायाप्पा ने हाथ का पत्थर जोर से उसकी तरफ़ फेंका... उसके हाथों की चूड़ियाँ टूटने जैसी बज उठीं...।

...बाहर गेंदे के फूल की तरह धूप खिली हुई थी। गली केंचुली बदल रहे साँप की तरह सुस्त पड़ी हुई थी। मांगलिया का कुत्ता ऊबकर ओरी में पड़ा था। रत्नव्वा के सामने काम का पहाड़ खड़ा था। अभी बर्तन-कटका करना था। नहा-धोकर पूजा करने के बाद चूल्हा पोतना था। कपड़े हफ़्ते भर से बिना धुले पड़े हुए थे। उसे डर लग रहा था कि पारव्वा सुबह-सुबह आ बैठी तो सारे काम का सत्यानाश हो जाएगा।

उसने जल्दी-जल्दी में सारे बर्तन मोरी के पास जमा किए। मोरी के पासवाले चूल्हे की राख बाहर खींचकर उसमें उबसन डुबोया और एक-एक बर्तन हाथ में लेना शुरू किया। मँजे हुए बर्तन धोते-धोते ही उसे कुछ याद आया। अचानक हड़बड़ाकर मन ही मन बुदबुदाई-

''दो दिन में एक बार भी चक्कर नहीं, मतलब? ठीक है, मत आ!'' उसने बर्तन को परात में पटका। 'पिचिक' आवाज़ के साथ काला-गंदा पानी उसपर उड़ा और वह पीछे खिसककर बैठ गयी। उसे हँसी आई। 'आजकल ज़रा-ज़रा-सी बात पर मैं तुनक जाती हूँ।' उसने बर्तनों का ढेर पीछे हटाया। चूल्हे की सारी राख डिब्बे में भरी। पोतारे की मटकी खींची। जल्दबाजी में चूल्हा पोता। मोरी के पास का चूल्हा भी उसी से पोता और नहाने के लिए वह मोरी में उतरी। गगरे में हाथ डालकर देखा, पानी अभी गुनगुना होने को था। उसने जल्दबाजी में केले से चुन्नट खींचीं। तभी उसे याद आया कि दरवाज़ा खुला है। वैसी ही चुन्नट खोंसते हुए झट् से बाहर के दरवाज़े पर आई। दरवाज़ा खुला था। उसने जल्दी-जल्दी दरवाज़ा बंद किया। अरगल लगाया। बाहर के कमरे से भीतर आई। बीच के कमरे में घना अंधेरा छाया था। भीतर आते ही बालों का जूड़ा खोला और मोरी में उतरी।

जल्दी-जल्दी उसने चार लोटे बदन पर उँड़ेल लिए। चार घरों में जोगवा माँगने में ही दिन ढल जाएगा, यह सोचकर उसने सब जल्दी-जल्दी निबट लिया। फिर सीधे देहरे के पास गयी। तरबहना में देवता लिए। पूजा का नारियल धोया। उसकी झिल्लियाँ निकालीं। देहरे का कोना-कोना साफ़ किया और क्रम से एक-एक देवता को पूजने लगी। तभी बैठक के कमरे की साँकल खटकी। उसे लगा, चार घर जोगवा माँगकर बुढ़िया लौटी आई होगी, इसलिए वह दुबारा काम में जुट गयी। लेकिन इस बार दरवाज़े पर जोर से खटखटाहट हुई।

''ये बुढ़िया भी ऐसी जल्दबाज़ी मचाती है, मानो जंगल में आग लगी हो।'' उसने बैठक के कमरे की कुंडी खोली। लेकिन दरवाज़े पर तायाप्पा को खड़ा देखकर वह सहसा हड़बड़ाई।

"दरवाज़ा भिड़ाकर क्या कर रही थी री?" उसने भीतर आते-आते पूछा।

"अपने यार के साथ सोयी थी।" वह गुस्से से भीतर मुड़ी। तायाप्पा पहचान गया कि यह दो-तीन दिन यहाँ न आने का गुस्सा है। उसने पीछे-पीछे आकर चप्पल उतारी। वह सीधे देहरे के पास गयी। तायाप्पा भी बिल्ली के पैरों से उसके पीछे-पीछे देहरे के पास गया। उसे जल्दबाज़ी में पूजा करते देख उसे मज़ा आने लगा।

"सुबह से कहीं निराई के लिए गयी थी क्या... ?" उसने कोई जवाब नहीं दिया। उसका अपना काम जारी था।

"लगता है, आज मौनव्रत है!" तायाप्पा ने उसके खुले बालों को हौले से छुआ। लेकिन वह ऐसे दूर हटी मानो छिपकली गिरी हो।

"एक शब्द मत बोल। सब समझ गयी कितना खयाल है तुझे मेरा!" वह बुदबुदायी और अगरबत्ती उठायी। तायाप्पा ने हौले से उसकी पीठ पर हाथ रखा। वह सिहर उठी।

"अरे, कम से कम भगवान के सामने तो..." उसने बदन झकझोरा। लेकिन तायाप्पा खुद को रोक नहीं पाया। उसने सीधे उसे आलिंगन में बाँध लिया। वह बुदबुदायी-

"अरे, दरवाज़ा भी खुला है।" तायाप्पा झट् से पीछे हटा और उसके गीले बालों की तरफ़ देखता रहा। आज उसे वह एकदम नई-नई लग रही थी। पहली बार इतनी सुंदर दिख रही थी। उसने हाथ बढ़ाकर दुबारा उसके खुले बालों से खेलना शुरू किया और पूछा-

"आज तो सब बहुत ही अलग लग रहा है!"

"किसे? तुम्हें या मुझे... ?" वह चूल्हे की तरफ़ मुड़ी। तायाप्पा भी उसके बालों की लटों में झूल गया। उसे किसी बात का होश नहीं रहा।

"बुढ़िया कब से गयी है जोगवा माँगने, अभी तक नहीं लौटी।" रत्नव्वा ने नैवेद्य भगवान के सामने रखा। अगरबत्ती जलाई। माथे पर भंडारा पोता और उसके माथे पर भंडारा लगाती हुई बोली-

"क्यों रे, दो दिन में एक बार भी आने का दिल नहीं किया?"

"कैसे आता? पहले ही घरवाले चिल्ला रहे हैं। आग में और घी क्यों?'

"खूब जानती हूँ, कितनी फ़िक्र है तुझे घरवालों की!" रत्नव्वा ने गर्दन को झटका दिया। उसके खुले बालों से एक वृत्त बन गया। उसकी एक लट माथे के भंडारे से छूती हुई आहिस्ता से गुज़र गयी। तायाप्पा के पूरे बदन में कुछ घुलता-सा गया। इसी तंद्रा में उसे पता भी नहीं चला कि कब वह दरवाज़े की तरफ़ बढ़ा गया...। उसे तो बस, दरवाज़ा बंद करने की आवाज़ आई...। रत्नव्वा उसे देखती ही रह गयी। तायाप्पा का संयम चुक गया। उसने उसके बालों में अपना चेहरा घुसा दिया। रत्नव्वा खिल उठी और

उसके कंधे पर सिर रखकर निश्चिंत हो गयी। तायाप्पा को पता भी नहीं चला कि कब उसकी देह की साड़ी पूरे बरामदे में फैल गयी...। छनकर आती धूप के किरणों की लय पर पूरा घर डोल उठा। देहरे पर अगरबत्ती झूलती हुई खड़ी थी। उसके धुएँ ने सुंदर मंडल बनाए थे।

...रत्नव्वा ने दरवाज़े का अरगल हटाया। गली में पसरी धूप की पर्त पीली हो चुकी थी। गली की रेखा भीगी लड़की जैसी सरसराने लगी। मांगले का कुत्ता ओरी में यूँ ही अपने इर्दगिर्द गोल-गोल चक्कर काटने लगा था। संतू माने के घर पर बैठा कौआ अपनी इकलौती आँख से उसके घर की ओर टकटकी लगाए देख रहा था। रत्नव्वा ने तायाप्पा को बाहर के कमरे में बुलाया। तायाप्पा थका-सा कमरे में आ बैठा।

''अच्छा हुआ, बुढ़िया उधर ही कहीं खप गयी।''

''जैसे उसे पता ही नहीं है!'' तायाप्पा बुदबुदाया।

''वो बात नहीं रे, बिना वजह एक कान से दूसरे कान में...।''

''जाने दो! कौन यकीन करेगा? कोई दूसरा होता तो बात और होती... मुझ पर तो कोई संदेह भी नहीं करेगा।''

''वो कैसे?'' रत्नव्वा उसके सामने बैठ गयी। उसके माथे का भंडारा मिट-सा गया था। तायाप्पा ने उसकी आँखों में देखते हुए पूछा-

''कम से कम तुम तो मुझे पुरुष समझती हो न?''

इस सवाल पर रत्नव्वा हड़बड़ाई और पागल की तरह उसकी तरफ़ देखने लगी। उसके कंठ से शब्द ही नहीं फूट रहे थे। ये ऐसा क्यों पूछ रहा है, इसी तूफ़ान में उलझकर वह सिटपिटाई...। चूड़ियों से खेलते-खेलते अचानक वे खनक उठीं। उसके गले के मणि झूल उठे और शांत हो गए। भीतरी कमरे की तरफ़ वह लगभग दौड़ने लगी...।

तिराहे पर रहनेवाली गोदा मोटीनी का घर गैसबत्ती के उजाले जगमगा रहा था। नाते-रिश्तेदारों से घर भर गया था। गोदा मोटीनी का ससुर लकड़ा बालू चाचा एक लय में हाँफता हुआ ओसारे पर बैठा था। वह इतना बूढ़ा गया था कि उकडूँ बैठने पर उसके घुटने कानों से जा लगते थे। कोई नाती-पोता जूठा मुँह लिए उसके पास आता और यूँ ही इधर-उधर से धक्का देकर भीतर भाग जाता। बालू चाचा की हँफनी घटती-बढ़ती रहती। लेकिन पट्ठे का एक के बाद एक बीड़ी पीना यथावत् जारी था।

सफ़ेद ट्यूब लाईट का उजाला पूरी गली में ऐसा पसरा था मानो किसी नई किताब के पन्ने बिखर गए हों। बच्चे अपना-अपना खेल रहे थे। बालू चाचा ने हाथ से चेहरा पोंछा। दोनों हाथ मुँह के सामने ले जाते हुए गली में खेल रहे पोते को आवाज़ दी। तुरंत बड़े लड़के आप्पा का बच्चा नाक सुड़कता हुआ उसके सामने आया।

''ये बीड़ी सिलगाकर लाना तो ज़रा!'' बालू चाचा ने उसके हाथ में बीड़ी

थमायी। लेकिन थोटके इठू ने अपनी चौखट से यह देख लिया और बूढ़े के पास आता हुआ बोला–

"चाँद ने इतनी जल्दी कुंडल बना दिया! बारीश तो गयी!" बालू चाचा ने गर्दन उठाकर आसमान की तरफ़ देखा। लेकिन फूली से बाधित उसकी आँखों को कुछ भी नहीं दिख रहा था।

"अभी तो बरसात के मौसम है। इतनी जल्दी कुंडल कैसे बनेगा रे?"

"अब तो सब बदल गया। आदमी बदल गए है। अब तो दिन भी बदलने लगे हैं...।" थोटक्या इठू ने बालू चाचा के पास बैठक जमाई। बच्चा बीड़ी सिलगाकर ले आया।

"उधर दादाजी को दे।" बालू चाचा ने इशारा किया।

"नहीं, नहीं, तू ही पी।"

"नहीं रे, ढाँस लगी है। पहले तू पी...।" थोटकिया इठू ने बीड़ी ली और पूरा दम लगाकर दो ही कश में बीड़ी आधी कर दी।

"और कौन मेहमान आनेवाले हैं?"

"कौन क्या, गाँव के ही कुछ लोग आएँगे।" और बालू चाचा ने उसके हाथ से बीड़ी ली। लेकिन पहला कश लगाते ही ऐसी खाँसी शुरू हो गयी कि रुकने का नाम नहीं। वह हाँफते हुआ खाँसता रहा। उसे पता भी नहीं चला कि थोटका इठू कब उठकर चला गया। हाथ की बीड़ी भी बुझ चुकी थी। बूढ़े ने बीड़ी के टुकड़े की तरफ़ देखा। उसे दीवार से सटाकर रखा और मन ही मन हँस दिया।

"आज घर में क्या है?" गली से गुज़र रहा तुका पाटील बूढ़े को देखकर उसकी तरफ़ मुड़ा।

"कुछ नहीं। पूजा है। पहाड़ोंवाली मैया की...मीठी रोटी...।" लेकिन बूढ़े की फिर खाँसी शुरू हो गयी। उससे आगे बोला ही नहीं जा रहा था। बस खाँसता रहा।

"ऐसा क्या! तभी मैं सोचूँ...। केवल मीठी रोटी का नैवेद्य है या भंडारा किया है?" तुका पाटील ने बूढ़े की खाँसी बंद हो जाने पर पूछा।

"नहीं रे, भंडारा काहे का, बस मीठी रोटी का नैवेद्य। हमारी बूढ़ी के हाथ-पैर में दर्द था। इसलिए मनौती माँगी थी...।" बूढ़ा हाँफते हुए बोला। मुँह के सामने मुट्ठी ताने उसका खाँसना जारी था।

"अच्छा, अच्छा। जोगतिनें अपने ही गाँव की हैं या दूसरे गाँवों की?"

"अपने ही गाँव की परड़ियाँ पूजनी हैं। जोगतिनें हमारे गाँव में क्या कम हैं जो दूसरे गाँव से बुलाएँगे?"

"हें हेंऽऽ, कम कहाँ? नई-नई बढ़ती ही जा रही हैं।" और तुका पाटील अपनी राह पर चला गया। बालूचाचा अपनी बातों पर खुश होकर गली में आँखें घुमाता बैठा

रहा।

पारव्वा और तानाक्का दोनों मिलकर गोदा मोटीनी के घर आई। अभी रत्नव्वा और महार की फुला आनेवाली थीं। तायाप्पा का भी कहीं पता नहीं था। गोदा मोटीनी घर में इधर-उधर दौड़ रही थी। उसका मन कर रहा था कि रत्नव्वा को बुलाने के लिए जाए। उसने अपने मन की बेचैनी छिपाते हुए तानाक्का से पूछा-

''उन्हें और एक बार आवाज़ दे आऊँ क्या री?''

''कोई ज़रूरत नहीं। अभी आएँगी।'' तानाक्का गोदा मोटीनी के नाते-रिश्तेदारों में मशगूल हो गयी।

गोदा मोटानी की बड़ी बहू की मदद से पारव्वा देहरे के पास नीम की काड़ियाँ, देवी का टाक, नीचे बिछाने के लिए चोली का नया कपड़ा, परड़ियाँ पूजने का नया कपड़ा आदि पूजा का सामान सजा रहा थी। ठीक से तैयारी करें तो बाद में धाँधली नहीं मचती इसीलिए वह सारा सामान ठीक से लगा रही थी। तभी गोदा मोटानी का मँझला पोता गली से दौड़ता हुआ आया-

''माँ, माँ, उस पवार के तायाप्पा को...।'' और वह हाँफने लगा। किसी की कुछ समझ में नहीं आया। लेकिन तानाक्का हड़बड़ाई। उस लड़के की बाँह पकड़कर बोली, ''अरे क्या हुआ, ठीक से बता?''

''किसी ने उसे पकड़ा है...।'' बच्चा फिर चुप हो गया और घर के सारे लोग गली में चले आए। पेंगी के दरवाज़े के सामने काफ़ी भीड़ लगी थी।

तानाक्का दौड़ते हुए पेंगी के दरवाज़े पर पहुँची। देखा, तीन-चार आदमी तायाप्पा को कसकर पकड़े हुए थे। दो-तीन आदमियों ने कुंडलिया को घर में बंद कर दिया था। रत्नव्वा कुंडलिया को माँ-बहन की गालियाँ दे रही थी। उसके आसपास गली की औरतें जमा हो गयी थीं। किसी को किसी की बात सुनाई नहीं दे रही थी। सारा कोलाहल मचा हुआ था। तानाक्का भीड़ से रास्ता बनाती हुई रत्नव्वा तक पहुँची।

''अरी, क्या हुआ, बता तो सही...!''

''मूत पीतकर कलमुँहा छकाने लगा है। छिनार खसम! इसके घर का सत्यानाश हो जाए....।''

रत्नी भड़कती ही गयी। तनाक्का ने उसे चुप कराते हुए पूछा, ''अरी हुआ क्या, ठीक से बताएगी भी या नहीं?''

तभी फुला आगे आती हुई बोली-

''अरी, अभी हम तीनों उधर से आ रहे थे। ये भडुवा चौपाल से हमारे पीछे आया। माने के दरवाज़े पर आने के बाद खखारकर तायाप्पा से बोला, 'अरे तेरा क्या उठेगा जो इन दोनों को लेकर चला है...! जो खेलना है, रत्नव्वा से खेल न! माटीमिला भडुवा!'' फुला तवे जैसी गरम होती गयी।

''और ये आज नहीं तानाक्का, महीने भर से तायाप्पा के पीछे पड़ा है। कहता है, रत्नी का घर छोड़ दे। उसे अब मैं रखनेवाला हूँ। दूसरी औरत रख न भड़ुवे!'' रत्नव्वा बेलग़ाम होकर बोल रही थी। इतनी देर तक सुन रही तान्नाक्का अचानक बिगड़ पड़ी–

''कहाँ है वो भड़ुवाऽ आज उसे जनखा बनाकर ही छोड़ती हूँ।'' और वह उसके घर की तरफ़ लपकी। तभी गोदा मोटीनी आगे बढ़कर उसे रोकती हुई बोली–

''बहन, उसे घर में बंद कर दिया है। तू तायाप्पा को लेकर चल।''

''नहीं, आज उसका फ़ैसला हो ही जाए।'' रत्नव्वा आगे आई। लेकिन गोदा मोटीनी को देखकर तानाक्का होश में आई थी। उसने रत्नव्वा को रोका और बोली, ''कल देखेंगे, चल।'' फिर वह तायाप्पा के पास आई। घोरपड़े के बच्चे अभी भी वहीं खड़े थे। तायाप्पा रस्सी तुड़ानेवाले मरखने जानवर जैसा हुमक रहा था।

''यही वक्त मिला तुम्हें गली में नौटंकी दिखाने का?'' तानाक्का ने उसे छुड़ा लिया। रत्नव्वा का मुँह अभी भी चल रहा था।

''माँ की जनी साली, रोज उस जनखे के साथ मस्ती मारती है और यहाँ कैसा मुँह चला रही है। देखो तो ज़रा इस सती–सावित्री को...।'' भीड़ में कोई बुदबुदाया और रत्नव्वा एड़ी–चोटी से सुलग उठी।

''हाँ, रखा है मैने उसे। तुम्हारी माँ–बहनों को भी कोई चाहिए क्या भड़ुवो!'' और वह भीड़ की तरफ़ लपकी। गोदा मोटीनी ने अपने हाथ से उसका मुँह बंद किया और उसे घर की तरफ़ खींचकर ले आई। ''भड़ुवो, जोगतिन है वो। परड़ी उल्टी कर देगी तो ज़िदग़ी भर साड़ी पहननी पड़ेगी। चुपचाप घर जाते हो या...।'' तान्नाक्का भीड़ की तरफ़ देखकर चिल्लायी और गली के सारे बच्चे बिखर गए... तानाक्का सुन्न–सी तायाप्पा की कोहनी पकड़कर चलने लगी।

...पारव्वा तानू बढ़यारिन की दहलीज़ पर टिकी बैठी थी। उसके माथे का कुंमुम भंडारे में डूबा हुआ लगता था। माँग का कुंमकुम बालों से होता हुआ सभी तरफ़ फैल गया था। हरी चूड़ियों से भरे अपने हाथ ऊपर–नीचे करती हुई वह चूड़ियों खेलने लगी। उसकी लंबी–सी जटा पीठ से नीचे उतरकर दहलीज़ तक जा भिड़ी थी। तानू बढ़यारिन बरामदे में इधर से उधर चहलकदमी कर रही थी। अपना नीचे लटकता होंठ दाँत से चबाती हुई बीच–बीच में पारव्वा की तरफ़ आँखें तरेरकर देखती थी।

''अभी तक कैसे नहीं आया री ये?'' पारव्वा ऊपर देखते हुए बोली।

''कहाँ मर गया क्या पता? अब तक तो आना चाहिए था उसे!'' तानू बढ़यारिन के कदमों की रफ़्तार तेज़ हुई।

''उसे कहा था न आने को?''

''क्या मतलब?'' तानक्का अचानक रुकी।

"नहीं री, मुझे याद नहीं इसलिए पूछा...।"

"अरी, हम दोनों ने एकसाथ कहा था न उससे, चलते समय।"

"हाँ, याद आया।" पारव्वा ने अपनी नज़रें दुबारा भूमि में गड़ाईं। तानाक्का थकी-सी दीवार के सहारे खड़ी हो गयी। कमरे में उसे अपने पोते की रोने की आवाज़ सुनाई दी और वह भीतर लपकी। पारव्वा अकेली ज़मीन निहारती बैठी रही।

तानाक्का अपने पोते को गोद में उठाए चुप कराती हुई बाहर लाई। बच्चे के हाथ का बिस्कुट उसके मुँह में डालती हुई बोली-

"गली में देख तो ज़रा, कोई लड़का दिखे तो भेज देंगे उसे बुलाने।" पारव्वा अलसाई-सी उठी और गली की तरफ़ चौखट के पास आकर खड़ी हो गयी। गली में कोई नहीं दिख रहा था। ज़रा देर इधर-उधर देखती खड़ी रही। तभी उसे घोरपड़े के घर पास से तायाप्पा आता हुआ दिखाई दिया और गर्र से पीछे मुड़ती हुई वह बोली, "आ गया री, आ गया।"

तान्नाक्का ने राहत की साँस ली। उसने अपने पोते को दोनों हाथों से ऊपर उठाकर अपने चेहरे के सामने नचाया। बच्चा मुदित होकर मुस्कुराया। तान्नाक्का भी हँसने लगी...

तायाप्पा हाथ में पल्लू पकड़े भीतर आया। उसकी आँखें चढ़ी हुई थीं। सिर नंगाबूचा था। गर्दन पर नीला-हरा फुँदना खुला दिख रहा था। दाढ़ी की खुत्थियाँ बढ़ी हुई थीं। चेहरे पर कोई चमक नहीं थी। गुमसुम-सा वह देहरे के पास बैठ गया और पल्लू उँगली से लपेटते हुए सामने देखने लगा।

"बहुत देर लगा दी रे?" तान्नाक्का उसके सामने आकर बैठती हुई बोली। लेकिन वह कुछ नहीं बोला।

"अरे कब से राह देख रहे हैं!"

"गुंडाप्पा के पास बैठा था।" उसने अनमने भाव से कहा और पल्लू का छोर दाँत में पकड़ा। तीनों सोच में डूब गए। तानाक्का की गोद में बैठा उसका पोता बारी-बारी से सभी की तरफ़ देख रहा था।

"किसी बात पर दिमाग़ न ख़राब कर ले तू अपना इसलिए बुलाया है तुझे।" तानाक्का ने धीरे-से विषय छेड़ा।

"कल मैंने भी मुँह चलाया। लेकिन रात भर आँख नहीं लगी।" पारव्वा अपने आप से बुदबुदाई। तायाप्पा बिना कुछ बोले बिगड़ा-सा बैठा था। उसकी आँखों की पुतलियाँ चक्रमाक़-सी जम गयी थीं।

"तायाप्पाऽऽ, चुप क्यों बैठा है रे?"

"तो क्या करूँ?" वह जैसे-तैसे बुदबुदाया।

"कुछ बात कर, जी हल्का हो जाता है। दिमाग़ से बहुतेरा निकाल डाल। ज़रा

ठंडे दिमाग से सोच...।''

''किस बारे में?'' उसने बिना नज़रें हटाए पूछा।

''किस बारे में मतलब? सारा गाँव चिल्ला रहा है। ऊपर से उस दिन तुमने पूरे गाँव के सामने तमाशा किया। इस तरह तो तू रत्नी की ज़िदगी बरबाद कर डालेगा! उसे तो गाँव में ही रहना है...।''

''मैं कहाँ मना कर रहा हूँ?''

''देख, इस तरह उल्टा-सीधा मत बोल। तुम्हारा क्या है? लेकिन हमें पूरी ज़िदगी इसी गाँव में गुज़ारनी है... इस तरह गाँव से कटकर रहने से काम कैसे चलेगा? ऊपर से रत्नी के भाई ने भी दिमाग़ ख़राब कर लिया है। ऐसे तो किसी का भला नहीं होगा बाबाऽऽ।'' पारव्वा बिना रुके बड़बड़ाती रही।

''तो मुझे क्या करना चाहिए?''

''तू कुछ मत करऽऽ। बस गली के लड़कों के साथ बेवजह झगड़ा मत कर। उन्हें जो चीखना-चिल्लाना है, चिल्लाने दे। उनके चीखने-चिल्लाने से क्या होता हैऽऽ?''

''उनकी सारी बातें सुनता रहूँ? मस्के का पांडिया कहता है, रत्नी को खेत में लाकर हमें सौंप देऽऽ। दगड़िया नाई कहता है, हम अपना देख लेंगे, तू उससे अलग हो जाऽऽ। यही करूँ मैं?'' तायाप्पा की साँस फूल गयी।

''देख, उन लड़कों की बात छोड़। अरे पूरा गाँव कहता है कि तू ही रत्नी को किसी-किसी के पास पहुँचाता है। तुमसे कुछ होता नहीं, इसलिए उनसे पैसा ऐंठता है...। क्या ये तुझे अच्छा लगता है?''

''और यह सब तुम्हें सच लगता है?'' तायाप्पा अचानक उठ बैठा।

''क्या लगता है और क्या नहीं, इसकी बजाय तू उसके घर जाना बंद क्यों नहीं कर देता? सारा झंझट ही ख़त्म हो जाएगा...।'' पारव्वा।

''और तुम्हारी तरफ़ कोई आँख उठाकर भी नहीं देखेगा। ये सारी बातें तुम्हारी जान खा रही हैं। तू खुद ही ये सब छोड़ क्यों नहीं देता?''

''तुम्हारी वजह से हम कहीं मुँह दिखाने लायक नहीं रहे। सभी हम पर ताने कसते हैं। हम क्या करें, क्या कहें, बताओ तो ज़रा।''

''अरे भैया, ये पहाड़ोंवाली की राह आसान नहीं है। बहुत सहना पड़ता है। अभी-अभी तो तुम इस राह पर चल पड़े हो। आगे बहुत कुछ देखना बाक़ी है। अभी से दिमाग़ क्यों सड़ा रहे हो। तुम्हारे घर में भी सब बिखरने लगा है।'' पारव्वा।

''अरी, सब इसी के कारण हो रहा है। संगाप्पा कह रहा था, ये महीना देखूँगा, वरना अलग हो जाऊँगा। अगर वो अलग हो गया तो तुम्हारे माँ-बाप का क्या होगा? कल-परसो सुमी बड़ी हो जाएगी। उसके ब्याह का क्या करेगा? ज़रा घर के बारे में भी सोच। बेवकूफ़ी मत कर। जितना लगता है, उतना आसान नहीं है ये...।'' तानाक्का

बोलते-बोलते रुक गयी। पारव्वा कुछ कहना चाहती थी। तभी घर में किसी के आने की आहट हुई। तानाक्का ने पोते को नीचे रखा और दरवाज़े की तरफ़ देखा। दरवाज़े में रत्नव्वा खड़ी थी।

रत्नव्वा भीतर आई और सारी बातचीत रुक गयी। सभी एक-दूसरे का मुँह ताकने लगे। रत्नव्वा का चेहरा उतरा हुआ था। आँखें धँस गयी थीं। सभी के चेहरे देखकर वह समझ गयी कि क्या खिचड़ी पक रही है। बिना कुछ बोले वह बैठ गयी। तानाक्का इसी सोच में थी कि विषय कैसे छेड़ें। पारव्वा ने अपनी नज़रें दुबारा जमीन में गड़ाई। कमरा किसी मुर्दे की तरह ख़ामोश हो गया। घड़ी-दो-घड़ी समय बीता। कोई किसी से कुछ नहीं बोला। तानाक्का का पोता अचानक पिनपिनाने लगा। वह उठी और पोते को भीतर ले गयी। सभी तनिक सहज हुए। तायाप्पा दाँतों से नाखून कुतरने लगा। रत्नव्वा को लगा, बेवजह ही वह यहाँ आ गयी। वह उठकर चले जाने की सोच रही थी कि तभी भीतर से कुछ सोचकर बाहर आती हुई तानाक्का बोली, ''तूने क्या सोचा है री?''

रत्नव्वा की समझ में नहीं आया कि तानाक्का क्या पूछ रही है। वह बस उसकी तरफ़ देखती रही, ''अरी, मैं तुमसे कछ पूछ रही हूँ?''

''किस बारे में?'' रत्नव्वा की आँखें फैल गयीं।

''किस बारे में? बीते आठ दिनों में जो उल्टा-सीधा घटा है, उसके बारे में!''

''इसमें मैं क्या कर सकती हूँ? जो आ पड़ेगी, उसे भुगतना है। और क्या कर सकती हूँ?''

''ऐसा कहने से कैसे चलेगा बहनऽऽ? तुम्हें तो बहुत ज़्यादा सँभलकर रहना होगा!''

''सँभलकर रहना होगा? क्या मैं नंगी होकर नाच रही हूँ? या दुनिया में कहीं जोगता-जोगतिन साथ-साथ नहीं रहते? या केवल हमीं दोनों दिख रहे हैं? हम दोनों ने ऐसा किया क्या है, जो तुम्हारी आँखों में खटक रहे हैं!'' रत्नव्वा अचानक भड़क उठी और तानाक्का का भी संयम चुक गया।

''अरीऽऽ, गाँव का कोई जवान आदमी रख लेती तो हम कहते कि बेचारी अपनी जवानी को और कहाँ तक रोकती? लेकिन ये क्या करेगा, जो इसे सीने से लगाए बैठी हो?''

''मैं अपनी मर्ज़ी की मालकिन हूँ। तुमसे देखा नहीं जाता तो अपनी आँखें मूँद लो। लेकिन हमारे रास्ते में मत आओ।'' रत्नव्वा झट् से बोल गयी और इतनी देर से ख़ामोश बैठी पारव्वा उबल पड़ी-

''अरी, तो हम कहाँ तेरे ऊपर चढ़ रही हैंऽऽ? ये तो वही बात हो गयी, जिसका करो भला, वो अपनी ज़िद पे अड़ा...। भाड़ में जाओ तुम, हमें तुमसे कोई लेना-देना

नहीं। इसके बाद कभी हमारे साथ मत आना। और तायाप्पा, तू भी सुन ले! हमारा-तुम्हारा रिश्ता ख़त्म। अब तुम और तुम्हारी किस्मत। हमसे कोई वास्ता नहीं रखना...।''

अब तानाक्का भी कूद पड़ी, ''बहुत घमंड चढ़ा है न तुम्हें। उतर जाएगा, सारा घमंड उतर जाएगा! इन्सान को बहुत ज़्यादा उछलना नहीं चाहिए। ऐसे बर्ताव से तुम इसके घर को बरबाद कर दोगी। तभी तुम्हारे कलेजे में ठंडक पड़ेगी... सुखी हो जाओगी। जाओ, माँ यल्लम्मा तुम्हें जैसी अकल दे, वैसा करनाऽ। रख लेना उसेऽ। गाँव कहेगा जनखे को रख लिया है।''

''मुँह सँभालकर बात करो, तानाक्का!'' तायाप्पा तड़पकर उठ खड़ा हुआ और दहलीज़ से बाहर चला गया। पीछे मुड़कर देखा भी नहीं। गली में बस उसके कदमों की आवाजें आ रही थीं। उसके कदमों की रफ़्तार बढ़ती गयी... उसने अपने कदमों को तालाब की तरफ़ मोड़ा। परछायी पैरों तले आने लगी। चलते-चलते उसने अपनी ही परछायी को पैरों से कुचलना शुरू किया और दाँतों से ओठ को जोर से चबाया।

...गाँव में देवले के घर पर लाऊड स्पीकर लगा था, जिसकी आवाज़ नदी की बाढ़ की तरह गाँव भर में फैली थी। इमली के पेड़ तले बच्चे लाऊड स्पीकर के गाने की धुन पर नाच रहे थे। तभी अचानक ताशे की तड़तड़ाहट सुनाई देने लगी। पूरे गाँव में देवले की ब्याह की धूम मची थी। गाँव के आधे लड़के इधर-उधर आतिथ्य करने में व्यस्त थे। सारा गाँव सुबह से देवले के नाते-रिश्तेदारों, अतिथियों से भर गया था। जिधर भी देखें, देवले के ब्याह में आया कोई न कोई अतिथि दीख पड़ता था... संगाप्पा देवले के ब्याह में अक्षत जाकर डाल चुका था। लोग ऐसे फैले हुए थे, मानो किसी ने जोंधरे बोरा औंधा किया हो। कोई आदमी स्पीकर पर लगातार 'भोजन करके ही जाइए! भोजन के बिना कोई न जाए!' आदि बहुतेरा चिल्ला रहा था। क़रीब आधे लोग पंगत बिछने की प्रतीक्षा में थे। संगाप्पा ने इधर-उधर देखा और जब देवले के घर का कोई सदस्य नहीं दिखा तो वह मस्कर की गली से जाधव के घर की तरफ़ मुड़ा। उसने जल्दबाज़ी में कदम बढ़ाए और जाधव के घर से आगे बढ़ने के बाद ही पीछे मुड़कर देखा। देवले की गली में लोगों की भीड़ मची थी। दिन डूबने को था। कम से कम भैंस को पानी पिलाकर ले आएँगे, इसी सोच में संगाप्पा घर पहुँचा।

''अरे, इतनी जल्दी हो गया ब्याह?'' कल्लव्वा ने चूल्हे के पास से पूछा।

''अक्षत रूपी आशीर्वाद दिए और तुरंत ऊपर खिसक आया।''

''भोजन करके तो आते। म्हस्करनी बेवजह चिल्लाएगी!''

''सबको चकमा देकर चला आया हूँ।'' और संगाप्पा भैंसऊर की तरफ़ मुड़ा। भैंसऊर में भैंस ने बहुत गंदगी की थी और नाँद में खड़ी जुगाली कर रही थी।

''माँ की जनी, इसे भी बहुत मस्ती चढ़ी है।'' उसने रस्सी खोली। पड़वे को

खोलकर पीछे किया। ''इनको ज़रा पानी पिलाकर लाता हूँ।'' उसने भैंस को गोठन की तरफ़ खदेड़ा। भैंस बिल्कुल सयानी बनकर तालाब तक आई और पानी देखते ही अचानक बिगड़ गयी... दुम उठाकर ऊपर की तरफ़ दौड़ने लगी। देखते ही देखते पाठशाला का चक्कर लगाकर सड़क पर आई। उसके पीछे दौड़ते-दौड़ते संगाप्पा बेहाल हो गया। उसने हाँफते हुए भैंस को पकड़ा और पीटते हुए उसे तालाब की तरफ़ ले आया। यहाँ भी भैंस सीधे पानी में घुस गयी और पानी में भी बौराए-सी करने लगी। अब संगाप्पा का दिमाग़ घूम गया। उसने हाथ की लाठी उठाई और सब कुछ भूलकर वह भैंस को दनादन पीटने लगा। भैंस तालाब के बीचोंबीच चली गयी...संगाप्पा निरूपाय खड़ा रहा...।

''क्यों रे... भैंस से परेशान हो या किसी और का गुस्सा भैंस पर निकाल रहे हो?'' पीछे से किसी की आवाज़ आई। होश में आकर संगाप्पा ने तालाब के किनारे देखा। पांडू कुपटिया कंबल संभाले खड़ा था।

''अरे...माँ की जनी, बहुत मस्ती चढ़ी है इसे!''

''बहुत दिनों के बाद बाहर निकाला होगा!''

''क्या करूँ? वो रंडी का जना साड़ी पहनकर गाँव में घर-घर भटक रहा है। बड़का अपनी ही धुन में रहता है। कौन ले जाए इसे बाहर?''

''तुमने ढील दे रखी है, इसीलिए ये सब हो रहा है!''

''फिर क्या करूँ? उनके सामने अपना सिर फोड़ लूँ?''

''वो भी ठीक है। लेकिन... रात में मैंने कुछ और ही सुना?''

''क्या...?'' संगाप्पा किनारे पर आया।

''सुना है, मस्किया का पांडिया मुस्टंडे इकट्ठा करके तायाप्पा को पीटने के फिराक में है!''

''क्यों?''

''अब क्या बताऊँ? अरे भाई, ये पांडिया पहले रत्नी का यार था। लेकिन तुम्हारे लड़के ने उसमें भाँजी मार दी। पर इसे क्या ज़रूरत थी ऐसे झंझट में पड़ने की? जोगतिन तो आखिर जोगतिन है। एक को लूट लिया, दूसरा पकड़ा! ये नामर्द आदमी क्यों गया बीच में?''

''मरने दो रंडी के जने को...। मैं भी बहुत ऊब चुका हूँ।''

''अभी तो ऐसा कह रहे हो मगर बाद में तुम्हीं को सब निबटना पड़ेगा...।'' पांडू कुपटिया किनारे से गाँव की तरफ़ मुड़ गया। संगाप्पा ने पत्थर मार-मारकर भैंस को बाहर निकाला। घना अंधेरा हो रहा था। भैंस पानी से निथरती हुई घर की राह पर चलने लगी और संगाप्पा के दिमाग़ में अंधेरे के कीड़े बिलबिलाने लगे।

भैंसऊर में संगाप्पा की आवाज़ आई और बाहरी कमरे में मस्ती कर रहे बच्चे जल्दी-जल्दी अपनी-अपनी पुस्तकें खोलकर दिए के पास बैठ गए और कोई भी पन्ना खोलकर यूँ ही पढ़ने का नाटक करने लगे। उनकी यह हालत देखकर पमी को हँसी आ गयी। लेकिन मन ही मन वह खुद भी चौंकी और पुस्तक में आँखें गड़ाए देखने लगी।

संगाप्पा ने भैंस को रस्सी से बाँधा। घास उठाकर नाँद में डाली। मुट्ठी भर घास पड़वे के सामने डालना भी नहीं भूला। कोने में लाठी खड़ी की और भीतर आया। आक्कव्वा की रोटियाँ बनाने की आवाज़ें पूरे कमरे में गूँज रही थीं। कल्लव्वा मिस्सी भुनती हुई चूल्हे के सामने कूल्हे टिकाए बैठी थी। संगाप्पा बीच के बरामदे से आँखें तरेरे बाहरी कमरे में आया। बबनिया और किसनिया बही में कुछ लिख रहे थे। पमी और सुमी दिए की बाती की ताल पर पुस्तक में सिर घुमा रही थीं। तायाप्पा गणपती के ताखे तले कपड़े की पोटली जैसा बैठा था। संगाप्पा ने एक बार उसकी तरफ़ देखा। उसका दिमाग़ खिसका। इधर-उधर देखते हुए उसने किसनिया से पूछा, ''क्यों रे, भैया आए नहीं अभी तक... ?''

''नहीं!'' किसनिया दुबारा अपनी बही में खो गया। संगाप्पा ने सिर झटका। तंबाकू का बटुवा निकाला। हथेली पर जोर-जोर से तंबाकू रगड़ी और गोली बनाकर मुँह में धकेली। फिर छटपटाते हुए चौखट के सहारे बैठ गया। उसका दिमाग़ दहकने लगा था। 'चाहे जो हो, आज फ़ैसला हो ही जाए। बहुत नखरे दिखाता है...' वह मन ही मन धधकता गया।

भोजन के समय बड़का घर में आया। बच्चों के पास बैठते हुए उसने चिलम निकाली। ज़रा-सी तंबाकू रगड़कर उसमें भरी। इधर-उधर देखते हुए दिए की लौ से चिलम सुलगायी। तभी हाथ मलता हुआ संगाप्पा चौखट के पास सरक आया और यूँ ही हाथ झटकता हुआ तायाप्पा से कड़ी आवाज़ में बोला-

''तायाप्पा, आज कहाँ गया था रे...?''

किताबों में उलझे बच्चे चौंक गए। आवाज़ के साथ संगाप्पा की आँखें भी लाल-लाल होती गयीं। तायाप्पा कुछ नहीं बोला। तभी बड़का चिलम का कश खींचता हुआ बोला, ''कहाँ जाएगा झख मारने....घर-घर भटकता रहा होगा।''

''तुमसे नहीं पूछा मैंने। उससे पूछ रहा हूँ! कहाँ गया था रे... ?''

''यहीं तो था...।'' तायाप्पा ने सीधे बैठते हुए कहा।

''यहीं मतलब कहाँ?'' संगाप्पा ने दुबारा पूछा। तायाप्पा हाथ का पल्लू मसलता रहा।

''मैं क्या पूछ रहा हूँ?'' संगाप्पा चीखा। बड़का पहचान गया, मामला कुछ संगीन लग रहा है। उसने चिलम झटकी।

''गाँव में ही!''

"गाँव में मतलब किसके घर? उसी रंडी के न?" संगाप्पा अचानक बिगड़ा। तायाप्पा ने पैर सीधे किए। आँखें झटकीं। पल्लू छोड़ दिया और ठीक से सँभलकर बैठा।

"क्यों, मुँह चुदाने गया है या ताला लगा लिया है...?"

"जब सब पता है तो और क्या कहूँ?"

"चुदक्कड़ साले, मुँह उठाकर बात करता है, शरम नहीं आती? उस रंडी के घर में तुम्हारा क्या खज़ाना गड़ा है? क्या वो तुम्हें खिलाती-पिलाती है? सारा गाँव छीऽऽ थूऽऽ कर रहा है और तू बेहया की तरह बोल रहा है?" और संगाप्पा की आवाज़ चढ़ती ही गयी।

कल्लव्वा चूल्हे के पास से बाहर बरामदे में आई।

"तो क्या हुआ?"

"क्या हुआ? रंडी के जने! लोग मेरे मुँह पर गोबर पोतने लगे हैं। कुछ तो शर्म कर...तुम्हें कोई फर्क नहीं पड़ता होगा। लेकिन हमें गाँव में मुँह दिखाना है। तुम्हारी तरह नामर्द बनकर घर-घर भीख नहीं माँगनी है...।"

"नहीं माँगनी है तो मैं क्या करूँ?"

"रंडी की औलाद, घर छोड़कर मर-खप जा न कहीं। क्यों हमारे सीने पर मूँग दल रहा है? बहुत हुए तुम्हारे नखरे! अब यहाँ तुम्हारा खेल नहीं चलेगा... कल से घर के बाहर कदम भी रखा तो ठीक नहीं होगा...।"

"क्या करोगे...?" अब तायाप्पा भी जगह से हिला।

"टाँग तोड़कर रख दूँगा साले... देखना।" संगाप्पा कुलबुलाया।

"तोड़ो, अभी तोड़ो...!" तायाप्पा सामने आया और संगाप्पा बेकाबू हो गया। उसकी आवाज़ चढ़ी और कसकर थप्पड़ लगाकर उसने तायाप्पा को लातों से पीटना शुरू किया। कल्लव्वा जोर से चिल्लायी। लेकिन संगाप्पा बेक़ाबू होकर पीट ही रहा था। बच्चों ने रो-रोकर घर सिर पर उठा लिया।

"माँ के जने, तुम्हारी हड्डियों का अभी कचूमर निकालता हूँ।" संगाप्पा सभी की तरफ़ लपकने लगा। तायाप्पा को कोई उसके सामने से दूर ले गया। आक्कव्वा छाती पीटने लगी। सारी गली की ज़बानें निकल आईं।

घंटे भर बाद गली ख़ामोश हो गयी। संगाप्पा को कोंडकर के घर ले जाया गया था। कल्लव्वा का मुँह अभी भी चल रहा था। तायाप्पा को येरगुंडे के घर में ले जाकर बिठाया गया था। लेकिन उसका दिमाग़ चूल्हे के अंगार की तरह धधक रहा था। उसे अपनी साड़ी के पल्लू का भी होश नहीं था। येरगुंडे की मवना उसे जैसे-तैसे समझा रही थी। लेकिन उसे एक शब्द भी सुनाई नहीं दे रहा था। मवना मानो उसे पकड़कर ही बैठी थी। उसने जैसे-तैसे खुद को मवना चाची से छुड़ाया। दरवाज़े में आया। पूरी गली अंधेरे से भर गयी थी...चौपाल की तरफ़ से देवले की बारात से डफ़ की आवाजें आने लगी

थीं।

तायाप्पा अपनी गली में शिंदे के घर की तरफ़ मुड़ा। शिंदे के घर के सामने खंभे पर बिजली का बल्ब ख़राब होने से वहाँ घना अंधेरा छा गया था। तायाप्पा को ऐसा लग रहा था मानो उसकी देह पर लुहार के हथौड़े चल रहे हैं। उसका दिमाग़ भन्नाया...पैरों ने रफ़्तार पकड़ी। उसे लगा... अभी जाएँ और रत्नी को घर से बाहर निकालें। लेकिन उसे घर से बाहर निकालकर करेंगे क्या? वह झेंप गया और पाटील के दरवाज़े पर आया।

"इसी रंडी के कारण सब हो रहा है।" वह अपने आप से बुदबुदाया। उसे लगा... अब उसका दिमाग़ फट जाएगा। खरंदाले के दरवाज़े पर आने के बाद उसके दिमाग़ में कोई सनक सवार हुई। उसने अपना आपा खो दिया। ...वह लगभग दौड़ता हुआ सखाराम हारेर के दरवाज़े पर आया। सखाराम हारेर की झुग्गी में दिए की बाती मंद-मंद झिलमिला रही थी। दिए के सामने दो-तीन आदमी बैठे नज़र आ रहे थे। उनके सामने हारेर बहुतेरा बड़बड़ा रहा था। तायाप्पा दरवाज़े में ही थम गया। उसे लगा, मानो अंधेरा उसके इर्दगिर्द घूम रहा है। उसे अपने सिर पर थाड़...थाड़ थप्पड़ मार लिए। उसी सनक में वह झुग्गी के दरवाज़े से भीतर गया। उसे वहाँ देखकर सखाराम हारेर चौंका। उसने अपने नंगे बदन पर तौलिया ओढ़ लिया। उसके सामने बर्रा रहे लोग भी अचानक चुप हो गए।

"अरे तायाप्पा? इधर कैसे आया... ?"

हारेर को अपनी आँखों पर यक़ीन नहीं हो रहा था। वह उसे ग़ौर से देखने लगा। तायाप्पा ने कमर के केले में हाथ डाला। केले से दो रुपये का मुड़ातुड़ा नोट हारेर के सामने रखा और बैठ गया। हारेर उसकी ओर आँखें फाड़े देखने लगा। थोड़ी देर बाद उसने वह दो रुपये का मुड़ा-तुड़ा नोट खोला। दुबारा तायाप्पा की ओर देखा। तायाप्पा अभी भी हाँफ रहा था। हारेर ने गगरी से जर्मन प्याला लबालब भरा और तायाप्पा की तरफ़ सरकाया। तायाप्पा ने दोनों हाथों से प्याला पकड़ा और मुँह से लगाया। नाक से लेकर मस्तिष्क तक कुछ जलता हुआ महसूस हुआ। गला जल रहा था। एक साँस में उसने प्याला खाली कर दिया और निःश्वास छोड़ा...

"और दूँ... ?" हारेर उसकी तरफ़ देखता हुआ बोला।

"अच्छा, ये भी तुम्हारा ग्राहक है... ?" सामने बैठा हुआ कोई बुदबुदाया।

तायाप्पा ने गर्र से मुड़कर उसकी तरफ़ देखा। हारेर ने आँखों के इशारे से उसे चुप किया। तायाप्पा पल्लू से मुँह पोछता हुआ बाहर आया। दिमाग़ तनिक शांत होता हुआ महसूस होने लगा। उसके कदम धीरे-धीरे गली में दौड़ने लगे...

देवले की बारात बापू पाटील के दरवाज़े पर आई थी। तायाप्पा के कदम धीरे-धीरे उसकी तरफ़ मुड़े। बारात का ताशेवाला तैश में ताशा पीट रहा था। पूरा गाँव बारात

देखने इकट्ठा हुआ था। गली में खड़े रहने की भी जगह नहीं थी। बारात के सामने पटाखे जलानेवाले बच्चे अपने काम में मशगूल थे। तायाप्पा उन्हें लाँघकर भीड़ में आया। लोग चींटी की गति से आगे सरक रहे थे। बाजेंवाला आदमी चाबुक के तसमे जैसा लचक-लिचककर बजा रहा था। सनईवादक भी गाल फुला-फुलाकर गाने की तर्ज़ पर डोल रहा था। सिर पर गैसबत्ती ढोनेवाले महार के बच्चे ऊँघने लगे थे। सारे लोग इस तरह बारात देखने आए थे, मानो कोई अजूबा देखने आए हो। बारात वाटे के दरवाज़े पर आई और रुकी। लेजीमवाले की दफली फड़क उठी। लेजीम छनछना उठे। तायाप्पा भीड़ से रास्ता बनाता हुआ बीच में आया। उसने बारात की बैलगाड़ी की तरफ़ देखा। दूल्हा-दुल्हन गाड़ी पर बँधे पटरे पर डोल रहे थे। देवले का दूल्हा हाथ से ही मौर हटाकर सामने की भीड़ की तरफ़ देख रहा था। दुल्हन गर्दन झुका-झुकाकर ऊब चुकी थी। इसलिए वह भी सामने देखने लगी थी। करवला-करवली[1] खिलखिलाते हुए बैठे थे। माने का पकिया बैलगाड़ी में बत्ती पकड़े उबासियाँ लेने लगा था। गाड़ी बच्चों से भर गयी थी। पाटील का निविया गाड़ी की डंडी पर जैसे-तैसे आधा टिके रास पकड़े बैठा था। गली की औरतें दूल्हा-दुल्हन को निहार रही थीं। लड़कों ने बारात को सिर पर उठा लिया था। लेजीम के साथ नाच रहे लड़के पसीने से तरबतर हो गए थे। तायाप्पा टकटकी लगाए दूल्हा-दुल्हन को निहार रहा था। उसके भीतर कुछ सरसरा रहा था। दिमाग़ में भी कुछ जगमगाने लगा था। बत्ती के उजाले में उसकी आँखें चौंधियाने लगी थीं। काफ़ी देर तक वह दूल्हा-दुल्हन की तरफ़ देखता रहा। लेजीम नाच ख़त्म हो गया। सनईवाले ने सुर लगाया। ताशेवाले का ताशा तड़तड़ाया। तायाप्पा की पलकें तन गयीं। आँखों में पानी जमा हो गया। बदन से कुछ उतर जाने जैसा लगने लगा। पिंडलियाँ थकी-सी लगने लगीं। उसने कसकर आँखें भींच लीं। आँखों से आँसू निकल पड़े। आँखों के सामने अंधेरे का बोरा फट गया... उसके मस्तिष्क में भी कुछ तड़तड़ाया। पैर कुलबुलाए और बेकाबू होकर वह ताशावाले के सामने जाकर नाचने लगा। ताशेवाले के हाथ की छड़ी बताशे फूटने जैसी उड़ने लगी। सारे लड़कों ने चिल्ला-चिल्लाकर और सीटियाँ फूँककर बारात को सिर पर उठा लिया। औरतें औंधी हो-होकर देखने लगीं। किसी आदमी ने लोगों को पीछे सरकाकर गोल बनाया। बाजेवाला और जोश में आया। तायाप्पा ताशे की धुन पर नाचने लगा। उसे पल्लू का भी होश नहीं रहा। उसके साथ नाचते-नाचते सनईवादक ने भी एक धराऊ गाना निकाला... अब तायाप्पा के कदम ज़मीन पर पड़ ही नहीं रहे थे... पल्लू कंधे पर टिक नहीं रहा था... उसके हाथ भी गाने के ताल पर हिलने लगे....सारे लोग दाँतों तले ऊँगलियाँ दबाए देखने लगे। रो रहे बच्चे यकायक थम गए। औरतें हड़बड़ा गयीं। तभी माने का बाबिया थैली भर मुरमुरे लेकर गोल में घुसा और उसने मुट्ठी-मुट्ठी मुरमुरे तायाप्पा पर उछालना शुरू किया। पूरा गाँव सीटियों की गूँज से गूँज उठा...अंधेरा छलक उठा और तनिक कराहते हुए अपने ही

भीतर गढ़ गया।

4

तायाप्पा हाथ-पैर समेटे लोंदे की तरह झोपड़ी में पड़ा हुआ था। बदन दर्द अभी भी कम होने का नाम नहीं ले रहा था। आज तीसरा दिन ख़त्म होने को था, फिर भी बिस्तर से उठने की उसकी इच्छा नहीं हो रहा थी। तान्नाप्पा ने दिनभर उसे समझाना चाहा, पर व्यर्थ। वह मानने को राज़ी ही नहीं था। उसकी देह फटे बोरे जैसी हो गयी थी। वह टूट चुका था। दिमाग़ भन्नाया हुआ था। आँखें लगातार नए कुल्हड़ की तरह चू रही थीं। उसकी समझ में नहीं आ रहा था कि उसे क्या हो रहा है...।

शाम को तान्नाप्पा ने बीच के खंभे के पास दिया जलाया। झोपड़ी के दरवाज़े में रखे दो-तीन झाले भीतर लाए। मुर्ग़ियों को इधर-उधर से झोपड़ी के भीतर खदेड़ा और दरवाज़ा बंद किया। फिर एक-एक मुर्ग़ी पकड़कर झाले में डालना शुरू किया। मुर्ग़ियों ने चिल्ला-चिल्लाकर झोपड़ी सिर पर उठा ली था। कुछ मुर्ग़ियो ने झोपड़ी में इधर-उधर दौड़कर, छटपटाकर तान्नाप्पा को बेहाल कर दिया...।

"देखा, ये रंडियाँ रोज़-रोज़ इसी तरह ही छकाती हैं।" तान्नाप्पा ने सारी मुर्ग़ियाँ झाले के नीचे ढँक दीं और लौंग कसता हुआ वह चूल्हे की तरफ़ खिसका। चूल्हे पर रखा दूसरा दिया भी जलाया।

"साँझ हो गयी। अब भी उठोगी या नहीं; या ऐसी ही पड़ी रहोगी... ? ऊठ न बहनऽऽ...।" वह अपनी ही धुन में बड़बड़ाया। चूल्हे की राख बाहर निकालते समय उसकी चूड़ियों की आवाज़ें मुर्ग़ियों की आवाज़ों में खो गयीं। उसकी बात सुनकर तायाप्पा का बिस्तर से उठने का जी हुआ। उसने सीने से लगाए घुटने बड़े प्रयास से सीधे किए। पूरी देह बबूल के तने-सी सीधी की। हाथ झटके और मुँह खोलकर जम्हाइयाँ देते-देते उठा। बिस्तर पर बैठे-बैठे ही उसने बदन की साड़ी ठीक की। सिर पर पल्लू ओढ़ा। उंगलियाँ चटकाई और वहीं बैठा रहा।

तान्नाप्पा ने तवा माँजा। चूल्हे की आग तेज़ की। धुला हुआ तवा चूल्हे पर चढ़ाते-चढ़ाते उसने तायाप्पा की तरफ़ देखा। आदमी अभी भी घुटनों पर सिर टिकाए बैठा था। उसने पानी बूँदे छिड़ककर तवे का जायज़ा लिया। गर्म तवा चर्रऽऽ से बोल उठा। झाले की मुर्ग़ियाँ अचानक करकराईं। तायाप्पा ने घुटनो में छिपी गर्दन ऊपर उठायी और घुटनों से बँधे हाथ मुक्त किए।

"बिस्तर पर ही क्यों बैठी होऽऽ चूल्हे के पास आओ नऽऽ! मेरी भी मदद हो जाएगी और तेरा तापना भी हो जाएगा। चलो उठोऽऽ, इधर आ जाओऽऽ!" तान्नाप्पा

ने गर्दन को झटका देकर पल्लू सीधा किया। तायाप्पा चुपचाप उठकर चूल्हे के सामने जा बैठा। गरमी से उसे ज़रा अच्छा लगने लगा।

''अंगार बाहर खींचूँ ऽऽ? तनिक पीठ भी ताप लो। तब तक मैं आटा सानती हूँ...।'' तान्नाप्पा ने कठौती में पानी उँडलते हुए चूल्हे का अंगार बाहर खींचा...। अंगार की आँच साड़ी से होती हुई तायाप्पा की देह में जा घुसी। आटा सानते-सानते तान्नाप्पा रुका। उसने उँगलियों से चिपका आटा साफ़ करते हुए पूछा-

''कल सुबह जल्दी उठना होगाऽऽ! सुना है, आठ बजे की गाड़ी है, यहीं के बस अड्डे से। भोजन के बाद भाऊ भी आ रहा है।''

''मुझे नहीं लगता, मैं आ पाऊँगा...।'' तायाप्पा जैसे-तैसे बुदबुदाया।

''धत् क्यों नहीं लगता! कोई ऐसा भी करता है भला? अरे ज़रा मन हल्का हो जाएगा। इधर-उधर की जोगतिनों से मुलाकात होगी। म्हादू, राघू भी आएँगे। मन बहल जाएगा। आदत हो जाएगी। इस तरह बैठे रहने से क्या होगाऽऽ? कुछ भी हो, जाना है मतलब जाना है।''

तान्नाप्पा ने रोटियाँ थापना शुरू किया। उसकी आवाज़ की लय तायाप्पा के भीतर उतरती गयी। उसे लगा, कुछ बोलना चाहिए। लेकिन पोटली की चिंदी दुबारा पोटली में ठूँस देने की तरह उसने सब निगल लिया और बुझते अंगार की तरफ़ देखने लगा।

''कभी गया था आलता को?''

''नहीं तो!''

''तब तो तुम्हें चलना ही होगा। बेवापूनो मतलब आलते का सारा अजीब मामला। अरी ऐसी भीड़ होती है कि क्या कहूँ! छत्ता टूटने की तरह लोग ही लोग।'' तवे पर रोटी डालने की धप् से आवाज़ आई। तान्नाप्पा ने तवे की रोटी सूखने से पहले ही उस पर पानी का हाथ फेरा। तायाप्पा रोटी से निकल रही भाप की तरफ़ आँखें फाड़े देखने लगा।

''हमारे इलाके से लगभग सभी लोग जाते हैं। भगवान के दर्शन भी हो जाते हैं और अपने लोगों से मेल-मुलाकात, हाल-चाल जानना भी हो जाता है। साल में एक चक्कर तो मेरा कभी नहीं चूकता!''

तान्नाप्पा अकेला ही बड़बड़ाता रहा। तायाप्पा उसका एक-एक शब्द ध्यान से सुनने लगा।

...लगभग आधा भोजन होने को था। तान्नाप्पा इधर-उधर की बातें करता हुआ निवाला चबा रहा था। तभी झोपड़ी का पत्तर का दरवाज़ा धकेलकर भाऊ भीतर आया।

''दैया री, दैया अभी तक खाना-पीना ही चल रहा है?'' उसने थैलियाँ पल्ले की

दीवार के पास रखीं और चूल्हे के पास आकर बैठ गया।

"तुम्हारा खाना-पीना हो गया ... ?"

"कब का... अकेली जान को कितना चाहिए रीऽऽ ? सुबह की बची हुई रोटी थी। उसी को भीतर धकेला और चली आयी। कल मैं दाल-रोटी कुछ भी साथ नहीं लूँगी। मेरे लिए यहीं पर एक रोटी ज़्यादा बना दे।" भाऊ फसकड़ा मारकर बैठ गया। उसका चेहरा ऐसा दिख रहा था, मानो गौरी के मुखौटे को साड़ी पहनाई गयी हो। तायाप्पा कौर उठाते-उठाते यूँ ही उसे निहार रहा था।

"इसका क्या?...आ रही है न ये?" उसने तायाप्पा की ओर हाथ नचाया।

"अब तू ही समझा इसे।" तान्नाप्पा ने चुटकी काटी।

"समझाना क्या है! सुबह बिस्तर से उठाओ और अड्डे पर ले चलो। जोगते की जिंदगी में बेवापूनो की बड़ी अहमियत होती है। अगर ये इतना भी नहीं कर पाया तो काहे का ये जोगता?"

भाऊ अकेला बड़बड़ाता रहा। तायाप्पा ने हाथ धोकर थाली उठाई और वह करकट डालने के लिए बना खप्पर का मटके की तरफ़ खिसका।

तान्नाप्पा ने सुबह की तैयारी का सामान थैली में ठूँसा। झालों के आसपास झाड़ू लगाया। तायाप्पा का बिस्तर समेटकर झटका और तीनों के लिए लंबा-सा बिस्तर बिछा दिया। तायाप्पा लेट गया। झोपड़ी का दिया बुझ गया। मुर्ग़ियों की कर-कर की आवाज़ें बढ़ी और शांत हो गयीं। नींद न आने के कारण तान्नाप्पा अकेला कसमसाता रहा...

पौ फटते-फटते तान्नाप्पा ने तायाप्पा को जगाया और उसके हाथ में पानी लोटा देकर हाथ-मुँह धोने को कहा। भाऊ ने रोटी की पोटली थैली में ठूँसते हुए आइना उठाया। मुँह पर हाथ फेरा। माथे पर एक कलदार रुपए जितना बड़ा-सा कुंमकुम लगाया। सिर पर हाथ भर पल्लू ओढ़ा और अपनी ही धुन में इठलाने लगा। तायाप्पा अंगड़ाइयाँ लेता हुआ उसके सामने खड़ा हो गया।

"दैया रीऽऽ, अभी तक तो ये अंगड़ाइयाँ ही ले रही है! क्यों रीऽ ?' भाऊ ने उसके सामने कंघी डाली। तान्नाप्पा ने झाले के इर्दगिर्द जमा कचरा झाड़ू से किनारे लगाया। फटा-पुराना कपड़ा झाले के ऊपर बिछाया और मुर्ग़ियो को बिल्ली का निवाला बनने से बचाने के लिए झाले पर बड़े-बड़े पत्थर लाकर रख दिए। पत्थर के भार से झाले की कमचियाँ झुककर टूटने को हुईं।

तायाप्पा तैयार होते ही भाऊ उसे आगे ठेलता हुआ झोपड़ी से बाहर ले आया। सूरज का फुंदना अंगार की तरह ऊपर सरक रहा था। तानाप्पा ने झोपड़ी का दरवाज़ा ठीक से बंद किया। ताला लगाथा। उसपर चिंदियाँ बाँधीं। ओरी में लगा खपड़ा उठाकर दहलीज़ में दरवाज़े पर लगाया। पड़ोस की आकु मौसी को आवाज़ देकर घर की ओर

1. दूल्हा या दुल्हन का भाई करवला और बहन करावली।

ध्यान देने को कहा और हाथ की थैली झुलाता हुआ रास्ते पर आया।

...हिंग्लज के मोटर अड्डे पर कुछ लोग दिख रहे थे। इक्का—दुक्का गाड़ियाँ भी खड़ी थीं। तायाप्पा ने सांगली जा रही गाड़ी का बोर्ड देखा और डोलते हुए आ रहे भाऊ को जल्दबाजी में हाथ के इशारे से बुलाया। भाऊ लौंग सँभालता दौड़ता हुआ गाड़ी के दरवाज़े में आया। तायाप्पा ने तीनों के लिए बड़ी-सी सीट हथिया रखी थी। खिड़की में बैठा जश्गा के होटल की तरफ़ देख रहा था।

कंडक्टर ने तीन-चार बार यूँ ही ठणऽऽ ठणऽऽ घंटी बजाई। ड्राइवर बीड़ी का टुकड़ा मुँह से बाहर फेंकते हुए अपनी सीट पर आ बैठा। तायाप्पा ने पीछे मुड़कर देखा। गाड़ी पूरी भर चुकी थी। गाड़ी अड्डे से चल पड़ी। तान्नाप्पा ने भाऊ को संबोधित कर कोई विषय छेड़ा और बड़बड़ाना शुरू किया। भाऊ का मुँह चलती गाड़ी में लपलपाने लगा। तायाप्पा बीच-बीच में उसकी चुटकी ले रहा था। एक-एक गाँव पीछे छूटने लगा...

गाड़ी निपाणी में आकर रुकी। दिन काफ़ी ऊपर चढ़ आया था। भाऊ भीड़ से रास्ता बनाता हुआ जल्दी-जल्दी नीचे उतरा। तान्नाप्पा ने उसकी तरफ़ ध्यान नहीं दिया। उसे लगा, शायद पेशाब के लिए गया हो। तायाप्पा घोड़े बेचकर सोया हुआ था। तान्नाप्पा ने उसे झकझोरकर जगाया—

''दैया री, ऐसी कैसी मुई नींदऽऽ।'' वह बुदबुदाया। तायाप्पा आँखें मलता हुआ जगा। मोटर अड्डे पर उसे लोग ही लोग नज़र आ रहे थे। उसने चौंककर पूछा—

''कौन-सा गाँव आया है?''

''निपाणी है। अरी कैसी नींद है ये तुम्हारीऽऽ मुरदे की तरह सो जाती हो तुमऽऽ।'' तायाप्पा बस हँस दिया। तभी भाऊ जल्दबाज़ी में केले लिए ऊपर आया। तान्नाप्पा के सामने केले का हाथ हिलाता हुआ बोला-

''खा लो बहनो, भूख लग रही होगी!''

तायाप्पा ने केले की तरफ़ देखा। उसे भूख महसूस हुई। गाड़ी छूटी तब तायाप्पा ने दो केले के छिलके खिड़की से बाहर फेंक दिए।

''हिरलगे की रकमा मिली थी!'' भाऊ ने विषय छेड़ा।

''मुझसे मिलने क्यों नहीं आई?'' तान्नाप्पा ने केले का कौर निगलते हुए पूछा।

''पेट से है इसलिए शायद नहीं आई होगी!''

''पेट से?'' तायाप्पा हड़बड़ाया।

''हाँ री। तुम्हें नहीं पता? अब उसे देसाई के दुंडाप्पा ने रख लिया है। सुना है, जी-जान से प्यार करता है। उसके बिना उसे चैन कहाँ!''

''पहले कौन था री वो?'' तान्नाप्पा ने उसकी तरफ़ देखते हुए पूछा।

''उसे छोड़ दिया, अब ये दूसरा! एक को ही पकड़े रहने में क्या जाता है इनका?

बेवजह गोबर खाती घूमती रहती हैं। अब इसके साथ कितने दिन निभेगा क्या पता?'' तान्नाप्पा अपनी ही धुन में बुदबुदाया।

''उसी ने आना बंद कर दिया होगा। ये क्यों छोड़ने लगीऽऽ ? मरद जात ऐसी ही होती है...।'' भाऊ का मुँह चलने लगा। तायाप्पा ने उसकी बातों से ध्यान हटा लिया।

खिड़की से मल्लया का पहाड़ पास आता दिख रहा था। मक्खन जैसी काली चट्टानें फैली हुई थीं। मेड पर इक्का दुक्का बबूल का पेड़ शान से खड़े थे। खेतों में इन्सान का नामोनिशान नहीं था। तायाप्पा को सारा माहौल लुभावना लग रहा था। गाड़ी हवा की रफ़्तार से दौड़ रही थी। किसी को किसी की आवाज़ सुनाई नहीं दे रही थी। तायाप्पा मन ही मन गाड़ी के लय में डूबता गया। उसकी कब आँख लगी, वह खुद भी समझ नहीं पाया।

गाड़ी कणंगले में आकर रुकी। तान्नाप्पा ने थैलियाँ हाथ में लेकर तायाप्पा को सीट से बाहर निकाला। कणंगले के बस अड्डे पर दूर-दूर खड़े लोग दिखाई देने लगे।

''अब यहाँ से गाड़ी कब मिलेगी रीऽ. ?'' भाऊ ने असल मुद्दा उठाया।

''जब होगी तब मिलेगी...।'' तान्नाप्पा ने उसे नीचे उतारा। अड्डे के सामने ताँगों की भीड़ मची थी। भाऊ के हाथों की हरकतें बढ़ने लगीं। तभी एक आदमी उनके पास आकर खड़ा हो गया। भाऊ ने सीधे उसके कंधे पर हाथ रखकर पूछा,

''अजी, ओरी के लिए गाड़ी कबऽऽ ?''

वह आदमी भी मस्ती में आता हुआ बोला, ''अभी घड़ी भर में है जी, कहाँ दर्शन के लिए ?''

''आपने कैसे पहचाना जी ?'' कहते हुए भाऊ ने उसके चेहरे से हाथ फेरा। वह आदमी ऐसे पीछे हटा मानो उस पर छिपकली गिरी हो। और वहाँ से नदारद ही हो गया।

आलते की गाड़ी आई और भाऊ में कमाल का जोश चढ़ा। उसने खुद को भीड़ में झोंक दिया। भीड़ में कोई आदमी चिल्लाया-

''साला, ये जोगता है या हैवानऽऽ ?''

''दैया री, तुम्हारा क्या बिगाड़ा रे मैंने ?'' और इतनी भीड़ में भाऊ ने उसके नाक की फुनगी पकड़ ली। सारी भीड़ ठहाका मारकर हँस पड़ी। चिल्लानेवाला आदमी झेंप गया। लेकिन तायाप्पा के रोंगटे खड़े हो गए।

आलते के मंदिर के सामने सभी तरफ़ जोगते-जोगतिनें, आरध्ये[1], चौंडकिए आदि की भीड़ उमड़ पड़ी थी। जिधर देखो उधर लचकाते-बलखाते चले आ रहे जोगतों की आवाज़ें। उनकी औरतनुमा खुरदरी आवाज़ों से पूरा पठार भर गया था। कहीं पर पैर रखने की भी जगह नहीं थी। हर साल आनेवाले 'जग' अपनी-अपनी जगहें हथियाकर तंबू डाले बैठे थे। सभी तरफ़ साड़ियों की पर्त फैली लगती थी। दो-तीन दिन पहले आए

जोगते-जोगतिनों ने अच्छी जगहें हथियाकर वहाँ अपना अड्डा जमा लिया था। जोगतिनों के जत्थे 'जग' सँभाले आते और देवता के सामने की भीड़ में एकाकार हो जाते। हर जत्था अपने-अपने परिचित लोगों से मिल रहा था। आलते का सगवारा जोगते-जोगतिनों से भर गया था। मनौती पूरी करने आई औरतें, नई-नई जोगतिनें, बिलबिलाते छोटे-छोटे बच्चे, किसी के मेमने-बछड़े... सभी तरफ़ बस कोलाहल था। किसी को किसी की बात सुनाई नहीं दे रही थी। जोगतों ने गिरोह बनाकर नाचते-नाचते सारे पठार को घेर रखा था। जोगतिनें अपनी-अपनी परड़ियाँ सँभालती हुई इधर-उधर भटक रही थीं। पूरा इलाका आवाज़ों से गूँज उठा था।

तान्नापा ने एक हाथ से तायाप्पा को पकड़ा था। भाऊ सारी भीड़ में रास्ता बना रहा था। उसकी नज़रें किसी परिचित को ढूँढ़ रही थीं। तान्नाप्पा इसी सोच में आगे बढ़ रहा था कि पता नहीं कहीं कूल्हा टिकाने को भी जगह मिलेगी या नहीं। हमेशा की जगह पर कोई न कोई परिचित मिलेगा, यह सोचकर वह मंदिर के नीचे से बरगद के पेड़ की ओर जा रहा था। सभी तरफ़ भंडारे की गंध भरी हुई थी। जोगतिनों के माथे पीलेजर्द हो चुके थे। सारे जोगते भंडारे से लथपथ थे। तान्नाप्पा हमेशा के पेड़ के नीचे आया।

"आ गयी रीऽऽ आ गयी, मेरी बहना आ गयीऽऽ।" उत्तुर का दादू जोगता भीड़ से दौड़ता हुआ आया और उसने तान्नाप्पा को गले से लगा लिया। "अच्छा हुआ रीऽऽ...मेरी तो जान साँसत में फँसी थीऽऽ।" और वह तानाप्पा के साथ चलने लगा। पेड़ के नीचे आने पर तान्नाप्पा नीचे बैठा। देखते ही देखते इलाके के दस-बीस जोगतों ने पेड़ की छाया को घेर लिया। औरतनुमा हरकतों की बाढ़ आई। औरतनुमा खुरदरी आवाज़ों से पेड़ की छाया गूँज उठी। तायाप्पा भीड़ के जोगते-जोगतिनों को आँखें फाड़े देखने लगा।

दोपहर हुई। मंदिर के सामने पठार पर लकड़ियों का ढेर सुलग उठा। पूरे पठार पर धुआँ फैल गया। देखते ही देखते सारा माहौल बदल गया। जोगते और जोगतिनों ने लकड़ियों के धधकते ढेर के इर्दगिर्द परसराम नचाना शुरू किया।

"नचाओऽऽ रीऽऽ नचाओऽऽ
परसराम को भिगाओऽऽ
उसका कीचड़ जगाओऽऽ
बेवापूनो मनाओऽऽ।"

गाते-गाते जोगतों ने पूरा पठार सिर पर उठा लिया। उनके ज़नाना नाच से ऐसा लगा, कहीं धरती फट न जाए। जोगतों का एक-एक जत्था धधकते ढेर की तरफ़ आने लगा। उसके इर्दगिर्द बैठने लगा। तालियाँ पीटकर रोने लगा। जोगतिनों ने चूड़ियाँ तोड़ना शुरू किया। चूड़ियों के टुकड़े धधकते ढेर में फेंकना शुरू किया। आनेवाली जोगतिन चूड़ियाँ तोड़ती थी। सीना पीटकर दहाड़ मारती थी और अपने पीछे आनेवाली जोगतिन

के गले लगकर रँभाने जैसी आवाज़ में रोती थी। उसकी चूड़ियाँ ऐसी तोड़ी जातीं थीं, मानो किसी शव पर चढ़ाई जा रही हों। फिर आहिस्ता से ढेर में फेकी जातीं। फिर गले मिलना, छाती पीटकर रोना। सभी तरफ़ बेवा बनकर बेवापूनो मनायी जा रही थी।

तान्नाप्पा ने तायाप्पा को उठाया। भाऊ, सदा, तुकिया, दादू गिरोह बनाकर आगे चल दिए थे। तान्नाप्पा ने भीड़ में उनके पीछे-पीछे रास्ता बना लिया। सारी भीड़ लकड़ियों के ढेर की तरफ़ जा रही थी। धीरे-धीरे तान्नाप्पा, तायाप्पा ढेर के पास पहुँचे। भाऊ और दादू ने दूर से ही रोना शुरू किया। तान्नाप्पा ढेर के पास बैठकर रो रहा था। उसे देखकर म्हादू, चन्नाप्पा, राघू दौड़ते हुए आए और उसके गले लगकर रोने लगे। थोड़ी देर दहाड़ मार-मारकर सभी रोए। फिर तान्नाप्पा तायाप्पा को धीरे-धीरे ढेर के पास ले गया। धुएँ के कारण तायाप्पा को कुछ भी दिखाई नहीं दे रहा था। आँखों से आँसुओं की झड़ी लग गयी थी। भीड़ के कारण आँखें मलने के लिए हाथ भी ऊपर नहीं उठ रहा था। तानाप्पा ने तायाप्पा को ढेर के सामने बिठाया। पहले अपने हाथों की चूड़ियाँ तोड़ीं। उसके टुकड़े लकड़ियों के ढेर में फेंके। तायाप्पा के चूड़ियाँ भरे दोनों हाथ पटके। सारी चूड़ियाँ खच् खच् टूट गयीं। काँच के टुकड़े ढेर में फेंके गए। तान्नाप्पा तायाप्पा के गले लगकर रोने लगा। म्हादू, राघू, दादू ने तायाप्पा को घेर लिया और सीना पीट-पीटकर रोना शुरू किया। बीच-बीच में हाथों पर हाथ मारते हुए पिऽऽचिक पिऽऽचिक तालियाँ पीटी गयीं। एड़ियाँ रगड़ी गयीं। घड़ी दो घड़ी सभी के सुर रूदन में घुलमिल गए।

थोड़ी देर बाद सभी उठे। गले में पहनी दर्शन की पुरानी मालाएँ तोड़ डालीं। उनके लाल-सफ़ेद मणि जो काले पड़ चुके थे, एक-एक कर आग के ढेर में गिराए गए। हरेक के गले में नया दर्शन बाँध गया। तायाप्पा चुपचाप सब किए जा रहा था। क्या हो रहा है, उसकी समझ में कुछ नहीं आ रहा था। धुएँ के कारण आँखों में जलन हो रही थी। तभी कमला, सुंदरा, लल्लवा, यल्लवा आदि लगभग दस-बारह जोगतिनें पास आईं। भाऊ ने दुबारा उनके गले लगकर अपना बेवापन मनाया। सबका अपना-अपना बेवापन खुल रहा था। सारा मेला बेवापन मना रहा था। सभी के बेवापन से निबटकर बेवापूनो जहाँ-तहाँ आंबली की तरह घनी होती जा रही थी।

पालकी पर सूखे खजूर और सूखे नारियल के टुकड़े उछाले गए और मेला किसी पखेरू की तरह उड़ गया। तायाप्पा के मन में अपराधबोध घर करने लगा। तानाप्पा, कमला, सुंदरा, मल्लव्वा, यल्लव्वा के साथ वह मस्ती में बस अड्डे पर बैठा हुआ था। भाऊ, म्हादू, राघू आदि पुरुषों के जमावड़े में घुसे थे। सभी अपनी-अपनी धुन में थे। तायाप्पा के मन में नया-नया तूफ़ान उठ रहा था और दूर मंदिर के पास दिखनेवाले धुएँ के बादलों से घुलमिल रहा था। लेकिन अभी तक लकड़ी के ढेर का रहस्य उसके सामने खुला नहीं था। मानो, धुएँ के बादल उसकी देह के आस पास मँड़रा रहे थे। यल्लव्वा

तान्नाप्पा के पास से उठती हुई उसके पास आई।

"सब ठीक तो है नऽऽ?" उसने तायाप्पा से पूछा।

तायाप्पा ने बस गर्दन हिलाई।

"तानाक्का, पारव्वा का क्या हालचाल है?"

"हालचाल क्या होगा। ठीक ही है।!" और तायाप्पा ओठों ही ओठों में भाऊ की तरह मुस्कुरा दिया और फिर चौंक गया।

"अचानक क्यों हड़बड़ाया रेऽऽ?" यल्लव्वा ने उसे छेड़ा।

"कहाँ? नहीं तोऽऽ।" और वह रौ में आकर आगे बोला, "क्यों री अक्का ऽऽ, अभी थोड़ी देर पहले उस ढेर में गीली लकड़ियाँ डाली थीं क्या?"

"हाय रे मेरे बुद्धूऽऽ!" सुंदरा उसके पास आई।

"अरे, वो ज़िदा पेड़ हैं। यल्लुमैया ज़िदा पेड़ में भी आग लगा देती है।" और सुंदरा उससे सटकर खड़ी हो गयी। उसके दिमाग़ में छत्ता टूटने जैसी मक्खियाँ भिनभिनाने लगीं। वह तानाप्पा के पास बैठा। लेकिन तानाप्पा अपना ही किस्सा मिर्च-मसाले के साथ बयान कर रहा था...

...गाड़ी में बैठने पर तायाप्पा अपनी ही धुन में खो गया। उसके दिमाग़ में "नचाओऽऽ रीऽऽ नचाओऽऽ परसराम को भिगाओऽऽ उसका कीचड़ जगाओऽऽ बेवापूनो मनाओऽऽ" की धुन गूँज रही थी। मन ही मन हज़ारों जोगते उचकते-बलखाते नाच रहे थे। हरेक के मुँह में नचाओऽऽ रीऽऽ नचाओऽऽ यही था। किसी के चेहरे पर कोई भाव नहीं था। सभी उसी में डूबे थे। उसे उनका कौतुक लगने लगा। वह उसी में खो गया।

"अब तू सीधे हमारे गाँव चल...।" मल्लव्वा ने कुहनी से कोंचते हुए उससे कहा और उसके मन में चल रहा सब बिखर गया।

"क्या?" वह हड़बड़ाया।

"कुछ नहीं, चलकर हमारे ही गाँव में रहो...।"

"अभी नहीं, कुछ दिन मेरे पास रहने दोऽऽ महीने दो महीने! फिर देखेंगे...।" तान्नाप्पा ने बीच में ही बोल दिया।

"क्यों? अरे, मैं इसे एक मड़ैया बनाकर दे दूँगा। ज़रूरी अनाज भी जमा करेंगे। बस हमारी मंडली में इसे आने दो।" बाबू चौंडकिया बड़बड़ाया।

"वो सारा इंतज़ाम होने तक मेरे पास रहने दो न...।" तान्नाप्पा ने औरतनुमा आवाज़ में कहा। बाबू चौंडकिया चुप हो गया। तभी अगली सीट पर बैठी कमला जोगतिन पीछे मुड़ते हुए बोली—

"या ऐसा करो, अपने ही गाँव में अलग से रहना और हमारी मंडली में आते-

1. देवी माँ की सेवा करनेवाले लोग।

जाते रहना!''

''देखेंगे बाद में।'' तायाप्पा ने विषय को रोक दिया। गाड़ी की रफ़्तार से उसका दिमाग़ भन्नाने लगा था...गाँव, माँ-बाप, रत्नी सभी इर्दगिर्द जमा होने की तरह दिमाग़ में जमा हुए। गाँव हँसता, मज़ाक उड़ाता जान पड़ा। तभी सभी जोगतों ने गोल बनाकर ताल पकड़ा-

''नचाओऽऽ रीऽऽ नचाओऽऽ।''

उसने सिर कसकर पकड़ा... बाहर देखा। एक-एक गाँव पीछे छूटा जा रहा था... तेज़ी से पीछे दौड़नेवाले पेड़ भी ताल से गा रहे थे—

''परसराम को भिगाओऽऽ उसका कीचड़ जगाओऽऽ बेवापन मनाओऽऽ''

आप्पया घर में चहलकदमी कर रह था। सुंदरा की अभी भी कंघी-चोटी चल रही थी। कमला पान चबाती हुई आराम से टेककर बैठी थी। मल्लव्वा भी कोई फुटकल काम कर रही थी। तायाप्पा यूँ ही एक जगह पर बैठा था। आप्पया चहलकदमी करते-करते रुका-

''अरी, जल्दी करो नऽऽ दिन डूबने को हैऽऽ।'' वह अचानक चिल्लाया। सुंदरा ने जल्दी-जल्दी कंघी में फँसे बाल निकालकर जमा किए और उन्हें बाहर फेंकती हुई बोली-

''हो गया मेराऽऽ चलोऽऽ।''

''लेकिन साताप्पा कहाँ आया है?'' पान का तोबड़ा सँभालते हुए कमला ने पूछा।

''चलते-चलते आवाज़ देंगे उसे। पहले बाहर तो निकलोऽ।'' आप्पया ने धोती के कपड़े में बँधा चौंडका काँख में लटकाया। मल्लव्वा ने सुती चौंडके को कपड़े में बाँधकर पल्लू के पीछे छिपाया। सुंदरा ने करताल की थैली हाथ में ली। कमला और तायाप्पा खाली हाथ निकल पड़े...

आयप्पा तेज़ी से आगे बढ़ते हुए साताप्पा के दरवाज़े में गया। साताप्पा काँख में ढोलक लटकाए निकल ही रहा था। आप्पया को देखते ही दहलीज़ से बाहर आया।

''देखा, निकल ही रहा था।''

''कैसा आदमी रे तू, कितनी देर हो गयी! अब कड़गाँव पहुँचते-पहुँचते दोपहर के खाने का वक्त हो जाएगा।''

''होने दो! अरे भाई निबटने में देर हो ही जाती है। वहाँ जाकर भी हमें क्या करना है, जाकर सीधे खड़े ही तो रहना है।'' साताप्पा चलते-चलते बर्राने लगा। गाँव की सरहद ख़त्म होते-होते कमला और सुंदरा भी उन तक पहुँची। सभी कड़गाँव की दिशा में चल पड़े...

खेतों में कोई रौनक नहीं थी। सारे खेतों में दरारें पड़ी हुई थीं। मेड की घास सूखकर पीली पड़ चुकी थी और चलते-चलते पैरों में रेशम की तरह चुभ रही थी। तायाप्पा अपनी ही धुन में कदम बढ़ा रहा था। मल्लव्वा पल्लू के पीछे छिपाए सुती चौंडका सँभाले उसके पीछे पैर घसीटने लगी।

लगभग आधी मंज़िल पार होने को आई। अब तायाप्पा, मल्लव्वा और आगे चल रहे आप्पया के बीच एक फर्लांग का फ़ासला बन गया था।

''कैसे चल रहा है री येऽऽ?'' और तायाप्पा ने मल्लव्वा की तरफ़ देखा। वह बस हँस दी। पल्लू खींचकर सीधा करते हुए बोली-

''अरे ये तो कुछ भी नहींऽऽ। इसे भगवान की राह पर चलते देखना चाहिए। मील-मील दौड़ता चला जाता है ये आदमी। जब तक हम उस तक पहुँचते हैं, पट्ठे की एक नींद पूरी हो जाती है!''

''बड़ा अजीब आदमी है...।'' तायाप्पा तनिक असमंजस में पड़ गया। बाद में मल्लव्वा से तनिक मुलामियत से हुआ बोला-

''यहाँ कब आया था ये?''

''लगभग पाँचेक साल पहले...।''

''कैसे?'' तायाप्पा ने जिज्ञासा से पूछा।

''अरे बाबा, बड़ीऽऽ राम कहानी है उसकी। उस समय कमला हानिमनाल की मंडली में थी। हमारी तरह इधर-उधर न्यौते पर जाती थी। एक बार इसके गाँव गयी। तब वह हानिमनाल के बालू चौंडकिए के साथ थी। उसके बिना रहती ही नहीं थी। एक बार उनका जत्था कार्यक्रम के लिए नूल थे। खाना-पीना हो गया और कमलाक्का गाने को खड़ी हो गयी। तब वो केले की कली जैसी सुंदर दिखती थी। सारे लोग देखकर ही पागल हो जाते थे। ये पट्ठा आप्पया भी उस रात से पागल हो गया। घरबार छोड़कर इसके पीछे पड़ गया। लेकिन ये बड़ी उस्ताद थी। उसे घास ही नहीं डालती थी। लेकिन इसकी किस्मत फिर गयी। बालू चौंडकिए से ये पेट से हो गयी और उस भडुवे ने इसे मंडली से निकाल दिया।''

''क्यों?''

''क्यों क्या? उसे 'वह' उसका अपना लग ही नहीं रहा था। फिर बर्राने लगा कि ये किसी और का है। इसी से तू तू मैं मैं हो गयी और इसे मंडली से निकाल दिया...। अब गर्भवती औरत जाएगी कहाँ? आगे-पीछे भी कोई नहीं। लेकिन ये बड़ी जीवटवाली निकली। उसी गाँव में किसी की ओरी में रहकर इसने बच्चे को जनम दिया। न जाने आप्पया को ये कैसे पता चला। उसने मेल-जोल बढ़ाया। लगन से चौंडका बजाना सीखा। दूसरी मंडली खड़ी की। इसके लिए अपनी जायदाद तक छोड़ आया है ये पट्ठा!''

"गाँव में उसकी बीवी-बच्चा कोई भी नहीं?"

"होंगे, लेकिन उधर का नाम लेते ही पट्ठा बौखला हो जाता है। इसलिए हम उसे कभी नहीं कुरेदते... कभी मूड में हुआ तो खुद ही बता देता है...।" बोलते-बोलते कल्लव्वा ने कदमों की चाल तेज़ की। बोलने की धुन में उसे पता भी नहीं चला कि कब अंधेरा घिर आया...।

...क़रीब आठ-नौ बजे कड़गाँव की सरहद में कदम रखा और आप्पया ने राहत की साँस ली। अब कार्यक्रम जब चाहे शुरू हो। हम तो जगह पर पहुँच गए। किसी की ऊँच-नीच सुनना पट्ठे की फ़ितरत में ही नहीं था। आयप्पा ने इधर-उधर पूछताछ यजमान निकम का घर ढूँढ़ निकला। घड़ी भर दरवाज़े में खड़ा रहा और मालिक को बुलाकर मंडली आ पहुँचने की ख़बर दी। आयप्पा के आने की ख़बर सुनकर रकमा जोगतिन उसे ढूँढ़ती हुई गली में आई।

"तुम भी यहीं पर होऽऽ! अच्छा हुआ। मुझे लगा था, अब तुम्हारे घर का चक्कर लगाना पड़ेगा।" आप्पया काँछ में लटका चौंडका हाथ में लेता हुआ बोला।

"अरे बाबाऽऽ, परड़ियाँ पूजनेवाली है ही कौन मेरे सिवा गाँव में? इन नई लड़कियों को कुछ आता भी है? बस बनने-सँवारने में ही पहला नंबर...।" रकमा की आवाज़ काफ़ी थकी-सी लग रही थी। उसके बाल बिखर गए थे। आँखों के पास झुर्रियाँ बनी थीं। ठोड़ी के पास चमड़ी लटकती दिखाई दे रही थी।

"तूने सिखाया ही नहीं होगा लड़कियों को! भला वे कैसे सीखतीं?" कमला ने रकमा को खड़े-खड़े ही छेड़ा और आप्पया को कनखी मारी।

"हूँऽऽ, अरीऽऽ सिखा-सिखाकर जान निकल गयी मेरी। पर एक भी राँड़ सीखने को तैयार नहीं। वो शिंदे की लड़की सीख रही थी, मगर वह भी चल दी किसी का हाथ पकड़के...।" बूढ़ी बोलते-बोलते रुक गयी।

"किसका रीऽऽ?" हमेशा की तरह सुंदरा की जिज्ञासा जाग उठी।

"बताऽऽ, इसे सब बता। वरना ये तुम्हारे पीछे पड़ जाएगी।" साताप्पा ने हँसते-हँसते बुढ़िया से कहा। आप्पया अपनी छपरी मूँछें सीधी करते-करते हँस दिया। तभी निकम के घर का नौकर पुराना कंबल ले आया और 'चलिए जी' कहते हुए आप्पया को मड़ैया की नाँद के पास ले गया। कंबल बिछाया और घर से लाया लालटेन पास रख दिया।

आप्पया ने झोपड़ी के बाँस से चौंडका लटकाया। जेब से तंबाकू का बटुवा निकाला। साताप्पा उसके पास ही बैठ गया। कमला, सुंदरा भी उनके पास बैठ गयीं। मल्लव्वा बुढ़िया को कुरेद-कुरेदकर कुछ पूछ रही थी।

"बैठो तायाप्पा। कहीं भी जाओ, ऐसी ही मड़ैया हमारे हिस्से में आती है...।" आप्पया हथेली पर तंबाकू रगड़ते हुए पास खड़े तायाप्पा से बोला। तायाप्पा जैसे-तैसे

सिकुड़कर बैठ गया। उसके दिमाग़ में अलग ही मंथन चल रहा था...।

कमला ने थैली से पान का डिब्बा निकाला और खोलकर सामने रख दिया। उसने बदन सिकोड़कर बैठे तायाप्पा को कोहनी मारकर सीधा बिठाया और पान का डाँठ तोड़ते हुए पूछा–

"पान खाएगा रेऽऽऽ?"

"नहीं भईऽऽ।" तायाप्पा घुटने पर टिकी ठोड़ी उठाता हुआ बोला।

"अरे कुछ नहीं होता। बस ज़रा-सा दिलबहलाव। मैं बनाती हूँ, तब तो खाएगा?" कमला चूना लगा पान अपने मुँह में डालती हुई बोली।

"बड़ा किस्मतवाला है तू पट्ठे। इसके साथ आधी ज़िंदगी बीत गयी, लेकिन एक बार भी कभी मुझे पान बनाकर नहीं दिया। और तुम्हें...।" आप्पया अकेला ठहाके मारकर हँसते हुए बोला।

कमला भी तनिक मुस्कुराई। उसने अन्य दो पानों के डाँठ तोड़ते हुए पान की नसों को नाखून से कोंचा और चूना लगाया। सुपारी डाली। नाखून से कुरेदकर ही कत्था लगाया और तायाप्पा की तरफ़ खिसकी। तायाप्पा से मना करते नहीं बना। उसने चुपचाप पान मुँह में डाल लिया। अचानक पागलपन का दौरा पड़ने की तरह साताप्पा को हँसी आई। पट्ठा हँसता ही रह गया।

"कौन डायन हँस रही है रे?" सुंदरा ने उसे रोकते हुए पूछा।

"कुछ नहीं री... किसनिया की याद आई।"

"कौन? हानबरा का किसनिया जोगता?" आप्पया ने पीक गिरने से रोकी।

"हाँ रे! पान खाते ही उसके होंठ खून जैसे लाल हो जाते थे! एक तो गज़ब का गोरा। ऊपर से जोगता। बिल्कुल किसी रानी की तरह जान पड़ता था!" साताप्पा दुबारा हँसने लगा। कमलाक्का ने आँखें तरेरीं और साताप्पा का हँसना बंद हुआ।

"आज यमनिया भी साथ होना चाहिए था...।" सुंदरा विषय बदलती हुई बोली।

"कहाँ जा रहे हो, पूछा था उसने। लेकिन यमनिया के बिना मज़ा नहीं। ज़रा-सा बलखाया नहीं कि लोग पागल हो जाते हैं...।" साताप्पा ने पीक थूकते हुए कहा।

"सुना है, कहीं म्हादू जोगते के पास गया है।" साताप्पा ने बीच में मुँह खोला।

"हाँऽ, कुरले की औरतें बहुत मिन्नतें कर रही थीं। फिर मैंने ही कहा, ले जाओ...।"' कमलाक्का का पान का बीड़ा रंगता गया।

"वे उससे कुछ पूछना चाहती थीं?" आप्पया बुदबुदाया।

"हाँ, कुछ तो बताया।" कमलाक्का ने विषय वहीं पर रोक दिया। निकम के घर में परड़िया पूजन की 'उदंऽऽ ग आई उदंऽऽ' की आवाज़े आईं।

"लगता है निबट गया।" साताप्पा अपने आप से बुदबुदाया।

"हूँऽऽ, भोजन निबटने में आधी रात हो जाएगी।" कमलाक्का पान चुभलाती हुई सुंदरा की पलथी पर लेट गयी।

...बच्चों ने पूरी गली सिर पर उठा रखी थी। गली की औरतें अपने-अपने दरवाज़ों में, सीढ़ियों पर कुछ बिछाकर बैठी थीं। पूरी गली ऐसी लग रही थी, मानो लोगों द्वारा लीपी गयी हो। कमलाक्का आइने में देखकर अपनी एक-एक जटा को ठीक कर रही थी। उसके नाक की नथनी बत्ती के उजाले में दमक रही थी। पान के कारण होंठ लाल-लाल दिख रहे थे। सुंदरा सुती चौंडके के तार ठीक कर रही थी। आप्पया ने रेशमी साफ़ा बाँधा। छपरी मूछों पर ताव मारकर देखा। लेकिन साताप्पा यथावत् खड़ा था। मल्लव्वा तैयार हुई और तायाप्पा को पास खींचा। उसके सिर के पल्लू में सिलवटें पड़ी थीं। उसे ठीक किया। उसके मुँह पर पाऊडर का हाथ फेरा। कुंमुम अच्छा-खासा घना बनाया। तायाप्पा किसी शव की तरह ख़ामोश था।

चौंडके पर आप्पया का हाथ पड़ा, "टाँगऽ टाँगऽ गुड़ऽ गुड़ऽ टाँगऽऽ" आवाजें शुरू हुईं। गली के बच्चे चुप हो गए। कमलाक्का माथे पर भंडारा सजाए सबके सामने आई। मन ही मन यल्लमा का चरणस्पर्श कर लोगों को प्रणाम किया। सुंदरा ने सुती चौंडके पर ताल पकड़ा। साताप्पा ने ढोलक पर थाप दी। आप्पया का चौंडका बेकाबू होकर गूँजने लगा। सभी अवाक् होकर देखने लगे। तायाप्पा सभी लोगों की तरफ़ अपनी चक़मक़ जैसी पुतलियों से देखता ही रह गया।

घड़ी भर केवल चौंडके की आवाज़ें गूँजती रहीं।

कमलाक्का लोगों पर नज़रें घुमा रही थी। किस ओर औरतें बैठी हैं, देख रही थी। आवारा बच्चों पर भी सरसरी निगाह डाल रही थी। आप्पया का चौंडका रुका। लोगों की तंद्रा भंग हुई। तभी कमलाक्का ने आगे बढ़कर रेणुका माता का नमन आरंभ किया।

"चलो सखियोऽऽ पहाड़ पर जाएँ रीऽ
नीम पहनकर परड़ी भरें रीऽ
तनवी भरमाप्पा को खजूर दे राह चलें रीऽ
जकात चुका पहाड़ चढ़ें रीऽ
शिखर देख नारियल चढ़ाएँ रीऽ
येणी कुंड जा चरणामृत पीएँ रीऽ
परसराम के सामने जोगवा करें रीऽ

नमन अपने चरम पर चहुँचा और इधर साताप्पा आमूलचूल हिल गया। पलकों की तरह उसका हाथ ढोलक पर पड़ने लगा। काफ़ी देर से कुलबुला रहे बच्चों ने अपनी आँखें को कमलाक्का के हवाले कर दिया।

नमन ख़त्म हुआ। अब चौंडके की और मल्लव्वा के करताल की आवाजें गूँजने

लगीं। सुंदरा ने सुती चौंडके के ताल को यथावत् आगे बढ़ाया। तनिक खाँसकर, खखारकर आवाज़ ठीक की। फिर उसने रेणुका माता के जन्म की कथा शुरू की। स्त्री-पुरुषों के कान खड़े हो गए। पुरुषों के मुँह की तंबाकू कब उनके गले से नीचे उतर गयी, उन्हें भी पता नहीं चला। सुंदरा ने कथा को आधे मुक़ाम तक पहुँचाया—

"मनोली की नदी पर
गयी यल्लव्वा नहानेऽऽ
भरी गगरी उठाई काँख में रीऽऽ नदी की राह परऽऽ
साँप दिखा राह पर रीऽऽ गगरी काँख मेंऽऽ
दौर पड़ी मारे डर के
टूटी गगरी राह में
टूटी गगरी राह में, गुस्साया ऋषि रीऽऽ ऋषिऽऽ"

तायाप्पा खड़े-खड़े ही सुंदराक्का की कथा में खो गया। खंभे की तरह स्तब्ध हो गया। उसके हाथ भी कथा के ताल पर हिलने लगे। भवों में हरकत होने लगी। आँखों के चक़माक़ कथा की तर्ज़ पर हिलने लगे। कथा सिर के पल्लू पर भी चढ़ती गयी। दिमाग़ का सारा बोझ मानो उतरने लगा... कथा कब ख़त्म हुई, उसे पता भी नहीं चला। चाय की प्यालियाँ सामने आईं और उसने अदा से ही चाय की प्याली की तरफ़ देखा। साताप्पा की नज़रों से इतनी-सी बात भी छूट नहीं पायी।

"ये तो बढ़िया इठलाने लगा है रीऽऽ।" उसने गले की ढोलक नीचे उतारते हुए कहा।

तायाप्पा के पैरों में यूँ ही कुछ कुलबुलाने लगा...।

"...अब सोचना बंद करो। हर दिन को अपना समझना। जो दिखाई दे, उस दिशा में आगे बढ़ते रहना। दिमाग़ पर बहुत ज़्यादा ज़ोर मत डालना। अब ज़िदग़ी ऐसी बन गयी है, तो हम कर ही क्या सकते हैं..? जो भी सामने आए, उसे अपना समझकर आगे बढ़ना...।" यमनिया औरतनुमा ढंग से हाथ नचाकर तायाप्पा को समझा रहा था। तभी कुरले के घर से छिपकली बोली और पिऽऽचिक ताली बजाते हुए वह बोला-

"देखा, छिपकली ने भी हामी भर दी। इस तरह घुन्ने जैसा बैठने से काम नहीं चलेगा। लोग बहुत उल्टी चाल चलते हैं।"

यमनिया बड़बड़ाता रहा। फिर चुप हो गया। बाद में फिर शुरू हुआ, "तुम्हें पता नहीं होगा, जब इस गाँव में कदम रखा था तब मैं दस-बारह साल का था। सिर पर केवल आसमान और बदन पर फटा-पुराना चीथड़ा। गिरजाक्का थी। उसे माँ के बारे में सब बताया।" यमनिया रूआँसा हुआ।

"क्या तुम्हारी माँ तभी चल बसी थीऽऽ?" तायाप्पा ने अनजाने में पूछा।

"चल बसी होती तो छाती पीटकर कलेजा ठंडा कर लेता। चार दिन रो-धोकर भूल जाता। लेकिन वो गयी पांडिया के साथ। हिंग्लज में बड़ी दुकान है, पता होगी न... उसी पांडिया के साथ...। वो भड़ुवा बीच-बीच में आता था। मुझे देखकर घृणा से थूकता था। कलमुँहा। उसी ने मुझे बेसहारा कर दिया और भगा ले गया मेरी माँ कोऽऽ...।"

"लेकिनऽऽ!" तायाप्पा लड़खड़ाता हुआ बुदबुदाया।

"अरे काहे का लेकिन और फेकिन! इस दुनिया में माँ-बहन कोई नहीं होता...चमड़ी और पेट, बस यही सच्चाई है। पहले भी इसी तरह किसी के साथ सोकर मुझको पैदा किया। उसका कभी मुँह नहीं दिखाया मुझको और खुद भी मुँह काला करके चली गयी। कोई कुली था। उसी ने अपने निवाले से आधा मुझको खिलाया... वो कभी मेरी माँ को पहचानता था। बोला, निंगनूर की गिरिजा बूढ़ी से जाकर पूछऽऽ। उसे पता होगा कि तुम्हारी माँ कहाँ है।" यमनिया की आँखों से आँसुओं की झड़ी कब लगी, उसे पता भी नहीं चला।

"फिर?"

"फिर क्याऽऽ! जैसे-तैसे रोते-बिलखते गिरजाक्का के पास पहुँचा। उसने सब सुना। रात भर मुझे सीने से लगाकर सोयी। सुबह मेरे जगने से पहले उठकर किसी गाँव चली गयी... सोचा, इसने भी मुझे छोड़ दिया। दहलीज़ पर बैठा रहा। साँझ के समय आई और मुझे सीने से लगाकर फूट-फूटकर रोई...रात भर रोती रही। मैं तो बस टुकुर-टुकुर देखता रहा। सुबह मुझे जगाकर बोली, अब कहाँ जाएगा? मेरे पास ही रह जा...।"

यमनिया का गला भर आया। तायाप्पा का दिमाग़ चावल की पतीली जैसा उबलने लगा। यमनिया ने आँसू पोंछकर पल्लू नीचे किया और खिन्न-सा सामने अंधेरे में देखने लगा।

"ये साड़ी कब आई तुम्हारे बदन पर?"

"हे राम! फिर क्या सुना तुमने? दस साल का था। किसी ओझा ने बताया माँ को और आ गयी ये साड़ी मेरी देह पर। कैसे पहनते हैं, ये भी पता नहीं था।"

गिरजाक्का के पास रहने लगा। तब ये कुरले का सखिया लाड़ करता। खेत पर ले जाता, कुछ खाने को भी देता...मीठी-मीठी बातों से फुसलाकर साड़ी उतारता... वही आदत पड़ गयी। उसके बिना बेचैन होने लगा और फिर सारा खेल ही बिगड़ गया। गिरजाक्का थक गयी। मुझे गिजवने की मंडली में डाल दिया... तभी तय किया कि जो दिन उगे, उसके नाम से ताली बजाना..." यमनिया यूँ ही बोल गया। लेकिन तायाप्पा के दिमाग़ में कीड़ा बुलबुलाने लगा। अंधेरे में ही उसकी उंगलियों में अजीब-सी हरकत होने लगी। फिर भी उसने गर्दन उठाकर पूछा—

"लेकिन अब मेरा क्या होगा रे..?"

"कुछ नहीं होगा। अब इस मंडली में आ गयी हो। ज़रा-सा नाचना सीख ले। नाच में रात कब गुज़र जाती है, पता भी नहीं चलता।"

"लेकिन इस तरह कब तक रहूँगा?"

तायाप्पा ने हाथ से ही यमनिया को टटोला। यमनिया का हाथ ढाढ़स बँधाता हुआ उसका कंधा सहलाने लगा।

"देखो, पूरी ज़िदग़ी इनके साथ रहना संभव नहीं। तू सीधे अपने गाँव चला जा। किसी का टूटी-फूटी मड़ैया में ठिकाना बना ले। चाहे तो मैं आकर सारा इंतज़ाम करा दूँगा। कोई न्यौता होगा तो किसी के हाथ संदेश भेजूँगा। तभी आना। इससे रिश्ते ठीक-ठाक रहते हैं। यदि तुम्हारे गाँव में संभव नहीं हो, तो यहीं कहीं झोपड़ी देखेंगे। लेकिन दूसरे के गाँव में जोगवा नहीं माँग सकते। अपना ही गाँव ठीक है। हक़ से माँग सकते हैं...पेट भर जाता है...।"

"गाँव में तो सबकुछ बिगड़ गया है। फिर कैसे...?"

"समझो, ज़िंदग़ानी का ही सत्यानाश हो गया है। कुछ सोचने की ज़रूरत नहीं... रात में जो बीता उसे दिन के उजाले में याद नहीं रखना। दिन में जो हुआ उसे रात को भूल जाना...तभी जीना संभव होगा। वरना बेमौत मारा जाएगा...।" और यमनिया अपनी जगह छोड़कर अंधेरे में चलने लगा। तायाप्पा उसके पैरों के निशान का अनुमान लगता हुआ चलने लगा। पीछे का अंधेरा दोनों की तरफ़ मुँह बाए देखता रहा...।

म्हागाँव का न्यौता होने के कारण आप्पया ने दोपहर में ही सभी को बाहर खदेड़ा। यमनिया इठलाता-बलखाता, हँसाता-खिलखिलाता सभी को हिंग्लज के बस अड्डे पर ले आया और सभी को वहीं छोड़कर अचानक कहीं ग़ायब हो गया। तायाप्पा की समझ में नहीं आ रहा था कि पट्ठा अचानक कहाँ चला गया। उसने साताप्पा को अलग ले जाकर पूछा-

"यमनिया कहाँ गया होगा?'"

"और कहाँ जाएगाऽ। अभी आएगा मूत पीके। वहाँ पी नहीं सकेगा इसलिए यहीं से पीकर चलेगा।" साताप्पा ठंडेपन से बोला और कमलाक्का के पास जा बैठा। तायाप्पा की आँखें पूरे बस अड्डे पर घूमने लगीं।

थोड़ी देर बाद गरगा के होटल के पास यमनिया झूमता हुआ आता दिखाई दिया। तायाप्पा की आँखें बिफर उठीं। उसके साथ कोई और आदमी लड़खड़ाता हुआ चला आ रहा था। यमनिया का हाथ उसका कंधा सँभाले हुए था। आप्पया ने यमनिया को झूमता हुआ देखा और उसका दिमाग़ चटक गया।

"माँ का जना, भड़ुवा! आ गया मूत पीकेऽऽ।" वह बड़बड़ाने लगा।

"आने देऽऽ। खाना-पीना होने तक उतर जाएगीऽऽ।" सुंदरा ने उसका पक्ष

लिया। तभी यमनिया अपने साथ लाए आदमी को आप्पया के सामने ले आया।

"ये कहता है कि मंगलवार को इनके गाँव का न्यौता कबूल करो।"

"उससे कहो, उतरने का बाद आकर बात करे।" साताप्पा यमनिया को ज़मीन पर ले आया।

"अरे ए, उतरने के बादवालेऽऽ...ऐरागैरा समझ रखा है क्याऽऽ? कहाँऽऽ है कमलाऽऽ।" और यमनिया का हाथ झटकते हुए वह आदमी लड़खड़ाया। इस वक्त इसके मुँह लगना ठीक नहीं, यह सोचकर आप्पया अलग हो गया। यमनिया भी स्थिति को भाँपकर वहाँ से खिसक गया। वह आदमी अकेला खड़ा बड़बड़ाने लगा।

म्हागाँव की बस आ गयी और यमनिया को ढूँढ़ते-ढूँढ़ते सभी परेशान हुए। कमलाक्का, सुंदरा, मल्लव्वा बिना आगे-पीछे देखे भीड़ में घुस गयीं और जगह पाकर बैठ गयीं। तायाप्पा खाली हाथ गाड़ी में चढ़ा। आप्पया यमनिया को कहीं से पकड़कर ले आया। लेकिन अब पट्ठा लड़खड़ाने लगा था। तायाप्पा गाड़ी में एकदम आगे जा बैठा था। आप्पया ने यमनिया को जैसे-तैसे गाड़ी में धकेला। इधर-उधर देखा। कहीं जगह नहीं थी, इसलिए तायाप्पा से पुकारकर कहा-

"इसे ज़रा टिकने को जगह दो, और तुम खड़े रहो।" गाड़ी में सवार सारे लोग यमनिया की तरफ़ देखने लगे। कुछ हँसने भी लगे। कुछ ने मुँह बनाया। तायाप्पा ने यमनिया को अपनी जगह पर बिठा दिया। यमनिया बैठे-बैठे झूमने लगा।

गाड़ी अड्डे से चल पड़ी। भड़गांव के रास्ते पर दौड़ने लगी। अब भीतर हवा आने लगी। यमनिया तनिक होश में आने लगा और आसपास लोग देखकर तनिक चौंका। पट्ठे का दिमाग अभी भी ताप रहा था। तायाप्पा को पीछे की तरफ़ जगह मिल गयी थी। तभी कमलाक्का उसकी तरफ़ देखती हुई बोली-

"अरे, आगे कहीं बैठता तो अच्छा होता। वो भडुवा आड़ा-टेड़ा कहीं भी लेट जाएगा।"

"अब नहीं लेटेगा, तू बैठ जा।" तायाप्पा भी टिक गया। गाड़ी ने दुबारा रफ़्तार पकड़ी। आप्पया अपनी ही सोच में खो गया। कमलाक्का , सुंदरा बातचीत में मशगूल हो गयीं। तायाप्पा भी बैठे-बैठे सो गया।

गाड़ी हारली गाँव छोड़कर बाहर निकली और गाड़ी के अगले हिस्से की तरफ़ कोई चिल्ला उठा-

"माँ के जने, ऐसी रंडियों को गाड़ी में लेते ही क्यों हैं?" और उस आदमी ने गाड़ी की घंटी बजाई। ड्राइवर चौंका। गाड़ी रुक गयी और उस आदमी ने यमनिया की माँ-बहन निकालना शुरू किया। कंडक्टर दौड़ता हुआ आगे पहुँचा-

"अरे क्या हुआ? क्या हुआ?"

"क्या होगा, माँ का जना। रंडी की औलाद पीकर आया है और कब से मेरी

धोती में हाथ डाल रहा है।''

''कंडक्टर ने यमनिया का हाथ पकड़ा। यमनिया झल्लाया और 'ए मुए' कहता हुआ कंडक्टर की तरफ़ लपका। कंडक्टर बेचारा डरकर पीछे हट गया। आप्पया ने तुरंत आकर यमनिया के एक थप्पड़ जड़ दी। यमनिया ढीला पड़कर चुपचाप बैठ गया। आप्पया उसे खींचकर पीछे ले गया। गाड़ी में सवार सभी लोगों के मुँह खुल गए। आप्पया ने पैर पड़कर माफ़ी माँगी...सारी गाड़ी में शोर मच गया। लेकिन यमनिया गाड़ी के बाहर ऐसे देख रहा था, जैसे कुछ हुआ ही नहीं।

म्हागाँव में उतरने पर कमलाक्का का मुँह खुल गया। यमनिया समझ गया कि अब अपनी खैर नहीं। उसने गर्दन झुका ली। नज़रें नीचे कर लीं। गालियाँ सुनता हुआ चुपचाप चलने लगा।

''पता नहीं पीने के बाद भडुवे को क्या हो जाता है? कभी कहीं सीधे तरह से नहीं आता...हमेशा आदमियों को काटता रहता है। इसकी बजाय एक बड़ा-सा जाँते का खूँटा हमेशा अपने पास क्यो नहीं रखता... ?'' कमलाक्का की ज़बान बेलग़ाम हो गयी थी। यमनिया मुर्दा जानवर की तरह पीछे से घसीटता आ रहा था। तायाप्पा को उसका बर्ताव अज़ीब लगने लगा...।

...कोतिककर के दरवाज़े के सामने लगे पंडाल में आप्पया ने चौंडका बजाना शुरू किया। कमलाक्का ने पल्लू का छोर उँगली में लपेटते हुए कदमों से ताल पकड़ा और यमनिया का सारा नशा उतर गया। उसकी देह में चौंडके का 'टाँगऽ टाँगऽ गुड़ऽ गुड़ऽ टाँगऽऽ' ताल भरता गया। ताल के चढ़ते-चढ़ते कमलाक्का ने सूर लगाया। यमनिया के पैर बेकाबू होने लगे। भड़भूँजे के बतासे की तरह उसके पैर उड़ने लगे और पूरी गली में सीटियों की बाढ़ आई...बाल-बच्चोंवाली औरतें हड़बड़ाकर देखने लगीं। उनकी पलकें तन गयीं...इक्का—दुक्का बच्चा होश खोकर उठा और यमनिया के ताल पर नाचने लगा। यह देखकर लोग भी खिलखिलाकर हँस पड़े।

कमलाक्का की कथा चरम तक पहुँची। उसने नमन गाते-गाते लोगों के सामने रेणुका माता को उभारना शुरू किया। आप्पया का चौंडका बीच में ही गुड़ऽ गुड़ऽ करने लगा। साताप्पा आराम से एक-एक थाप मार रहा था। केवल सुंदरा का सुती चौंडका टाँगऽ टाँगऽ कर रहा था। यमनिया यूँ ही पैर हिलाता, इठलाता हुआ किसी की तरफ़ देख आँखें मिचकाता खड़ा था। अचानक कमलाक्का ने बीच में भंडारे का गाने उठाया। साताप्पा हड़बड़ाया। आप्पया ने ताल सँवार लिया। ऊब चुके यमनिया ने पैर हिलाए। कमलाक्का ने सुर को काफ़ी लंबा खींचा—

''लगाओ भंडारा, भाल परऽऽ माँ यल्लू कहेऽऽ
राह चलते सखीऽऽ आओ शक्ति माँगेऽऽ
कैसा सतपन उसकाऽऽ पहाड़ों पर बुलावेऽऽ

उसकी राह पर बोलोऽऽ पेड़ों में आग लगावेऽऽ

गाने में पूरा रंग चढ़ा था और तभी यमनिया ने ऊबासियाँ ले रहे तायाप्पा को अचानक उठाया और कमलाक्का के सामने ले आया। हाथ पकड़कर और आसपास घुमाकर अपने साथ नचाने लगा।

शुरू-शुरू में तायाप्पा केवल हिलता रहा। लेकिन छूटने का कोई उपाय न देखकर कमर हिलाने लगा। उसके हाथ अपने आप हिलने लगे। गली के लोग पलथी मोड़कर उकड़ूँ होकर बैठ गए। छोटे बच्चे खड़े हो गए। लड़कों ने सीटियाँ बजाना शुरू किया। तायाप्पा बेक़ाबू हुआ। उसके पैर चकरी की तरह घूमने लगे। कमलाक्का का गाना और निखर आया। सुंदरा का सुती चौंडका बेक़ाबू हो गया। यह अवसर देखकर आप्पया चौंडके को बेतहाशा पीटने लगा। चौंडका गूँज उठा और तायाप्पा देह में कुछ सवार होने की भाँति नाचने लगा। उसके पल्लू ने ताल छोड़ दिया। आप्पया के चौंडके की गूँज चरम तक पहुँची। तायाप्पा सब भूल गया। यमनिया किनारे खड़ा हो गया। कमलाक्का का गाना कभी का ख़त्म हो चुका था। लेकिन आप्पया का चौंडका रुकने का नाम नहीं ले रहा था। तायाप्पा के कदमों की ताल पर वह भी बेक़ाबू हो गया था।

पसीने से तरबतर होकर आप्पया ने चौंडका रोका...

तायाप्पा लड़खड़ाया। मुँह से झाग झर रहे बैल-सा वह मुड़ा। बदन पस्त और पैर मानो लूले हो गए थे। पिंडलियों से कुछ झरता-सा मालूम हो रहा था। तायाप्पा झट् से नीचे बैठ गया। बदन काँपने लगा। माथे से पसीना चू रहा था। कमलाक्का ने कमर से भंडारे की थैली निकाली और उसके पास बैठ गयी। उसने यल्लमा के हाथ जोड़ते हुए तायाप्पा का माथा भंडारे से सन दिया। सुंदरा ने उसकी बलैया लेते हुए कड्ऽ कड्ऽ उँगलियाँ तोडीं। तायाप्पा केवल सिसक रहा था। उसे सामने बैठी कमलाक्का भी दिखाई नहीं दे रही थी। यमनिया ने पानी का लोटा उसके मुँह लगाया। बस गट्ऽ गट्ऽ की आवाज़ें आईं। तायाप्पा ने दीर्घ निःश्वास छोड़ा। अब कुछ-कुछ याद आने लगा... नाचते-नाचते मैं चौंडके के ताल में खो गया था... आगे कुछ भी याद नहीं आ रहा था। कमलाक्का ने परसूराम का गाना शुरू किया और तायाप्पा फूल जैसा हल्का-हल्का होता गया।

म्हादू जोगते का घर जोगते-जोगतिनों से भर गया था। पैर रखने की भी जगह नहीं थी। पंद्रह-बीस जोगते, बीस-पच्चीस जोगतिनें। कुल मिलाकर साठ-सत्तर लोग जमा हुए थे। तीन-चार गाँव की मंडलियाँ भी आई थीं, वो अलग। उन्हें ठहरने के लिए अलग से घर दिया गया था। जोगतों ने पीछे का बरामदा हथिया लिया था। जान-पहचान वाले बीच के बरामदे में भीड़ बनाकर बैठे थे। पूरे घर में चूड़ियों की खनक गूँज रही थी। जोगतों की खुरदरी आवाजें, औरतनुमा ढंग से हाथ नचाना, बीच में ही कहकहे लगाना

आदि हरकतें सारे माहौल में मुखर हो उठी थीं। पिछवाड़े की मड़ई में दस-बारह चूल्हों पर तवे दहक रहे थे। ईंटों से बने चूल्हे पर चावल की हाँडी उबल रही थी। पंद्रह-बीस औरतें अंगार के सामने बैठकर पूरी तरह से पसीने से तरबतर हो गयी थीं। भोजन की मड़ई का जिम्मा आडकूर की गंगव्वा जोगतिन के पास था। ज़रूरी सामान वही अपने हाथों से निकालकर दे रही थी। राघू जोगता आने-जानेवालों का आतिथ्य कर रहा था। काशाप्पा जोगते को पंडाल और अन्य काम सौंपे गए थे। शेवंताक्का को पूजाघर और गद्दी सौंपी गयी थी। सभी की धाँधली मची हुई थी। पूरे माहौल पर एक अद्‌भुत महिमा की छाया थी। म्हादू जोगता अदब से सभी तरफ़ घूम रहा था। उसने आज नई ज़री की किनारीवाली साड़ी और बेलबूटी की चोली पहनी थी। हाथों में कुहनी तक चूड़ियाँ। उसका ठाठ किसी महारानी जैसा दिख रहा था। आनेवाला हर जोगता उसे साष्टांग प्रणाम कर रहा था। जोगतिनें बड़े प्यार से गले मिल रही थीं... म्हादू सभी के बीच घूम-फिरकर सभी का कुशल-क्षेम पूछ रहा था। गाँव के लोगों से उधर उधर काम करवा रहा था... आज सभी महिमा से झुक जाने की तरह म्हादू के शब्दों के सामने झुक रहे थे...।

तायाप्पा शेवंताक्का के पास बैठा देहरे का प्रबंध देख रहा था। ज़रूरी वस्तु हौले-से उठाकर देता था। शेवंताक्का ने गद्दी सजा ली। एक बहुत बड़ी चौकी पर नया कपड़ा बिछाया गया। उस पर देवी माँ का पूजित मुखौटा रखा गया। उसके पीछे मोरपंख ही मोरपंख। दीवार पर लगभग आधे हाथ की ऊँचाई तक मोरपंख सजे थे। पूरी बैठक पर देवी के छोटे-छोटे टाक। प्रत्येक टाक के बगल में लटकीं चूड़ियाँ। बड़े मुखौटे के सामने परड़ी। परड़ी में कौड़ियों की माला। उसमें भंडारा, कुंमकुम और काफ़ी कुछ उँडेला हुआ। शेवंताक्का ने सब करीने से सजाया। दूर से कैसे लगता है, यह भी जायज़ा लिया। फिर तायाप्पा से पूछा—

"क्यों रेऽ, ठीक तो हुआ न सब?"

"क्यों नहीं होगा, तुम जो हो!"

"वैसा नहीं रे, दस गाँव से लोग आएँगे। सच बता।"

"बहुत बढ़िया हुआ है।" तायाप्पा गालों में मुस्कुराता हुआ बोला।

"अच्छा, वो कलसा इधर ला।" शेवंताक्का ने दुबारा गद्दी की तरफ़ देखते हुए कहा। तायाप्पा ने पानी से भरा छोटा कलसा शेवंताक्का के सामने रख दिया। शेवंताक्का ने चावल की गद्‌दी बनाई। उसमें थाला बनाकर उसपर कलसा सजाया। कलसे के गल में मटरमाला डाली। सफ़ेद-लाल मणियों का दर्शन बाँधा। आम के लंबे-लंबे पत्ते ढूँढ़कर उन्हें कलसे के मुँह में बिठा दिया। उसपर नारियल रखकर दीर्घ निःश्वास छोड़ा।

"चलो, गद्‌दी का काम तो हो गया।" वह अलग हो गयी।

"अब और क्या बचा है.. ?" तायाप्पा की कमर में दर्द उठा।

"अभी काफ़ी काम पड़े हैं बाबाऽ। ये जग, देहरा सजाना है। अभी परड़ियाँ-पूजन का समय हो जाएगा।" शेवंताक्का अंग झाड़ती हुई उठी। उसने गद्दी के पास रखा जग अपनी ओर खींचा। म्हादू का जग यानी इस इलाके का मुख्य जग। गद्दी का जग। इसके सामने दूसरे जग का कोई महत्व नहीं। इसी कारण उसका आकार भी अच्छा-खासा बड़ा, झाले जैसा। उसका देवता का टाक भी नारियल जितना बड़ा। आसपास सौ-दो सौ चूड़ियाँ। गुरु पद पर विराजमान जोगते का जग। महिमामयी। शेवंताक्का ने जग का सारा सामान बदल दिया। टाक को धोकर यथावत् सजाया। जग को अच्छी तरह से सजाकर तायाप्पा से पूछा-

"तानाक्का को देखा क्या रेऽ ?"

"नहीं तो!"

"आती ही होगी। इस गद्दी का भंडारा माथे पर सजाना कभी नहीं भूलती।" और शेवंताक्का देहरे की तरफ़ मुड़ी। उसने सारे अस्तर साफ़ करते हुए पूछा-

"गाँव छोड़ने के बाद कभी मिली थी?"

"नहीं। बीच में एक बार तानाप्पा के हाथों संदेसा भेजा था।"

"क्या?"

"यही कि गाँव आकर मिलो।"

"फिर क्यों नहीं गया तू?"

"नहीं गया। अब यहाँ मुलाकात हो ही जाएगी न!"

"सुना है, तू नाचना भी सीख गया।"

"क्या करता? जब ऐसी ही ज़िंदगी बितानी है, तो कैसे नहीं सीखता!"

"जी लगता है मंडली में?"

"शुरू-शुरू में नहीं लगता था। लेकिन अब उसके बिना चैन नहीं पड़ता।"

"बहुत अच्छा हुआ! यमनिया भी तो है न कमलाक्का की मंडली में?"

"हैं न, यहाँ भी आया है।"

"ठीक है, लेकिन उसके साथ ज़्यादा मत रहना। उसके लक्षण कुछ ठीक नहीं हैं... उसके बजाय...।" शेवंताक्का हाथ में धरा टाक वैसे ही पकड़े रुकी रही। फिर बोली-

"इसके बजाय तू अपने ही गाँव में कहीं झुग्गी बनाकर क्यों नहीं रहता?"

"मैं भी यही सोच रहा हूँ। तुम भी कहो न ज़रा तानाक्का से।"

"माँ का कोई संदेसा आया था?"

"बीच में दो-तीन लोगों को भेजा था बुलाने। लेकिन जाने लायक कुछ नहीं बचा। सब बदला-बदला सा लगता है...।" तायाप्पा ठंडी आह भरी।

''क्या बदला-बदला लगता है रे?''

''सबकुछ। अब कुछ नहीं बचा। किसलिए जाऊँ अब उनके पास? यहीं जी लग गया है।''

''अरे भैयाऽऽ यही ज़िंदग़ी है। इसी में खुशी मानना। देवीमैया की सेवा यानी गीली लकड़ी की तरह जलते रहना।'' शेवंताक्का बोल गयी और तायाप्पा के सामने आलते के पठार की जलती हुई लकड़ियों का ढेर खड़ा हो गया। उसके कानों में वही आवाज़ें गूँजने लगीं।

''ऐसा क्यों बैठा है रे?'' शेवंताक्का ने उसे टोका।

तायाप्पा होश में आया और शेवंताक्का बोली, ''गाँव में रहने जाएगा, तो मंडली से कैसे जुड़ा रहेगा?''

''आऊँगा वैसे ही! तक़लीफ़ तो ज़रूर होगी। लेकिन एक बार मंडली में नाच लेने पर आठ दिन फूल जैसा हल्का-हल्का लगता है।''

''देवी मैया की सेवा!'' शेवंताक्का ने देहरे के पास का सब काम निबट लिया। फिर वह पिछले बरामदे के तरफ़ गयी। तायाप्पा वहीं बिलबिलाता हुआ बैठा रहा। बरामदे में जोगतिनों की आवाज़ें अब चढ़ने लगी थीं...।

...चार बजे तानाक्का पहुँची। पसीने से तरबतर। साथ में पारव्वा भी थी। दोनों मिलकर चबूतरे पर आईं। वहाँ म्हादू के पैरों पर सिर रखा। म्हादू ने थैली से हथेली भर भंडारा निकालकर दोनों के माथे पर लगाया। दोनों भीतर खिसकीं। परिचित जोगतिनों के गले मिलीं। सारी जोगतिनों का हालचाल पूछती हुई तानाक्का पिछले कमरे में आई। शेवंताक्का जमावड़े में बीचोबीच बैठी थी। गले में मटरमाला। सिर की जटा गोल गेंडुली बनाकर बाँधी हुई। पीली साड़ी का बड़ा-सा पल्लू देह से लपेटा हुआ। हाथों में हरी-हरी चूड़ियाँ। नाक में नथ। माथे पर भंडारा, उसपर खिलता कुंमकुम! तानाक्का जल्दबाज़ी में शेवंताक्का के गले लगी और उसकी नज़र अचानक तायाप्पा पर पड़ी। बदरंग चेहरा, बदन पर फटी-पुरानी साड़ी। दुबला-कृश शरीर! तानाक्का का गला अचानक भर आया। तायाप्पा को कसकर गले लगाकर उसने अपनी सिसकी रोकी। अन्य जोगतिनें उसकी तरफ़ देखती ही रह गयीं।

''बहुत दिनों बाद मिल रही है, इसलिए अपने आप को रोक नहीं पायी।'' शेवंताक्का ने सभी की तरफ़ देखते हुए कहा।

''लेकिन ये तो इन्हीं के गाँव का है न?'' कोई बोला।

''हाँ, पर अब गाँव छोड़ दिया है। कमला की मंडली में है।'' शेवंताक्का बुदबुदायी।

''मुझी पर गुस्सा होकर गाँव छोड़ दिया था इसने। तू ही बता शेवंताक्का , मैंने

इसका क्या बिगाड़ा है?'' और तानाक्का ने सिसकी रोकी। तायाप्पा को आँखें भरकर देखने लगी। तायाप्पा असहज हुआ। उसने सिर का पल्लू आगे ओढ़ लिया।

''मैंने इसका क्या बुरा किया है जो मेरी तरफ़ देखना भी नहीं चाहता?'' तानाक्का भर्राए गले से बोली।

''मेरी ही किस्मत ख़राब है। तुम्हें कौन दोष दे रहा है?'' तायाप्पा बुदबुदाया। पारव्वा उसकी ओर देखती ही रह गयी।

''जब से गाँव छोड़ा है, तब से मिलना-जुलना नहीं। बुलावा भेजा फिर भी आया नहीं। इसकी माँ उधर पिनपिना रही है वो अलग। शेवंताक्का, अब तू ही समझा इसे...।'' ओर तानाक्का ने आँसू पोंछे।

''मैंने सब समझा दिया है। पहले तुम शांत हो जाओ। बाद में बात करेंगे। पूरी रात पड़ी है हमारे पास। ज़रा सब्र से काम लो।'' शेवंताक्का ने तानाक्का को समझाना शुरू किया। बाहर दफली बोल उठी और सारी जोगतिनें शेवंताक्का को छोड़कर ऐसी उठीं, मानो रानी मक्खी को छत्ते में छोड़कर बाक़ी सारी मधुमक्खियाँ उड़ी जा रही हों।

दरवाज़े में दो-तीन दफलियाँ गूँजने लगीं। ताल चढ़ता गया। गली के बच्चे अपनी-अपनी चड्डियाँ सँभालते हुए जमा हुए। जोगते-जोगतिनों ने घेरा बनाया। म्हादू जोगते को बीच में खड़ा किया। तीन-चार औरतें पानी की गगरियाँ ले आईं। पीढ़ा सजाया गया। उस पर म्हादू खड़ा होते ही उसके पैरों पर गगरियाँ खाली की गयीं। सुहागिन औरतें आरती उतारने सामने आईं। बाल-जोगतिनें परड़ियाँ लेकर खड़ी हो गयीं। म्हादू का पाद-पूजन हुआ। माथे पर भंडारे की पर्त चढ़ गयी। उसके हाथ में सजी हुई परड़ी दी गयी। दफलियों ने शोर मचाया। आवाज़ में ताल चड़ा। सवारी आनेवाली जोगतिनों का भी ताल गूँज उठा। एक-एक कर पंद्रह-बीस जोगतिनें पल्लू कसकर नाचने लगीं। पाँच-छह जोगतों ने भी ताल पकड़ा। गली में सिर धुनने और हिचकने की आवाज़ें गूँज उठीं। जोगतों ने जोगतिनों से अलग अपना जमावड़ा बनाया। पूरी गली भीड़ से भर गयी। म्हादू को गाजे-बाजे के साथ कुंड पर और देवता के पास ले जाने के लिए गाँव के कच्चे-बच्चे जमा हो गए।

पूरी भीड़ में म्हादू मुखर हो उठा था। उसे जोगतों ने घेरा। उसके इर्दगिर्द औरतनुमा आवाज़ों का कोलाहल मच गया। गंगव्वा जोगतिन परड़ी लिए आगे-आगे खिसक रही थी। सभी के मन में म्हादू की गद्दी की महिमा छा गयी थी। जोगता-जोगतिनों का ऐसा जमावड़ा देखकर गाँव के लोगों को हैरत हुई। राघू के साथ तायाप्पा धीरे-धीरे कदम बढ़ा रहा था। यमनिया सबसे आगे था। उसके साथ सरोली के तीन-चार जोगते बस कहकहे लगा रहे थे। उनका हाथ नचाना जारी था। आप्पया, रामाण्णा, तुका और सखा आदि चौंडकिए हुजूम के पीछे-पीछे सरक रहे थे। उनके साथ बाल-जोगते घसीटते हुए जा रहे थे। सभी जत्थों पर बस म्हादू ही छाया हुआ था। उसी की महिमा गायी जा रही

थी। किसी को अन्य विषय सूझ ही नहीं रहा था।

तानाक्का ऐनापुर की आक्कव्वा से बातचीत में मशगूल हो गयी थी। पारव्वा अपनी इर्दगिर्द की जोगतिनों का हुजूम बनाकर आगे बढ़ रही थी। सभी के बीच में शेवंताक्का अदब से चल रही थी। 'उदंऽऽ गं आई उदंऽऽ' की ध्वनि समुद्र की लहरों की भाँति गाँव भर में टकरा रही थी। म्हादू की बारात अपने दरवाज़े पर आते ही गली की औरतें उसके पैरों पर पानी उँडेल उसकी आरती उतारने लगी थीं। सारा जनसमुदाय पानी के रेले की तरह गली से गुज़र रहा था। प्रत्येक के पैरों में दफली का ताल धँस-सा गया था।

महादेव मंदिर के पास आने पर दफलियों की आवाजें धीमी पड़ गयीं। फिर पीछे चले रहे चौंडकियों को आगे बुलाया गया। आप्पया ने चौंडके का कपड़ा उतारकर जेब में ठूँसा। रामाण्णा ने अपने चौंडके पर रेशमी अस्तर ओढ़ाया। उसने चाँदी से मज़ा अपना चौंडका काँख से ऐसे बाहर निकाला, मानो पानी से मछली बाहर निकाल रहा हो। तीनों-चारों ने अपने-अपने चौंडके की आवाज़ों का ज़ायज़ा लिया। नाचनेवालों की धाँधली मच गयी। भीड़ चौंडके के हिलते कंधे, हाथों की तरफ़ बस देखती रह गयी। सबके कानों में चौंडके की आवाज़ें गूँजने लगीं। सभी लोग यह भी भूल गए कि वे गली में हैं।

...म्हादू जोगते की बारात कुंड से लौटी और महार टोले के रास्ते पर आई। पारव्वा जोगतिन जमावड़े से अलग हो गयी। उसने तानाक्का को हाथ के इशारे से बुलाया। तानाक्का के साथ आक्कव्वा जोगतिन भी पैर पटकते हुए पारव्वा के पास आई।

"क्यों रीऽ ? चल-चलकर थक गयी क्या?" आक्कव्वा ने पूछा।

"नहीं रीऽ," पारव्वा ने तायाप्पा की तरफ़ उँगली दिखाई। तायाप्पा सभी जोगतों के साथ बलखाता हुआ चला जा रहा था।

"लड़के में कुछ भी नहीं बचा।" तानाक्का बुदबुदायी।

"तुम्हारे ही गाँव का है न?" आक्कवा की नज़र तायाप्पा पर टिक गयी।

"हाँ रीऽऽ, लेकिन गाँव छोड़ दिया, तभी से सूखकर काँटा हो गया है।"

"लेकिन तानाक्का, एक बात है। उसकी चाल-ढाल में बदलाव आया है। देखो न, उसके हाथ अब यमनिया जैसे हिलने लगे हैं। इठलाते-बलखाते चलने भी लगा है। अभी-अभी तुम्हारे साथ बात करते समय कैसा मुरका लगाया था, देखा न?"

"अरी, जोगता है वो, ये सब तो आएगा ही न!" आक्कव्वा ने मुँह खोला। तानाक्का तायाप्पा की हरकतें निहारती खड़ी रही।

"लेकिन कुछ भी करके उसे गाँव भेजने को बोलो शेवंताक्का से।" पारव्वा बुदबुदायी।

"ऐसा करेंगे, कल निकलते समय शेवंताक्का से कहेंगे कि तू ही उसे लेकर आ जा। उसकी बात नहीं टालेगा वो।" तानाक्का तायाप्पा से नज़र हटाते हुए बोली। इन तीनों के इर्दगिर्द और पाँच-दस जोगतिनें जमा हो गयीं और पारव्वा का सारा खेल बिगड़ गया। वह दुबारा भीड़ में खोकर जोगतिनों की आवाज़ों में आवाजें मिलाकर खुसुरफुसुर करने लगी।

...जोगते की गद्दी की बारात गाँव का चक्कर लगाकर दरवाज़े पर आई और नाचनेवालों में और जोश चढ़ा। जोगतों की औरतनुमा हरकतें बढ़ती गयीं। उन्हें अपने पल्लू का भी होश नहीं रहा। तीनों दफलीवाले घुटनों को झटके दे-देकर दफली पीटने लगे। आसपास खड़े सभी जोगतों पर भी सनक सवार हुई। अपनी खुरदरी आवाज़ में उन्होंने 'उदंऽऽ' का घोष शुरू किया। तभी गंगव्वा अपना पीलाजर्द माथा लिए आगे बढ़ी। नाचनेवाले पेड़ों के जमघट में आई। सबसे पुराना पेड़ मतलब करंबली की तमनाक्का। उसने तमनाक्का के पैर छुए। तमनाक्का नाचते-नाचते रुकी और सिर धुनने लगी। दफलची की दफली धीरे-धीरे शांत होती गयी। गंगव्वा तमनाक्का के पैर छूकर अलग हो रही थी कि तभी नाच रहा आप्पा जोगता चीख उठा—

"मेरे पेड़ की कद्र नहीं हुईऽऽ अच्छा नहीं होगाऽऽ भुगतना पड़ेगाऽऽ।"

उसकी आवाज़ पूरी भीड़ में गूँज उठी। किसी की कुछ भी समझ में नहीं आ रहा था। गंगव्वा हड़बड़ाई।

"भगवन कुछ भूल हो गयी हो, क्षमा कर दोऽऽ।" वह आगे बढ़ी। आप्पा जोगते की आवाज़ फिर चढ़ी। सभी लोग हड़बड़ाए। पूरी भीड़ शांत हो गयी। जोगतिनें आपस में खुसुरफुसुर करने लगीं।

"पेड़ को अलग धलग कर दियाऽऽ गद्दी का अपमान हो रहा हैऽऽ।" आप्पा की आवाज़ों से सभी की धड़कनें तेज़ हो गयीं। गंगव्वा किंकर्तव्यविमूढ़ हो गयी। लेकिन शेवंताक्का सारा माजरा समझ गयी। वह भीड़ से आगे बड़ी और आप्पा जोगते के पास खड़ी होकर चिल्लाई-

"तुम्हारी ही गद्दी का भंडारा हो रहा हैऽऽ जो कहना है साफ-साफ कहोऽ। वरना मैं भी जोगतिन हूँऽऽ।" शेवंताक्का की आवाज़ से आप्पा जोगता सिटपिटा गया। क्या कहें, उसकी समझ में नहीं आ रहा था। फिर भी तनिक सँभलता हुआ धीमी आवाज़ में बुदबुदाया-

"जोगतिनों की पूजा हो रही है, जोगते की पूजा कहाँ हुई?" सभी गंगव्वा की तरफ़ देखकर खुसुरफुसुर करने लगे। शेवंताक्का ने दाँतों तले अपनी जबान काटी।

"पेड़ की पूजा हो रही है भगवऽऽ तनिक सब्र कीजिएऽऽ।" कहते हुए उसने तायाप्पा को पास बुलाया। उसके पैरों पर पानी उँडेलकर पूजा करवायी। एक-एक पेड़ धीरे-धीरे मुक्त होने लगा। तायाप्पा के मन में नाचनेवाले पेड़ को लेकर एक पहेली

आकार लेने लगी...

म्हादू जोगते की गद्दी के सामने पाँच जोगते और पाँच जोगतिनों की परड़ियों का पूजन हुआ। 'उदंऽऽ गंऽऽ आईऽऽ उदंऽऽ' के घोष से घर भर गया। भोजन की पंगत में मजमा लग गया। लगभग आधे जोगते तनिक पीकर आने के कारण पूरे बिगड़ गए थे। पूरी पंगत उनकी आवाज़ों के शोर से असहज हुई थी। उनकी चूड़ियों की आवाजों ने पंगत को घेर लिया था।

बाहर पंडाल में अच्छा-खासा पाँच-छह हाथ का चौका बनाया गया था, जिसके लिए पिंजरे का घेरा लगाया गया। उस पर पटरे बिछाए गए। गाँव के बच्चे सामने की जगह हथियाकर बैठे थे। पंडाल में तीन-चार गैसबत्तियाँ जगमगा रही थीं। मंडली के लोगों को तैयार होने के लिए दिए घरों में धाँधली मच गयी। सुंदरा के सुती चौंडके के तार जुड़ ही नहीं रहे थे। कमला सभी को समझा रही थी कि आज क्या-क्या गाना है, और किसी मंडली से कोई गाना आए तो उसका क्या उत्तर देना है। मल्लव्वा आईने के सामने बन-ठन रही थी। पड़ोस में ही ऐनापुर की तंगव्वा की मंडली अपनी तैयारी कर रही थी। चौंडकिया रामण्णा अपने चौंडके पर बार-बार हाथ फेर रहा था। आज की रात मंडली के लोगों के लिए बहुत अहम थी। यहाँ अगर मंडली बेहतर साबित हुई तो दो-चार न्यौते बढ़ ही गए समझो। इसलिए हर साल हर मंडली यहाँ अपने धराऊ पद ही पेश करती। जोगते-जोगतिनों के दिलों में जगह बनाने का भरसक प्रयास होता। सभी मंडलियाँ इसी तैयारी में लगी थीं।...रामण्णा के चौंडके की आवाज़ पूरी गली में गूँज उठी और कई जोगतिनों का कलेजा धक् से बोल उठा। अपना कामधाम छोड़कर जोगतिनें दरवाज़े पर आईं। शेवंताक्का ने पूरी गली पर नज़रें घुमायीं। सब तरफ़ लोग ही लोग।

रामण्णा एक तजुर्बेकार चौंडकिया। इस पंडाल में पहले चौंडका बजाने का अधिकार उसी का। उसका चौंडका पहले से सभी के दिल में बसा हुआ। उसके हाथ बिजली की तरह चलने लगे। हाथ के घुंघरु लपलपाने लगे। चौंडके की लय ऊँची-नीची होने लगी और आप्पया की धड़कनें बढ़ने लगीं। रामण्णा की मंडली के पदों के बाद इसकी बारी। कम से कम इस साल तो चौंडके की करामात दिखा ही देंगे। इस जिद से सुलग उठा आप्पया रामण्णा का चौंडका सुनकर पागल-सा हो गया। घड़ी-घड़ी उसके चौंडके का ताल बदल रहा था। तंगव्वा बीच में ही उठी और उसने अपने सुर रामण्णा के चौंडके में मिला दिए। दोनों के आवाज़ों की मिठास बैठे हुए सभी के कानों में घुलती गयी। लोग सुदबुध खो बैठे। तंगव्वा ने एक नया पद शुरू किया—

"मैया, तेरे लिए काम-धाम छोड़ दिया
कैसा री, नीति ने तालमेल तोड़ दियाऽऽ
पहाड़ों वाली मैया, तेरी महिमा मैं जान गयी

माथे की रेखाओं से कैसी दुश्मनी ठन गयी.."

पद पर डोलनेवाली जोगतिनें पद के ताल पर मन ही मन धँसती गयीं और आप्पया अपनी छप्पर मूँछों पर ताव देता हुआ उठ खड़ा हुआ। उसने तायाप्पा को इशारा किया। चौंडके को हाथ लगाया। रेणुका माता को प्रणाम किया। चौंडके के घुंघरुओं को भंडारा लगाया और चौंडके के छेड़ा। 'टाँगऽऽ टाँगऽऽ' आवाज़ गूँज उठी। दूसरे ही पल पैरों में हवा लग जाने की तरह तायाप्पा खड़ा हुआ। पल्लू पूरे बदन पर फिरने लगा... हाथों की हरकत टीस की तरह बढ़ती गयी। लोग चौंडके की आवाज़ को भी भूल गए और सभी घास की नोक जैसे लपलपाते तायाप्पा के पैरों की मुद्रा में खो गए। बैठे-बैठे कमलाक्का ने देवी का घोष शुरू किया। पारव्वा बावली-सी तायाप्पा को देखती ही रह गयी। तानाक्का गद्‌गद्‌ हुई। शेवंताक्का तायाप्पा के पैरों में भंडारा फूँकती रही। सीटियों की आवाज़ों से गली गूँज उठी...

"कैसाऽऽ नाचता है री... !" कई जोगतिनें पलकें झपकाना भूल गयीं। पारव्वा तो तायाप्पा पर लहू ही हो गयी थी। गाना ख़त्म होते-होते गंगव्वा ने दिए के काजल से तायाप्पा के गाल पर दीठ लगाई। आप्पया का कलेजा किसी टूटे बाँध की नदी की तरह चारों दिशाओं में दौड़ने लगा...

...भोजन के समय तक तायाप्पा के गाँव में आने की खबर हवा की तरह फैल गयी थी। कल्लव्वा दरवाज़े पर आँखें बिछाए बैठी रही। उसका कहीं भी मन नहीं लग रहा था। तायाप्पा अब आएगा, तब आएगा, इसी सोच में वह डूबी हुई थी। लगातार बाहर-भीतर आ-जा रही थी। पल भर के लिए उसने सोचा कि किसी लड़के को तानाक्का के घर भेज दें। लेकिन तुरंत उसने यह विचार त्याग दिया। "हमें ही उससे प्यार है और हम कुछ नहीं लगते उसके? आना है तो आए... !" वह बुदबुदाई। लेकिन उसके कदम ख़ामोश नहीं थे। लगातार इस कमरे से उस कमरे में चक्कर काटने लगी। ज़रा-सी आवाज़ हुई नहीं कि चौंककर दरवाज़े के तरफ़ बढ़ती। उसकी बेचैनी चरम तक पहुँची। बच्चे दिए के आसपास बैठे पढ़ाई में मशगूल थे। किसनिया पुस्तक खोले बैठा था। उसके पास आती हुई कल्लव्वा बोली-

"बहुत सूख गया है, क्या रेऽऽ?"

"कौन?" किसनिया अचानक चौंका।

"तुझसे मिला नहीं?" कल्लव्वा ने पूछा। किसनिया समझ गया।

"मुझे तो कहीं नहीं दिखा। लेकिन व्हगाड़िया का पकिया बोल रहा था।"

"कम से कम उसने तो देखा होगा न?"

"क्या पता!" और किसनिया दुबारा पढ़ने में डूब गया। कल्लव्वा झटके से उठी। चौखट लाँघकर गली में आई। घना अंधेरा छाया था। कोंडकर के घर से आ रही

बच्चे की रोने की आवाज़ें पूरी गली में भर गयी थीं। कल्लव्वा पागल-सी कालू पाटील की चढ़ाव की तरफ़ देखती रही। अंधेरे से कोई भी आता दिखता, तो उसे तायाप्पा समझकर वह चार कदम आगे बढ़ती। फिर चौंककर घर की दहलीज़ में आकर खड़ी हो जाती।

संगाप्पा घर में आया। कल्लव्वा भी उसके पीछे-पीछे घर में आई। उसकी इच्छा हुई...पूछे। लेकिन झगड़े की संभावना जानकर उसने मन मार लिया। फिर उठी और चूल्हे के पास गयी। आक्कव्वा से बोली-

"मैं हो आऊँ क्या री तानाक्का के घर... ?"

"अब किसलिए। आएगा सोने के समय तक। बिना वजह ये बिगड़ेंगे।" आक्कव्वा बोली। कल्लव्वा मुँह से पल्लू लगाए वहीं बैठ गयी। बाहरी कमरे के दरवाज़े पर आहट हुई और वह झट से उठकर दरवाज़े पर आई। देखा तो बड़का भीतर आकर खूँटे से तौलिया लटका रहा था।

"आपसे मिला?"

"कौन?"

लेकिन तभी संगाप्पा पटाखा जलाने की भाँति बोला, "और कौन? वही, तुम्हारा बेटा आया है... लेकिन भाभी बताए देता हूँ। आज अगर वो घर में आया, तो कल मैं घर से निकल जाऊँगा। फिर मत कहना बताया नहीं था। घर में झगड़ा हो जाएगा।"

"ऐसा क्या बिगाड़ा है उसने आपका? हुआ सो हुआ।" कल्लव्वा चिरौरी करती हुई-सी बोली।

"मैं कुछ नहीं सुनना चाहता! एक तो वो इस घर में रहेगा या फिर मैं!" संगाप्पा ने अंतिम फैसला सुना दिया। कल्लव्वा की आँखें भर आईं। वह भीतर के कमरे की तरफ़ मुड़ी। उसका संयम चुक गया।

बिस्तर बिछ गए। बच्चे लेटते ही खर्राटे भरने लगे। आक्कव्वा ने ढिबरी बुझा दी। पूरा घर अंधेरे में डूब गया। लेकिन कल्लव्वा की आँखों में नींद कहाँ? तायाप्पा घर नहीं आए, वरना कलह बढ़ जाएगा... घर बिखर जाएगा...। देवर का क्या है, खूब खटनेवाला आदमी है। बच्चे भी बड़े हो रहे हैं। हमारा क्या? बबनिया के बड़े होने में अभी पाँच-छह साल लगेंगे। सुमी तो अभी से शादी लायक दिखने लगी है। सारा खेल बिगड़ जाएगा। लेकिन उसने इनका क्या बिगाड़ा है... ? उस दिन झगड़ा किया, यही न। मेरी भी तो रोज़ तू तू मैं मैं होती है और खुद भी तो बोलता है! फिर मेरे ही बच्चे की बात इतनी कड़ुवी क्यों लगने लगी...।

कल्लव्वा अपने ही विचारों में खो गयी। ऐसे में छिपकली बोल उठी। कल्लव्वा उठ बैठी। उसे सहसा डर लगने लगा। आक्कव्वा को जगाने के लिए उसने हाथ बढ़ाया। लेकिन फिर झेंपकर चुप हो गयी। अपना जाया बच्चा...परदेसी बन गया। बीमार पड़ा

तभी ख़त्म हो जाता तो अच्छा होता। ये खींचातानी तो उसके-मेरे हिस्से में नहीं आती। अब उसका होना भी किस काम का? होना न होने एक जैसा। भगवान भी कैसा निर्दयी है!

कल्लव्वा ऊटपटांग-सी सोचती रही। सिसकी गले में आई तो गुदड़ी का कोना उसने मुँह में ठूँस लिया। येरगुड़े की तरफ़ किसी का कुत्ता रो रहा था। उसकी आवाज़ से कल्लव्वा की अंतड़ियों में मरोड़-सी उठी...।

अभी आधा गाँव भी माँगकर पूरा नहीं हुआ था कि तानाक्का के पोते ने आकर तायाप्पा को निंगनूर का संदेसा दिया। तायाप्पा वहीं से पीछे लौट पड़ा। परड़ी में बहुत हुआ तो पाव भर चावल इकट्ठा हुए होंगे। तायाप्पा ने झोपड़ी में आते ही चावल थैली में डाल दिए। चूल्हे पर चढ़ी भात की हाँड़ी थाली में परोस ली। चार निवाले गटककर उसे करंबली का रास्ता पकड़ना था। महीने भर से कोई न्यौता न आने के कारण तायाप्पा को अपनी देह भारी-भारी सी लगने लगी थी। करंबली का न्यौता आते ही उसे हल्का-हल्का महसूस होने लगा। रात में मंडली में नाचने की आदत उसमें बस गयी थी। मानो जीने का एक नया साधन ही मिला हो। कितनी ही बार उसका दिमाग़ घूम जाता। लेकिन एक रात नाचने के बाद पंद्रह दिन ऐसे बीतते कि पता भी नहीं चलता। करंबली के प्रति उसमें कमाल की उत्सुकता जगी। महीने भर से यमनिया से एक बार भी मुलाकात नहीं हुई थी। उधर के इलाके से कुछ भी खबर नहीं मिली थी। तायाप्पा करंबली पहुँचने के लिए अधीर हो उठा...

चावल की हाँड़ी, सांबार की पतीली उसने जल्दी-जल्दी धो डाली। साड़ी बदली। बड़ा-सा पल्लू निकाला। आईने में देखकर माथे के गोदने के निशान में कुंमकुम लगाया। सुबह दाढ़ी पर दो बाल छूट गए थे। इसका उसे आश्चर्य हुआ। फिर एक बार गालों पर हाथ फेरा। आईने में ग़ौर से देखा। खंभे से लटका चिमटा लिया और आईने में देखकर एक-एक बाल चिमटे से उखाड़ने का प्रयास शुरू किया। दो बाल उखाड़ने में चार घड़ियाँ लग गयीं। उसे हँसी आई। आईने में दिख रहे चेहरे की हँसी, गालों की हरकत देखते-देखते आईना भूलकर वह हँसने लगा। हँसते-हँसते तीन-चार बार वह अपनी ही जगह पर घूमा। पल्लू गुब्बारा बनकर देह से चिपक गया। कमर झटककर वह रुका। उसके रोंगटे खड़े हो गए...उसने अलगनी से हरी अंगिया ढूँढ़ निकाली। हाथों में पकड़कर झटकी। तनिक गालों से लगाकर खड़ा रहा। अचानक कुछ याद आया। पहनी हुई अंगिया के बटन खोले। अंगिया उतारते-उतारते वह रोमांचित हुआ। गले का दर्शन हिलकर नाक पर चढ़ गया। एक बार उसने अपने नंगे बदन की तरफ़ देखा। पेट पर केले की जगह उसे चमड़ी की तह नज़र आई। उसने हौले से पेट पर हाथ फेरा। उसे अपनी ही छुअन मीठी-सी लगने लगी। उसने जल्दी-जल्दी दाहिने हाथ की अंगिया

अलगनी पर डाल दी। दाँत में पकड़ी अंगिया पहनी। बाजुओं को ठीक किया। चूड़ियों की आवाज़ें उसे ही मनभावन लगने लगीं।

...तायाप्पा अपनी झोपड़ी से चल दिया।

करंबली की सरहद तक पहुँचते-पहुँचते अंधेरा घिर आया। तायाप्पा ने याद करने की कोशिश की, लेकिन किसके घर माता की स्थापना होनी है, उसे याद नहीं आ रहा था। किसके घर जाएँ, यह भी समझ में नहीं आ रहा था। गाँव में कहीं दफली की आवाज़ें भी नहीं आ रही थीं। वह पगडंडी पर पसोपेश में फँस गया। फिर मन ही मन साहस बटोरा और सोचा, पहले सीधे गंगव्वा का घर ढूँढ़ निकालेंगे। कार्यक्रम की जगह अपने आप मिल जाएगी। वह गाँव की पहली गली में आया। लक्ष्मी माता का मंदिर। बड़ा-सा चबूतरा। चबूतरे पर तीन-चार लड़के बैठे हुए थे। तायाप्पा उनके पास जाकर रुका।

"सुनिए, गंगू जोगतिन का घर किस तरफ़ है?" उसने पूछा।

लड़के हँस दिए। एक लड़का उठते हुए बोला, "पहले इस गली से ऊपर जाओ। फिर ऊपर से नीचे आओ। जो दिखे, उसी गली में घुस जाना। वहीं तो है।"

"अरे भाई, ठीक-ठीक बता न! भगत आदमी है।" दूसरा बुदबुदाया।

"भगवन् किस गाँव से पधारे हैं?" तीसरे ने यूँ ही पूछा।

"कहाँ तक पड़ा है रेऽऽ?" तायाप्पा ने डाँटते हुए पूछा।

"भगवन आपके जितना।" बीच में ही एक नमूने ने मुँह खोला।

"भड़ुवे, मैं पाँचवी कक्षा पास हूँ।" तायाप्पा का मुँह खुल गया। लड़के सिटपिटाए। फिर भी एक बुदबुदाया-

"अरे, भगवन् तो पढ़े-लिखे हैं।" बाक़ी लड़के भी हँसे और चल दिए। तायाप्पा मन ही मन खीज उठा और सामने की गली में चल पड़ा।

आखिरकार गंगव्वा का घर मिल गया और तायाप्पा ने राहत की साँस ली। लेकिन गंगव्वा घर पर नहीं थी। उसने गली के एक छोटे बच्चे को साथ लिया। चौगले के घर में माता की स्थापना हो रही थी। गंगव्वा भी अभी-अभी घंटा भर पहले आई थी। तायाप्पा को देखते ही उसने राहत की साँस ली।

"भगवन्, राह देखते-देखते हम परेशान हो गए।" गंगव्वा ने तायाप्पा के लिए आसन बिछाया।

"कमलाक्का और बाक़ी लोग नहीं आए अभी तक?"

"वो लोग तो चार बजे ही पहुँच गए। सखुबाई के घर गए हैं।"

"फिर मैं भी उधर जाता हूँ।" तायाप्पा उठने का उपक्रम करने लगा।

"और ये सब कौन करेगा? भगवन्‌ हमारे गाँव में कोई भी बाल जोगतिन नहीं है। इसीलिए तुम्हें जल्दी बुलाया है। ये सब तुम्ही को करना है।"

"तुम भी तो हो!"

"भगवन्, तुम्हारी बात अलग, मेरी अलग। मैं झुलवा की जोगतिन हूँ।" गंगव्वा बुदबुदाई। तायाप्पा अच्छा-खासा शरमाया। फिर वह उठा और उसने पूरे देहरे का प्रबंध अपने हाथों में ले लिया।

"देवी मैया को पहाड़ से ले आए या कोट गाँव से?" उसने देहरे की सभी वस्तुओं की तरफ़ देखते हुए कहा।

"पहाड़ से लायी। मैं भी थी साथ में। इस घर का सारा मामला अज़ीब है भैयाऽऽ। साल भर में पाँच जानवर चल बसे। कितनी बार कहा इनसे कि माता को घर ले आइए, लेकिन नहीं! अब देखो, कैसे राह पर आ गए?"

"कुछ लोग ऐसे ही होते हैं। देर से समझते हैं माता की महिमा। कौन समझाए?" और तायाप्पा ने थाली में चोली के कपड़े पर रखा देवी का टाक देखा। गंगव्वा सरककर उसके कानों के पास मुँह ले जाती हुई बोली-

"तुम्हें कुछ पता चला?" तायाप्पा की कुछ भी समझ में नहीं आया। उसने गर्दन हिलाई। वह फिर धीमी आवाज़ में बोली-

"दुड़गिया का रामू चौंडकिया मिला था।" तायाप्पा के मन में फिर कोलाहल मच गया।

"क्या कह रहा था?"

"कहेगा क्या? सुना है आक्कू जोगतिन परे गाँववालों ने बड़ा जुल्म किया है।" गंगव्वा रुकी। तायाप्पा के कान खड़े हो गए। ये कोई नया मामला दिख रहा है, इसलिए वह काम छोड़कर गंगव्वा की तरफ़ चेहरा किए देखने लगा।

"बहुत बुरा हुआ। देवी जैसी औरत। बहुत बुरा हुआ उसके साथ!"

'क्या हुआ, क्या हुआ?"

"होना क्या है भैयाऽऽ! पहले वह वहाँ के पाटील के साथ थी। रखैल ही समझो। सब मिलता था उसे। जोगवा माँगने भी नहीं जाती थी। बस उसी की सेवा करती थी। पिछले हफ़्ते उसके गाँव में किसी चुनाव की सरगर्मियाँ थीं।"

"तो"

"तो क्या? इसका पाटील खड़ा था चुनाव में, इसलिए किसी औरत से भंडारे का डर दिखाकर बोली होगी कि पाटील को ही वोट दो, आपको भंडारे की कसम! अब बोलेगी ही न! इसमें क्या ग़लत बात? लेकिन विरोधी दल के लोगों को यह बात पता चली, और वही हुआ जो नहीं होना चाहिए था।"

"मारा-पीटा होगा?" तायाप्पा गालों पर हाथ रखकर बैठा।

"मारा-पीटा होता तो गनिमत होती। लेकिन रात में दस-बारह लोगों ने उसे पकड़ा। उसकी साड़ी की चिंदियाँ-चिंदियाँ कर डालीं। सुबह पड़ोसन ने लोटा भर पानी

मुँह पर मारा, तब होश आया! देखा, बदन पर कुछ भी नहीं। बकरी की तरह चिल्लायी। सारा गाँव इकट्ठा हो गया। पाटील ने हिंग्लज के थाने में शिकायत की। सब उल्टा हो गया भैयाऽऽ।

...अब ये ठहरी जोगतिन, क्या ज़रूरत थी पुलिस में जाने की? गाँव में रहना है तो ऐसा कैसे चलेगा?'' गंगव्वा ने हाथ नचाया। तायाप्पा सन्न हो गया।

''क्यों नहीं करनी चाहिए शिकायत!'' वह जोर से बड़बड़ाया।

''ऐसा नहीं होता भैयाऽऽ। अब जब सारे झंझट पीछे पड़ जाएँगे, तब पता चलेगा।'' गंगव्वा पलथी मारकर बैठ गयी। तभी चौगले की बूढ़ी माँ देहरे के पास आई और इनकी बातचीत बंद हो गयी। लेकिन तायाप्पा के दिमाग़ में मधुमक्खियों का छत्ता टूटा था। उसे अपने इर्दगिर्द रखी कौड़ियों की माला ऐसी दिखने लगी, मानो की ड़ों की कतार हो।

खाना-पीना होते-होते आठ-नौ बज गए। तायाप्पा यमनिया के साथ गाँव में चक्कर लगाकर आया। आप्पया से हालचाल पूछा। कमलाक्का अभी तैयारी में लगी थी। सुंदरा अपनी ही धुन में बैठी थी। लेकिन मल्लव्वा के माथे पर आज सलवटें थीं। तायाप्पा ने उसे मनाने का खूब प्रयास किया, लेकिन पट्ठी अपनी ही जिद पर अड़ी रही। तायाप्पा को उसकी नाराज़गी समझ में नहीं आ रही थी। उसने यमनिया को अलग ले जाकर पूछा—

''आज ये इस तरह उखड़ी-उखड़ी क्यों है?''

''काफ़ी कुछ हुआ है उसके साथ। तुम्हारी समझ में नहीं आएगा। उसका वो आदमी था, पता है?'' यमनिया ने हवा में हाथ घुमाया। तायाप्पा ने हामी भरी।

''उसकी बीवी ने गाँव में दुकान के सामने ही कल इसकी झोंटी पकड़ी। क्या बताऊँ, पूरा गाँव जमा हो गया था।'' यमनिया का हाथ ठोड़ी पर आ गया। तायाप्पा सारा माजरा समझ गया और सन्न होकर पीछे खिसक गया।

...कमलाक्का ने पंडाल में रेणुका माता का पूजन किया। आप्पया का चौंडका हमेशा की तरह गूँजने लगा। तायाप्पा का नाच शुरू हुआ। करंबली गाँव के लड़के जोश में आ गए। किसी ने रुपए के नोटों की माला तायाप्पा को पहनाई। तायाप्पा को और जोश चढ़ा। आप्पया के चौंडके को पाँच का नोट बाँधा गया। उसका हाथ बेकाबू हो गया। तायाप्पा आधी रात तक बस नाचता ही रहा। विश्राम के लिए गाना रुका। तायाप्पा पेशाब के लिए भीड़ से दूर गया। उसके पीछे-पीछे तीन-चार लड़के उठे। तायाप्पा पंडाल की तरफ़ लौटने लगा और लड़कों ने उसे पकड़ा। तायाप्पा भी मूड़ में आ गया। लड़कों से ही छेड़खानी करने लगा। उनमें से एक को लेकर भरी भीड़ में कमलाक्का के पास आ बैठा। कमलाक्का के सामने उसका गुलचा मारते हुए बोला—

''अभी-अभी इसने रुपये की माला पहनाई।'' कमलाक्का ने उसकी तरफ़ देखा

भी नहीं। वह लड़का तायाप्पा से और सटकर बैठा। उसका हाथ तायाप्पा की कोहनी से बाहर आया। कमलाक्का बारीकी से सब देख रही थी। लड़के ने कुछ ज़्यादा ही शरारतें शुरू कीं। कमलाक्का जल्दबाज़ी में गाने के लिए खड़ी हो गयी।

गाने में दुबारा रंग चढ़ा। औरतें परसराम की कथा में डूब गयीं। लड़कों ने यमनिया को भी बहकाना शुरू किया। लड़कों के शोर से सबकुछ छितरने लगा। तायाप्पा लड़कों में कुछ ज़्यादा ही घुलकर डोलने लगा था। कमलाक्का के तलुवों में आग लग गयी। उसका ताल बिगड़ने लगा। क्या करे, उसकी समझ में नहीं आ रहा था। आप्पया ने सारा माजरा देखा और तायाप्पा और यमनिया को नीचे बिठाया। गाना तनिक लय में आया, तभी लड़के चिल्लाए—

''उस जोगते को नचाओऽऽ।'' कमलाक्का ने गाना बीच में ही रोका। हाथ जोड़कर सभी से कहा-

''माई-बाप, ये नौटंकी नहीं है, देवी माँ के गीत हैं।''

''चाहे जो हो, जोगते नाचने चाहिए।'' कोई चिल्लाया। कमलाक्का का संयम चुक गया और उसका मुँह खुल किया। लड़के हड़बड़ाए। चौगलिया बीच में आकर बोला, ''मेरे दरवाज़े पर गाना हो रहा है। बीच में कोई कुछ बोलेगा, तो उसके दाँत सलामत नहीं रहेंगे!''

बच्चे चुप हो गए। गाना दुबारा शुरू हुआ। तभी किसी ने तायाप्पा को इशारा किया। तायाप्पा ने गर्दन झुका ली। यह देखते ही पास बैठा एक लड़का सरकते-सरकते तायाप्पा से भिड़ गया और उसने तायाप्पा पर हाथ डाला। तायाप्पा अचानक बिगड़ा और उठकर घर के भीतर चला गया। लेकिन वह खुद हैरत में पड़ गया कि थोड़ी देर पहले लड़कों से बात करना उसे अच्छा लगा था। उस लड़के ने कुहनी तक में हाथ डाला, तब बदन में कुछ घुलता हुआ-सा महसूस हुआ था और अभी अचानक उस लड़के पर गुस्सा आया! ये कैसे हुआ? वह हड़बड़ाया। बाहर चल रहा गाना भी उसे सुनाई नहीं दे रहा था। उसका मन उड़ते-उड़ते कहीं दूर जा पहुँचा...

...शिरपा का पान का ठेला रोज़ शाम को लड़कों से भर जाता है। शुरू-शुरू में तायाप्पा को तनिक संकोच होता था। लेकिन शिरपा उसका सहपाठी था इसलिए अनिच्छा से ही वह वहाँ जाने लगा था। लेकिन अब तो वह उसका आदी हो गया था। शाम होते ही शिरपा के ठेले पर आए बिना पट्ठे को चैन नहीं आता। साथ ही आप्पया के कारण उसे कभी-कभी तंबाकू खाने की भी आदत पड़ गयी थी। इस कारण भी शिरपा के ठेले पर जाना पड़ता था। किसी दिन तायाप्पा जगराता के लिए बाहर जाता तो शिरपा भी बेचैन हो जाता...

...तायाप्पा शिरपा के ठेले पर आया, तब ठेले पर कोई ग्राहक नहीं था। शिरपा

अपनी ही धुन में पीला हाथी सिगरेट पी रहा था। तायाप्पा के आते ही तनिक आराम बैठते हुए मूँछों में हँस दिया। उसके चेहरे की लंबी-लंबी मूँछें तनिक हिल उठीं।

''देर हो गयी भगवन्?'' शिरपा ने हमेशा के स्वर में पूछा।

''हाँ यार... तुम्हारा क्या है, आराम से कूल्हे टेककर बैठे रहते हो। न तकलीफ़ न परेशानी! खा रे पेट और जा भाई दिन!'' तायाप्पा ने ठेले के सामने पटरे पर बैठते हुए हाथ नचाया।

''साले, क्या एक तुम्हीं को काम होते हैं। देखो, काम कर-करके झुक गया हूँ!'' शिरपा गालों में ही मुस्कुरा दिया। तायाप्पा ने हमेशा की तरह पैर ऊपर लेकर बैठक जमाई।

''भगवन्, आज क्या काम किया?''

''मुरदा जलाया उस कुंडलिया का!'' तायाप्पा उबल पड़ा।

''मुरदा जलाने के लिए भगवान की ज़रूरत नहीं होती। उसके नाते-रिश्तेदार ही काफ़ी हैं!''

''अरे, मुआ बोला कि आता हूँ और आया ही नहीं। अब क्या करूँ, बता?''

''उसे क्यों बुलाया? यहाँ तो कई पड़े हैं!'' शिरपा को चूहल सूझी।

''यहाँ के लोगों का अचार डालूँ? अरे, मेरी झोपड़ी तनिक ठीक करनी है... अब दौंगरा शुरू होने पर परेशानी नहीं होगी?'' तायाप्पा आसमान को निहारने लगा।

उंडगे का संबिया तंबाकू की गोली दाँतों तले दबाए ठेले के पास आया। उसके साथ लकड़ी का आशिया, माने का पबिया झूमते हुए रुक गए। पबिया हमेशा की तरह तायाप्पा के पास आकर कूल्हा टेकते हुए बोला-

''भगवन्, आज कौन-से गाँव गए थे?''

''आज कोई भी गाँव नहीं गया। पूरा दिन यहीं घर में गुज़ारा।''

''यार, भगवान के तो मज़े ही मज़े हैं। चार गाँव घूमते ही आठ धड़ी चावल! भगवन्, ऐसी क्या ज़रूरत होती है अकेली जान को?'' आशिया ने तायाप्पा को छेड़ना शुरू किया।

''अबे दानवीर करन की औलाद! दरवाज़े पर मुट्ठी भर अनाज भी कभी परोसा है तुम्हारी माँ ने? तुम्हारी माँ को तो बस मुफ़्त में भंडारा चाहिए। बाक़ी लोग भी तुम जैसे ही हैं!''

''भगवन्, सच-सच बताइए, हफ़्ता भर जोगवा माँगने के बाद कितना चावल इकट्ठा होता है?'' उंडगे का संबिया भी मज़ाक के मूड में आया।

''इससे तुम्हें क्या? मुझे चाहे जितना मिले? क्यों तू भी साड़ी पहनेगा?'' तायाप्पा ने हाथ नचाया और सारे लड़के खिलखिला उठे।

''भगवन्, आप भी तनिक दान-धरम कीजिए न! हम जैसे लड़कों को भी कुछ-

कुछ दीजिए न।'' माने के पबिया ने दुबारा विषय बढ़ाया।

''देता हूँ मेरे लल्ला!'' और तायाप्पा ने उसे पास खींचा और ''सब देता हूँ, क्या चाहिए तुम्हें मेरे बच्चे?'' और उसके सिर पर हाथ फेरने लगा। बाक़ी लड़के लोटपोट होकर हँसने लगे। पबिया उससे सटकर बैठा और बोला, ''भगवन्, मुझे गोद ही ले लीजिए!'' और उसकी गोद में कुहनी टेककर बैठ गया।

''लेता हूँ, गोद ही क्यों, तुझे रख ही लेता हूँ न!'' और तायाप्पा ने उसके गाल पर चिकोटी काटी। लड़कों में ठहाकों की लहरें उठने लगीं। उनके साथ तायाप्पा भी हँसने लगा।

तायाप्पा काफ़ी देर तक हँसता रहा और अचानक उसे ख़्याल आया कि उसके हँसने से यहाँ लोग इकट्ठा होने लगे हैं। वह चुप हो गया। संबिया, पबिया, आशिया हँसते ही रहे। हँसते-हँसते संबिया ने तंबाकू कब निगल लिया, पता भी नहीं चला। उसे हिचकियाँ आने लगीं और वह पिचकिया हरिभाऊ के होटल की तरफ़ खिसका...

ढगरे का आंदिया, पेंगी का पांडिया अब घूमते हुए शिऊ बढ़यारिन के यहाँ जा रहे थे। धीरे-धीरे वे ठेले के पास आए। पबिया को अभी तक हँसता देखकर ढगरे का आंदिया शिरपा से बोला-

''क्यों शिरपतराव, आज भगवन् के साथ यहीं बैठे हो?'' उसकी बात का व्यंग्य झट् से तायाप्पा समझ गया।

''देखा, मैं तुम्हारे साथ बैठा हूँ और इसे बुरा लग रहा है?'' उसने आंदिया को जवाब दिया। तभी उसके समर्थन में पेंगी का पांडिया आगे बढ़ता हुआ बोला-

''भगव्न्, बुरा मत मानना। वह आपसे तो कुछ नहीं बोला। वह तो शिरपा के साथ बतिया रहा है, आपको गुस्सा क्यों आ रहा है?''

''सुना भइया, कैसा तोता बोल रहा है। क्यों रेऽऽ...'' तायाप्पा अचानक बिगड़ गया। पांडिया समझ गया कि अब अपनी खैर नहीं और वह वहाँ से चला गया। उसके पीछे-पीछे आंदिया भी खिसक गया। तायाप्पा बुदबुदाया-

''कलमुँहे कहीं के?'' उसने गर्दन को झटका दिया। कानों की बालियाँ झट् से दमक उठीं। शिरपा कानों की तरफ़ देखता ही रह गया।

''भगवन्, बालियाँ कब खरीदीं?''

''इतवार को। पाँच आने तौल की। अब सोना कोई खरीदने की चीज नहीं रह गयी भैया...।'' तायाप्पा पांडिया को भूल गया।

''साला, हमारे यहाँ खाने के लाले पड़े हुए हैं और तुम सोना खरीद रहे हो? तुम्हारी तो बहुत मज़े में कट रही है!''

''पागल हो या सीड़ी हो! अरे भइया दो साल से जगराता के पैसे इकट्ठा कर रहा हूँ। लेकिन उसमें भी सौ रुपए कम पड़ गए। तानाप्पा ने डाले पता है!''

"कैसी गृहस्थी की बातें कर रहा है रेऽऽ!" तुका पाटील पास आया और तायाप्पा चौंककर सीधा बैठ गया।

"कहाँ, ऐसे ही बैठे हैं।" शिरपा भी सीधा बैठ गया।

"भगवन्, माँ-बाप के पास कभी जाते भी हो या नहीं?" तुका पाटील ने अनचाहा विषय छेड़ दिया।

"जब घर से ही निकाल दिया है, तो क्यों जाएगा?" शिरपा माहिते ने बीच में ही पूछा।

"ऐसा नहीं रेऽऽ, ये चला जाए तो क्या वो लोग मना करेंगे?"

"मना करेंगे? चाचा तो टाँग तोड़ने की बात करता है।" शिरपा ने सूचना दी।

"अरे स्साला, लेकिन उसे क्या इसकी कमाई कड़ुवी लगेगी?"

"तो पूछिए न आप किसी दिन उसे...।" शिरपा ने बात ही ख़त्म कर डाली। तायाप्पा को तनिक खुला-खुला लगने लगा। तुका पाटील ने दस पैसे की बीड़ियाँ खरीदीं और अपने रास्ते चला गया। फिर शिरपा ने विषय छेड़ा।

"भगवन्, माँ कभी आई थी मिलने...हफ़्ते भर में?"

"चार दिनों में चक्कर हो ही जाता है। और अब मैं भी तो ध्यान दे रहा हूँ न घर की ओर! कभी-कभी बच्चे आते हैं। पमी तो यहीं पड़ी रहती है।"

शिरपा कुछ और बोलनेवाला था लेकिन तभी तुका मास्टर ठेले पर आता दिखाई दिया और शिरपा चुप हो गया। मास्टर पास आया और तायाप्पा के सिर पर थपकी लगाते हुए शिरपा से बोला-

"क्या कहते हैं भगवन्? शायद आज जगराता का कहीं न्यौता नहीं है?"

"शिरपा को क्यों बुलाएँगे जगराते में? मास्टरजी आप कुछ भी पूछते हो।"

"अरे भाई, शिरपा से नहीं, तुमसे पूछा।"

"तो फिर ऐसे सामने आकर पूछिए न!" तायाप्पा ने मास्टर को पीछे खींचा।

"साला, भगवान भी बिगड़ गया बाबाऽ। क्यों शिरपा?"

"मास्टर भी कहाँ बिना बिगडे रह गए है। क्यों शिरपा? बताऊँ सारी बातें चौपाल पर?" तायाप्पा कमर मटकाते हुए उठा। मास्टर झेंपकर हँस पड़ा।

"और भगवन्, कोई ख़ास बात?" और तायाप्पा के कंधे पर हाथ रखकर खड़ा हो गया।

'गुरुजी, अपनी पाठशाला में रखिए कभी न हमारा गाना!" तायाप्पा पर न जाने क्या सनक सवार हुई। मास्टर हँसने लगा। शिरपा की भी हँसी रुक नहीं रही थी।

"बहुत अच्छे! तुम्हारा गाना रखता हूँ और मैं जूते खाता हूँ!"

"कौन मारेगा जूते आपको? भगवान के सामने किसी की क्या बिसात, बताइए तो।" तायाप्पा ने हाथ नचाया।

"ऐसा करो, तुम सरपंच से कहो।" मास्टर की हँसी रुक नहीं रही थी।

"वह तो झख मारकर हाँ कहेगा। वरना उसका पारव्वा के पास आना हमेशा के लिए बंद कर दूँगा।"

"तुम क्या बंद करोगे? वह खुद आती है।"

"गुरुजी, मैं भी उस्ताद हूँ। भरे चौक में नंगा करूँगा उसे। ऐसी बातें मत करना। तुम्हें पता नहीं, मेरे सामने कैसा गऊ बनता है।"

तायाप्पा तैश में आ गया। मास्टर को यूँ ही डर लगने लगा। उसकी बोलती बंद हो गयी। काफ़ी देर तक तीनों एक दूसरे की तरफ़ देखते रहे। पिसाल का जानिया शिऊ बढ़यारिन के घर की तरफ़ उतरा। तभी तायाप्पा शिरपा को इशारा करते हुए बोला–

"देखा, आ गया मूत पीके।"

"अब तुमसे चिपक जाएगा, संभालो।" मास्टर नीचे देखता हुआ बोला। तायाप्पा जोर से हँसा। जानिया तायाप्पा के पास आया और शिरपा की तरफ़ देखता हुआ बोला–

"चार आने का तंबाकू देना तो ज़रा।"

"दे दे बाबा। उतने ही बचे होंगे। वो भी ख़त्म होने दे।" तायाप्पा ने मुँह खोला। शिरपा ने तंबाकू की पुड़िया सामने की।

"भगवन्, चलिए न!" और उसने पुड़िया जेब में रखी। तायाप्पा चुपचाप उसके साथ चलने लगा। मास्टर दोनों की तरफ़ देखता ही रह गया...।

रत्नव्वा के दरवाज़े पर सारा गाँव जमा हो गया था... माजरा क्या है, किसी की समझ में नहीं आ रहा था। सारे लोग परस्पर कानाफूसी कर रहे थे और एक दूसरे का चेहरा देखकर भीतर का अंदाज़ा लगा रहे थे। घर लोगों से ऐसा भर गया था कि बाहर का आदमी बाहर और भीतर का भीतर। किसी के लिए कुछ भी समझना संभव नहीं था। भीतर से रत्नव्वा के साथ मारपीट की आवाज़ें आ रही थीं। औरतें भीतर घुसतीं और बाहर आ जातीं, लेकिन भीतर क्या हो रहा है, किसी को समझ नहीं आ पाता। बाटिया दुकानदार जल्दबाज़ी में लोगों को पीछे धकेलता हुआ भीतर घुसा और उसने सीधे रत्नव्वा पर लातों की बरसात करते हुए उसे बाहर खींचा। लोग अवाक् होकर देखने लगे। बाटिया बहुत ही गुस्से से रत्नी को पीटने लगा। तभी जोतिबा खड़किया बीच में आया—

"अरेऽ क्या हुआ कुछ तो बता। आया और सीधे लातों से पीटने लगा। तेरा भाई भी अभी-अभी इसे पीटकर गया। ये क्या हो रहा है? क्या मुग़लिया राज समझ रखा है?"

"तातिया, इस रंडी के खेल तुम्हारी समझ में नहीं आएँगे। तुम बीच में मत

पड़ो।'' बाटिया बोला। तभी भीड़ से कोई चिल्लाया-

''अरे, ये उनका घरेलू मामला है! हमें क्या करना है? चलो उधर!''

''अब ओ चलो वाले! ये लोग लड़की की जान ले लेंगे और बाद में पड़ोसी होने के नाते झंझट हमारे पीछे पड़ जाएँगे। जिस किसी को मारना है। अपने दरवाज़े में ले जाकर मारे।'' और ज़मीन पर पड़ी रत्नी को उसने घर में धकेला। बाटिया को भी दो-तीन लोगों ने खींचकर अलग किया। तभी तानाक्का दौड़ती हुई दरवाज़े पर आ पहुँची। देखा तो लोगों का हुजूम लगा हुआ। तानाक्का को देखते ही बाटिया का खून खौल उठा-

''यही राँड झुलवा रचाने चली है। इसकी माँ की...'' और बाटिया तानाक्का की तरफ़ लपका। गली में फिर कोहराम मच गया।

''ए भडुवेऽऽ, मुझे क्यों कोस रहा है? अपने भाई को बाँधकर रख। अपने भडुवे भाई को बड़ा संत समझ रखा है, जो उसकी तरफ़दारी करने आया है। उसे सामने ले आ, फिर चखाती हूँ तुझे मज़ा।''

तानाक्का का मुँह चलने लगा। औरतें ठगी-सी देखने लगीं। बात से बात बढ़कर कुछ अनर्थ न हो जाए, इसलिए औरतों ने तानाक्का को भी भीतर धकेला। बाटिया को घर की तरफ़ खदेड़ा। धीरे-धीरे गली बिखर गयी...

शाम को तानाक्का म्हादू पाटील को बुला लाई। मोहिते को बुलाने के लिए उसने पारव्वा को उसके घर भेजा। गनपू मिसाल पहले ही आकर बैठा था। मोरे के बालू दादा ने 'अभी आता हूँ' का संदेश भेजा था। तानाक्का भीतर ही भीतर तिलमिला रही थी। उसने पोते को बाहर बुलाया और तायाप्पा की झोपड़ी की तरफ़ भेजा। उसे ताज्जुब हुआ कि सब पता चलने के बावजूद तायाप्पा सुबह से इधर आया क्यों नहीं? मोहिते का बंडू आया। तानाक्का ने उसके लिए टाट का टुकड़ा बिछाया। म्हादू पाटील को झोपड़ी में अपनी धुन में मगन देखकर बंडू मोहिते बोला-

''क्यों सरपंचजी, आए दिन गाँव में बहुत कुछ होने लगा है।''

''होगा ही भइया, कलिजुग!'' म्हादू पाटील मुँह में जमा पीक सँभालते हुए ही बड़बड़ाया।

'सरपंचजी, ये सब देवी मैया के मेले की अनदेखी फल है। एक बार लक्ष्मी मैया के मेले का आयोजन कीजिए तो।'' गनपू मिसाल ने खुच निकाला।

''जब लोगों की ही नीयत की बिगड़ गयी है, तो लक्ष्मी मैया भी क्या कर लेगी?'' बंडू मोहिते गुर्राया।

''ऐसा कैसे बंडोबाऽऽ भगवान का भी कुछ होता है न!''

''बिल्कुल होता है। लेकिन इस मामले में भगवान क्या संबंध? इस बिस्निया बाटिया को क्या भगवान ने बिगाड़ा है?''

"और क्या? यही तो बात है!"

"अब क्या बोलूँ, मेरा सिर...साला!" बंडोबा के मुँह से निकल गया।

"क्या हुआ...?" तानाक्का उनके पास आई।

"क्या बताऊँ? मिसाल कहता है कि बिस्नियाको भगवान ने बिगाड़ा है!"

"हूँ...इस हरामी को भगवान बिगाड़ेगा? अपने इस भडुवे भाई की बात मारतिया सुन नहीं रहा है, इसके लिए कौन क्या करेगा?"

"क्या कहता है मारतिया?" म्हादू पाटील चौखट पर थूकता हुआ बोला।

"अब आप ही पूछिए।"

"बुलाने कौन गया है?"

"दगडू ने कहा है कि दोनों को ले आता हूँ।"

तानाक्का की बहू चाय ले आई और बातचीत रुक गयी। दगडू मोटिया बिस्निया और मारतिया को ले आया। सारा माहौल संज़ीदा हो उठा। तीन कप चाय फिर से बाहर आई। बिस्निया लाल-लाल आँखों से इधर-उधर देख रहा था। तानाक्का गर्दन झटकने लगी थी।

"अब कौन आना बाक़ी है?"

"कोई नहीं। तायाप्पा को बुलाने बच्चा गया है।" तानाक्का बुदबुदायी।

"उसकी क्या ज़रूरत! जनखा आदमी। शुरू करो। आ जाएगा वह तब तक।"

"क्या शुरू करें? इस भडुवे ने पूरी गली के सामने मुझ पर इल्जाम लगाया पहले, इसका जवाब दीजिए।"

"केवल इल्जाम लगाया। हाथ आती तो तुझे भी पैरों तले कुचल देता!" बिस्निया अचानक बिगड़ गया।

"देखो बिस्नू, औरतों पर हाथ उठाने के लिए मर्दानगी की ज़रूरत नहीं होती।"

"ग़लती किसी की भी हो, पर इसे बीच में आने की क्या ज़रूरत थीऽऽ?"

"ऐसा कैसे? जोगतिन के मामले में जोगतिन बीच में नहीं आएगी, तो कौन आएगा?" बंडोबा ने बिल्कुल लाजवाब मुद्दा रखा।

"क्यों रे मारतिया! झुलवा रचाने को तू राज़ी है?" पाटील ने मुद्दे की बात की।

"झुलवा क्या रचाएगा भोसड़ी का, टाँगे तोड़ दूँगा उसकी।" बिस्निया बिगड़ गया।

"ए टाँग तोड़नेवालेऽऽ, किसके लिए रुका है? अभी तोड़ न टाँग! भाई तेरा, टाँग तोड़नेवाला तूऽऽ, यहाँ किसे रंडी की तरह डरा रहा हैऽऽ।" तायाप्पा मटकता हुआ भीतर आया। म्हादू पाटील हड़बड़ाया।

"हम तेरे भाई को बुलाने आए थे क्याऽऽ बात करता है! सोते वक्त अच्छा लगाऽऽ और अब भुगतते समय गाँड़ फट रही हैऽऽ? तायाप्पा की औरतनुमा आवाज़

पूरे कमरे में गूँज उठी।

"भडुवा रात-दिन पड़ा हुआ था इसके घर में, तब क्या तू भाई की दलाली खाने गया था?" तानाक्का भी जोर में आई। मारतिया सरककर बैठ गया।

"रत्नव्वा बाहर आई और बात से बात बढ़ती गयी। बंडोबा मोहिते ने डपटकर सबको शांत किया।

"मारतिया...ऽऽ, तू अपनी बता भाईऽऽ।" बंडोबा ने पूछा। मारतिया कुछ नहीं बोला। रत्नी सिटपिटाई।

"अब बोल न, मुँह पर ताला क्यों लगा लिया?" रत्नी की आवाज़ से मारतिया डावाँडोल हुआ।

"तानाक्का, इनसे पूछने की ज़रूरत नहीं। इसे खींचकर जबरदस्ती झुलवा रचा देंगे!" तायाप्पा ने डपटकर कहा।

"मुझसे नहीं होगा।" मारतिया ने ऊपर देखते हुए कहा। तानाक्का कटे पेड़-सी सिटपिटाई। रत्नी की आँखें टूटे नारियल-सी बहने लगीं।

"क्यों बे हिज़ड़े, चिपकते समय अकल नहीं थी? उसे खेत की गाजर-मूली समझ रखा है। हरामी, मुँह उठाकर कहता है कि नहीं होगा। परड़ी पलटकर हिजड़ा बना दूँगी। छोडूँगी नहीं।" तायाप्पा तिलमिलाया।

"अबे ओय हिजड़ा बनानेवाले? वो जोगतिन और हम, अपना-अपना देख लेंगे। तुझे किसने बुलाया बीच में भाँजी मारने को?" बिस्निया भी तैश में आया।

"जोगतिन है इसीलिए बहुत घमंड दिखा रहा है न तू। अपने घर की होती तो पता चलता।" तायाप्पा का संयम चुक गया। बिस्निया बिफ़रकर तायाप्पा की ओर लपका। गनपा मिसाल ने उसे जगह पर बिठाते हुए कहा,

"बिस्निया, इतना आसान नहीं होता। मारतिया के बोलने से मामला ख़त्म नहीं होता। सत्यानाश हो जाएगा। जरा सब्र से काम लो।"

"सब्र की ऐसी की तैसी। आपको जो करना है कीजिए। दुबारा हमसे उलझने की ज़रूरत नहीं।" बिस्निया उठा और मारतिया को लेकर निकल गया। म्हादू पाटील ठगा-सा देखता ही रह गया। क्या कहें, उसकी कुछ भी समझ में नहीं आ रहा था। गनपा मिसाल अपने आप से कुछ बुदबुदाता रहा।

"जब लड़के ने धता बता दिया, तो क्या करेंगे?" बंडोबा मोहिते बोल गया। रत्नी को ऐसा लगा, मानो घर चकरा रहा है। तायाप्पा ने दोनों हाथों की उँगलियाँ ज़मीन पर चटकाते हुए कहा-

"हरामी को भरे बाज़ार में पकड़ेंगे, छोड़ेंगे नहीं। देखता हूँ कहाँ जाता है।" गनपू मिसाल चकित होकर तायाप्पा की तरफ़ देखता ही रह गया।

हिंग्लज पहुँचते-पहुँचते क़रीब दस बज गए थे। तायाप्पा को गरगा के होटल में चाय पीने की इच्छा हुई। उसने केले से रेज़गारी निकाली। गरगा के होटल में चाय पी और नदी की तरफ़ मुड़ा। उसने सोचा, तानाप्पा से मुलाकात हो जाए तो अच्छा होगा। वरना बेकार में पैदल चक्कर हो जाएगा। तानाप्पा न मिले तो यल्लव्वा पास जाने की सोचकर वह तानाप्पा के झोपड़ी की तरफ़ खिसका।

तानाप्पा अपनी ही धुन में एक-एक झाला निकालकर उसकी कमचियाँ ठीक कर रहा था। तायाप्पा को देखते ही वह चकित हुआ। हाथ का काम छोड़कर उठा-

"“मैंने तो सोचा तुम हिंग्लज भूल ही गयी रीऽऽ?"

"अच्छा! हिंग्लज को भूलकर क्या करूँगी? मुझे और ही डर सता रहा था। अगर तू अगर झोपड़ी में न मिलती तो क्या करती? मेरा चक्कर हो जाता...।" तायाप्पा ने कोने में नज़र घुमाई।

"आज कहीं जगराता का न्यौता है?"

"नहीं रीऽऽ, सोचा चलकर देखें तो सही, क्या चल रहा है! ऐसे में यल्लव्वा का भी पता चला।"

"तुम्हें कब पता चला रीऽऽ?" तानाप्पा ने घुटने पर सरक आई साड़ी ठीक की।

"चार दिन हुए, लेकिन फुरसत ही कहाँ। कटनी का मौसम है न अब। आगे-पीछे कुछ देखें नहीं!"

"कटनी में कहाँ दँवरी चलानी है तुझे? कहीं घर तो नहीं गयी रहने?"

"हूँऽऽ, ऐसी मेरी किस्मत कहाँ रीऽऽ। पिताजी अभी-अभी बात करने लगे हैं। चाचा तो अभी भी मरखनी भैंस की तरह देखता है।"

"देखने दे। लेकिन तुम्हारी माँ अब बहुत थक गयी होगी नऽऽ?"

"कुछ नहीं बचा अब उसमेंऽऽ लेकिन फिर भी आती है मेरे पास।"

"माँ का कलेजा है, नहीं आएगी तो क्या करेगी बेचारी! तानाक्का क्या कहती है?"

"कहेगी क्या! रत्नी ने दिमाग़ चाट डाला है सबका!"

"अब और क्या हुआ रीऽऽ?" तानाप्पा के कान खड़े हो गए।

"क्या होगा? पीछे मैंने तुमसे कहा तो था! बाटिया के लड़के के साथ झुलवा रचानेवाली है, वही मामला।"

"फिर?"

"फिर क्या? उसके भाई ने पूरी गली के सामने पीटा इसे! वो लड़का भी मुकर गया। सबकुछ बिगड़ गया। अब ये छह महीने पेट से है। तब बच्चा गिराने का कहा था, पर ये राज़ी नहीं हुई। अब कैसे गिराएँगे...।"

"हे भगवान! इस रंडी को उसका भरोसा नहीं था, तो तभी आज़ाद हो जाती न!

अब कौन सँभालेगा बच्चे को?''

''लेकिन वो भडुवा ऐसे कैसे मुकर गया रीऽऽ?''

''इसमें क्या बड़ी बात? पुरुष के लिए हाथ ऊपर करना बहुत आसान होता है। इसे समझना चाहिए था।''

''अब क्या कहती है?''

''कहाँ कुछ कहती है! बिस्तर पकड़ लिया है। सिरहाने तानाक्का बैठी है... ।'' तायाप्पा अपने में ही खो गया।

''बुरा हुआ, बहुत बुरा! जोगतिन की ज़िंदग़ी ही बहुत बुरी है!'' तानाप्पा ऐसा ही कुछ बड़बड़ाता हुआ उल्टे पंखोंवाली मुर्ग़ी की तरफ़ देखने लगा।

''उनका बहुत बुरा और हमारा क्या बहुत अच्छा है?'' तायाप्पा अचानक बोल गया। तानाप्पा चौंका।

''उनका ऐसा उल्टा-सीधा कुछ होगा। लेकिन बाद में कम से कम मन की शांति तो हो जाएगी। हमारे लिए तो यह भी नहीं। अभी तो न जाने क्यों, सब अजीब लगने लगा है... ।'' तायाप्पा बुदबुदाया। तानाप्पा भी चौंका। उसकी समझ में नहीं आ रहा था तायाप्पा अचानक ऐसी बोली क्यों बोलने लगा है। उसने तायाप्पा पर नज़रें गड़ायीं। उसकी आँखें डबड़बाई-सी लगीं।

''आज ऐसे क्यों बोल रही है रीऽऽ?

''और क्या करूँ? तुम्हारी तरफ़, म्हादू की तरफ़ देखने के बाद मैं खुद ही समझ नहीं पाती कि ज़िंदग़ी कैसे बिताऊँगी।'' तायाप्पा गंभीर हुआ।

एक बार इस भंडारे के चक्कर में फँस गए तो फिर ऐसा ही होता है... मैं मुर्ग़ियों फँस गया। म्हादू भगत बन गया। जिसे कुछ नहीं सूझता, वह शराब पी-पीकर मरता है। अब यमनिया को ही देखो न! भाऊ की दशा क्या अलग है? ये सब ऐसा ही है... पहाड़ोंवाली मैया ने हमारी झोली में डाला है। अब तो जो है उसे निभाना ही है!''

''लेकिन कभी-कभी ज़ब्त नहीं होता!''

''सब होता है। दिल पर पत्थर रख लेना। और क्या करेगी? लोग जीने देंगे? तुम्हारी-मेरी बात तो फिर भी थोड़ी-बहुत ठीक है। वो सुबानिया क्या करेगा, बता तो तीन बच्चे हैं, और बीच में ऐसा हुआ। साड़ी पहन ली। बीवी किसी के साथ भाग गयी। अब बच्चे किसका मुँह ताकेंगे? और ये भी कैसे जिलाएगी उन्हें? क्या उन पर भी भंडारा डाल देगी? पहले-पहल रात-दिन रोती थी। अभी-अभी तनिक सँभल गयी है। गाँव छोड़कर अब यहीं आई है।'' तानाप्पा बोलता गया। तायाप्पा का सिर भन्ना गया। उसे झोपड़ी में झाले की कमचियाँ भी दिखाई नहीं दे रही थीं...

सामने बैठे तानाप्पा का चेहरा ऐसा लग रहा था, मानो धोती के पीछे से देख रहा हो...लगा, शायद सिर फट जाएगा। हाथ में कमचियाँ लेकर उसने उन्हें कट्ऽऽ कट्ऽऽ

तोड़ डाला...

पूरा गाँव माँग चुकने के बाद तायाप्पा को थकावट महसूस होने लगी। हाथ की परड़ी और कुहनी से लटक रही थैली भी उसे भारी लगने लगी। गाँव के बाहर बस्तियों में माँगने जाने का सामर्थ्य उसमें नहीं रहा। वह पीछे मुड़ा और सीधे अपनी झोपड़ी की तरफ़ चल पड़ा। दरवाज़े तक आते-आते उसे चक्कर-सा आने लगा। उसने जैसे-तैसे कमर से चाबी निकाली, दरवाज़ा खोला और थैली और परड़ी वैसी ही रखकर लेट गया। आँखों के सामने अंधेरे के गोले तैरने लगे। उसने आँखें बंद कीं। अंधेरे का पीला जर्द बिंदु आँखों के सामने सरकने लगा। तायाप्पा का दिमाग़ उसका पीछा करने में मशगूल हो गया। फिर थोड़ा-थोड़ा शिथिल होता गया।

झोपड़ी की ओरी में कौआ चिल्लाने लगा और तायाप्पा परेशान हुआ। लेटे-लेटे ही उसने दरवाज़े को लात मारी। कौए के उड़ जाने की आवाज़ आई।

उसकी भूख मर गयी थी। परड़ी में जमा चावल टोकरी में डालने के लिए वह उठ बैठा। उठकर दीवार के पास रखी टोकरी तक जाने की भी उसकी इच्छा नहीं थी। उसने परड़ी में जमा चावल थैली में डाले। थैली वहीं खिसका दी। बिल्ली ने चूल्हे की राख बिखेरकर रख दी थी। उसके मुँह से बिल्ली के लिए गाली निकल पड़ी। उसने मन ही मन निश्चय किया कि आज दोपहर को पूरी झोपड़ी साफ़ करूँगा और उसके बाद ही दूसरा कोई काम करूँगा। परंतु अचानक उसे याद आया कि माने की हौसा के पास जाना है। क्या पता, उसने और क्या बखेड़ा खड़ा किया है। और क्या होगा? शेवंताक्का के पास जाऊँगा या म्हादूमा के पास जाऊँगा। वहाँ मेरा ये देखना है और वो करना है...बस खींचाई करते रहते हैं...। शेवंताक्का हो या म्हादूमा, दोनों एक जैसे! उसने मन ही मन कुछ सोचा। बदन में तनिक जोर महसूस हुआ। उसने लोटा भर पानी पीकर मुँह धोया। पल्लू से अच्छी तरह पोंछा और अलगनी से कपड़ा खींचकर ज़मीन पर बिछाया। उसने सोचा, जब तक आँख नहीं लगेगी, देह का बोझिलपन जाएगा नहीं। झोपड़ी के दरवाज़े को आगे धकेलकर वह लेट गया...आँख कब लग गयी, उसे पता भी नहीं चला...

...जब आँख खुली तब दरवाज़े पर कोई साँकल खटखटा रहा था। साँकल की आवाज़ पूरी झोपड़ी में भर गयी थी। कौन मुआ टपक पड़ा...तायाप्पा उठा। पल्लू सिर पर लेते-लेते ही दरवाज़े पर आया। दरवाज़ा खोला और चौंक गया।

"मुई यह कैसी री नींद! कब से साँकल बजा रही हूँ। हाँ-हूँ कुछ भी नहींऽऽ!" भाऊ भीतर आया। उसके साथ एक आदमी था, जो दरवाज़े पर ही खड़ा था।

"अरे भीतर आओ नऽऽ अपना ही घर है।" भाऊ ने उस आदमी को भीतर बुलाया। वह आदमी झिझकता हुआ तायाप्पा की तरफ़ देखकर नीचे बैठा।

"ये कौलगे का मेहमान है। हिंग्लज में मिला। मैंने कहा, चलो साथ-साथ चलते हैं।" भाऊ अकेला ही हँस दिया। तायाप्पा ने मेहमान की तरफ़ ग़ौर से देखा। मेहमान के चेहरे पर काफ़ी हड़बड़ाहट दिख रही थी।

"लेकिन तुम यहाँ कहाँ?" तायाप्पा ने मुँह खोला।

"कहाँ रीऽऽ, जी बेचैन था, इसलिए सोचा तुमसे मिलकर चलें।"

"मुझे लगा, कौलगे में तुम्हारा कोई काम है?"

"नहीं रीऽऽ, काम काहे का?" और भाऊ मेहमान से सटकर बैठ गया। तायाप्पा की आँखों में नींद ठूँस-ठूँसकर भरी हुई थी। और लेटने का जी कर रहा था। उबासियाँ लेते हुए वह उनके पास बैठा।

"यहाँ से दुकान कितनी दूर है रीऽऽ?" भाऊ ने झुग्गी के बँडेर की तरफ़ देखते हुए पूछा।

"गाँव में जाना पड़ता है। आने-जाने में आधा घंटा लग ही जाता है।"

"मैया रीऽऽ, एक तो चल-चलकर मेरे पैर टूट गए और इतना आना-जाना, मतलब बचूँगी नहीं मैं।" भाऊ अपनी ही धुन में बड़बड़ाया।

"बुआ के बच्चों के लिए चाय-बटर की थैली खरीदनी थी, ताकि इस मेहमान के हाथों भेज देती।"

"बुआ कौलगे में रहती है?" तायाप्पा ने पूछताछ शुरू की।

"हाँ रीऽऽ, इकलौती है...इसी तरह कभी कोई मिल जाए तो जी तड़प् उठता है।" भाऊ व्याकूल होता हुआ बोला।

"पैसे दे। मैं ही ले आता हूँ। तब तक आप बैठिए।" और तायाप्पा उठा। भाऊ का चेहरा अचानक खिल उठा। उसने आंगिया की बाँह से दो रुपये का मुड़ा-तुड़ा नोट निकाला और तायाप्पा के हाथ में रख दिया। उसके साथ आया मेहमान भी तनिक आराम से बैठ गया।

तायाप्पा गाँव में दुकान की तरफ़ चल पड़ा। उसका बदन अलसाया हुआ था। पैर उठ नहीं रहे थे। गली में कोई लड़का दिख नहीं रहा था। मन ही मन भाऊ को कोसते हुए वह दुकान पर पहुँचा। बटर की थैली ली, आठ आने की चायपत्ती भी ली और झोपड़ी की तरफ़ मुड़ा। गाँव से घर जाना मतलब चार गलियाँ लाँघनी पड़ती हैं। गाँव के बाहर म्हैसकर की झोपड़ी के बगल में घर। इस कारण इतनी दूर जाने के लिए हमेशा उसकी जान पर बन आती है। ...आज न जाने कैसे टपक पड़ा। हिंग्लज से आया है। वहाँ से बटर की थैली नहीं ले सकता था! पर नहीं, पट्ठा यहाँ आया। ऐसा ही कुछ सोचता हुआ तायाप्पा दरवाजे पर आया और चौंका।

झुग्गी का दरवाज़ा बंद था। भाऊ कहाँ चला गया, तायाप्पा की समझ में नहीं आ रहा था। उसने दरवाज़ा भीतर धकेलना चाहा, पर भीतर से साँकल। लगता है सो गया।

तायाप्पा ने दरवाज़े को धक्का दिया और भीतर से चूड़ियों की खनक सुनाई दी। लेकिन दरवाज़ा नहीं खुला। तायाप्पा ने आवाज़ लगाई। भाऊ ने दरवाज़ा खोला। जूड़ा खुला, लौंग भी खुली। तायाप्पा भीतर गया। देखा, भाऊ के साथ आया मेहमान कुर्ते के बटन लगाता हुआ बाहर निकल गया। तायाप्पा का दिमाग़ घूम गया। लगा, भाऊ को कच्चा चबा जाए। लेकिन भाऊ था कि पानी का लोटा लिए झोपड़ी से बाहर निकल गया...।

तायाप्पा ने खड़े-खड़े बटर की थैली पटक दी। चायपत्ती की पुड़िया भी चूल्हे की तरफ़ झोंक दी और वहीं खूँटे जैसा खड़ा रहा। उसके तन-बदन में आग लगी हुई थी। गुस्से में ही उसने बिस्तर उठाकर कोने में झोंक दिया और पैर पटकता हुआ भाऊ के आने की राह देखने लगा।

काफ़ी देर बाद लौंग कसकर और खाली लोटा हिलाता हुआ भाऊ भीतर आया। तायाप्पा की तरफ़ देखकर उसने बालों पर हाथ फेरकर जूड़ा बनाया।

तायाप्पा का संयम चुक गया—

"ऐसा कुकर्म करने के लिए तुझे मेरा ही घर मिला? खेत क्या बंजर पड़े थे? रास्ते में ही सो जाता तो क्या बिगड़ता? तभी मैं सोचूँ कि इसकी बुआ कहाँ से टपक पड़ी? इससे अच्छा कुछ और ठूँस लेता अंदरऽऽ" तायाप्पा झल्लाता रहा। भाऊ पस्त-सा बैठा रहा। उसने एक शब्द भी नहीं कहा। वह दरवाज़े से बाहर देखता रहा।

"दुबारा मेरे घर में कदम रखने की ज़रूरत नहीं। ये भी कोई बात है? शर्म-हया कुछ है या नहीं...?"

"ज़रा मेरी बात सुनेगा?" भाऊ इत्मीनान से बोला।

"कुछ नहीं सुनना मुझे। तू क्या बोलेगा। गोबर खानेवाला मुँह कभी अच्छी बात करेगा?"

"तायाप्पा, ज़रा सुन तो! अरे, अब सब कुछ बिगड़ चुका है मेरा। चमड़ी को आदत पड़ गयी है, मैं भी क्या करूँ? चाहे जितना रोकूँ, पर जी नहीं मानता। मैं भी जानता हूँ कि ये ठीक नहीं। इससे जिंदगी नहीं कटेगी। लेकिन देह में अब वही घुल चुका है। रोक-रोककर बेबस हो जाने पर ऐसा हो जाता है...तुम नहीं समझोगी रीऽऽ। कोई भी खुशी से ऐसा नहीं करता...अपने पर बन आने के बाद पता चलता है। तुम्हारी बात अलग है। जब तक तुम्हें इस तरह कोई नहीं चूसता...तब तक ठीक है। हमारी ज़िंदग़ी में अब कुछ नहीं बचा।" बोलते-बोलते भाऊ की आवाज़ भर्राई-सी हुई थी। उसकी सिसकी निकली और आँखों का बाँध टूट गया। झल्लाया हुआ तायाप्पा चूसी हुई आम की गुठली जैसा उसके पास बैठ गया...

...कमलाक्का ने जब से गजरगाँव में कदम रखा था, सारे गाँव को वह कौए की निगाह

से निहार रही थी। इस गाँव में उसका यह पहला ही न्यौता था। इससे पहले इस गाँव में गाना हुआ ही नहीं था। इस कारण कमलाक्का को गाँव नया-नया जान पड़ता था। गली से गुज़रते समय उसकी आँखें लगातार घरों पर घूम रही थीं। गाँव खा-पीकर सुखी लग रहा था। साथ ही गाँव के पास से ही बहती हुई नदी। खेतों में गन्ने के अलावा दूसरी फ़सल दिख नहीं रही थी। कमलाक्का सुंदरा को गाँव का नयापन समझा रही थी। आप्पाया तो इसी सोच में डूबा हुआ था कि आज का गाना यदि अच्छा जम जाए, तो इसी गाँव में अपनी मंडली जम सकती है। मल्लव्वा पैर गिनने की तरह घर गिनती जा रही थी। तायाप्पा का ध्यान कहीं और था। वह सोच रहा था कि कमलाक्का आज इक्का दुक्का पद उसे भी गाने के लिए कहे तो अच्छा होगा। रास्ता दिखाने आया गाँववाला तेड़ी से चला जा रहा था। आधा गाँव पार कर लिया, लेकिन अभी तक वह घर दिख नहीं रहा था। मल्लव्वा ने साथ चल रहे गाँववाले से पूछा—

"घर गाँव में ही है न?"

"जी हाँ, गाँव में ही है। बस ये गली ख़त्म होते ही अगली गली में अपना घर...।"

"अच्छा-खासा बड़ा गाँव है, जी।" कमलाक्का ने गाँववाले को पकड़ा।

"और क्या, ऊपर की ओर ऐसी ही चार गलियाँ है। उसके ऊपर महार टोला और मातंग टोला। इधर नीचे धाँग बस्ती। उसके ऊपर कुम्हारों के घर। उसके बाद खेत शुरू हो जाते हैं। आजकल काफ़ी गाँववाले खेतों में भी रहते हैं!" गाँववाला बिना रुके बोलता रहा। आप्पया उसकी सारी बातें सुन रहा था। बोला-

"गाँव में जोगतिनें क़ितनी हैं?"

"कभी गिनी नहीं, पर पाँच-छह तो होंगी ही। उनमें से दो-तीन ही जोगवा माँगती हैं!"

"और बाक़ी?" सुंदरा ने छेड़ा।

"उनको किसी-किसी ने रख लिया है। फिर वो क्यों जोगवा माँगेंगी?"

वह आदमी एक कूचे में मुड़ा। कमलाक्का मन ही मन गाँव की सराहना करने लगी। हिंग्लज से तनिक छोटा गाँव। उसे भा गया।

"अजी, इस गाँव के आसपास कोई मंडली नहीं है क्या?" कमलाक्का ने मन का संदेह पूछ लिया।

"है न, यहाँ से ऊपर चढ़ते ही दूब का इलाका। वहाँ है मंडली। लेकिन वो लोग जगराता बहुत अच्छा नहीं करते।" गाँववाले के पैरों की रफ़्तार बढ़ गयी। कमलाक्का मन ही मन खुश हुई। गाँववाला कूचा पार कर फिर गली में आया। गली में एक दुमंड़िला घर के सामने पंडाल डाला गया था। पंडाल में बच्चों ने ऊधम मचा रखा था।

गली अच्छी-खासी बीस-पच्चीस हाथ चौड़ी थी। दुमंज़िला घर के सामने पंडाल देखकर ही तायाप्पा खुश हुआ। पंडाल पर संकेश्वर के फूल सभी तरफ़ टँगे थे। पूरा पंडाल लाल-लाल दिख रहा था। उसने पंडाल की तरफ़ देखते हुए ही गाँववाले से पूछा—

"क्यों जी, भंडारा है या घुघरी?"

"नहीं जी, भगवान की स्थापना की है।" वह आदमी पंडाल में घुसा और जल्दबाज़ी में घर में घुसकर घर से साफ़ा पहने आदमी को बाहर ले आया। उसका माथा भंडारे से सना था। भिलावे जैसी नाक पर भी भंडारा गिरा था। मूछों का गुच्छा होठों पर झूल रहा था। उसके भार से ऊपरी होंठ निचले होंठ से चिपका लग रहा था।

"अच्छा हुआ दिन रहते ही आप आ गए।" साफ़ेवाला हँस दिया। आप्पया ने उसे राम-राम कहा। साफ़ेवाला आगे आकर बोला-

"सारी तैयारियाँ होने तक आप हमारे इस घर में बैठिए।" वह घर के बगलवाले टूटे घर में घुसा। तायाप्पा ने साफ़ेवाले के साथ भीतर कदम रखा। तभी गोठ में बँधी भैंस ने दुम फटकारी। तायाप्पा की नाक में गोबर-मूत्र की बू घुस गयी। वह वैसे ही ऊपर खिसका। गोठ में लंबा-सा चबूतरा था। पास ही टूटे पटरों की खटिया। पास ही औंधी रखी झिलंगी। तायाप्पा ने हाथ की थैली खूँटे से लटकायी और बिछे हुए कपड़े पर बैठ गया। गोठ में सात-आठ भैंसें थीं। सभी की साँसों की आवाज़ें। भैसों की पीठ के ऊपर बड़ी-सी परछत्ती। वहाँ एक पर एक रचे हुए घास के गट्ठर। तायाप्पा घर का कोना-कोना अपनी आँखों में समेट रहा था।

चाय की प्यालियाँ आई। यमनिया के मुँह में तनिक पानी आया। उसने सबसे पहले प्याली अपने हाथ में ली। मल्लव्वा की हँसी छूट गयी। उसने हँसी को रोकते हुए तश्तरी हाथ में ली। कमलाक्का अभी भी घर ही देख रही थी। उसका ध्यान दीवार पर लटकीं पुरानी तसवीरों पर गया। सभी काली पड़ती जा रही थीं। उनपर काई जमी हुई थी। कुछ तसवीरों पर तिलक आदि का लेप चढ़ा हुआ था। देवी-देवताओं की दो-तीन तसवीरें पूरी तरह दीमकों का भोजन बन चुकी थीं। तायाप्पा जुगाली करते भैंसों की तरफ़ देखता रहा।

यमनिया चाय ढारते ही लेट गया। उसकी कमर को तनिक आराम मिलता जान पड़ा।

"क्यों रे, थक गया क्या...लेट रहा है?" कमलाक्का ने मुँह में पान डालते हुए पूछा।

"थकेगा क्यों? जगह देखते ही लेटने की आदत हो गयी है, कैसे छूटेगी...।" मल्लव्वा बड़बड़ाई।

"उम्र भी हो गयी है अब। पहले जैसा नहीं रहा।" सुंदरा ने उसका पक्ष लिया।

"कब्र में पैर लटकने लगे हैं क्या? मगर बर्ताव तो किसी लड़के जैसा ही है, देखती नहीं? गनीमत कि आज सीधे-सीधे चला आया।" मल्लव्वा बोली और कमलाक्का हँसी रोकर पान चबाने लगी। यमनिया सारी बातों से अलग आँखें मूँदे लेटा था। आप्पया ने कपड़े में लपेटा हुआ चौंडका परछत्ते के बाँस से लटकाया और कमलाक्का के पास बैठता हुआ बोला—

"वो वडरगे की साकरा लगातार पीछे पड़ी है।"

"क्यों?"

"कहती है, कभी-कभी हमारे गाँव की औरतों को भी गाना सिखा दो। सुना है मंडली बनाना चाहती हैं।"

"तो बनाए मंडली! हम क्यों सिखाएँ? उनसे अपना-अपना होता नहीं क्या! रंडियाँ साली, मंडली बनाएँगी। उनसे कहो, चुपचाप जोगवा माँगकर खाओ।" कमलाक्का झल्लायी। आप्पया कटे पेड़ जैसा बिखरकर भूमि पर नज़रें गड़ाए बैठ गया। यमनिया के साथ-साथ सुंदरा भी उसके पास लेट गयी। तभी गाँव की एक बूढ़ी जोगतिन कमलाक्का को ढूँढ़ती हुई आई।

"निंगनूर की कमला आई है क्या यहाँ?" वह खड़ी हो गयी। कमला ने उसकी तरफ़ ग़ौर से देखा। लेकिन पहचानी नहीं जा रही थी। फिर उजाले में आकर बोली—

"मैं हूँ कमला। इधर आइए, ऊपर चबूतरे पर...।"

"अरी बिटियाऽऽ पाँच साल पहले देखा था। बहुत बदल गयी री तूऽऽ!" और बुढ़िया कमला के पास आई।

"मुझे पहचाना नहीं होगा न। कैसे पहचानोगी। मैं दुड़गे की तंगव्वा की बहन।" बुढ़िया बोलती रही। कमलाक्का के दिमाग़ की बत्ती अचानक जल उठी।

"अब क्या कहूँ! चाची, मैंने तुम्हें पहचाना ही नहीं रीऽऽ।" कमलाक्का उसके पास सरकी। सारा परिदृश्य उसके सामने खुलता गया। वह अचानक भौंचक-सी बोली—

"लेकिन चाची, तू और इस गाँव में? कैसे?"

"कैसे और क्यूँ! समझो बस हूँ।" बुढ़िया भद्दी-सी हँस दी और बिना कुछ बोले बैठ गयी।

"हो गयी सारी तैयारियाँ?" कमलाक्का ने विषय बदला।

"अभी कहाँ बेटी! अभी तक परड़ी पूजन का भी पता नहीं। सब कुछ निबटकर तुम्हारे पंडाल में आने तक आधी रात बीत जाएगी।" बुढ़िया बोली और कबसे मुरदे की तरह लेटा यमनिया झट् से उठकर और तायाप्पा से बोला-

"चल रीऽऽ बैठ-बैठकर बदन अकड़ गया है। चलो, गली से तनिक पैर सीधे कर आएँगे।" तायाप्पा को भी अच्छा लगा। पैर सीधे किए बिना कुछ ठीक नहीं, यह सोचकर वह यमनिया के साथ गली में आया।

गली में बिजली के दिए का क्षीण-सा उजाला। बाक़ी सभी तरफ़ अंधेरा ही अंधेरा। गाँव किस ओर है, पता ही नहीं चलता था। तायाप्पा अंधेरे में ठिठकता हुआ चलने लगा। यमनिया के पैरों में मानो चकरी बँध गयी थी। गली में कहीं-कहीं उजाले में बैठे लोग दिखाई दे रहे थे। औरतें जमावड़ा बनाकर बातचीत में मशगूल थीं। यमनिया एक गली से दूसरी गली में घुसा। तभी उससे सटकर चलते हुए तायाप्पा बोला—

"अरे, इस तरह कहाँ तक जाएँगे?"

"तू चल। वहाँ बैठकर उस बुढ़िया की रामकहानी सुनने से ये अच्छा है।"

"इस गाँव में कोई जान-पहचान भी नहीं। फिर किसलिए घूमना?"

"गाँव घूमने के लिए पहचान की ज़रूरत होती है क्या?" और यमनिया आगे बढ़ा। गली दूर तक फैली दिख रही थी। अंधेरे में ओरियाँ ऐसी लग रहीं थीं मानो सिमटी हो यमनिया एक घर के ओसारे के पास रुका और वहाँ बैठे आदमी के पास जाते हुए पूछा-

"यहाँ ठेका किधर होगा जी?"

"कौन-सा, सरकारी या देशी?"

"हाय राम, कोई भी चलेगा।"

"तो फिर ऐसे ही आगे चले जाइए। गली ख़त्म होते-होते एक झोंपड़ी दिखाई देगी। वहाँ कुछ लोग बैठे ही होते हैं। वहीं जाइए।" गाँववाले ने पूरा ब्यौरा दिया और दुबारा ओसारे पर बैठ गया।

"अरी, गाने के लिए भी खड़ा रहना है, ध्यान रहे।"

"तब तक उतर जाएगी रीऽऽ। तुम भी अजीब हो।" यमनिया इठलाता-बलखाता हुआ आगे बढ़ा। तायाप्पा के मन में डर ने घर बनाना शुरू किया।

"अरी ओ लाजो! चल!" यमनिया वहीं से चिल्लाया और तायाप्पा पानी-पानी हो गया। यहीं खड़ा रहूँगा तो इसे ज़्यादा जोर चढ़ेगा, इसलिए उसने कदम बड़ाए। झोपड़ी के सामने सात-आठ लोग नशे में चूर बैठे थे। झोपड़ी के भीतर एक-दो आदमी मटके के सामने उकड़ूँ बैठे थे। यमनिया सीधे वहीं जाकर टिक गया। अंगिया की आस्तिन की तह से पैसे निकालकर सामने रखता हुए बोला-

"मालिक, दो की दीजिए।" सामने बैठे दोनों जने बस मुस्कुरा दिए।

"भगवन्, आपको भी लगती है?" उनमें से एक बुदबुदाया।

"अरे, भगवन् को तो सबसे पहले!" दूसरे की आवाज़ आई। यमनिया ने प्याला मुँह से लगाया। तभी बाहर का आदमी झूमता हुआ भीतर आया।

"कौन गाँव की मंडली है? गाने में मज़ा आना चाहिए।"

यमनिया उठा। तभी दूसरा आदमी उठते हुए बोला-

"इस भगवन् को भी पिलाओ न! इसके बिना गाने में रंग कैसे चढ़ेगा?"

"ए मुए, चुप बैठ!" यमनिया उसे धकेलता हुआ बाहर आया।

"भगवन् ज़रा गुस्सेवाला लगता है।" बाहर के आदमी ने यमनिया को रोका।

"ए बेवड़े, मुए हट जा। वरना लौड़ा निकालकर हाथ में दे दूँगी।" यमनिया झल्लाया।

"उस आदमी ने दोनों जंघाओं के बीच हाथ मलते हुए कहा, "चल निकाल" और उसने यमनिया को बाहों में भर लिया।

"माँ का जना, बहुत बर्राने लगा है। पकड़ो तो इसे!" और भीतर का आदमी बाहर आया। तायाप्पा गिड़गिड़ाता हुआ बीच-बचाव करने लगा। लेकिन यमनिया के दिमाग़ में न जाने क्या फितूर घुसा। उसने सामनेवाले आदमी को जोर से काट लिया। फिर सब अफरातफरी मच गयी। कुछ समझ में आने से पहले ही तायाप्पा को दो-तीन जनों ने पकड़ लिया और झोपड़ी में अंधेरे में खींचा। तायाप्पा ने चिल्लाने के लिए मुँह खोला, लेकिन उसका मुँह बंद हो गया। बदन की साड़ी न जाने कहाँ उड़ गयी। झोपड़ी के भीतर के लोगों की हँसी बढ़ती गयी। हाथ-पैर पटकते-पटकते तायाप्पा लूला होने के बाद ही मुक्त हुआ। झोपड़ी के ओरी से अंधेरे के लोंदे ढहते गए। उसके बदन के नीचे झोपड़ी की घास-फूस की दीवार की कमचियाँ रौंदी गयीं। झोपड़ी की छिपकली की आवाज़ें उसके कानों पर आई... उसकी देह ओरी में ऐसी पड़ी थी, जैसे जोंधरा खाली की गयी थैली हो...

5.

तायाप्पा ने झोपड़ी के कोने-कोने में झाड़ू लगाया। दरवाज़े के सामने दस-बारह टोकरे रेती पहले से लाकर रखी थी। उसे दरवाज़े पर ठीक से लगा लिया। झोपड़ी के इर्दगिर्द झाड़-झंखाड़ बढ़ गए थे। उन्हें हटा दिया। घास-फूस की दीवार लीप रही सखूचाची अभी आधे काम पर ही ठिठकी हुई थी। तायाप्पा का बदन थकान से चूर-चूर था। एक-एक कर पच्चीस-तीस जोगतों को संदेस भेजा गया था। इनमें से कम से कम पंद्रह-बीस तो आ ही जाएँगे। निंगनूर से संदेसा आया था कि कमलाक्का या आप्पया आएगा। म्हादूमा ने कहा था कि वह दिन रहते ही पहुँचेगा। तायाप्पा आनेवालों से कहाँ और क्या काम कराना है, इसकी विचार में काम निबट रहा था।

दोपहर के भोजन का समय हो गया और सखूचाची बाहरवाले कमरे की दीवार अधूरी छोड़कर हाथ धोने बाहर आई। तायाप्पा किसी काम में था।

"मैं ज़रा भोजन कर आती हूँ और आने के बाद बची हुई दीवार घोल से लीपकर

पूरी करती हूँ।'' सखूचाची हाथ धोते-धोते बोली।

''वो तो ठीक है री, लेकिन अभी एक-एक का आना शुरू हो जाएगा। ज़रा जल्दी निबट लो तो अच्छा...।'' तायाप्पा बुदबुदाया। भोजन बनानेवालों के घर और एक चक्कर लगाना था। पारव्वा ने क्या-क्या किया है, देखना था। तानाक्का तो बिस्तर से लगी है। पता नहीं आएगी भी या नहीं। फूला पौ फटने को आई थी। पता नहीं उसपर सौंपे काम का क्या हुआ? तायाप्पा की समझ में नहीं आ रहा था कि कहाँ-कहाँ दौड़धूप करें। दोपहर के भोजन के लिए जा रही सखूचाची को रोककर ही उसने कहा—

''ज़रा ऊपर की गली से होकर रत्नव्वा से जल्दी आने को कहोगी? असल में मुझे ही जाना चाहिए था, लेकिन देर हो जाएगी, इसलिए कह रही हूँ...।'' सखूचाची हामी भरती हुई आगे बढ़ी। तायाप्पा ने घर के सामने का जलावन का ढेर उठाकर झोपड़ी के पिछवाड़े में रखा। लकड़ी के तीन-चार कुंदे अलग से निकालकर रखे। तभी दरवाज़े की तरफ़ किसी की आवाज़ आई और तायाप्पा कुंदे वहीं छोड़कर चल दिया। देखा तो तानाप्पा।

''अच्छा हुआ तुम आ गयी। मैं तो समझी, शायद तुम भी शाम को ही आ जाओगी। अरी, गाँव से कोई भी इधर फटका नहीं अभी तक। अकेली जान...इसीलिए परेशान हो रही थी...।

तानाप्पा बस उसकी तरफ़ देखकर मुस्कुराता रहा। उसने अपने हाथ की थैली तायाप्पा के हवाले कर दी और पूछा—

''गाँव के कितने लोग बुलाए हैं?''

''ज़्यादा नहीं, समय पड़ने पर काम आए इसलिए पाँच-छह बुलाए हैं।'' तायाप्पा का हाथ पल्लू पर गया। पल्लू को कमर से खोंसा और तानाप्पा को झोपड़ी में बुलाते हुए बोला-,

''बहुत ज़्यादा तामझाम नहीं करना है। बस पूजा-अर्चा कर निबट डालेंगे।''

''ऐसे कैसे चलेगा? जो भी करना है, सब रीति-रिवाज के हिसाब से होना चाहिए। उसमें कोताही बरतने से कैसे चलेगा? बाद में और कोई झमेला नहीं चाहिएऽऽ।''

''अब और क्या झमेला बाक़ी रह गया है? सारी ज़िंदग़ी का सत्यानाश हो गया!'' तायाप्पा अचानक गंभीर हो आया। तानाप्पा ने पहचाना। उसने तुरंत अपना चूड़ियों से भरा हाथ इधर-उधर नचाते हुए विषय बदल दिया।

''कुछ भी हो, भगवान का मामला है! भगवान हैं तो सब है। इंसान के हाथ में क्या होता है भला? अरीऽऽ, इसी बहाने से भगवान की सेवा। वरना हमारे हाथों से क्या होता है, बता तो?।''

''ये बात भी सही है।'' तायाप्पा बुदबुदाया। उसके आँखों के सामने काम का

पसारा खड़ा हो गया और वह झट् से उठा।

‘‘अब बैठे रहने से काम नहीं चलेगा। अब तुम ही जाकर पारव्वा को जल्दी आने को कहो। कम से कम नैवेद्य तो समय पर बने! फिर सब ठीक हो जाएगा। अब मैं ज़रा बर्तन-भांडे देखता हूँ।’’ तायाप्पा चूल्हे की तरफ़ चला गया। किसी-किसी से माँग लाए सारे बर्तन बेतरतीब-से पड़े थे। तायाप्पा सारा ढेर उठाकर दरवाज़े पर ले आया। सबसे पहले बड़े-बड़े बर्तन खंगाल लिए। बाहर के पंद्रह-बीस और अपने गाँव के सात-आठ यानी कम से कम तीस लोगों के भोजन का इंतज़ाम करना ही होगा। केवल रोटियाँ सेंकने लिए ही तीन-चार औरतें तैनात करनी पड़ेंगी। अभी चूल्हे पर दाल चढ़ाने में पूरा घंटा लगेगा। यानी भोजन के लिए आधी रात हुई समझो।’’

तायाप्पा अपनी ही धुन में एक-एक बर्तन धोकर अलग रखने लगा।

‘‘बर्तन-भांडे मैं देख लेती। ऐसा भी क्या जल्दबाज़ी थी रेऽऽ?’’ रत्ना उसके सामने आई।

‘‘दिन ढलने को आया, फिर भी तुम्हारा पता नहीं। धो डाले सारे बर्तन... और क्या करता?’’ तायाप्पा तड़पते हुए बोला।

‘‘हाँ, हम सब मर गए हैं न, इसलिए तू भी क्या करेगा!’’ रत्नव्वा उसके सामने ही बैठ गयी और बर्तनों के ढेर में हाथ डालकर एक-एक बर्तन से निबटने लगी।

‘‘तानाक्का आएगी क्या रीऽऽ?’’

‘‘उसका कुछ ठीक नहीं है! पकड़कर बिठाया जाए तब बैठती है, वरना हमेशा लेटी ही रहती है। लेकिन देवी माँ चाहे तो आ भी सकती है।’’

‘‘पारव्वा अभी तक नहीं आई। क्या समझूँ री मैंऽऽ?’’

‘‘आते-आते गयी थी मैं उसके पास। लेकिन वो कालिया उसके यहाँ बैठा था। इसलिए मैं उल्टे पाँव लौट आई।’’

‘‘अरीऽऽ, गड़बड़ हो गयी। तानाप्पा को उसके घर भेज दिया मैंने!’’

तायाप्पा धुल चुके बर्तनों का ढेर झोपड़ी में ले गया। बर्तनों की खनखनाहट पूरी झोपड़ी में फैल गयी...।

...पारव्वा के साथ तानाप्पा मटकता हुआ झोपड़ी के सामने आया। म्हादू, राऊ और मल्लप्पा अभी-अभी पहुँचे थे। तायाप्पा अब बस इधर-उधर दौड़धूप करने लगा था। रत्नव्वा ने झोपड़ी के पीछे का चूल्हा अपने कब्ज़े में ले लिया था। सखूचाची दीवार-चूल्हा लीपकर दूसरे काम में लगी थी। पारव्वा झोपड़ी में आते ही म्हादू ने देह का लोंदा सीधा किया और मधुर मुस्कान के साथ मुँह खोला—

‘‘क्यों रीऽऽ? गाँव में ही होकर भी इतनी देर! चार कोस दूर होती तो कैसे आती?’’

‘‘क्या करूँ बाबाऽऽ। अब तुम्हारे जैसे कोई आकर बैठ जाए तो क्या खदेड़ दूँ

उसे?'' पारव्वा बीच के खंभे से लगकर खड़ी हो गयी।

''म्हादूमाऽऽ, तुम भी अजीब हो। तुम्हें तो ये भी पता नहीं कि गाँव के पाटील आदमी के लिए वक्त की पाबंदी नहीं होती!'' तायाप्पा ने बीच में ही मुरका लगाकर बोला और पारव्वा दाँतों तले जबान काटती हुई सिटपिटाई।

''पुरानी हो चुकी औरत के लिए क्या नयापन! कुछ भी बोलती हो!'' राऊ ने विषय को और बढ़ावा दिया। पारव्वा ने जगह छोड़ी और झोपड़ी के पिछवाड़े की तरफ़ मुड़ी। रत्नव्वा ने चावल की बटलोई चूल्हे पर चढ़ाई। सामने जगह साफ़ कर कुछ बोरे बिछाए गए थे। पास के चूल्हे पर दाल की बटलोई गद्‌गद्‌ कर रही थी। दो-तीन औरतें आटा गूँध रही थीं। पारव्वा उनसे जा मिली। रत्नव्वा ने तनिक राहत की साँस ली...

म्हादूमा, भाऊ, राऊ और तानाप्पा से पूरी झोपड़ी भर गयी और पूरी झोपड़ी में उन्हीं का शोर मच गया था। रुक-रुककर तायाप्पा की आवाज़ें भी उनमें मिल जाती थीं। तायाप्पा की झोपड़ी बहुत दिनों के बाद लोगों से गूँज उठी।

कमलाक्का थैली संभाले हाँफती हुई झोपड़ी में पहुँची। वह पूरी थक चुकी थी और थककर झाग टपकाते बैल जैसी हाँफ रही थी। उसने झोपड़ी के मुख्य खंभे के सहारे अपनी भारी-भरकम काया ज़मीन पर टिकाई।

''चला नहीं जाता तो आप्पया के कंधे पर बैठकर आ जाती मैयाऽऽ, बुढ़ापे में इतनी परेशानी क्यों उठाती होऽऽ?''

राघू की औरतनुमा आवाज़ कमलाक्का के इर्दगिर्द गूँज उठी। लेकिन अभी तक उसका हाँफना जारी था। उसने पल्लू के छोर से हवा करना शुरू किया। तभी भाऊ अपनी देह का लोंदा उसकी तरफ़ मोड़ते हुए बोला-

''इसे कंधे पर उठाना, मतलब आप्पया की हड्डियाँ मरघट पर पहुँच ही गयी समझो! लेकिन मैं पूछती हूँ, खा-खाकर इतना मुटाने की क्या ज़रूरत थी, रीऽऽ?''

''लो सुनो, कोई जान-बूझकर मुटाता है क्या? अब बुढ़ापे में इसे सुख रास आ गया, इसमें कौन क्या करता?'' तायाप्पा ने बीच में मुँह खोला।

''बोलो भडुवो, बोलो! ताने कसने के दिन हैं तुम्हारे।'' कमलाक्का जैसे-तैसे हँफनी रोकती हुई बोली।

''जी हाँ, हमारे बोलने के दिन हैं और इसके मुटाने के दिन हैंऽऽ।'' राघू ने बीच में ही हाथ नचाया और सभी हँसने लगे। कमलाक्का भी इस हँसी में शामिल हुई। तभी म्हादू अपनी देह का लोंदा सीधा करता हुआ बोला-

''आप्पया को भी ले आतीऽऽ?''

"वो मेरे कहने में होता तो ले आती न! अब पहले जैसा नहीं रहा बाबा... चमड़ी पर झुर्रियाँ पड़ जाने के बाद अपना आदमी भी ग़ैर हो जाता है!" कमलाक्का का गला भर आया। म्हादमा ने पैर सीधे किए और "अब और क्या हो गया री, मैयाऽऽ?" पूछता हुआ उसकी तरफ़ खिसका।

"होना क्या है? जखेबाक़ी की नई लड़की आई है मंडली में। अभी तक तुम्हें पता नहींऽऽ?" तानाप्पा ने नज़रें ज़मीन पर गड़ाईं।

"हाय राम! बाल सफ़ेद हो गए न अब आप्पया के! और ये बूढ़ा घोड़ा लाल लगामऽऽ! हाय री किस्मतऽऽ!" म्हादूमा अपने आप से बड़बड़ाया।

"पता नहीं किस दुनिया में रहता है ये। बाल सफ़ेद हो जाने पर आदमी बूढ़ा जाता है क्याऽऽ? नई लड़की के संग ज़रा-सा खेलने की इच्छा हो रही होगी!" राघू ने अपने हाथ खोलते हुए मुरका लगाया।

तभी तेड़ी से उनके पास आता हुआ तायाप्पा बोला, "म्हादूमा चुड़िहरा आया है। बातों में क्या लगी हो? ज़रा निबटने का देखो!"

"चलो, उठो रीऽऽ" और म्हादूमा ने जगह छोड़ी। राघू और तानाप्पा कमलाक्का की तरफ़ खिसके। तायाप्पा ने खड़े-खड़े कमलाक्का की तरफ़ देखते हुए पूछा—

"कम से कम सुंदराक्का को तो ले आती... ?"

"कहाँ से लाती... उसने तो गाँव ही छोड़ दियाऽऽ।" कमलाक्का ने लंबी उसाँस छोड़ी। तायाप्पा झट् से नीचे बैठ गया।

"ये तो और नई बात बता रही हो मैयाऽऽ?" तायाप्पा ने सुर को लंबा खींचा। सहसा उसका धीरज जवाब दे गया। कमलाक्का उसकी तरफ़ देखती हुई बोली—

"काहे की नई बात बाबाऽऽ। जब से वो लड़की आई है, तभी से फुदक रहा था ये। ये बातें तुम तक नहीं पहुँची होंगी। जब से वो लड़की आई है, तभी से पट्ठा मुझ पर और सुंदरा पर खार खाए हुए था। आज इसे बाहर कर दिया, कल मुझे भी कर देगा...।" कमलाक्का कातर स्वर में बुदबुदायी।

"लेकिन ऐसी क्या बात हुईऽऽ?"

"कुछ भी नहीं। पिछले हफ़्ते की बात! सुंदरा अपनी पुरानी साड़ी गली में सूखा रही थी। समटते हुए फट गयी। उसने गालियाँ दीं। ये तुरंत बन गया उसका हिमायती। उसे गालियाँ क्यों दी? उसे मारा-पीटा और बाहर निकाल दिया। ये तो बस बहाना था। असल में इसे निकालना ही था उसे घर से..." कमलाक्का सामने की दीवार की तरफ़ देखने लगी। वह भूल गयी कि वह क्या कह रही थी। तायाप्पा के अंदर उथल-पुथल मच गयी। भीतर ही भीतर कुछ टूटता गया...।

"अरे, इस तरह क्यों बैठा है? म्हादूमा पुकार रहा है, देखो।" पारव्वा कमलाक्का के पास आई और तायाप्पा होश में आया। जैसे-तैसे वह जगह से हिला। लेकिन उसे

अपना दिमाग़ बौराने जैसा लगने लगा।

पूरी झोपड़ी जोगते-जोगतिनों से भर गयी थी। म्हादूमा अपनी झुर्रियोंवाली देह सँभाले सब पर नज़र रखे हुए था। भाऊ की कमर टूट-सी गयी थी। तानाप्पा की इधर-उधर दखलंदाज़ी जारी थी। रत्नव्वा खाने-पीने की व्यवस्था से हटकर देहरे के प्रबंध में लगी थी। फुला के हाथ का भंडारा सभी के माथे पर फैल चुका था। बैठे हुए जोगतों की औरतनुमा आवाज़ें झोपड़ी से होती हुई गली तक पहुँच चुकी थी। इसमें भाऊ की आवाज़ सबसे बुलंद थी। तुका जोगते को चढ़ गयी थी और वह झूमने लगा था। उसके साथ आए तीन-चार जोगते उसे बीच में लेकर बैठे थे। रामण्णा चौंडकिया अपनी ही धुन में आँय-बाय बुदबुदाता रहा था। म्हादूमा ने तायाप्पा को आवाज़ लगाई। सभी ने यह सोचकर राहत की साँस ली कि शायद तैयारी हो गयी है।

म्हादूमा ने तायाप्पा को देहरे के पास बिठाया गया। विशेष सम्मानित पाँच जोगते बिठाए गए। बाल-जोगतिन के रूप में बेलगुंदी की सुली को बुलाया गया था। उसे तायाप्पा के सामने बिठाया गया। सभी के हाथों में चोली का कपड़ा, सुपारी और पान का बीड़ा दिया। चुड़िहरा हरी चूड़ियाँ लेकर तायाप्पा के सामने आया। उसने तायाप्पा को कोहनी तक चूड़ियाँ पहनाईं। बाक़ी जोगते-जोगतिनों को पाँच-पाँच चूड़ियाँ पहनाई गयीं। म्हादू को गुरुपद की चूड़ियाँ पहनाई गयीं। रत्नव्वा ने सभी के माथे पर भंडारा मलते हुए सारी परड़ियों का पूजन किया।

'उदंऽऽ गंऽऽ आईऽऽ उदंऽऽ' के घोष के साथ पूजा समाप्त हुई। सभी ने 'उदंऽऽ गंऽऽ आईऽऽ उदंऽऽ' के घोष से झोपड़ी सिर पर उठा ली। तायाप्पा ने हाथ का बीड़ा सँभालते हुए म्हादूमा के पैर छुए। तायाप्पा उठ ही रहा था कि तुकिया लड़खड़ाता हुआ उसके पास आया और लाल-लाल आँखों से उसकी तरफ़ देखकर गुर्राया। फिर अचानक बीच में जोर से हँसा। म्हादूमा उसे हटाता हुआ आगे निकला, लेकिन वह अचानक चीखा। तायाप्पा सिटपिटाया। मायाप्पा, राऊ ने उसे नीचे बिठाया। तुकिया अचानक बौखलाया—

"यमनियाऽऽ तेरी वजह सेऽऽ मंडली सेऽऽ चली गयी रीऽऽ राँड।" और अचानक जोर-जोर से रोने लगा। सारे जोगते सिटपिटा गए। किसी की कुछ समझ में नहीं आ रहा था। अवसर देखकर राऊ ने तुकिया को एक तरफ़ खींचा। तुकिया की रोने की आवाज़ बढ़ती ही चली गयी। तायाप्पा माथा पकड़कर सुन्न-सा बैठ गया।

...जानू मिसाल के साथ तायाप्पा शेवंताक्का के घर पहुँचा। दोपहर हो गयी थी। उसने दहलीज़ से भीतर कदम बढ़ाया। शेवंताक्का अकेली देहरे के सामने बैठी देवी माँ के मुखौटे को निहार रही थी।

"इस तरह अकेली क्यों बैठी है रीऽऽ?" तायाप्पा ने कोने में चप्पल उतारते हुए

पूछा। शेवंताक्का चौंकी और तायाप्पा को इस तरह अचानक आया देख हड़बड़ाई और भगवान के सामने से जल्दबाज़ी में अलग हुई।

"इस तरह अचानक कैसे टपक पड़ा रेऽऽ ?" उसने अलगनी से कंबल खींचकर दीवार के पास बिछाया।

"आ गयाऽऽ।" जानू मिसाल को बैठने का इशारा कर तायाप्पा देवी के आसन के पास पहुँचा। पल भर हाथ जोड़े वैसा ही खड़ा रहा। शेवंताक्का ने उसे भंडारा लगाया और वह जानू मिसाल के पास आ बैठा। उसे शेवंताक्का बहुत थकी-थकी सी लग रही थी। रस चूसे गन्ने जैसी। आँखें किसी टूटी बावड़ी की तरह भीतर धँसी। माथे पर कुंमकुम में भी सिलवटें पड़ी दिख रही थीं। उसने शेवंताक्का से नज़र हटाते हुए पूछा—

"म्हादूमा का चक्कर हुआ था कभी"

"तेरा चोली-चूड़ी के कार्यक्रम से लौटते समय आया था। तुम्हारा सब ठीक है नऽऽ ?" शेवंताक्का उसके सामने बैठ गयी।

"हाँ, अब तो ठीक ही कहना होगा। तायाप्पा ने नज़र दुबारा शेवंताक्का पर टिकाई।

"क्यों रेऽऽ, अब क्या हुआ ?" शेवंताक्का ने चिंतातुर होकर पूछा।

"कुछ नहीं, सब ठीक है! अब तो ठीक हो भी ठीक और नहीं हो तो भी ठीक। सबकी आदत पड़ गयी है।"

"बीच-बीच में माँ आती है न ?"

"आती है, लेकिन उससे भी अब बहुत ज़्यादा चला नहीं जाता। घर पर सुमी के लिए रिश्ता देख रहे हैं। सुना है तातिया ने माँ को चेतावनी दी है कि सुमी का रिश्ता पक्का होने तक मेरे पास जाना नहीं।"

"क्यों? लोगों को पता नहीं है क्या? वे नया क्या बताएँगे ?"

"क्या पता! उन्हें लगता होगा कि मैं उनके बीच न आऊँ। ठीक है, उनकी किस्मत। मेरी तो ज़िंदगी....।" और तायाप्पा अपने में ही खो गया। शेवंताक्का घुटने पर ठोड़ी टिकाए उसकी तरफ़ देखती रही। जानू मिसाल दोनों की ओर टुकुर-टुकुर देखता रहा।

"मंडली कैसी चल रही है ?" शेवंताक्का ने विषय बदला।

"उसमें भी अब मज़ा नहीं रहा। कमलाक्का भी पहले जैसा नहीं गाती। आप्पया उसी लड़की का चूतड़ पकड़कर घूमता है। पहले की तरह मुझे जगराता के लिए बुलाते भी नहीं और... मेरी भी जाने की इच्छा नहीं होती।"

"फिर तू करता क्या है ?"

"कहाँ कुछ करता हूँ। जोगवा माँगते हुए घूमना या फिर झोपड़ी में लेटे रहना!"

"किसी दूसरी मंडली में क्यों नहीं जाता?"

"दूसरी मंडली में भी अलग क्या होगा? यही होगा। अपनी झोपड़ी में पड़े रहने में क्या बुराई है?" तायाप्पा रौ में बोल गया। शेवंताक्का चौंकी और आँखें फाड़े तायाप्पा की तरफ़ देखने लगी। थोड़ी देर कोई किसी से कुछ नहीं बोला। जानू मिसाल उबासियाँ लेने लगा। अचानक तायाप्पा को याद आया कि लौटने के लिए देर हो रही है। सीधे बैठते हुए बोला, "इसका ज़रा देखना था, इसीलिए आया था।"

"क्या रेऽऽ?'

"एक महीना हुआ, इसकी बीवी की देह से धातु बह रही है। श्वेत पदर की वजह से छिपकली जैसी सफ़ेद पड़ गयी है बेचारी!"

"ऐसा कुछ देखने के लिए मंगलवार, शुक्रवार के दिन तो आते! इस तरह बीच में नहीं देख सकते।" शेवंताक्का ने पलथी बदली।

"हे भगवानऽऽ, फिर तो बेकार ही चक्कर हुआ।"

"बेकार ही क्यों? इतने दिनों बाद मेल-मुलाकात हुई। हालचाल मालूम हुआ, ये क्या कम है? पहाड़ोंवाली के दिल में था, इसीलिए तू आया।"

"वो सब ठीक है, लेकिन इसके काम का क्या करें?"

"अब आए हो तो गद्दी से भंडारा ले जाओऽऽ। श्वेत पदर कम हो जाएगा!" और शेवंताक्का देवी माँ के देहरे की तरफ़ मुड़ी और मुट्ठी भर भंडारा कागज़ में लपेटती हुई बोली—

"यमनिया दिखता भी है कभी सुना है कहीं ग़ायब हो गया है!"

शेवंताक्का ने यमनिया का नाम लिया और तायाप्पा बिगड़ गया।

"होगा कहीं हरामी! ग़ायब होने में क्या जाता है? मूत पीके कहीं मार खाता घूम रहा होगा....।" वह अचानक भड़क गया।

"अरेऽऽ, जो भी हो, आखिरकार है तो हमारी बिरामदरी का। ऐसा गुस्सा करने से कैसे चलेगा?" शेवंताक्का उसे शांत करने का प्रयास करने लगी, लेकिन वह और ज़्यादा बिगड़ गया।

"ऐसी ही बातों से मेरा सत्यानाश कर दिया तुमने! पता नहीं तुम्हारे मुँह में मिट्टी कब गिरेगी! क्यों मेरी ज़िंदग़ी में तेरी शनीचरी लग गयीऽऽ।" और तायाप्पा ने ज़मीन पर हथेली रगड़ना शुरू किया। शेवंताक्का अवाक्। पलभर के लिए उसकी गर्दन डगमगाई। वह क्या सुन रही है, उसकी समझ में नहीं आ रहा था। सिटपिटाई-सी वह कुलबुलाई—

"मैंने क्या बिगाड़ा हे रे तुम्हाराऽऽ?" और वह अपनी आँखें गर-गर घुमाने लगी। लेकिन तायाप्पा अपना आपा ख़ो बैठा था।

"बहुत अच्छा किया री डोकरी! इस रास्ते पर ले आई। ज़िंदग़ी ख़राब कर दी।

चेहरे पर गोबर पोत दिया। तुझे की पड़ेंगे...एड़ियाँ रगड़-रगड़कर मरेगी तू!'' और तायाप्पा ने हाथ-पैर पटकना शुरू किया। जानू मिसाल सहम गया। शेवंताक्का अंगार की तरह दहक उठी। उसकी गर्दन से पल्लू नीचे गिर पड़ा। सफ़ेद बाल बिखर गए।

''ए जनखे, भडुवे, मुँह सँभालकर बात कर! वरना यहीं गाड़ दूँगी तुझे!''

''गाड़ देऽऽ, गाड़ न! एकबारगी हो ही जाए!'' और वह उसकी तरफ़ लपका। शेवंताक्का का काँपता हाथ परड़ी के भंडारे में पड़ा। मुट्ठी भर भंडारा उसके बदन पर फूँकती हुई वह चिल्लाई—

''भगवान के पेड़ को इस तरह रौंद रहा है! तुम्हारा बदन कोढ़ों से भर जाए। भूत-प्रेत पीछे पड़ जाए! तेरी ज़बान में कीड़े पड़े...!'' और शेवंताक्का पूरे बरामदे में भंडारा फूँकती हुई नाचने लगी। जानू मिसाल पानी-पानी हो गया। तायाप्पा ने शेवंताक्का की मट्ठी पर हाथ पटकते हुए मुँह खोला—

''रँडी, मैं भी देवी माँ का जोगता हूँ! देखता हूँ क्या होता है! बहुत हुए तुम्हारे नखरे!'' और दहलीज़ से बाहर निकल गया। जानू पालतू कुत्ते की तरह दुम हिलाता हुआ पीछे-पीछे चल दिया। तायाप्पा को पूरी गली सुलग उठे चूल्हे जैसी लगने लगी।

तायाप्पा ने ओढ़ी हुई चादर पैरों ही हटाई। पिंडलियाँ दर्द कर रही थीं। उसने दोनों पैर गिरगिट की तरह ऐंठकर सीधे किए। पैरों से एक सुखद लहर उतर जाने का आभास हुआ। घुटनों का पिछला हिसा टीसता हुआ मालूम हुआ। कमर के नीचे का हिस्सा जख़्म जैसा टीसने लगा। उसने करवट बदलकर सारी देह को ऐंठकर सीधा दिया और घुटनों को झटका दिया। तनिक आराम मिला। लेकिन उठने इच्छा नहीं हो रहा थी। वह लेटा ही रहा। काफ़ी देर तक बिस्तर पर लोटता रहा। फिर अचानक सनक सवार होने की तरह उठा। उसने अपना दायाँ बाजू बाएँ हाथ से कसकर दबाया। पिलपिले माँस के लोंदे में उंगलियाँ गढ़ने से उसे न जाने कैसा लगा। आहिस्ता-आहिस्ता उसका हाथ पिंडलियों से घुटना और घुटने से पेट पर घूमने लगा। पूरी देह उसे गोबर की चोंथ की तरह पिलपिली लगी... अपनी देह का कोई हिस्सा मर्दाना नहीं रहा, यह सोचकर उसे आश्चर्य हुआ। 'मेहनत ही नहीं है, देह पिलपिली नहीं होगी तो और क्या होगा?' वह बुदबुदाया और देह झाड़कर खड़ा हो गया। हवा में हाथ लहराए। बदन में दर्द अभी भी ज्यों के त्यों था...

झोपड़ी के दरवाज़े पर आकर उसने दूर मलगेकर के घर की तरफ़ देखा। शिवजिया परतेकर पानी की गगरियाँ कंधे पर उठाए बावड़ी की तरफ़ जा रहा था। उसने दरवाज़े से ही उसे आवाज़ दी। शिवजिया गगरियों लिए तायाप्पा की झोपड़ी के सामने आया। तायाप्पा भीतर मुड़ा। शिवजिया दरवाज़े पर ही खड़ा रहा। तायाप्पा बिस्तर पर बैठते हुए बोला—

"अरे गगरियाँ नीचे रखकर ज़रा भीतर तो आ जाऽऽ।"

"देर हो रही है। जो भी है, वहीं से बोल।"

"साले, भीतर आएगा तो क्या घिस जाएगा?" और तायाप्पा बिस्तर पर लेट गया। शिवजिया कंधे की गगरियाँ दरवाज़े पर रखकर तायाप्पा के सामने आ खड़ा हुआ।

"अरे, न जाने क्यों बदन बहुत कसमसा रहा है। ज़रा हल्के-हल्के पैरों से दबा देगा?'"

"मेरा वजन है ही कितना? इससे तुम्हें क्या फर्क पड़ेगा! किसी बड़े आदमी को बुलाऊँ?"

"मुए, किसी और से दबवाना होता तो तुम्हारी मिन्नतें क्यों करता? चुपचाप दबा बदन।" और तायाप्पा पेट के बल उल्टा सो गया।

"शिवजिया पायंदाज पर पैर पोंछकर पिंडली पर चढ़ गया और संतुलन ढहने के कारण लड़खड़ाया। फिर हल्के-हल्के दबाते हुए ऊपर की तरफ़ बढ़ने लगा। तायाप्पा के बदन से सुखद लहरियाँ उठने लगीं। शिवजिया जाँघ पर चढ़ा। अब उसे अपने पैर कीचड़ में धँसने-से लगने लगे। उसने वहीं झटका दिया और तायाप्पा भीतर ही भीतर कराह उठा। शिवजिया पीठ पर चढ़कर कूल्हे पर आया और अचानक चौंक गया। "अरे, तेरा बदन तो बिल्कुल औरत जैसा है रे।" और झट् से नीचे उतरा। तायाप्पा निश्वास छोड़ता हुआ बड़बड़ाया—

"अरे, इसी तरह नीचे की तरफ़ आ न! देखा, तनिक दर्द कम हो गया।" और बदन को ऐंठकर लेट गया। उसने साड़ी को ऊपर खींचकर जाँघें खोलते हुए शिवजिया से पूछा—

"जाँघें भी औरत जैसी दिखती हैं क्या रे?"

शिवजिया चौंका। जाँघों पर खचाखच पैर गड़ाकर ही नीचे उतारा।

"उठ साले, माँ के जनेऽ, तुम्हारा कुछ ठीक नहीं है।" और झोपड़ी से बाहर हो लिया। तायाप्पा की अचानक हँसी छूट गयी।

"हे माँऽ!" वह सीधा हो गया। उसे अपनी देह फूल जैसी हल्की-हल्की लगने लगी। शिवजिया के पैर जहाँ धँसे थे, उन जगहों पर उसे मीठी-मीठी लहरियाँ उठती-सी जान पड़ीं। वह उन्हीं लहरियों में डूब गया।

...इतना-सा शिवजिया मुझे इतना अच्छा लग रहा है! मैं यूँ ही खुद को रोकता हूँ... बस ज़रा-सा दिल बहलाव... लेकिन उसे पाने का भी कभी प्रयास नहीं किया... कैसी ज़िंदग़ी है मेरी? इसकी बजाए बाक़ी जोगतों की तरह किसी-किसी से लगाव बनाने में क्या बुराई है... और वैसे भी इस ज़िंदग़ी में रखा ही क्या है...?

तायाप्पा इन्हीं विचारों में बहता गया और अचानक ऐसे चौंक उठा जैसे बदन पर

छिपकली गिरी हो। उसकी आँखों के सामने में ढगरे के परसिया के चेहरा सरकने लगा...

...मुए, ऐसा कैसे चलेगा? तायाप्पा झट् से उठकर परड़ी में रखे देवी के टाक के सामने बैठ गया। उसने दोनों हथेलियाँ एक दूसरे पर रगड़ीं और बोला, ''देखा मैया, कैसी बातें दिमाग़ में आ रही हैंऽऽ।''' और दाँतों से होंठ काटे। उसकी देह शिथिल होती गयी।

मस्कर का संबिया हाँफता हुआ तायाप्पा की झोपड़ी के सामने आकर रुका। हाँफते और सिटपटाए संबिया को देखते ही तायाप्पा भी हड़बड़ाया।

''क्यों रे, क्या बात है?'' उसने संबिया को पास खींचते हुए पूछा।

''संबिया की आवाज़ नहीं फूट रही थी। उसकी आँखें घूम रही थीं। उसने नाक और नीचे फिसल रही चड्डी जोर से ऊपर खींची।

''अरेऽऽ क्या हुआ, कुछ बताएगा भी या नहीं?'' तायाप्पा ने उसे जोर से झकझोरा। संबिया और ज़्यादा हड़बड़ाया और देखता ही रहा गया। आख़िरकार जैसे-तैसे बुदबुदाया।

''तानाक्का के घर पर...।''

''बुलाया है... ?'' तायाप्पा ने उसे झकझोरकर पूछा। संबिया गर्दन हिलाई और नाक साफ़ करता हुआ खड़ा हो गया। तायाप्पा ने झट् से लौंग कसकर कूल्हे पर खोंसी। दरवाज़ा भिड़ाया किया और तेज़ी से संबिया के पीछे दौड़ने लगा।

...घोरपड़े के झोपड़ी के पास आने पर तायाप्पा का धीरज चुक गया। वह पानी-पानी हो गया। गला सूखने लगा। 'लगता है चल बसी', वह अपने आप से बुदबुदाया। उसके टाँगों की शक्ति मानो चली गयी। फिर भी रोता-घसीटता वह जैसे-तैसे तानाक्का के दरवाज़े तक पहुँचा। बाँध के पानी की तरह लोग जमा हुए थे! भीतर जाने के लिए ज़रा-सी भी दरार नहीं थी। कोई भी पीछे हटने को तैयार नहीं था। तायाप्पा ने लोगों को पीछे हटाने के लिए हाथ ऊपर उठाए। लेकिन उसके मुँह से शब्द ही नहीं फूट रहे थे। उसका चूड़ियाँ पहना हाथ बस घूमता रहा। उसकी तरफ़ देखने के लिए भी किसी के पास फुरसत नहीं थी।

तभी जमावड़े में कोई औरत चिल्लायी, ''अरे, तायाप्पा आया क्या, ज़रा देखोऽऽ। बेचारी बहुत तड़प रही है।'' पूरा जमावड़े में खुसुरफुसुर शुरू हुई। तायाप्पा जान की बाज़ी लगाए भीड़ को धकेलता हुआ भीतर घुसा। औरतें तुरंत पीछे हट गयीं। बाहर का बरामदा पुरुषों से भर गया था। सभी सिटपिटाए हुए थे। सभी लोग भीतर कान लगाए खड़े थे। बरामदे में केवल साँसों की आवाजें आ रही थीं... तायाप्पा जैसे-तैसे रास्ता बनाता हुआ तानाक्का के पास पहुँचा। घर का कोना-कोना औरतों से भरा हुआ

था। किसी व्यंजन पर बैठी मक्खियों की तरह औरतों ने बिस्तर को घेर रखा था। बिस्तर पर पड़ी तानाक्का के पैरों की हरकत लगभग थम चुकी थी। उसका मुँह खुला था और आँखों की पुतलियाँ इधर-उधर घूम रही थीं। तानाक्का की बहू चम्मच से उसके मुँह में दूध डाल रही थी। पारव्वा आँखों से पल्लू लगाए उसके चेहरे पर हाथ फेर रही थी। रत्नव्वा का हाथ तानाक्का के माथे पर था और आँखों से झड़ी लगी हुई थी।

तायाप्पा जल्दी-जल्दी सामने आया। सिरहाने बैठते हुए उसने तानाक्का की आँखों में देखा। पारव्वा भर्रायी आवाज़ में जोर से बोली—

''तानाक्का, देखो, तायाप्पा आ गया!'' तानाक्का की पुतलियाँ तेज़ी से इधर-उधर घूमने लगीं। खुले मुँह में तालू के पास हल्की-सी हरकत हुई। सभी साँस रोके देख रहे थे। तायाप्पा की आँखों से पानी टपकने लगा। अब तानाक्का की पुतलियाँ तेज़ी से हिलने लगीं। पारव्वा उसका हाथ तायाप्पा के हाथ में देती हुई बोली, ''तुम इत्मीनान से चली जाना। मैं तायाप्पा को सब समझा दूँगी। वह मना नहीं करेगा। बिल्कुल चिंता मत करना।''

पारव्वा बड़बड़ाती रही। तायाप्पा के आँखों की झड़ी बढ़ती चली गयी। तानाक्का की पुतलियाँ स्थिर हुईं। हाथ लूले पड़ गए। पूरी गली दहाड़ मारकर रोने लगी...

...तानाक्का के घर लोगों का रेला टूट पड़ा...गाँव की महिमामयी जोगतिन। महिमामयी ढंग से जीती रही और उसी महिमा से मर गयी। महिमामंडित मैया के अंतिम दर्शन के लिए गाँव और महार टोला एक हो गया...पूरी गली लोगों से भर गयी।

''बहुत सत्वशीला औरत थी। किसी से कभी कौड़ी भी ली नहीं। किसी से कभी कौड़ी की भी आशा नहीं रखी...जैसी आई वैसी ही देवी माँ की सेवा के लिए चली गयी...।''

''पूरे गाँव को सँभाला। आड़े वक्त पर काम आई। गरीबों से लेकर मालदार तक, सभी के बीच रही। लेकिन कभी घमंड नहीं दिखाया। माँग भरकर आई और सुहागन ही चली गयी। न किसी की तरफ़ उँगली उठाई न किसी ने उसकी तरफ़!''

''जोगतिन थी, लेकिन पतिव्रता जैसी जीती रही। एक के ही साथ गृहस्थी बसाई। उसी के बाल-बच्चों में रम गयी। उसी के साथ ज़िदग़ी बिताकर गंगा में समा गयी। इसी को कहते हैं सत्वशीला...।''

औरतों के मुँह से हजारों दुवाएँ निकल रही थीं। तानाक्का की सत्वशीलता ने प्रत्येक दिल में घर किया था। उसे देखने आ रही हर औरत दहाड़ मारकर रोती थी। उसकी हमजोली औरतें उसकी कुछ यादें दोहराती रहीं। ज़्यादा ग़रीबी औरतें मुँह में पल्लू ठूँसे सिसकने लगीं। रोने-धोने से सारा घर डावाँडोल हो उठा। तानाक्का की बहू

रो-रोकर बेहाल हो गयी थी।

तायाप्पा की आँखों का बाँध ही टूट चुका था। आँखें पोंछ-पोंछकर उसकी साड़ी का पल्लू पूरा गीला हो चुका था। आनेवाली हर औरत तायाप्पा के सामने बैठकर तानाक्का की महिमा का बखान करके रोती थी। तायाप्पा का बाँध और टूट जाता। बाक़ी औरतें उसे समझाती हुई टिसुए बहातीं... पारव्वा, रत्नव्वा ने तो पूरा घर सिर पर उठा लिया था। रत्नव्वा छाती पीटती जा रही थी। पारव्वा को पता था कि एक न एक दिन यह होनेवाला है। इसलिए वह बस टिसुए बहा रही थी। रत्नव्वा रोते-रोते ही तायाप्पा की तरफ़ सरकी।

''उसकी जान तुझमें फँसी थी रीऽऽ। आखिर में तुम्हें बुलाने को बोली थी रीऽऽ। अपनी गद्दी तुम्हीं को चलाने को बोली रीऽऽ, अपने हाथों से आखिरी भंडारा तुम्हें लगाने को बोली रीऽऽ।'' रत्नव्वा तायाप्पा के गले लगकर एक सुर में रोती रही। तायाप्पा के भीतर भी ज्वार-सा उठा। उसकी पलकों का बाँध टूट गया... आसपास बैठी औरतों को भूलकर उसने हाथ पटकना शुरू किया। वहाँ जमा औरतें आँखें पोंछ मुँह बाए उसकी ओर देखती ही रह गयीं। उसकी आवाज़ से पूरा घर थर्रा उठा।

...तानाक्का के घर से निकलने में भोजन की बेला हो गयी। तायाप्पा को अपनी पलकें भारी-भारी लगने लगीं...सारी गली भीषण-सी लगने लगी। सामने से आते लोग भी दीमक की तरह सामने से सरक रहे थे। म्हसकर की झोपड़ी पार करते-करते तायाप्पा को थकान महसूस हुई। जाधव के दरवाज़े में उसके कदम पड़ते ही जाधव की गंगव्वा उसके सामने आती हुई बोली—

''अंतिम बिदाई हो गयी बाबाऽऽ?''

''क्या करता चाची! जिसे हम चाहते हैं, भगवान भी उसी को चाहता हैऽऽ।'' तायाप्पा का गला भर आया।

''बहुत भली औरत थी रेऽऽ। इसीलिए एकादशी के पर्व पर चली गयी। इन्सान के नाते भी बहुत नेक थी।'' और गंगव्वा का पल्लू आँखों की तरफ़ मुड़ गया। तायाप्पा उसके सामने से हट गया। कहीं, आँखों का बाँध न टूट जाए। उसने जल्दी-जल्दी कदम बढ़ाए। जैसे-जैसे झोपड़ी नजदीक आई, उसका गला भी भर आया। झोपड़ी का दरवाज़ा जैसे-तैसे धकेलकर वह भीतर घुसा और उसकी सिसकी निकल गयी। रोते-रोते वह खुद ही बहता रहा...

...तानाक्का से उसका आत्मीय रिश्ता बन गया था। माँ की तरह प्यार दिया था उसने। अपने बच्चे की तरह नज़र रखी थी... लेकिन मुझी को इतना आत्मीय क्यों बनाया था? क्या रिश्ता था मेरा? मरते समय भी उसके प्राण मेरे लिए अटके रहे! अपने जाये बच्चे में नहीं अटके और मुझमें अटके रहे। अपनी गद्दी चलाने को कहा... क्या

देखा मुझमें, क्या पता... तानाक्का! भंडारे की सौगंध, तुम्हारे बाद गाँव में सत्वशील बनकर ही रहूँगा...।''

उसके मन में पंख उग आए। वह उन्मुक्त रूप से उड़ता गया। झोपड़ी में घिरा अंधेरा उसकी साँसों के साथ छलकने लगा।

''आकुंदीऽऽ जोगऽऽ वाऽऽ!''

''तायाप्पा की औरतनुमा आवाज़ दादू पाटील के पिछवाड़े भी पहुँची। दादू पाटील की मँझली बीवी तुरंत बाहर आई।

''अच्छा हुआ भैयाऽऽ जो इस गली में भी आ गया तू।'' और वह दुबारा पीछे मुड़ी। मटके से मुट्ठी भर चावल सूप में लेकर दहलीज़ पर आई।

''शाम को घर पर ही हो नऽऽ? ज़रा आने की सोच रही हूँऽऽ।''

''वैसे भी कहाँ जाता हूँ? इस गड़बड़ी में मंडली भी छूट गयी। घर पर ही तो होता हूँ!'' तायाप्पा खड़े-खड़े इठलाया।

''भगवन्ऽऽ, सुना है ओझौती भी शुरू कर दी है। लोग कह रहे हैं।''

''क्या करता चाचीऽऽ, मरते समय वो मुझे सौंप गयी। क्या करता? देखता हूँ कैसा होता है!''

''तुम्हारी ज़बान में बरकत है भैयाऽऽ लोग कहते हैं!''

''सब उस पहाड़ोंवाली की मेहेरबानी। मेरा क्या है?'' और तायाप्पा ने उसके हाथ के सूप को परड़ी में औंधा किया। सिर पर लटकती थैली के फीते अब ठीक आँखों पर आए थे। तायाप्पा ने हाथ से ही फीते पीछे सरकाए और अगले दरवाज़े पर आया।

कोठी के दरवाज़े तक वह जोगवा माँगता हुआ आया और उसे धूप की तपन महसूस होने लगी। हाथ की परड़ी, कुहनी में लटकी थैली और भारी लगने लगी। उसने मगदूम के घर के दरवाज़े से आवाज़ लगाई। मगदूम की वृद्धा माँ अपनी जीर्ण साड़ी सँभालती हुई बीच के दरवाज़े से आगे आई।

''क्या कर रही हो, दादी?'' और तायाप्पा ने दहलीज़ पर परड़ी रखकर थैली चौखट से टिकाई।

''क्या करूँगी! बैठी हूँ बकबक करते।''

''कहाँ गए सभी''

''जाएँगे कहाँ? गेहूँ को पानी दे रहे होंगे। तुमने बड़ी देर कर दी आजऽऽ?'' और वृद्धा चौखट पर आई।

''ज़रा लोटा भर पानी दोगी?''

''तू ही भीतर जाकर ले ले। मुझे दिखाई नहीं देता। लोटा लेने जाऊँगी तो कुल्हड़ हाथ में आएगा...।'' वृद्धा दरवाज़े पर ही रुक गयी। तायाप्पा पल्लू से पसीना पोंछता

हुआ भीतर आया। हंडे से पानी लेते-लेते उसने सारे घर में नज़र घुमाई।

चेहरे से टपकती बूँदें पल्लू से पोंछते हुए वह दहलीज़ पर आया। तभी गली में नज़रें गड़ाए बैठी वृद्धा ज़रा-सी बड़बड़ाई—

''उस खरंदाले की झोपड़ी में ही रहते हो न?''

''हाँ दादी, वहीं।''

''बसप्पा भी बहुत थक गया है। कुछ नहीं रहा अब उसमें।''

''हाँ।''

''उमर भी तो हो गयी है। मेरा ब्याह हुआ तब लेज़ीम का नायक था मेरी बारात में। फिर साल भर बाद उसका ब्याह हुआ।'' वृद्धा भूतकाल में खो गयी। फिर दुबारा वर्तमान में आती हुई बोली-

''कल्लव्वा घूम-फिर लेती है न?''

''हाँ, लेकिन बहुत ज़्यादा नहीं। बस गली भर में!''

''बीच-बीच में घर पर भी चक्कर लगाते हो?''

''कहाँ दादी! और क्यों जाऊँ? उनके मन में अभी भी मेरे लिए गाँठ है।'' तायाप्पा बोलते-बोलते गंभीर हो गया।

''अरे, अपने जाये बच्चे से कैसी गाँठ। अपने बच्चे को देखकर अँतड़ियों में मरोड़ उठती ही होगी।''

''ये मरोड़ तेरे-मेरे लिए। उन्हें कहाँ!'' तायाप्पा ने परड़ी उठाई।

''ऐसा नहीं है कहते बेटा। लेकिन संगाप्पा किसकी सुनता ही नहीं होगा...।'' वृद्धा ने अपनी ठोड़ी हथेली में पकड़ी। तायाप्पा थैली लेकर बाहर चल दिया।

म्हसकर की झोपड़ी से बाटिया की दुकान तक जल्दी-जल्दी वह एक-एक घर माँगता गया। अभी घोरपाड़े की गली बाक़ी थी। यह गली हो जाने पर झोपड़ी में जाकर लेटना और शाम होने तक पड़े रहना। मन ही मन यह निश्चय कर उसने घोरपाड़े की गली का एक-एक घर पीछे धकेलना शुरू किया। थैली पूरी भर गयी थी। परड़ी भी आधी भर गयी थी। उसने गली पूरी कर राहत की साँस ली। अपनी झोपड़ी की तरफ़ मुड़ने के लिए वह महावीर के मंदिर के पास आया। अचानक रुक गया। पहली बार उसके दिमाग़ में 'वह' विचार आया और वह सिटपिटाया। फिर भी उसके कदम यंत्रवत् नीचे की गली की तरफ़ मुड़ गए।

हमेशा इस गली को टालकर आगे बढ़नेवाला तायाप्पा आज पहली बार एक-एक घर से जोगवा माँगता हुआ आगे बढ़ने लगा। जोगवा देनेवाली औरतें भी उसे अपनी गली में देखकर चौंक गयीं। वह नाई के दरवाज़े पर आया।

''आकुंदी जोगवाऽऽ!'' उसने आवाज़ लगाई। आवाज़ सुनते ही जनाक्का सिटपिटाकर बाहर आई और उसकी तरफ़ देखती ही रह गयी।

"आज इस गली का रास्ता कैसे भटक गया रे बाबाऽऽ?"

"आने का दिल किया, आ गया। क्यों नहीं आऊँ?"

"नहीं, नहीं बेटा, तुम्हें पहली बार देख रही हूँ न, इसलिए...।"

"इसीलिए आने का सोचाऽऽ।" तायाप्पा ने खाली हाथ नचाया।

"बहुत अच्छा लगा, भगवन...।" जनाक्का भीतर मुड़ी और सूप में चार मुट्ठी चावल लाकर उसकी परड़ी में उँड़ेल दिए। तायाप्पा ने आदतन चुटकी भर भंडारा सूप में डाला।

"सुना है, अब ओझौती भी शुरू कर दी है?"

"हाँ, तानाक्का ने जोत दिया है, फिर क्या करताऽऽ?"

तायाप्पा अगले दरवाज़े पर आया। लेकिन उसके कदम आगे नहीं बढ़ रहे थे। उसे अजीब-सा लगने लगा। इस गली की तरफ़ मेरे पैर मुड़े ही कैसे? इतने सालों से इस गली को टालता रहा। कभी इधर कदम भी नहीं पड़े। गली से कभी गुज़रा भी नहीं। आज मेरा संतुलन कैसे ढह गया? यहीं से लौट चलें, उसके दिमाग़ में आया। वह कालू पाटील की ओरी में खड़ा रहा। उसके दिमाग़ की नसें अपने आप तनती गयीं। वह यह भी भूल गया कि उसके हाथ में थैली है, परड़ी है।

"क्यों रे, धूप लग रही है?" व्हगाड़िया की मोहना पास आकर रुकी।

"नहीं नहींऽऽ, ऐसे ही रुक गया। धूप भी तेज़ होने लगी है।"

"जोगवा माँगने आए हो इस गली में?" मोहिते की स्त्री बोली।

"हाँ।" तायाप्पा वहाँ से चल दिया। देवकर के घर गया और उसने आवाज़ लगाई। मोहना मोहित-सी उसके पीछे-पीछे चलने लगी। एक-एक दरवाज़े पर जाते समय उसे ऐसा लगने लगा जैसे सीने पर पत्थर गिर रहा हो। वह कोंडकर के दरवाज़े पर आया और उसका धीरज जवाब दे गया। कंठ से आवाज़ ही नहीं फूट रही थी। वह यूँ ही खड़ा रहा। गली के बच्चे भी उसकी तरफ़ टुकुर टुकुर देखने लगे। वह वैसे ही पीछे लौटा और येरगुंडे की झोपड़ी की तरफ़ मुड़ा। उसे अपने हाथ की परड़ी थर्रायी-सी महसूस होने लगी। ऐसा आभास हुआ कि सिर का पल्लू उड़ रहा है। तभी पीछे से पुकार सुनाई दी-

"तायाप्पाऽऽ, ए तायाप्पाऽऽ, ऐसे ही चले जाओगेऽऽ?"

माँ की आवाज़ उसके इर्दगिर्द गूँजी और वह पानी-पानी हो गया। उसके पैरों में पीछे मुड़ने की भी शक्ति नहीं रही...

"घर में न सहीऽऽ दरवाज़े पर ही आ जाताऽऽ!" माँ की आवाज़ भर्रायी हुई थी। तायाप्पा की पलकों का बाँध टूट गया। वह गर्र से पीछे मुड़ा। जैसे-तैसे दरवाज़े तक गया। अब उसका धीरज पूरा चुक गया। खड़े-खड़े ही उसने परड़ी नीचे पटक दी। घर की दहलीज़ की तरफ़ देखते ही उसके कंठ से सिसकी निकल पड़ी...

तायाप्पा ने देवी माँ के आसन के सामने तेल का दीया जलाया। जग के टाक को भंडारा, कुंमकुम लगाया। परड़ी में रखी कौड़ियों की माला को हिलाया। देहरे के पास ही पीढ़ा रखा। बैठने के लिए टाट बिछाया और जग के पास ही बैठ गया। परड़ी में रखी कौड़ियों की माला हाथ में ली। एक-एक कौड़ी चुटकी से नीचे छोड़ते हुए देवी के 'उदंऽऽ' का घोष किया। दोनों हाथ जोड़कर और हथेलियों में परड़ी की माला दबाकर देवी के चरण छुए। सिर का पल्लू सीधा करते समय माथा भंडारे से सन गया और कुँमकुम पर मटमैला-सा भंडारा फैल गया। उसने झोपड़ी में नज़र डाली। पंद्रह-बीस औरतें एक दूसरे से सटकर बैठी थीं। आपस में खुसुर-फुसुर कर रही थीं। तायाप्पा सामने देखने लगा और सभी चुप हो गयीं। अभिभूत-सी तायाप्पा की तरफ़ देखने लगीं।

"तुम्हारी क्या परेशानी है, चाची?" तायाप्पा ने कौड़ियों की माला हवा में लहरायी।

"भगवन्, कुछ समझ में नहीं आ रहा। कल भैंस को चराकर लाने के बाद बाँध दिया और तब से वह अचानक बिगड़ गयी। थनों को हाथ ही लगाने नहीं देती। कुछ समझ में नहीं आ रहा...।" सामने बैठी सुंदरा चाची बड़बड़ाती रही। तायाप्पा के हाथ कौड़ियों की माला से खेलते-खेलते रुक गए। उसने आँखें मूँद लीं। काफ़ी देर तक यूँ ही बैठा रहा। घड़ी भर बाद कौड़ियों की माला को उसने गोद में रखा। परड़ी से चुटकी भर चावल उठाए और सामने के पीढ़े पर डाले। चावल की जोड़ियाँ मिलाते-मिलाते वह रुका-

"चाचीऽऽ सब गड़बड़ हो गया है। सफ़ेद पत्थर के पास हवा लग गयी है। उतारा करना पड़ेगा। इसके बिना चारा नहीं। तू सोच ले। फिलहाल ये भंडारा लगा दे...।" तायाप्पा ने चुटकी भर भंडारा सुंदरा चाची के हाथ में रखा। सुंदरा चाची ने सिर नवाकर दर्शन किए। तभी बढ़ई की हौसा बैठे-बैठे ही घिसटती हुई आगे बढ़ी। तायाप्पा ने पलकें ऊपर उठाईं और हौसा ने बताना शुरू किया।

"किसी बात में बरकत नहीं...सभी तरफ़ से बस खींचातानी। घरवाला भी बिगड़ा-बिगड़ा सा बर्ताव करता है। सासू माँ ने इसी फिक्र में बिस्तर पकड़ लिया है। छोटा लड़का हफ़्ते-हफ़्ते बीमार रहता है। लगातार यही चल रहा है। मैं अकेली कहाँ तक निभाऊँगी? एकबारगी या तो हमें मिट्टी में मिला दो या इससे निजात का कोई उपाय बता दो...।" और हौसा हाथ ठोड़ी से लगाए बैठ गयी।

"तुम्हारे घर में मेरी गद्दी है?" तायाप्पा बुदबुदाने लगा।

"हाँ है।"

"बीते चार बरस में कोई गया था पहाड़ पर?"

'नहीं!"

''कैसे बरकत आएगी? मेरी सेवा ही भूल गयी हो। अपने में ही मस्त रहती हो और अब संकट आया तो मेरे दरवाज़े पर आई होऽऽ?'' तायाप्पा की आवाज़ चढ़ गयी। सामने बैठी हौसा चौंकी।

''हाँ भगवन्, हमसे भूल हो गयी।''

''भूल नहींऽऽ बहुत बड़ी ग़लती हैऽऽ। और देखेगी आगे क्या-क्या होता है।'' तायाप्पा ने मुरका लगाया। ताली बजायी। हौसाक्का चौंकी। फिर सँभलकर तायाप्पा बोला—

''बेटी, डरो नहींऽऽ। चार घरों से माँग लाया भंडारा माथे पर लगाओऽऽ सब ठीक हो जाएगा।'' तायाप्पा ने परड़ी आगे सरकायी। हौसाक्का का काँपता हुआ हाथ आगे बढ़ा। उसका माथा भंडारे में डूब गया। वह वैसी ही घसीटती हुई पीछे हट गयी।

...एक-एक औरत पल्लू में बाँध लाया हथेली-मुट्ठी भर चावल, इक्का-दुक्का अगरबत्ती, पाँच पैसे तायाप्पा के सामने भगवान को चढ़ाकर अपनी-अपनी समस्याएँ रखकर उठने लगीं। तायाप्पा सामने आनेवाली हर औरत को आँय-बाँय बताकर निबटने लगा। क़रीब आधी औरतें समाप्त होने को थीं। बैठ-बैठकर तायाप्पा की पलथी में टीस उठने लगी। उसने पलथी बदलकर एक-एक की शिकायत का निपटारा किया। शिंदे की मोहना उसके सामने आई और बिना कुछ बोले चुपचाप बैठ गयी। तायाप्पा ने ऊपर-नीचे देखकर अंदाज़ा लगाया। लेकिन मोहना कुछ भी नहीं बोल रही थी, इसलिए उसने पूछा—

''क्यों मोहनाक्का ऽऽ, साफ़-साफ़ बताओ न क्या हुआ?''

''भगवन्, मैं क्या बताऊँ! तुम ही बताओऽऽ। मेरी ज़िंदग़ी का सत्यानाश हो गया है। मैं क्या बताऊँ? क्या तुम्हें पता नहीं... अपने पेड़ की चिंता तुम्हें नहीं होगी तो और किसे होगी?'' मोहना झगड़ने की तरह उसपर हावी हो गयी। तायाप्पा सिटपिटाया। उसने इधर-उधर नज़र फेरते हुए सारी औरतों को ग़ौर से देखा। सभी एक दूसरे की तरफ़ देख रही थीं। उनमें बैठी मस्कर की यमना बुदबुदायी—

''अरी बहनाऽऽ भगवान से ही पहेली बुझाओगी, तो कैसे चलेगा?''

''फिर कैसा भगवान री? बस मुझी को आज़माता है। फिर मैं क्यों न आज़माऊँ उसे?'' शिंदे की मोहना उल्टी घूम गयी। तायाप्पा ने मन ही मन भाँप लिया कि मामला तनिक पेचीदा है। उसने चुटकी भर चावल उठाए। पीढ़े पर डाले। जोड़ियाँ मिलाने से पहले उस पर कौड़ियों की माला फेरी। थोड़ी देर ख़ामोश बैठा रहा। फिर उसने चुटकी भर भंडारा उठाया। गले में डाला और अचानक सिटपिटाया-सा चेहरा बनाकर बड़बड़ाना शुरू किया-

''मुझे आज़माती हो! मैं पहाड़ोंवाली हूँ। अच्छे-अच्छे को मिट्टी में मिला दिया

है। तेरा मरद हाथ से निकल गया इसलिए मुझे आज़मा रही हो। तो सुन! मैंने ही उसे ऐसा बनाया है। मेरी गद्दी के सामने से हज़ारों बार गुज़री हो, कभी झुकी हो मेरे सामने? बहुत घमंड चढ़ गया है तुम्हें, तो मैं क्या करूँ?'' तायाप्पा का एक-एक शब्द झोपड़ी में गूँजने लगा। मस्कर की यमना का पेंच पहले ही ढीला हो चुका था, जो अब टूट गया। उसे अपनी ही ग़लती महसूस होने लगी। वह ज़मीन पर आई और तायाप्पा के पैर पकड़कर बोली—

''भगवन्! ऐसा कठिन दंड मत दीजिएऽऽ इस संकट से बेड़ा पार कीजिएऽऽ।'' मोहना तायाप्पा के पैरों में लोटने लगी। तभी उसे उठाते हुए तायाप्पा बोला—

''ज़्यादा परेशान मत होऽऽ। गीले वस्त्रों से पाँच मंगलवार जोगवा माँगो। पूनो को नीम पहनो। सब ठीक हो जाएगा।''

तायाप्पा ने राहत की साँस ली। मस्कर की मोहना मुँह बाए उसकी तरफ़ देखने लगी। बैठी हुई औरतें आपस में कानाफूसी करने लगीं। तायाप्पा की महिमा अपने मन में संचित करने लगीं।

तायाप्पा ने पलथी बदलते हुए देवी के सामने के दिए की बाती आगे सरकायी। बाती का उजाला बढ़ गया। पीढ़े के पास की परड़ी का चावल उसने पीछे के झाले में डाल दिया। खाली परड़ी सामने रखी और सामने की औरत की तरफ़ देखा...।

चार-पाँच औरतें निबट गयीं और माने की आक्कू अपनी रिश्तेदार स्त्री को लेकर सामने आई।

''ये हमारी खमलेट्टी गाँव की भाँजी है। पिछले महीने ही इसका पति गुज़र गया।'' तायाप्पा ने उसकी सूनी माँग की तरफ़ देखा।

''महीना ख़त्म होते न होते अब दूसरा संकट आ खड़ा हुआ है।'' और माने की आक्कू चुप हो गयी।

''क्या हुआ, बताओगी भी या नहीं?''

''क्या होगा?'' अब वह स्त्री खुद बोलने लगी।

''बीते इतवार की बात! रात में खाना-पीना होने के बाद सब सो गए और ननद ने सपना देखा। आधी रात को मुझे जगाया और रोने लगी।'' वह रुकी।

''फिर?''

''फिर क्या? बोली, सपने में यल्लूमाता आई थी। वह बोली कि इसका पति मर गया, लेकिन इसे अब मैंने पकड़ा है। इसलिए कल से ही माँग सजाने को कहो। मैंने उसकी बात पर ज़्यादा ध्यान नहीं दिया। लेकिन तभी से बुखार से जल रही हूँ।'' वह स्त्री चुप हो गयी। तायाप्पा को यह समस्या भी जटिल पहेली-सी लगने लगी। उसने अंगडाई लेकर देह तोड़ी। उँगलियाँ तोड़ीं। हाथ की चूड़ियाँ आगे-पीछे सरकाईं और

सामने की परड़ी की तरफ़ देखता हुआ बुदबुदाया–

"जब देवी माँ का ही कहना है, तो वैसा करना ही पड़ेगा। इसका और क्या इलाज हो सकता है?"

"सचऽऽ?" वह स्त्री बीच में ही बुदबुदायी।

"देवी माँ की बातों में सच–झूठ नहीं होता। जो भाग में बदा है, उसे भोगना ही पड़ता है। कल ही उधर जाकर माँग सजाओ। क्यों री आक्कक्का ?" कहते हुए उसने आक्कू की आँखों में देखा और वह स्वयं छलकने जैसा हिल उठा। झोपड़ी के दीवार पर छिपकली बोल उठी और उसकी उँगली अपने आप उधर मुड़ी। वह स्त्री पल्लू नीचे छोड़ती हुई दीवार की तरफ़ देखती ही रह गयी। दीवार की छिपकली कंधे की तरफ़ खिसकी।

हिंग्लज के डॉ. गुणे के अस्पताल के पास आने पर तायाप्पा के कदम बस के पहिए जैसे सरकने लगे। उसकी अधीरता चरम तक पहुँची। राघू को आँखें भरकर देखने के लिए वह तड़प उठा। इसी जल्दबाज़ी में उसने एक ही साँस में अस्पताल की सीढ़ियाँ पार कीं। अस्पताल की घुटी–घुटी सी बदबू उसकी नाक में घुसी। अस्पताल के लोग चौंककर दूर हो उसे देखने लगे।

डॉक्टर के दरवाज़े पर बैठे आदमी को उसने जल्दी–जल्दी में पूछा, "राघू जोगते को कहाँ रखा है जी?"

उसकी औरतनुमा आवाज़ से निराकार चेहरेवाला कम्पांऊडर हिला और उसने कमरे की ओर उँगली की। तायाप्पा जल्दबाज़ी में कमरे के दरवाज़े पर पहुँचा और भीतर देखा। भीतर म्हादू, मायाप्पा, आण्णा, तुकिया, तानाप्पा, दादू, भाऊ सारे जोगते इकट्ठा हुए थे। सुबाना चौंडकिया खिड़की के पास खड़ा बाहर देख रहा था। तायाप्पा को देखते ही म्हादूमा बैठे–बैठे ही कुलबुलाता हुआ बोला–

"तुम्हें कब पता चला रीऽऽ?"

"अभी–अभी!" तायाप्पा भीतर आया। राघू मुर्गे की तरह गर्दन झुकाए खटिया पर पड़ा था। खटिया की डंडी पर कोई बोतल लटकी हुई थी। उसकी नली राघू के दाहिने हाथ में चुभोई गयी थी। नली से एक–एक बूँद नीचे उतर रही थी। तायाप्पा को देखते ही राघू ने हल्का–सा हँसने का प्रयास किया। उसके गाल की चमड़ी आगे–पीछे हुई। उसके भंडारे से सने माथे पर हल्की–सी हरकत हुई।

"ऐसा क्या हुआ रीऽऽ?" तायाप्पा खटिया पर बैठ गया।

"किस्मत, और क्याऽऽ!" म्हादूमा खड़े–खड़े बुदबुदाया।

"लेकिन हुआ क्याऽऽ?"

"होगा क्या? अब उमर के हिसाब खून ढलान पर है। सब कुछ पहले जैसा कैसे

सहा जाएगा! लेकिन बताकर भी सुने कौन!'' भाऊ ने बीच में ही मुँह खोला।

''लेकिन हुआ क्या जो यहाँ लाना पड़ा?'' तायाप्पा का वही सवाल।

''कैसे बताऊँ इसे क्या हुआऽऽ? अरीऽऽ, परसो की बात। इसने खूब ढारी। दूसरे दिन ऊपर-नीचे से कै और दस्त शुरू। पकड़ लिया बिस्तर।'' तुकिया ने सारी कथा बयान की। तायाप्पा के दिमाग़ की बत्ती जाग उठी। उसने राघू से हटाकर नज़र बोतल पर डाली। राघू का क्षीण आवाज़ में कराहना शुरू हुआ। मायाप्पा, म्हादू फर्श पर बैठे थे। दादू, भाऊ ने अपनी देह का लोंदा खटिया के पास रखा था। सभी सूतक-सा चेहरा बनाए बैठे थे।

''कितने दिन रखने को कहते हैं डॉक्टर?'' तायाप्पा भोलेपन से बोला।

''वो लाख कहेगा। उन्हें पैसों से दुश्मनी है क्या? रात भर रखेंगे और सुबह ले चलेंगे। पहाड़ोंवाली है न देखने के लिए।'' म्हादूमा बैठे-बैठे ही बुदबुदाया। उसकी साड़ी की तह उतर गयी थी। सिर का पल्लू जीर्ण हो गया था। तुकिया हाथ की चूड़ियों से खेलने लगा। राघू गर्दन मोड़कर बँडेर की तरफ़ देख रहा था। सभी के चेहरे सफ़ेद पड़ गए थे। तायाप्पा घुटने सीने से लगाए खटिया पर जा बैठा। उसके दिमाग में एक-एक पखेरू फड़फड़ाने लगा...

ग्यारह बजे के आसपास तानाप्पा म्हादूमा की तरफ़ मुड़ा, ''मैं जाती हूँ और दो-चार रोटियाँ थापकर ले आती हूँ। तुम लोग बैठो तब तक।'' और खटिया को पकड़कर उठा।

''अकेली कहाँ इतनी सारी रोटियाँ थापती बैठोगी, इसे भी ले जाओऽऽ।'' म्हादूमा ने तायाप्पा की तरफ़ देखा और तायाप्पा झट् से उठा। घुटने की चुन्नट ठीक कर लौंग कसी। तुकिया भी उठने की फिराक़ में था।

''तू मत जा रीऽऽ। यहाँ दो-तीन जनों की ज़रूरत पड़ेगी।'' म्हादूमा ने तुकिया को नीचे बिठाया। तायाप्पा और तानाप्पा अस्पताल से बाहर आ गए।

हिंग्लज की सड़क पर लोगों की ऐसी भीड़, मानो चींटियों का वल्मीक टूटा हो। चलते-चलते तायाप्पा को लगने लगा, मानो कोई उसके सिर पर हथौड़े से प्रहार कर रहा है। कदम-कदम पर उसका दिमाग़ कहीं और भटकने लगा।

''मैं सोच ही रहा था कि तुम्हें खबर मिलेगी भी या नहींऽऽ।'' तान्नाप्पा चलते-चलते बुदबुदाया। तायाप्पा अपनी ही तंद्रा में था। उसे कुछ सुनाई नहीं दिया।

''उत्तुर को संदेशा भेजा है। लेकिन सुकनिया और काशिया अभी तक पहुँचे ही नहीं रीऽऽ!''

''आ जाएँगे!'' तायाप्पा तंद्रा में ही बुदबुदाया। तानाप्पा ने बात वहीं ख़त्म की। नदी पीछे छूट गयी और तानाप्पा की झोपड़ी आई। तायाप्पा के दिमाग़ का वल्मीक भी अपने आप थमता गया।

"रात इसी भागादौड़ी में बीती होगी?" तायाप्पा ने दरवाज़े से भीतर कदम रखा।

"और क्या करतीऽऽ अपने लोगों का देखें नहीं! और कौन है हमारा? हमारे जैसों का हमीं को देखना होगा। लोगों का अलग, हमारा अलग! उनके रिश्ते-नाते होते हैं। हमारा कौन है?" तानाप्पा बड़बड़ाता हुआ चूल्हे की तरफ़ मुड़ा। तायाप्पा अचानक ऐसे थम गया मानो चक्की का पट्टा टूट गया हो।

...कौन है हमारा? रिश्ते-नाते? सभी के घरों में घरवाले ही देखभाल करते हैं। गृहस्थी में एक दूसरे को सँभाल लेते हैं। हम जोगतों में हमारे बिना कौन है अपना? लोग मरते समय भी पास नहीं आते। रास्ते पर चलते हैं तो भी दूर हो जाते हैं। गाँव में भी दुरदुराते हैं... जोगतिनें भी काम से ही पास आती हैं। उनकी दुनिया बाक़ी लोगों जैसी! हमारा क्या?

"ऐसी क्यों बैठी है रीऽऽ?" तानाप्पा की खुरदरी आवाज़ तायाप्पा के कानों में घरघरायी और तायाप्पा का दिमाग़ झट् से जगह पर आ गया।

"कहाँ?' वह सिटपिटाया।

"नहीं, अचानक चुप हो गयी! ज़रा इधर आओ।" तानाप्पा ने तवा चूल्हे पर चढ़ाया।

"सारी ज़िदग़ी ही रेगीस्तान बन गयी है।" वह उठते-उठते बुदबुदाया।

"किसकी रीऽऽ?" तानाप्पा ने चूल्हे की आग को भीतर धकेला।

"हमारी, और किसकी! अब यही देखो नऽऽ, राघू ने बिस्तर पकड़ा। दादू पास के ही गाँव में थी इसलिए कम से कम यहाँ तक ले आई। वरना वहीं ख़त्म हो जाती न!"

"देवी माँ इच्छा! वह जैसा रखेगी वैसे रहना। क्या करें? उसकी इच्छा हो तो सब ठीक हो जाता है। देखा नहीं, यहाँ लाते ही सारी चीजें कैसी फटाफट जमा हुई? उसी की इच्छा थी यह!"

"लेकिन हमारे सिवा और कोई आया?" तायाप्पा ने मुँह खोला।

"दैया री दैया! जोगते की सेवा में जोगते ही तो आएँगे! और कौन है हमारा रक्त-संबंधी? जोगते का क़रीबी साथी जोगता ही होता है। हमारा पल्लू एक है, यही है हमारा रिश्ता। कोई और किसलिए चाहिए? और हमारे पास आएगा भी कौन?" तानाप्पा ने रोटी तवे पर डाली।

"कुछ भी कहोऽऽ, जोगते का पेड़ चिता में भी सीधा नहीं जलता...।" तायाप्पा चूल्हे के अंगार की तरफ़ देखता रहा। तवे की तरह उसके पूरे बदन में अंगार दहक उठा। तानाप्पा का हाथ आदतन रोटी पर घूमना रहा।

...चुड़िहारे के दरवाज़े पर पंडाल में लटकी गैसबत्ती जगमगाने लगी। गैसबत्ती

का उजाला पूरी गली में रेले की तरह फैला था। पूरे पंडाल में आम की टहनियाँ लटक रही थीं।

रत्नव्वा, पारव्वा पंडाल में ही इधर-उधर घूम रही थीं। चुड़ीहारिन कमला बुआ के साथ तायाप्पा कुछ बातें कर रहा था। हिंग्लज से सुबानिया चौंडकिया और सखू जोगतिन अभी तक पहुँचे नहीं थे। म्हादूमा को सँदेसा भेजा गया था। लेकिन उसका भी अभी तक कोई पता नहीं था। चुड़ीहारे के घर की दस-बारह साल की बिमला एक कोना पकडे बैठी थी...आज उसका ब्याह है, यह भी वह भूल गयी थी...

"देखो, सब वैसा ही होना चाहिए, जैसा पहाड़ पर होता है।" गोड़से की कमला तायाप्पा के पास टिकते हुए बोली और तायाप्पा खिल उठा।

"मतलबऽऽ? ओझौती करते-करते बूढ़ी हो गयी मैं, ये पहली जोगतिन बना रही हूँ क्याऽऽ? पंद्रह--बीस लड़कियों के ब्याह रचाए हैं आज तकऽऽ!"

"वो तो ठीक है रीऽऽ लेकिन पहाड़ का अलग और घर का अलग। असल में पहाड़ पर जाकर ही करना था। चैती पूनो थी ही कितनी दूर...?"

"पहाड़ हो या घर! कोई फर्क नहीं पड़ता... मैं तो कहूँ, पहाड़ से भी ज़्यादा यहाँ अच्छे ढंग से होता है। पहाड़ पर जानलेवा भीड़ होती है। किसी को किसी का पता नहीं चलता। उससे तो ये हज़ार गुना अच्छा है।"

"वो भी ठीक है...लेकिन फिर भी दिल में खटका बना रहता है।"

कमला चुप हो गयी। तायाप्पा ने भी बात आगे नहीं बढ़ाई। क्यों बिना वजह शक की गुंजाइश पैदा करें! उसने पूजाघर रँगाने के लिए चूने का मटका पास खींचा और उबसन के लिए नारियल की जटा ढूँढ़ने लगा।

भोजन के समय सुबाना चौंडकिए ने चुड़ीहारे के घर में कदम रखा। उसके साथ सखू जोगतिन भी आई थी, जो चल-चलकर बेहाल हो गयी थी। आते ही उसने लोटा भर पानी पी लिया और थोड़ी देर दीवार से टेककर आँखें भींचे बैठी रही।

"इतना बेहाल होने की बजाय ज़रा दिन रहते चली आती।" रत्नव्वा ने उसके पास बैठक जमाई।

"अरी कहाँ पगली! एक-एक काम निकलता गया और घर से निकलते-निकलते अंधेरा हो गया।"

"इसीलिए कह रही हूँ, दोपहर में चल देती तो इतना बेहाल क्यों हो जाती?"

"हाँ भई, हो गयी देर, अब क्या करें?"

सखू जोगतिन ने तायाप्पा को आवाज़ देकर पूछा, "सब ठीक से देख लिया न? कम-ज़्यादा अभी से देख लो। बाद में भागादौड़ी न करनी पड़े।"

"सब ठीक है। दोपहर से यहीं पर हूँ।" और तायाप्पा काम छोड़कर सखू के पास आ बैठा।

"मल्लव्वा क्या कहती है? उसे भी साथ ले आती!"

"हूँऽऽ। अरे बाबा, धंधा छोड़कर कैसे आएगी वह?"

"आग लगे उसके धंधे में! छिनाल कहीं की, मुझसे बोली थी कि धंधा बंद कर दिया है। वो भड़गाँव का है न कोई आदमी, उसे रखा था बोली और...।"

"बकवास करने में क्या जाता है! लेकिन एक बार चस्का लग जाने पर कैसे छूटेगा? भैंस तो हरे-भरे खेतों में ही मुँह मारेगी न!" और सखू ने इधर-उधर देखा। चुड़ीहारे के घर की औरतें एक-दो हाथों की दूरी पर बैठी थीं। उन्हें देखकर वह झेंप गयी और बात वहीं ख़त्म की।

आधी रात को सखू जोगतिन ने औरतों को उठाकर दाल गलाने के लिए कहा। तायाप्पा को देहरे का प्रबंध सौंपा और बिमला को गुसलखाने में उतारा। सुबाना चौंडकिए ने चेहरे पर पानी का हाथ फेरा और अपना कपड़े में बँधा चौंडका खोलकर गोद में रख लिया। घुंघरुओं की खनक सँभालता वह बाहर के बरामदे में उबासियाँ लेता बैठ गया।

तायाप्पा के हाथों एक-एक वस्तु अपनी जगह पर सजने लगी।

सखू जोगतिन बिमला को गीले बदन देवी के सामने ले आई। उसकी पूरी देह पर देहरे के सामने का नीम बाँध दिया। दो टहनियाँ सिर पर रख दीं। एक काफ़ी मुँह में भी रखी। उसे वैसी ही अलग खड़ी कर उसने पारव्वा को आवाज़ लगाई।

पारव्वा ने जग को जल्दी-जल्दी देहरे के सामने खींचा। उसके इर्दगिर्द भंडारा लगाकर पाँचों परड़ियों का पूजन किया और अपने माथे पर भंडारा लगाकर वह पीछे हट गयी। तायाप्पा बिमला को उसकी भुजा पकड़कर जग के सामने लाया... रत्नव्वा ने फुला को पुकारा। सभी देहरे के पास जमा हो जाने पर तायाप्पा ने अपनी खुरदरी औरतनुमा आवाज़ में 'उदंऽऽ गंऽऽ आईऽऽ उदंऽऽ' का घोष करते हुए बिमला को जग के इर्दगिर्द घुमाना शुरू किया।

रत्नव्वा, पारव्वा ने 'उदंऽऽ गंऽऽ आईऽऽ उदंऽऽ' की लय पकड़ी। सखू की चिरकती आवाज़ उनमें भी मुखर हो उठी। सुबाना चौंडकिया ने चौंडके से 'टाँगऽऽ गुडऽ गुडऽ टाँगऽऽ" आवाज़ निकाली और पूरा घर कोलाहल में डूब गया। अस्तव्यस्त-से सो रहे चुड़ीहारे के घर के बच्चे चौंककर जाग उठे। पाँच चक्कर पूरे हुए और तायाप्पा ने बिमला को देवी के सामने खड़ी कर जोर से गर्जना की, 'उदंऽऽ गंऽऽ आईऽऽ उदंऽऽ।' सखू जल्दी-जल्दी आगे बड़ी। उसने परड़ी का भंडारा बिमला के माथे पर मल दिया। बिमला का नन्हा-सा चेहरा पीलाजर्द हो उठा।

"अरी नई साड़ी कहाँ है, इधर लाओ।"

तायाप्पा ने देवी के सामने जल रहे दीवट की बाती आगे सरकाई। चुड़ीहारे की बड़ी बहू नई साड़ी की तह कुहनी पर डाले ले आई। तायाप्पा ने साड़ी की तह खोली।

पहनने का पल्लू बिमला के हाथ में दिया और साड़ी की चुन्नट हाथ में पकड़े यूँ ही खड़ा रहा।

देह पर नई साड़ी चढ़ गयी और बिमला मन ही मन मुदित होती गयी। उसने अच्छा-सा पल्लू निकाला और मुदित मन से बदन चुराती हुई खड़ी रही। उसकी नाक में नई साड़ी की गंध घर करने लगी।

तायाप्पा ने नई दरी बरामदे के बीच में बिछाई। उसके बीचोंबीच दो पीढ़े रखे। उन पर चावल की परतें चढ़ाईं। पीढ़े के नीचे पान-सुपारी का बीड़ा सरकाया। नया अंगोछा हाथ में लेकर उस पर गीले भंडारे से स्वस्तिक का चिह्न बनाया और सुबाना को पुकारा। फिर सुबाना की ओर कटार सरकाते हुए बोला—

"इसे ज़रा कमरबंद पहना दो।"

सुबाना ने कटार को आदमी की तरह कमरबंद पहनाया। अब कटार उसे कबंध जैसी लगने लगी। उसने खेल-खेल में वह कटार तायाप्पा के हाथ में थमाई। तायाप्पा ने कटार चावल के सूप में रखी और सखू को आवाज़ दी। सखू वहाँ नहीं थी।

"देखा, ऐन समय पता नहीं ये औरत कहाँ मर गयी।" तायाप्पा ने दरी पर हाथ फेरा और सामने से आ रही सखू को दिखाते हुए पूछा—

"और कुछ रह गया हो तो बताऽऽ।"

सखू ने दरी पर सजाए सारे सामान पर नज़र डाली। उसने पीढ़े पर सजाए चावल की तरफ़ देखते हुए तायाप्पा से पूछा—

"भगवन्ऽऽ, जग कहाँ सजाएँगे?"

"उसका क्या है, कहीं भी सजा सकते हैं। बस सामने होना चाहिए।" फिर वह जग को देहरे से निकालकर दरी पर ले आया। जग को अच्छी तरह सजाया गया था। मोर के लंबे-लंबे पंखों में रखा गया देवी का टाक बत्ती के उजाले में जगमगा रहा था। तायाप्पा ने दर्शन को उठाकर देखा। उसे हाथ में लेकर पल भर खेलता रहा। फिर उसने दर्शन को जग में यथावत् रख दिया...

घर की सारी औरतें बीच के बरामदे में इकट्ठा हो गयीं। तायाप्पा ने कौड़ियों की माला गले में पहनी। पूरे माथे पर कुंमकुम लगाया। ऊपर भंडारे की उँगलियाँ खींचीं। फिर देहरे पर रखा मौर लेकर वह दरी पर आया। उसने सूप की कमरबंद बँधी कटार उठाकर पारव्वा के हाथ में दी। कमरबंद पर मौर कसकर बाँधा। कटार से बँधे मौर की तरफ़ पारव्वा सुद-बुध खोकर देखती ही रह गयी।

सखू बिमला को आहिस्ता-आहिस्ता दरी पर ले आई। उसने तायाप्पा के हाथ का मौर अपने हाथों में ले लिया। उसे बिमला के माथे पर बाँधा। मौर के स्पर्श से बिमला लजाकर झेंप गयी। आँखों के सामने लटकते फूल उसके गालों को हौले-हौले छूने लगे। तायाप्पा ने देवी माँ के नाम से भंडारा उठाते हुए 'उदंऽऽ' का घोष किया। सखू ने

स्वस्तिक का चिह्न बनाए अंगोछे को अंतर्पट बनाकर बीच में पकड़ा और बिमला के सामने कटार पकड़े खड़ी रही। माथे का मौर 'उदंऽऽ' के ताल पर झूलने लगा। तायाप्पा ने भंडारा लगे चावल और छुआरे-खोपड़े की मुट्ठी बिमला के माथे पर खाली कर दी... सुबाना का चौंडका कलेजा चीरता हुआ गूँजता रहा।

आजकल तायाप्पा को पहले जैसी फुरसत ही नहीं मिलती थी शिरपा के ठेले पर जाने के लिए। झोपड़ी में लगातार कोई न कोई आता रहता और देव-धरम का कुछ न कुछ पूछता रहता। दिन कैसे बीतता, उसे पता भी नहीं चलता। कोई भी काम हो, गाँव के लोगों को तो तायाप्पा ही चाहिए। भगवान का कोई कार्य हो; पहला अधिकारी तायाप्पा। सारी बातों में तायाप्पा और तायाप्पा। कभी-कभी तायाप्पा परेशान हो उठता और वक्त निकालकर तिराहे के शिरपा के ठेले पर आ बैठता। दिल हल्का हो जाता।

आज दिन भर जोगवा माँगते घूम-घूमकर तायाप्पा थककर चूर हो गया था। कोई आकर दिमाग़ न चाटे इसलिए झोपड़ी का दरवाज़ा भिड़ाकर वह तिराहे के शिरपा के ठेले की तरफ़ चल पड़ा। बदन चने के पौधे जैसा खट्टा था। मुँह भी कड़ुवा पड़ गया था। जाते ही अच्छा-सा मसाला पान चबाने की सोचकर तायाप्पा तेड़ी से शिरपा के ठेले पर पहुँचा।

शिरपा न जाने कैसी छोटी-छोटी पुड़ियाँ बनाता हुआ बैठा था। पाटील का म्हादिया पान का तोबड़ा भरकर पच् पच् थूक रहा था। तायाप्पा को देखते ही शिरपा ने पुड़ियाँ बनाने का काम रोक दिया-

"क्यों भगवन्, बहुत दिनों बाद?" हाथ मलते-मलते शिरपा ने पूछा।

"सोचा, देखें तो सही दोस्त का क्या हालचाल है? मैं तुम्हारी तरह ख़ाली बैठी हूँ?"

"माँ के जनेऽऽ, तो क्या मैं ख़ाली बैठा हूँ?"

"और क्या, ख़ाली ही तो हो! आने-जानेवाले को ठगना, ये भी कोई काम है?" तायाप्पा पटरे पर बैठ गया।

"अरे भेन..., तू तो बहुत सुधर गया। मैं समझ रहा था, पहले जैसा ही होगा। लगता है, आज कहीं कोई जगराते का न्यौता नहीं है! लेकिन साले, भगवान तुझे अच्छे मिल गए!"

"हाँ मुए, मुझे भगवान मिल गया और तुझे डायन मिल गयी! भगवान को बुरा-भला मत बोल, वरना भुगतेगा!" और तायाप्पा गंभीर हो गया।

"अरे भगवन्, गुस्सा मत होइए। मैंने तो ऐसे ही कहा। इसमें भला बुरा मानने की क्या बात..?"

"भगवान का मज़ाक मत उड़ाओ। वो ढगरे का कुंडलिया लग गया न बिस्तर

पर!'' म्हादिया ने बीच में मुँह खोला।

'' उसे क्या हुआ?'' शिरपा अचानक उठ खड़ा हुआ।

''होगा क्या? मुए ने गोठन में मुझ पर हाथ डाला था। अब पकड़ लिया बिस्तर!'' तायाप्पा ने शिरपा के सामने हाथ नचाया। उसके हाथ की तरफ़ देखते-देखते शिरपा की हँसी छूट गयी।

''भगवन्, तू तो बड़ा ताकतवर है रे!''

''फिर, तुमने क्या सोचा?'' तायाप्पा ने मुरका लगाया। म्हादिया सरककर बगल में बैठ गया।

''मेरे लिए भी पान बना दे! मुँह बहुत कड़ुवा हो गया है...।''

''भगवन्ऽऽ, पान?'' शिरपा अचंभित। ''ठीक है, मेरी तरफ़ से मुफ़्त में खा लेना...भगवन्, मुफ़्त में!'' और शिरपा ने जल्दी-जल्दी मसाला पान बनाकर तायाप्पा के सामने पेश किया। गिलौरी मुँह में डालते ही तायाप्पा के मुँह का ज़ायका तनिक ठीक होने लगा। तायाप्पा कोलतार की सड़क को निहारता आराम से बैठा रहा।

कालेज से गाँव के लड़कों का जमघट शिरपा के ठेले पर आकर टकराया और तायाप्पा ने जल्दबाज़ी में पान निगल लिया। लेकिन माने के किसनिया ने यह देख ही लिया।

''यार शिरपा, भगवन तो आज ऐश कर रहे हैं?'' वह तायाप्पा के सामने आया।

''साले, हमेशा तुम्हीं लोग ऐश करो, ऐसा कहीं लिखा है?'' तायाप्पा ने आवाज़ निकाली।

''भगवन्, मैंने तो तुमसे कुछ नहीं कहा। मैं तो शिरपा से बात कर रहा हूँ।''

''मुए, मैंने भी कहाँ तुमसे कुछ कहा!''

''भगवन्, गुस्सा मत होइए।'' किसनिया तायाप्पा के पास बैठ गया।

''भगवन्, मुझे एक बात पूछनी है, अभी बताएँगे?'' मोहिते के आशिया को लाड़ आया।

''क्यों, माँ मर गयी तुम्हारी निगोड़े?, तायाप्पा अचानक बिगड़ गया। लड़के ख़ामोश हो गए।

''ऐसी-वैसी बात मत पूछ बाबा, ये भगवान का काम है। बहुत ख़राब। समझते हो, उतना आसान नहीं है।'' बाटे का संबिया बुदबुदाया।

''भगवन, कुछ भी हो, लेकिन तुम्हारी ख्याति बहुत फैली है।'' किसनिया शिरपा की तरफ़ देखता हुआ बोला—

''अरे शिरपादाऽऽ, परसो निपाणी में इसका नाम सुना। शायद उधर के लोग भी आते हैं।'' किसनिया की बातों से तायाप्पा खिल उठा।

''अरे बच्चा, ये तो कुछ भी नहीं। बीते मंगलवार को कोल्हापुर से लोग आए थे

गाड़ी लेकर।'' उसने शिरपा की ओर देखते हुए बोलना शुरू किया। ''सच बताऊँ शिरपा, अब मंगलवार, शुक्रवार को इतने लोग आते हैं कि परेशान हो जाता हूँ। थक जाता हूँ और जी भी खट्टा हो जाता है। मगर करें क्या? भुगत रहा हूँ...।''

''सचमुच, बहुत लोग आते हैं।'' शिरपा गर्दन हिलाता बैठा रहा। तभी कुछ याद कर आँखें मलता हुआ संबिया खड़ा हो गया।

''भगवन्, एक काम था!''

''क्यों रे? किसी लड़की का चक्कर या कुछ और... ?''

''भगवन्, सच में, हमारे मोरे सर तुमसे मिलना चाहते हैं...।''

''क्यों? उन्हें भी कुछ पूछना है?'' किसनिया ने बीच में ही छेड़ा।

''नहीं रे। उन्होंने कहीं पर इसका नाम बहुत सुना है। सुना है, वे इनके लिए कुछ करना चाहते हैं।''

''वो साला और क्या करेगा? कुछ पूछना हो तो मंगलवार को आने को कहो अपने सर से... या फिर शुक्रवार को... बाक़ी दिन कौल लगाना मैंने बंद किया है।'' तायाप्पा ने शान से बताया।

''इसके लिए नहीं... सुना है, वे सारी जोगतिनों को इकट्ठा कर रहे हैं।''

''क्यों, अपनी बीवी से जी नहीं भरता उसका?'' शिरपा ने बीच में मुँह खोला।

''अरे वो उनमें से नहीं हैं। उनके दिमाग़ में कुछ और ही है। कहते हैं, इससे जोगतिनें ठीक से जी पाएँगी..।''

''ऐसा कुछ मत लाना बाबा मेरे पासऽऽ, धरम-करम का मामला है। तेरा मास्टर बेमौत मर जाएगा और मेरे पीछे बेकार का झंझट लग जाएगा...।''

''मिल लीजिए न भगवन्ऽऽ उतना ही हमारा इम्प्रेशन बनेगा... कालेज में इज्जत बढ़ेगी...।'' किसनिया ने तायाप्पा को लपेटा।

''ठीक है, ले आऽऽ अपने मास्टर को। भंडारे में खूब डुबोता हूँ...।'' और तायाप्पा जगह छोड़कर उठा। लड़के भी उसके पीछे जगह छोड़कर उठे। शिरपा उस जमावड़े की तरफ़ देखकर चिल्लाया—

''सँभलकर बाबाऽऽ, मास्टर को सँभालो, वरना हमारे भगवन् गाँव छोड़कर हिंग्लज चले जाएँगे हमेशा के लिए।'' शिरपा की आवाज़ से लड़के खिलखिलाकर हँस पड़े। तायाप्पा ने गर्र से मुरका मारते हुए गाँव की राह पकड़ी...।

पौ फटने के समय झोपड़ी के पत्तर के दरवाज़े पर दस्तक हुई और तायाप्पा चौंककर जग गया। वह जल्दबाज़ी में बिस्तर से उठा और। उबासियाँ लेते हए दरवाजे की साँकल उतारकर दरवाज़ा खोला। लेकिन उसका मुँह खुला का खुला रह गया। तानाप्पा को इतनी सुबह दरवाज़े पर देखकर वह अवाक् हो गया। क्या कहें, उसकी समझ में

ही नहीं आ रहा था। तानाप्पा उसे धकेलता हुआ भीतर घुसा। रात भर जागने के कारण उसका चेहरा खींचा-खींचा सा लग रहा था। आँखें लाल। दाढ़ी के सफ़ेद बाल दीवार पर उगी काई की तरह लग रहे थे।

"अरी, इतनी सुबह-सुबहऽऽ?" तायाप्पा ने खुद को सँभालते हुए पूछा।

"सब बताती हूँ! पहले चलने की तैयारी कर, कुल्ला कर और चल बाहर।" तानाप्पा ने बिछी हुई कथरी खुद उठाकर अलगनी पर डाली। ओढ़ावन की तह की। तायाप्पा उसकी तरफ़ देखता ही रह गया।

"अरी, खड़ी क्यों है? जल्दी कर न!" तानाप्पा चिल्लाया।

"लेकिन कुछ बताएगी भी या नहींऽऽ?" तायाप्पा और पस्त हुआ।

"राघूदा चल बसाऽऽ।" तानाप्पा जैसे-तैसे बुदबुदाया और तायाप्पा झट् से नीचे बैठ गया। वह आँखें फाड़े तानाप्पा की तरफ़ देखने लगा। उसकी पलकों से अपने आप आँसू टपकने लगे।

"उठ री बहनाऽऽ, हासूबाक़ी पहुँचना है...।" तानाप्पा फिर चिल्लाया।

"लेकिन, कब?" तायाप्पा को यक़ीन नहीं हो रहा था।

"आधी रात को! चल जल्दी कर।" तानाप्पा वैसा ही खड़ा रहा। तायाप्पा जैसे-तैसे अपनी जगह से हिला। लोटा भर पानी से कुल्ला कर मुँह धोया। पल्लू से मुँह पोंछते हुए उसने तानाप्पा को बाहर निकाला। झोपड़ी में ताला लगाया और दोनों सड़क पर आए। तायाप्पा को अभी भी तानाप्पा की बात पर यक़ीन नहीं हो रहा था।

"सचमुच राघूदा चला गयाऽऽ?" वह चलते-चलते बुदबुदाया। तानाप्पा से कुछ भी बोला नहीं गया। वह वैसी ही चलता रहा। दोनों के पैरों में मानो पंख लग गए थे।

...हासूबाक़ी पहुँचते-पहुँचते दिन काफ़ी ऊपर उग आया था। तानाप्पा के क़दम अभी भी ज़मीन पर नहीं पड़ रहे थे। तायाप्पा बैलगाड़ी के बैल की तरह सिसक रहा था। गाँव का चक्कर काटकर दोनों राघूदा की झोपड़ी के पास आए और तायाप्पा की इतनी देर से रोके रखी सिसकी निकल गयी। उसके मुँह से आवाज़ निकली। जैसे ही वह झोपड़ी के दरवाज़े तक पहुँचा और भीतर बीच के खंभे से टेककर बिठाए राघू को देखा, उसने छाती पीटना शुरू किया। म्हादूमा आँखें पोंछता हुआ उसके पास आया। उसका हाथ तायाप्पा की पीठ थपथपाता हुआ फिरने लगा और तायाप्पा का आवेग और छलक उठा... उससे सिसकी रोकी नहीं जा रही थी। वह फूट-फूटकर रोने लगा...

म्हादूमा ने रोते-बिलखते तायाप्पा को अलग किया। उसे सहारा देकर उसका सांत्वन करने लगा। बोला—

"अरीऽऽ रोने से कोई फायदा नहीं... अपने आप को सँभालो। सारे किरिया-करम के लिए हमीं को आगे बढ़ना होगा। इस तरह हौसला खो देने से कैसे चलेगा?"

म्हादूमा के शब्दों से तायाप्पा होश में आया। उसने दिल पर पत्थर रखकर म्हादूमा की तरफ़ देखा। उसकी आँखें भी रो-रोकर मानो फूली हुई थीं। तायाप्पा का गला फिर भर आया। तभी अपना आपा खोकर म्हादूमा चीखा—

"तू यहीं रोता बैठ। मैं भी चला जाता हूँ। यहीं पड़ने दे इसे। गाँव का कोई आदमी आने को तैयार नहीं। तू भी ऐसा ही कर। मैं ही यहाँ मरता हूँ...।" म्हादूमा सिसकते-सिसकते ही चिल्लाता हुआ बाहर आया और तायाप्पा अचानक गुमसुम हुआ। म्हादूमा के आँसू देखकर मानो गूँगा हो गया। उसने पल्लू खोंसते हुए म्हादूमा के कंधे पर हाथ रखा। नाक साफ़ की और जगह से हिला।

उसका दिमाग़ अभी भी सुन्न था... जैसे-तैसे उसने म्हादूमा को बाहर निकाला। बाहर नौकुड चन्नेकुपी गाँव के जोगते आपस में फुसफुसा रहे थे। म्हादूमा को अलग लेकर तायाप्पा ने अपनी खुरदरी आवाज़ में पूछा-

"कहाँ ले जाएँगेऽऽ?"

"अरी, पठार के सिवा हमारे लिए दूसरी जगह नहीं होती। गाँव के जानवर और हम, एक ही जगह पर।" म्हादूमा जैसे-तैसे बुदबुदाया।

"कोई गया भी है आगे?"

"भाऊ, तुकिया और दादू कुछ लोगों को लेकर गए हैं। गाँव के पुरुष लोग भी उनके साथ चले गए हों तो ठीकऽऽ...।"

"यहाँ क्या-क्या तैयारी करनी है?"

"यहाँ कुछ तैयारी नहीं करनी...बस रात की प्रतीक्षा करनी है। अंधेरे के बिना जोगते को मिट्टी भी नसीब नहीं। उधर की तैयारी होते ही उठाएँगे...।"

"अभी कोई आनेवाला बचा है?" तायाप्पा के गले में फिर सिसकी फँस गयी।

"अब किसकी राह देखोगी? आसपास के सब आ गए हैं। दूर-दूर से आनेवाले दफ़नाने के समय तक आ जाएँगे।" म्हादूमा नीचे बैठ गया। उसमें खड़े रहने की भी ताक़त नहीं थी। तायाप्पा उठा, झोपड़ी में गया। पूरी झोपड़ी जोगतों से भर गयी थी। जोगतिनें घिचपिच कर बैठी थीं। सभी की आँखों का बाँध टूटा हुआ था। औरतें आकर, देखकर वापस चली गयी थीं। किसी ने पैर छुए, किसी ने भंडारे से राघू का पूजन किया। तायाप्पा ने वहाँ खड़े आदमियों में से एक को अलग बुलाकर कुछ बिछाने को कहा और खंभे से टिकाए राघू के शव की तरफ़ देखता खड़ा रहा। राघू के माथे का बड़ा-सा कुंमकुम, मुँह ढंकने लायक बड़ा-सा पल्लू, झुर्रियों से भरा चेहरा, अधखुली आँखें, बंद ओंठ...देखते-देखते तायाप्पा को लगा कि वह ढह जाएगा। वह गर्र से पीछे मुड़ा। थोड़ी देर पहले गाँव से आए पाँच-छह लोगों ने भी अपनी राह पकड़ी थी...

राघू को आधी रात में झोपड़ी से बाहर निकालकर टाट में लपेटा गया। म्हादूमा भीड़ से रास्ता बनाता हुआ तायाप्पा के पास आया और कानों में बुदबुदाया—

"गाँव का तो कोई भी आदमी नहीं दिख रहा कंधा देने के लिए...!"

तायाप्पा को लगा, मानो सारा गाँव उसके इर्दगिर्द घूम रहा है। उसने शव को घेरे खड़े सभी की तरफ़ नज़रें फेरीं। सौ एक जोगते, चालीस-पचास जोगतिनें। पुरुष एक भी नहीं दिख रहा था। बस दो-तीन चौंडकिए सिर थामे बैठे हुए थे। तायाप्पा का दिमाग़ भन्ना उठा।

"अब क्या करेंगे... ? किसी को बुलाओ री... ।" तायाप्पा सबकुछ भूलकर रोती आवाज़ में चिल्लाया।

"बुलाकर भी कोई आने को तैयार नहींऽऽ। पगली, अब तो जो यहाँ हैं, उन्हीं से काम चलाना होगा।" म्हादूमा की आवाज़ कातर हुई।

"आँखों से पल्लू लगाए तायाप्पा चौंडकियों के पास पहुँचा। उसके कंठ से आवाज़ ही नहीं फूट रही थी...।

तीन कंधे चौंडकियों के और चौथा कंधा मायाप्पा जोगते का। जोगतों के रोने-पीटने की आवाज़ों से पूरे सगवारे में कोलाहल मच गया। तायाप्पा ने अपनी रोकी हुई सिसकी मुक्त की। सौ-एक जोगतों की आवाज़ें पूरे गाँव भर में फैल गयीं। जोगतिनों की शोकध्वनि ने लय पकड़ी। कंधा देनेवालों का एक-एक कदम पठार की तरफ़ पड़ने लगा...।

पठार के पास आते ही जल्दी-जल्दी शव को लाँघकर म्हादूमा आगे बड़ा। तायाप्पा भी तनिक सँभलकर जोगतों के घेरे से बाहर आया। सभी गड्ढे के पास आए। शव को दक्षिणोत्तर सुलाया गया। सभी ने तुलसीदल से राघू के मुँह में पानी डाला। भाऊ गड्ढे में उतरा। राघू की अरथी से आहिस्ता से नीचे उतारा गया। तभी कोई जोगता हुआ चिल्लाया—

"बदन पर कुछ हो तो निकालकर रखो रीऽऽ।"

"अरे कौन है उसके पीछे? उसी के साथ जाने दोऽऽ!" म्हादूमा गड्ढे के किनारे खड़ा हो गया। भाऊ ने गड्ढे में शव को कुछ आधार देकर सुलाया। ऊपर आकर वहाँ जमा जोगते-जोगतिनों की तरफ़ देखते हुए उसने म्हादूमा से पूछा—

'हो गया न...!" म्हादूमा ने बस गर्दन हिलाई। सभी ने राघू के लिए अंतिम आँसू बहाते हुए मुट्ठी-मुट्ठी मिट्टी गड्ढे में डाली। सारा पठार रुदन से गूँज उठा। घड़ी-दो-घड़ी में गड्ड़ा मिट्टी से भर गया। सभी लोग गड्ड़े के आसपास खड़े हो गए। जोगतों का छाती पीटना अभी भी जारी था। जोगतिनों के कंठ सूख चुके थे। सभी ने गोल घेरा बनाया। म्हादूमा सभी के सामने आकर खड़ा हो गया। इस इलाके का वह मुख्य जोगता था। म्हादूमा ने झुककर मुट्ठी भर मिट्टी गड्ढे से उठाई और भगवान के नाम से 'उदंऽऽ' का

घोष करते हुए नीचे डाली। अंटी से भंडारे की थैली निकाली। चुटकी भर भंडारा गड्ढे के इर्दगिर्द डाला और पूरब की ओर मुँह कर खड़ा हो गया। रोनेवाले जोगतों ने अपनी खुरदरी आवाज़ रोकी। सभी साँस रोके खड़े हो गए। म्हादूमा ने सभी की तरफ़ देखा। बाएँ पैर की चप्पल उतारी... एक बार पूरब की दिशा में चप्पल उठाई और नीचे रखी। फिर उसने जोर से बड़बड़ाना शुरू किया—

"तेरी ज़िंदग़ी मिट्टी में मिल गयी।

"चिंदी-कुंदी झाड़कर ले गयी...इसके बाद जनम लेना।

औरत-मर्द बनकर आना...।"

म्हादू की आवाज़ थम गयी। वह हाथ की चप्पल को गड्ढे की मिट्टी पर जोर-जोर से पटकता रहा। इर्दगिर्द खड़े जोगतों ने तालियाँ पीटीं। सारा पठार उनकी "पिऽऽचिक पिऽऽचिक तालियों की आवाज़ों से गूँज उठा। जोगतिनों ने रोकी हुई सिसकी मुक्त की...

...तायाप्पा घुटनों पर आईना रखकर ठोड़ी पर छूटा एक-एक बाल चिमटे से उखाड़ रहा था। आईने में अपना रूप देखते-देखते बीच में ही उसकी आँखों में कुछ जमा होने लगा। वह अपनी ही धुन में खो गया। तभी माने का किसनिया आया और बोला—

"भगवन्, क्या हो रहा है येऽऽ?" तायाप्पा सिटपिटाया। उसने हाथ का चिमटा कूल्हे के पीछे छिपा दिया।

"कैसे राह भटक गया रे, मुए?" तायाप्पा कुलबुलाया।

"ऐसे ही आ गया!" किसनिया ओरी के नीचे खड़ा हो गया।

"इतनी कड़ी धूप में ऐसे ही नहीं आएगा तू! कुछ तो काम होगा!"

"ज़रा-सा काम है। लेकिन...।"

"अरे तो बोल न, इस तरह मरियल-सा हकला क्यों रहा है? काम मुँह से बताने लायक नहीं है क्या...?"

"नहीं, नहीं, वो मैंने पीछे कहा था न!"

"क्या कहा था? मैं तो भूल गयी।"

"अरे हमारे सर तुमसे मिलने आनेवाले थे न! वे हमारे घर आए हैं।"

तायाप्पा के दिमाग़ की पहेली बुझ गयी।

"क्यों, उन्हें यहाँ आने में शरम आ रही है?"

"वो बात नहीं रे.. लेकिन तू ही हमारे घर चलेगा तो अच्छा रहेगा!"

"क्यों, मेरे झुग्गी में उसका सूट गंदा हो जाएगा?"

"अरे भाई, शहर का आदमी है। ज़रा दुबकता है।"

"मैं खा जाऊँगा तेरे मास्टर को?" तायाप्पा उठा और ताला हाथ में लिए झोपड़ी

से बाहर आया। किसनिया ने चैन की साँस ली।

''अच्छा हुआ तू चलने को राज़ी हुआ, वरना मेरी पोल खुल जाती।'' किसनिया आगे बढ़ता हुआ बुदबुदाया और तायाप्पा हँसने लगा।

''तेरा मास्टर मुझसे क्या पूछेगा रे.. ?'' चलते-चलते तायाप्पा ने किसनिया को टटोलना शुरू किया।

''क्या पता ? लेकिन कई जोगतिनें मिल आई हैं उनसे।''

''तुमने बताया नहीं कि मैं जोगता हूँ?''

''वे पहले से ही जानते हैं।'' किसनिया हँसते-हँसते बोला। गली से गुज़रते वक्त तायाप्पा थोड़ी दूरी बनाकर चलने लगा...।

तायाप्पा ने माने के घर में कदम रखा और देखा। ऊँचे बरामदे पर कंबल बिछाया हुआ था। उस पर गोरा-चिट्टा सूट-बूट पहना मास्टर पैर सीधे किए रुमाल से हवा करता बैठा था। उसके पास दो अजनबी लड़के बैठे थे। तायाप्पा बड़े बरामदे के खंभे से टेककर असहज-सा खड़ा हो गया। तभी पैर सिकोड़ते हुए मास्टर बोला—

''बैठिएऽऽ बैठिएऽऽ, यहाँ कंबल पर बैठिएऽऽ।'' तायाप्पा वहीं खंभे से टेककर एक घुटना आड़ा और दूसरा घुटना गले से लगाए बैठ गया। मास्टर खोजी निगाह से उसे निहार रहा था...।

''आपके गाँव में जोगतिनें कितनी हैं?'' मास्टर ने बोलना शुरू किया।

''छह। इनमें से तीन गाँव में रहती हैं।'' तायाप्पा जैसे-तैसे बुदबुदाया। इनमें झुलवा रचाई एक भी नहीं है। सभी मुक्त हैं!''

''ये सारी जोगवे पर ही जीती होंगी?''

''जी!' तायाप्पा असहज हुआ।

''अब मुझे बता, इनमें से कितनों को बुढ़ापे में ठीक से भोजन मिलेगा?

''जिनकी किस्मत में बदा होगा उनको मिलेगा।''

''कैसी किस्मत! इससे अच्छा हम यह चाहते हैं कि इन्हें सरकार की ओर से मदद दिलाएँ। इस तरह भगवान की सेवा से क्या मिलेगा?'' मास्टर बोल गया और तायाप्पा चौंक गया।

''ऐसा कैसेऽऽ ? उन्हें भगवान के सेवा के लिए अर्पित किया गया है। इसलिए वे भगवान की सेवा ही करेंगी। क्या मिलता है, ऐसा सोचने से कैसे चलेगा? जो भाग में लिखा है, उसे भुगते नहीं?'' तायाप्पा ने मास्टर को घेर लिया।

''भगवान की सेवा तो बात ठीक है। लेकिन गाँव के किसी भी आदमी से वे बच्चे जनती हैं, उनका क्या?'' मास्टर भी तनिक देहाती बोली बोलने लगा।

''वे भी भगवान के नाम से माँगकर खाएँगे!'' तायाप्पा झट् से बोल गया।

''क्यों, भगवान ने उन्हें जनने को कहा था?''

तायाप्पा असमंजस में पड़ गया। ''भगवान के भगतों के बारे में ऐसा बोलेगा तो सत्यानाश हो जाएगा। बाप-दादाओं ने रिवाज चला आ रहा है, और ऐसा ही चलता रहेगा। इसमें उजड्डपन नहीं चलता...।'' तायाप्पा बिगड़ गया।

''कोई बात नहीं, मेरा सत्यानाश हो जाने दो। लेकिन इन बच्चों का भी तो कुछ ठौर हो। जिनके ये बच्चे हैं, उनके नाम के आगे उनके बाप का नाम आना चाहिए या नहीं?'' मोरे मास्टर सँभलकर बैठ गया।

''आना तो चाहिए, लेकिन कौन देगा उन्हें अपना नाम? फिर उन्हें जायदाद में भी हिस्सा देना पड़ेगा।''

''यही तो हम कह रहे हैं। कम से कम सरकार तो इन बच्चों की परवरिश करें! गाँव के सारे बच्चे मज़े में पाठशाला जाते हैं, पढ-लिखकर नौकरी करते हैं, शादी करते हैं और ये जोगतिनों के बच्चे? जोगवा माँगिए या फिर चौंडका पीटते घूमिए।'' मास्टर बोलता गया और धीरे-धीरे तायाप्पा के भीतर धँसता गया। उसे कुछ भी सूझ नहीं रहा था। मास्टर आगे बोलता ही रहा।

''अब बता, ये सारी जोगतनें तुम्हारी-मेरी तरह निचली जातियों की ही क्यों होती हैं? ब्राह्मण-बनिए की क्यों नहीं होतीं? उनकी लड़कियों से क्या देवी को परहेज़ है? देवी हम गरीबों के पीछे ही क्यों पड़ती है?''

''ऐसा कुछ नहीं है। भगवान काम सो भगवान का काम। इसके बारे में कुछ मत बोलिए।'' तायाप्पा जैसे-तैसे कुछ बुदबुदाया।

''अरे भाई, मैं कहाँ भगवान को गालियाँ दे रहा हूँ? मैं भी भगवान की पूजा-अर्चा करता हूँ। लेकिन देवी की सेवा में हमारी माँ-बहन ही क्यों? देवी माँ सभी की लड़कियाँ क्यों नहीं माँगती?''

''रिवाज है। इसमें हम क्या कर सकते हैं?''

''तो ये रिवाज ऊपरी तबके के लोगों में नहीं होना चाहिए? चलो ठीक है, रिवाज है। लेकिन हमारी इन जोगतिनों को अपनी हवस का शिकार कौन बनाता है? सभी उनका इस्तेमाल करते हैं। मुंबई-पुणे ले जाकर बेच देते हैं। ये भी भगवान ने ही बताया है?''

''वो अपने करम से जाती हैं। इसमें कौन क्या कर सकता है?''

''यहाँ जो जोगतिनें हैं, उनका जोगवे पर निर्वाह होता है क्या? और यदि नहीं होता है, तो उनकी मदद करना सरकार की जिम्मेदारी नहीं है?''

''वो भला क्यों देंगे?'' तायाप्पा ने संदेह जताया।

''क्यों, नहीं देना चाहिए?''

''देना चाहिए।'' तायाप्पा यूँ ही बोल गया।

''इसके लिए हम सब मिलकर सरकार के पास जाएँगे। उन्हें सारी हक़ीक़त

सुनाएँगे... कुछ तो मदद मिलेगी...!'' मास्टर रुका।

तायाप्पा के दिमाग में मंथन शुरू हुआ। उसे लगने लगा, 'मास्टर जो कह रहा है, इसमें ग़लत क्या है? लेकिन ये माजरा भगवान के खिलाफ लगता है...।' वह तनिक विचलित हुआ। फिर सँभलकर बोला—

''फिर आपका क्या ख़्याल है?''

''मेरा खयाल कुछ नहीं है। मैं तो बस यही चाहता हूँ कि मेरी इन माँ-बहनों को आम स्त्रियों की तरह जीना संभव हो, इसलिए सरकार के पास जाना है और इसके लिए आप सभी मेरे साथ चलेंगे...।''

तायाप्पा ने गर्दन हिलाकर कब हामी भरी, उसे भी पता नहीं चला। चाय की प्यालियाँ आईं। तायाप्पा अपने ही खयालों में खो गया। पहली बार उसके दिमाग़ में भंडारे का तूफ़ान उठा... उसे प्याली की चाय छलकती हुई महसूस हुई।

सुबह से लोगों की भीड़ थमने का नाम नहीं ले रही थी। भीड़ ख़त्म होती-सी जान पड़ती और तुरंत झोपड़ी भर जाती। बैठ-बैठकर तायाप्पा की हड्डियाँ करकराने लगी थीं। पीठ अकड़ गयी थी। गर्दन टूटती-सी जान पड़ती थी। पीढ़े पर चावल की जोड़ियाँ मिला-मिलाकर उंगलियों में भी अकड़न-सी आ गयी थी। सिर ज़ख़्म की तरह टीस रहा था। उसने करुण चेहरे से सामने लोगों की तरफ़ देखा। आठ-दस लोग अभी भी बाक़ी थे। उसने सोचा, और एक घंटा तो लग लग ही जाएगा। जल्दबाज़ी में उसने सामने के एक-एक आदमी को लपेटना शुरू किया।

आखिरकार तीन-चार लोग बच गए। तभी कौलगे का तुकिया धोबी अपने बच्चे को लेकर सरकता हुआ तायाप्पा के सामने आया। तायाप्पा ने अलसाई आँखों से धोबी की तरफ़ देखा। धोबी बिलबिलाता हुआ अपनी जगह पर चुप बैठा रहा। तायाप्पा ने उबासी लेते हुए उससे समस्या पूछी। धोबी सरकता हुआ और पास आया।

''इसका सारा चाल-चलन ही बदल गया है।'' और धोबी ने लड़के के सिर पर बँधा कपड़ा खोला। पूरा सिर ज़ख़्म से भर गया था। सिर पर एक भी बाल नज़र नहीं आ रहा था। तायाप्पा ज़ख़्म की तरफ़ देखते ही चौंक गया। पीछे हटा। धोबी चेहरा और पास लाता हुआ बोला,

''महीना भर गाँव के डॉक्टर ने दवाइयाँ दीं। हिंग्लज के डॉक्टर ने भी ईलाज करके देख लिया। कोई फ़ायदा नहीं। अब ये फुनसियाँ फूटने लगी हैं। ऊपर से इसे तेज़ बुखार ने भी अपनी चपेट में ले लिया है...।'' धोबी बड़बड़ाता रहा। तायाप्पा सहसा असहज हुआ। उसके सामने उसका अतीत अपने आप सरकने लगा। वह बदहवास-सा हुआ। उसने कसकर अपनी आँखें भींच लीं। घड़ी भर यूँ ही बैठा रहा। फिर उसने

हड़बड़ाहट में लोटा उठाया और गट्गट् पानी पी गया। तनिक अच्छा लगा। उसका हाथ यंत्रवत् परड़ी के चावल पर गया। वह फिर चौंका। पीढ़े पर चुटकी भर चावल गिरे। लेकिन उनकी जोड़ियाँ मिलाने की उसकी इच्छा नहीं हुई...

उसने देहरे पर देवी के मुखौटे की तरफ़ देखा। मुखौटा आँखें फाड़े उसकी तरफ़ देख रहा था। तायाप्पा पानी-पानी हो गया। वह झट् से देहरे के सामने से उठा। झोपड़ी से बाहर आया। तुकिया धोबी और अन्य स्त्रियाँ मुँह बाए उसकी तरफ़ देखने लगीं। तायाप्पा झोपड़ी के पीछे जाकर खंभा पकड़े खड़ा रहा। उसे लगा, मानो उसके सिर पर कोई हथौड़ा चला रहा है। उसने खड़े-खड़े वहीं पैर हिलाना शुरू किया। बदन को जोर से झकझोरा। सिर का पल्लू नीचे किया और जूड़ा खोलकर अपने बाल कस-कसकर नोच डाले। गले में पहनी माला के मणियों की ओर हतबुद्धि-सा देखता रहा। उसकी समझ में नहीं आ रहा था कि उसे यह क्या हो रहा है। काफ़ी देर तक वह उसी दशा में खड़ा रहा... झोपड़ी में बैठी औरतों की आवाज़ें सुनकर वह होश में आया। भारी कदमों से भीतर मुड़ा। तुकिया धोबी देवी के मुखौटे के सामने हाथ जोड़े बैठा था। तायाप्पा उस बच्चे के सिर की तरफ़ बिना देखे बैठ गया।

"भगवन्, कैसी जटिल पहेली बुझा रहे हैं... ?" धोबी बुदबुदाया। तायाप्पा ने चुटकी भर चावल भंडारे में रगड़ते हुए चुटकी डाली। जोड़ियाँ मिलाईं। वह अचानक अभुआया और आँखें मींचे बोला,

"बच्चे को कुछ नहीं हुआ है। अच्छे-से डॉक्टर को दिखा। भगवान के पास दुबारा मत आ। बुरा होगा... ।"

फिर उसने लंबी साँस लेते हुए आँखें खोलीं। उसे लगा देवी का मुखौटा उसके इर्दगिर्द घूम रहा है। उसने सामान समेटा। औरतों को झोपड़ी से बाहर निकाला और दरवाज़ा भिड़ाकर लेटा रहा... ।

...रविवार। हफ़्ते के बाज़ार का दिन। हिंग्लज का कोना-कोना खिल उठा था। लोग धूप की गर्मी की तरह बाज़ार में बढ़ते जा रहे थे। तायाप्पा कुहनी से थैली लटकाए लोगों से राह खेता हुआ घूम रहा था। कुछ नया नज़र आने पर यूँ ही क़ीमत पूछता हुआ आगे बढ़ता था। उसके माथे का कुंमकुम पसीने के कारण फैल गया था और नाक पर चू रहा था। अभी उसे हिंग्लज का कोना-कोना घूमना था। मवेशी बाड़ार से चक्कर लगाना था। रामा शिंदे की भैंस बाज़ार में लाई गयी थी। इसलिए उसने मवेशी बाज़ार का चक्कर लगाने को कहा था। चप्पल पहनी होने के बावजूद पैर जल रहे थे। उसके साथ चल रहा जानू मिसाल बाज़ार की भीड़ को अचरज से देख रहा था... ।

तायाप्पा हिडदुगिया की दुकान के पास आया और तभी सामने से उसे निंगिया चौंडकिया आता नज़र आया।

“अरे ओ निंगियाऽऽ।” तायाप्पा ने आवाज़ दी और भीड़ में घुसा। उसकी खुरदरी औरतनुमा आवाज़ सुनकर निंगिया चौंककर रुक गया... उसे भीड़ में अपनी तरफ़ आता तायाप्पा नज़र आया। उसे अच्छा लगा।

“कान हैं या पत्थर रीऽऽ?” निंगिया का हाथ पकड़कर तायाप्पा उसे भीड़ से बाहर ले आया, “किस तंद्रा में थी रीऽऽ?”

“भीड़ में कहाँ कुछ सुनाई देता है? फिर भी तुम्हारी आवाज़ पहचानी इसलिए रुक गयी।”

“ख़रीदारी के लिए आई हो या कोई और काम निकाला हैऽऽ?”

“कहाँ रीऽऽ?” ह्येबाल का जगराते का न्यौता है। उसी के लिए आया हूँ...।” और निंगिया तनिक पसोपेश में पड़ने जैसा रुका। तायाप्पा भीड़ के लोगों को निहारता रहा।

“कुछ पता चला तुम्हें?” तनिक साहस के साथ निंगिया बुदबुदाया।

“किस बारे में?”

“अरी कल रात आप्पया निंगनूर छोड़कर चला गया...।”

“क्याऽऽ?” तायाप्पा भौंचक रह गया।

“और क्या? सुना है, अब कमलाक्का और सुंदराक्का अकेली बचीं हैं। उस छबिली का लेकर उड़ गया वहऽऽ।”

“हाय रे किस्मत...! इस उम्र में बेचारी कमलाक्का की ऐसी दशा नहीं होनी चाहिए थी।” तायाप्पा का गला भर आया।

“नहीं होनी चाहिए, ये हुई हमारी बात। लेकिन देवी माँ के मन में हो तो उसे कोई क्या करे?”

“आग लगे ऐसी ज़िंदग़ी में... अब कमलाक्का किसकी तरफ़ देखकर जिएगी रीऽऽ!” तायाप्पा बहुत संज़ीदा हो आया। उसे सामने की भीड़ भी दिख नहीं रही थी। वह कमलाक्का में ही खो गया।

“...देखो न, कैसी किस्मत है! पहले रामाप्पा ने छोड़ दिया। अब इसने भी छोड़ दिया। अपनी कोख से जाया बच्चा छोड़कर इसके पीछे आई थी। अब इसने यह दशा कर दी। अब चमड़ी में झुर्रियाँ पड़ने पर क्यों कोई पास आएगा...?

“तायाप्पा बाज़ार में आए हो क्या?” तायाप्पा के इर्दगिर्द किसी कोई शहरी आवाज़ गूँजी और तायाप्पा होश में आया। उसने चौंककर इधर-उधर देखा। मोरे मास्टर हाथ में सब्ज़ी की थैली सँभाले खड़ा था।

“जीऽऽ।” तायाप्पा आगे सरका। निंगिया सूट-बूट पहने मोरे मास्टर की तरफ़ देखता ही रह गया।

“चलो, थोड़ी देर घर पर बैठेंगे, चलोऽऽ।” मोरे मास्टर ने थैली का फीता हाथ

में ही हिलाया।

"अभी बाज़ार में बहुत सारे काम हैं।"

"होने दे, चल! ये कौन हैं? इन्हें भी साथ ले चल।" मास्टर आगे बढ़ा।

मोरे मास्टर का घर यानी झुकी हुई चौखटवाला देहाती ढर्रे का घर। तायाप्पा असहज-सा भीतर गया। चार-पाँच कुर्सियाँ, दीवार से सटकर खटिया, उस पर गद्दा। पास कपाट में किताबें सजी हुईं।

"बैठिए कुर्सियों पर।" मास्टर थैलियाँ लेकर भीतर गया। तायाप्पा, निंगिया, जानू वैसे ही असहज-से खड़े रहे।"

"अरे, अभी तक खड़े हो। बैठो न!" मास्टर खटिया पर बिछे गद्दे पर बैठ गया। तायाप्पा साड़ी सँभालता हुआ कुर्सी पर टिक गया।

"आपका परिचय?" मास्टर ने जानू और निंगिया से पूछा।

"ये निंगिया चौंडकिया है।"

"किस मंडली में है?"

"म्हागाँव की!"

"ब्याह हुआ तुम्हारा?" मास्टर ने निंगिया से पूछा।

"मास्टर, चौंडकिए को कौन आदमी लड़की देगा? इसकी न कोई जाति न कोई रिश्तेदार। किसी जोगतिन से पैदा हुआ आवारा बच्चा!" तायाप्पा ने बोल दिया।

"तो फिर ये इसी तरह बिनब्याहा रहेगा?' मास्टर को अचरज हुआ।

"और क्या? लेकिन इसका मामला थोड़ा अलग है। इसने सिद्दू जोगते को रख लिया है।" तायाप्पा बुदबुदाया लेकिन मास्टर के पल्ले कुछ नहीं पड़ा। वह बस दोनों की तरफ़ देखता ही रह गया। यह पहेली उसकी समझ से परे थी। फिर मास्टर बोला—

"मतलब? मैं समझा नहीं।"

"ऐसा ही है।" तायाप्पा ने बात ख़त्म की। मास्टर के दिमाग़ में अभी भी कुलबुलाहट जारी थी।

काफ़ी देर ख़ामोशी रही। तायाप्पा की चुलबुलाहट शुरू हुई। तभी खटिया पर ही दीवार से टेकता हुआ मास्टरजी बोला—

"तुम्हारे जग का सारा अजीब मामला है?"

"जग में क्या अजीब है? सारी जोगतिनों के पास जग होता है।"

"अरे मैं तुम्हारे उस पूजा के जग की बात नहीं कर रहा हूँ। दुनिया में... दुनिया में...।" मास्टर जी मुस्कुराया।

"इसमें क्या है अजीब? भगवान की मर्ज़ी से सब होता है।" तायाप्पा बोला। तभी मास्टर उनकी आँखों में देखते हुए बोला—

"तायाप्पा, आप सभी लोग 'देवी माँ की मर्ज़ी, देवी माँ की मर्ज़ी' का जाप

करते हो; लेकिन तुम्हारी देवी माँ इतनी बदतमीज़ क्यों है रेऽऽ?'' मास्टर जी के मुँह से गाली निकली और तायाप्पा झल्लाया—

''मास्टर, तुम जो जी में आए बोल देते हो! ज़बान गल जाएगी तुम्हारी...।''

''देखो तायाप्पा, मेरी ज़बान गल जाने दो। लेकिन मुझे एक बात बताओ। कल यहाँ के महार टोले में रात में एक जोगतिन ने बच्चे को जनम दिया। फिर उसने सुबह मुँह अंधेरे उस बच्चे को गटर में फेंक दिया। क्या ये भी देवी माँ की ही मर्ज़ी से हुआ?''

''ये तो उसकी कर्तूत है। इसमें देवी माँ की मर्ज़ी कैसी?'' तायाप्पा एकदम से बोला।

''तो क्या उसने ये जान-बूझकर किया है? देह की आग को बुझाने के लिए उसने व्यभिचार किया होगा या उसका पैर फिसला होगा। कोख में बच्चा बढ़ता गया। अब उसे पालना संभव नहीं, इसलिए उसने कीचड़ में फेंक दिया। इसमें उसकी क्या ग़लती है बता?''

''ग़लती क्यों नहीं? जब पालना मुमकिन नहीं था तो जना ही क्यों?''

''ऐसा कैसे? जिसका वह बच्चा है, वही उसे पालेगा न!''

''जोगतिन का पति नहीं होता मास्टर।'' निंगिया बीच में बुदबुदाया।

''ठीक है, लेकिन तुम्हारी इस झप्पा-झप्पी में उस बच्चे का क्या कसूर? उसकी ये दशा क्यों?''

''उसे पालने के लिए माँ यल्लम्मा समर्थ है।'' तायाप्पा गुस्साया।

''यल्लम्मा आकर दूध पिलाएगी उसे? उठाकर गोद में खिलाएगी? बताओ? क्या-क्या करेगी यल्लम्मा तुम्हारे लिए?'' मास्टर खीजता गया और तायाप्पा मन ही मन पस्त होता गया। उसके सामने से कमलाक्का खड़ी हो गयी। उसकी आँखों के सामने उसकी अपनी ही ज़िंदग़ी का रेगीस्तान तैर गया। आँखों के सामने निंगिया की माँ तैर गयी और तायाप्पा बदहवास-सा उठा। बिना कुछ बोले वह दरवाज़े पर आया। रास्ता धूप से सना-सा लग रहा था। केवल एक खुजलीवाला कुत्ता पैर घसीटता हुआ कुलबुला रहा था।

''पूरी ज़िंदग़ी में हमारे बापदादाओं ने भी कभी नहीं सुना था। देवी मैया की सेवा के अलावा और कुछ भी दिमाग़ में नहीं लाना है। पता नहीं तू किस मूत से पैदा हुआ और सभी को कलंक लगाने चला। तुम्हारा सत्यानाश तो होगा ही, पर हम भी नहीं बचेंगे। बहुत सच्चा माना था तुझे। चार गाँवों में तेरे नाम की तारीफ़ की थी। लेकिन तू तो इस तरह आवारा निकल गया... यल्लू मैया तुझे देख लेगी... कीड़े पड़ेंगे तेरे...।'' वडरगे की यल्लव्वा झोपड़ी में आते ही सीना पीटती हुई चिल्लाने लगी। तायाप्पा को उसकी बातों का कोई ओर-छोर समझ नहीं में आ रहा था। वह बीच में मुँह खोलता, लेकिन

वह रुकने को तैयार नहीं। इसलिए उसके दिल की भड़ास निकल जाने तक तायाप्पा यूँ ही बैठा रहा। कोस-कोसकर यल्लव्वा ठंडी पड़ती देख तायाप्पा ने उसके सामने पानी का लोटा रखा और बोला, "पहले ज़रा पानी पी ले, फिर अपनी बात बता।"

"क्या बात करूँ तुझसे, तेरा सिर? तू सबकुछ डुबोने पर तुला है। तेरे हाथ का पानी भी कैसे पिऊँ...!"

यल्लव्वा तमतमाती रही। लेकिन तायाप्पा अभी तक समझ नहीं पाया था कि ये इतनी क्यों बिगड़ गयी?

"गालियाँ ख़तम हो गयीं हो तो सीधे-सीधे बता बात क्या है?" तायाप्पा पलथी मारकर बैठ गया।

"अरे अब क्या बताऊँ तुझे? हमारी बजाय वो मास्टर तेरा सगेवाला हो गया? उसका चूतड़ पकड़कर भगवान को डूबोने चला है? इतना आसान समझ रखा है तूने?" यल्लव्वा धीरे-धीरे नीचे उतरती गयी और तायाप्पा के दिमाग़ की बत्ती जल गई। इसके बिगड़ने का कारण उसके ध्यान में आया। वह मुँह से पल्लू लगाए और बिना कुछ बोले चुपचाप बैठा रहा।

"अब क्यों घिग्गी बँध गयी तेरी? बोल न दुश्मन...? अब क्यों मुँह पर ताला लगा लिया?" यल्लव्वा दुबारा चिल्लाई।

"पहले तुम्हारी बात पूरी होने दो, फिर मैं आराम से बात करूँगा।"

"मेरी बात मेरे मरने के बाद ही पूरी होगी। मैं तेरी तरह भ्रष्ट नहीं हूँ।"

"बेकार में दिमाग़ ख़राब मत कर। साफ़-साफ़ बता न मैंने क्या ग़लत किया है...? क्यों री, क्या मैं उस मास्टर को लेकर भाग गया?"

"अरे, वैसा करता तो नाम हो जाता तेरा। लेकिन ऐसा काम करके सभी को रास्ते पर क्यों ले आई तूऽऽ?"

"मैं भला तुम्हें रास्ते पर क्यों लाऊँगा?"

"तो फिर किसलिए गया था उस मास्टर के पास? वो भडुवा क्या-क्या बोला तुझे?"

"वो बेचारा क्या बोलेगा?"

"जोगतिनों को सरकार से मदद दिलाने की बात बोला या नहीं?"

"ऐसा कुछ नहीं बोला मुझसे।"

"मुए, मुझसे झूठ बोलता है! मेरे घर आकर मुझसे बोला वो। मैंने भी ऐसी ख़बर ली उसकी कि भडुवा चूतड़ से पैर लगाकर भाग गया। बोलता है, जोगतिनों को मदद दिलाऊँगा। ये ही भोगना चाहता होगा जोगतिनों को, इसीलिए हमारे पीछे पड़ा है। हरामी, अपनी जोरू को लेकर घूम न! या शहरों में औरतों का अकाल पड़ गया है, जो हमारी ज़िंदग़ी ख़राब करने चला है!"

"यल्लक्का, मैं तो कहूँ उसकी बात तुम्हारी समझ में ही नहीं आई। अरी, हम जोगतिनों का जनम क्या बहुत अच्छा है? कोई भी आता है और हमारे साथ सोकर चला जाता है। उनके पाप को हम पालते हैं। इससे अच्छा जोगतिन बने ही नहीं तो क्या बिगड़ेगा?"

"अरेऽऽ अरेऽऽ दुश्मन, तेरे मुँह में कीड़े पड़े। अरे बापदादाओं ने, देवी-देवताओं ने जोगतिन बनाया है भगवान की सेवा के लिए। जोगतिन की महिमा आम औरतों से कहीं ज़्यादा है। जोगतिनें हैं इसीलिए ये दुनिया टिकी है। वरना कभी की मिट्टी में मिल जाती। भडुवे, ज़रा ठीक से सोच...।"

"तू ही तनिक ठंडे दिमाग से सोच। अब कमलाक्का का ही देख न, वो किसकी तरफ़ देखकर जिएगी रीऽऽ? उस भडुवे को दूसरी मिली, वो इसे छोड़ गया। रत्नव्वा अपना जाया बच्चा किसे सौंपेगी? बच्चे को पालने की कूवत है हमारी? तुम मंगलवार, शुक्रवार को सूप भरकर अनाज कमा लेती हो, इसीलिए ऐसा कह रही हो...।"

"अच्छा! तो उस भडुवे ने पूरा बहका दिया है तुझे। तुझ पर कोई टोटका किया है। तू ऐसे नहीं मानेगा। देखना, हफ़्ते भर में तुझे सीधा करती हूँ। तुझसे बिस्तर पकड़वाती हूँ। फिर मैं देखती हूँ उस भडुवे के पास कैसे जाता है तू! मेरा भी नाम यल्लव्वा है। देखती हूँ कौन तुम्हें दहलीज़ पर भी खड़ा करता है इन चार गाँवों में! अभी तुम्हें मेरी ताकत दिखाती हूँ..।" और यल्लव्वा ने ज़मीन पर हथेली को रगड़ना शुरू किया। तायाप्पा अचानक बौखला उठा-

"ए देववालीऽऽ मेरे शरीर में भी देवी माँ का वास है। तेरी देवी को जो करना है कर ले। लेकिन खबरदार जो मेरे घर में हथेली रगड़ेगी तो!"

"क्या करेगा रे तूऽऽ? हरामीऽऽ मुझे मारेगाऽऽ ले मार! मूत पी मेरा। तेरा चूतड़ मुँह से जा लगेऽऽ। माटीमिले, ज़बान गल जाएगी तुम्हारी।" और यल्लव्वा दनादन एड़ियाँ रगड़ने लगी। तायाप्पा का भी संयम चुक गया। उसने झोंटी पकड़कर उसे झोपड़ी से बाहर निकाल दिया। यल्लव्वा चीखने-चिल्लाने लगी। आसपास के लोग जमा हो गए। यल्लव्वा और ज़्यादा बेकाबू होकर चीखने लगी। तायाप्पा ने उसे काफ़ी दूर खदेड़ दिया और कहा, "राँड़, दुबारा मेरे घर में कदम रखेगी तो झोंटी उखाड़ कर हाथ में दे दूँगा।" और पीछे मुड़ गया। यल्लव्वा का मुँह पट्टा चढ़े इंजन की तरह चल रहा था। क्या हो रहा है, वहाँ जमा लोगों की समझ में कुछ नहीं आ रहा था। तायाप्पा बिना रुके झोपड़ी में गया। उसकी भी समझ में नहीं आ रहा था कि उसने इस तरह मास्टर का पक्ष क्यों लिया? वह अपने ही विचारों में खो गया।

...सरकारी पाठशाला के सामने सौ-दो सौ लोग इकट्ठा हुए थे, जिनमें आधी जोगतिनें थीं। सूट-बूट पहने लोग अपनी ही धुन में इधर-उधर घूम रहे थे। झोले जैसी थैलियाँ

कंधे से लटकाए पाच-छह लोग यूँ ही भागदौड़ कर रहे थे। भागदौड़ के कारण मोरे मास्टर पसीने से तरबतर हो गया था। तायाप्पा ओसारे में खड़ा सारी भागदौड़ को आँखों में समाता खड़ा था। परिचित जोगतिनें उसके इर्दगिर्द घेरा बनाकर खड़ी थीं। निचले इलाके से आईं जोगतिनें अपना अलग जमघट लगाए बैठी थीं। रंग-बिरंगी साड़ियाँ पहनी औरतें पाठशाला के सामने अपना अलग दल बनाकर अपनी ही धुन में आने-जानेवालों को ताकती खड़ी थीं। फोटो खींचनेवाले इधर-उधर अपना काम करते दिख रहे थे।

घड़ी में एक बजा और पाठशाला के सामने कंधे पर झोले थैलियाँ लटकाए साहब लोगों का हुजूम भीतर आता नज़र आया। उनमें दो-तीन औरतें छह गजी साड़ी पहने हुए भी थीं। उनको देखकर मोरे मास्टर दौड़ते हुए तायाप्पा के पास आया और सारी औरतों को एक बड़े कमरे में बिठाने को कहकर हाथ जोड़ते हुए आनेवाले लोगों की तरफ़ दौड़ा। "चलो रीऽऽ!" तायाप्पा सभी को कमरे में ले गया। कमरे के बँड़ेर पर पतले-से रंगीन कागज़ की पताकाएँ लगी थीं। सामने तख़्तीज़ पर कुछ लिखा हुआ था। सामने कुर्सियों की बड़ी-सी कतार थी। तायाप्पा ने सभी को बिछी हुई दरी पर बिठाया... लगभग आधा कमरा जोगतिनों से भर गया। सभी की आवाज़ों से कमरा गूँज उठा।

सूट-बूट पहना एक आदमी यूँ ही अंदर आता। जोगतिनों की तरफ़ देखता और अपनी ही धुन में मुड़ जाता। कोई भी भीतर आता तो जोगतिनें थप्पड़ खाए-सी चुप हो जातीं और उसके बाहर जाने पर कानाफूसी करने लगतीं। तायाप्पा सभी लोगों की तरफ़ देख रहा था।

मोरे मास्टर दरवाज़े पर आया और तायाप्पा को बाहर बुलाकर उसने पूछा-

"भाषण करेगा?"

"वो क्या होता है जी?""

"अरे कुछ नहीं, तुम्हें जो लगता है, वह मेहमानों के सामने बोल देना।"

"नहीं नहीं जीऽऽ।" तायाप्पा ने मुरका मारा। मास्टर हँसता हुआ बोला-

"ठीक है, तुम्हारा रहने दो, लेकिन कम से कम सखू को तो बुलाकर ले आओ।"

तायाप्पा सखू को बुला लाया और सखू हड़बड़ाई। मास्टर उसे धीरज बँधाते हुए अलग कमरे में ले गए और तायाप्पा छह गजी साड़ी पहनी औरतों की हरकतों में खो गया।

...बाहर घूम रहे सूट-बूट पहने सारे लोग भीतर आए। वहाँ इकट्ठा जोगतिनें हक्का—बक्का होकर देखने लगीं। छह गजी साड़ी पहनी औरतें भी जोगतिनों की ओर अचरज से देखने लगीं।

'इन्हीं के ऊपर भंडारा पड़ना चाहिए था...।' यूँ ही तायाप्पा के मन में आया। सभी के बैठ जाने पर मास्टर खड़ा हो गया।

"यह सभा मेरी माँ-बहनों की है। वे सम्मान के साथ जी पाएँ, उनके दुख दूर हों, उनके अच्छे दिन आएँ, इसलिए ये सभा आयोजित की है।" इसी तरह आँय-बाय बोलते रहे। सारी जोगतिनें मुँह बाए देखने लगीं। मास्टर नीचे बैठ गए। तभी अचानक कुर्सियों पर बैठे लोगों ने तालियाँ पीटीं। ब्राह्मण औरतों के हाथ धीरे-धीरे कुलबुलाए। तायाप्पा को हँसी आई।

कुर्सी पर बैठी छह गजी साड़ी पहनी एक औरत सामने आई और अपना पल्लू यूँ ही खुला छोड़कर खड़ी हो गयी।

"हमारी इन महिलों ने जो कुछ भोगा है, जो जीवन उनके हिस्से में आया है, वह बहुत ही बुरा है। समाज उन्हें जोगतिन कहता है, यह बुरा है। ये महिलाएँ देवी की सेवा करती हैं।" इस तरह अंट-संट बोलती रही और तायाप्पा के उबासियाँ बाहर आने लगीं। सारी ब्राह्मण औरतें अंट-संट बोलने लगीं। गला फाड़कर चिल्लाईं। सारी जोगतिनें मुँह बाए उबासियाँ देने लगीं। सामने क्या हो रहा है, उनकी कुछ भी समझ में नहीं आ रहा था। कई जोगतिनों की पलकें अपने आप मूँदने लगीं।

बोल-बोलकर सभी ने जोगतिनों को बेज़ार कर दिया और तायाप्पा को भी लगने लगा कि बेकार ही वह यहाँ चला आया। कुर्सी पर बैठे हरेक के नाम मन ही मन उसने उँगलियाँ चटकाना शुरू किया।

फिर बीचवाली कुर्सी से एक साहबनुमा आदमी बोलने के लिए खड़ा हो गया। वह मोटे कपड़े की लंबी-सी कमीज़ पहने था। तायाप्पा तनिक सरककर घुटने गले के पास लिए बैठा। साहबनुमा आदमी ने अपनी आस्तिनें पीछे कीं। पहले वह भी अंट-संट बोला और अचानक दहाड़ा-

"जोगतिन भगवान की और मालकिन गाँव की। हमारे लोगों ने बस भगवान का नाम लिया और अपनी हवस के लिए जोगतिनों को पैदा किया। उन्हें अपनी हवस के लिए हरदम उपलब्ध स्त्री यानी जोगतिन। ये लोग अपनी माँ-बहनों को भगवान के नाम पर नहीं चढ़ाते। उन्हें हमारी ही बच्चियाँ क्यों चाहिए?

यल्लम्मा हमारी देवी है। यल्ल यानी सभी की और अम्मा यानी माँ। ये हम सबकी माँ है। फिर इस माँ को यह कैसे बर्दाश्त होता है कि उसकी लड़की अपना जिस्म बेचे?" साहबनुमा मेहमान की आवाज़ बुलंद होती गयी और तायाप्पा के भीतर अचानक कौंधा... यल्लम्मा हमारी माँ ही तो है। तो फिर हमारी माँ को यह कैसे गँवारा होता है कि उसकी बच्ची किसी के भी साथ सोए! तायाप्पा के दिमाग़ में विचारों की धूल उड़ गयी। सभी तरफ़ से बवंडर उठता-सा लगा... देवी हमारी माँ होती तो हरगिज़ वह इन लोगों को ऐसा करने नहीं देती। अगर कोई ज़बरदस्ती करता तो कम से कम

उसके हाथ ज़रूर गल जाते। कोई भी इन्हें लूटता है और लूटनेवाले का कुछ भी नहीं बिगड़ता। इसमें देवी का कुछ भी हाथ नज़र नहीं आता। तो क्या ये हमारी ही कर्तूत है? क्या हमीं ने अपनी ज़िंदग़ी को रेगीस्तान बना लिया है?

तायाप्पा भीतर ही भीतर धँसता गया और तालियाँ बजने पर होश में आया। साहबनुमा मेहमान पीछे मुड़कर बैठ गया। सारी जोगतिनें अभिभूत-सी उसकी तरफ़ देख रह थीं। छह गजी साड़ी पहनी औरतें अपने बित्ते भर रुमाल से चेहरा पोंछ रही थीं...

मास्टर ने सखू को पुकारा। सखू जोगतिन शरम से पहले ही अधमरी-सी हो गयी थी। फिर भी वह जैसे-तैसे खड़ी हो गयी। माथे पर बड़ा-सा कुंमकुम, उस पर भंडारा, चेहरे का आगे तक निकाला पल्लू कसकर खोंसा हुआ, लौंग कसी हुई। छह गजी साड़ी पहनी औरतें आँखें फाड़-फाड़कर देखने लगीं।

"कुछ भी बोलिए बहनजी, बोलिए!" कुर्सी पर बैठा कोई उसे धीरज़ बँधाता हुआ बोला और सखू ने मुँह खोला-

"मुझे याद भी नहीं है कि कब मुझे भगवान के नाम पर चढ़ाया गया। सयानी होने पर मैं भगवान की हो गयी। पहली रात पुजारी के साथ बिताई। तब से हररोज नए मरद की आदत पड़ गयी। गिनती करे तो लगभग आधा गाँव मेरे साथ सो चुका है। इस गाँव के बड़े-बड़े साहब भी मेरे ही पास आते हैं। मौज-मस्ती करते हैं और चले जाते हैं। इन्हें न मेरे खाने-पीने से कोई मतलब है और न मेरे बाल-बच्चों की फिक्र... मैं अपना खून जलाकर इनसे पैदा हुए बच्चों को पालती हूँ...किसलिए? जब भी कोई मिलता है, आँखों से पूछता है, चलेगी? अपनी माँ-बहन क्यों नहीं दूसरों को देते ये लोग? हमीं पर क्यों चढ़ते हैं?"

चिल्लाते-चिल्लाते उसकी आवाज़ खुरदरी हो गयी और खड़े-खड़े ही वह रोने लगी।

तायाप्पा के रोंगटे खड़े हो गए। उसे भी लगा कि वह भी अपनी आपबीती बोल दे। वह अपनी ही जगह पर कुलबुलाया, लेकिन उठने का साहस नहीं हुआ। छिपकली की तरह यूँ ही बैठा रहा। तालियाँ बजती रहीं... दोपहर ढलते-ढलते मराठी पाठशाला के सामने सन्नाटा छा गया... तायाप्पा अभिभूत-सा गाँव की तरफ़ मुड़ा।

जोगतिनों की सभा के बाद तायाप्पा की पूरी दिनचर्या बदल गयी। मास्टर के घर पर उसके चक्कर काफ़ी बढ़ गए थे। जो भी जोगतिन मिलती, उसे वह समझाता था कि मास्टर की बात सही कैसे है। किसी-किसी को विश्वास दिलाने के लिए भंडारे की कसम खाकर कहता था कि देवी माँ ने ही सपने में आकर मुझसे यह कहा है। अब क़रीब आधी जोगतिनें उसकी बात मानकर उसके पीछे आने लगी थीं। अखबार में छपे जोगतिनों के नाम वह बड़े कौतुक से सभी को दिखाता था... लेकिन जगवाली जोगतिनें उसके नाम से उँगलियाँ चटकाने लगी थीं।

तायाप्पा के इस उत्साह के कारण मास्टर का भी जोश बढ़ा था। वह तायाप्पा को साथ लिए बिना किसी गाँव जाता ही नहीं था। उसकी पलथी से पलथी लगाकर बैठता था। मुझे देखते ही घृणा से दूर हटनेवाले लोग मेरे पास बैठते हैं, इससे तायाप्पा अभिभूत हो गया था। दिन-रात उसके दिमाग़ में यही विचार मँड़राता रहता था। दिन होते ही मास्टर से मिलने के लिए वह छटपटाने लगता था।

मास्टर ने सारे तहसील के जोगतिनों की सूची सरकार को भेजी थी। तायाप्पा को लेकर कई दफ़्तरों में उसने न जाने कितने चक्कर लगाए थे। मेरे साथ इतनी जोगतिनें हैं— इस विचार से मास्टर भी अभिभूत था। उनकी सारी बातचीत जोगतिनों को लेकर होती थी। मास्टर के सहयोगी अन्य दो-तीन लोग भी इसी सोच में डूबे हुए थे। सभी ने अपना घरबार छोड़कर जोगतिनों को कुछ न कुछ दिलवाने के लिए मारा-मारा घूमना शुरू किया।

...जब से माने का किसनिया मास्टर का सँदेसा लाया था, तायाप्पा के पैर ज़मीन पर ठहर नहीं रहे थे। सरकार जोगतिनों को घर बनाकर देगी, बूढ़ी जोगतिनों को पैसा देगी- यह सुनकर तायाप्पा बहुत खुश हुआ था। वह मास्टर के घर पहुँचने के लिए अधीर हो उठा था और कड़ी धूप की परवाह किए बिना हिंग्लज चल दिया। वह अपने आप को मास्टर पर न्योछावर करना चाह रहा था।

तायाप्पा ने मास्टर के घर का दरवाज़ा खटखटाया और घोड़े बेचकर सोया मास्टर हड़बड़ाकर जाग गया। तायाप्पा को देखते ही उसकी नींद काफ़ूर हो गयी। उठकर बैठते हुए उसने अपनी पत्नी से पानी का लोटा लाने को कहा और तायाप्पा से बोला—

"तुम्हारी भागदौड़ सफल होती नज़र आ रही है!"

"मेरी काहे की? आप ही की जी!" तायाप्पा शरमाया।

"अरे मैं अकेला कैसे कर पाता? तूने जोगतिनों को इकट्ठा किया, इसीलिए ये सब हुआ।"

"अब और ज़्यादा घूमूँगा और सभी जोगतिनों को बताऊँगा। सभी को इकट्ठा करूँगा।" तायाप्पा जोश में बड़बड़ाया।

"अब जोगतिनों को अपने आप पता चल जाएगा।" और मास्टर अंगड़ाई लेता हुआ बैठ गया। तायाप्पा अचानक गंभीर हो गया। उसके दिमाग़ में कुछ कुलबुलाया। उसका दिमाग़ बिगड़ गया। चेहरा अचानक मुरझा गया। मास्टर चौंककर उसकी तरफ़ देखने लगा।

"क्या हुआ... अचानक ख़ामोश... ?"

"मास्टर, जोगतिनों का कुछ न कुछ हो जाएगा, लेकिन हमारा?"

"तुम्हारा क्या?" मास्टर चौंका।

"हमारा हाल जोगतिनों से भी बहुत बुरा है। लेकिन हमारी बात आपके दिमाग़ में आती ही नहीं... मास्टर, जोगतिन बहुत सुखी होती है। उनको कोई पुरुष रख लेता है, झुलवा रचा लेता है। ये भी नहीं हुआ तो सड़क से गुज़रनेवाले से चिपककर वह अपने तन की प्यास बुझा सकती है। कोख में किसी का बीज पाल लेती है... मगर हम क्या करें? लोग उनको अपनी खुजली मिटाने के लिए ही सही, कम से कम अपना तो लेते हैं... जोगतिन मर जाए तो उसकी अरथी के लिए लोग जमा हो जाते हैं। किसी भी मेड़ पर उसे जगह मिल जाती है। हमारा क्या? हमारा ज़रा-सा भी स्पर्श हो जाए तो भी लोग दुरदुराते हैं। उनकी बजाय हमारा बहुत बुरा हाल है... ।"

बोलते-बोलते तायाप्पा हाफ़ने लगा। उसका गला भर आया। मास्टर अवाक् चकित। उसके दिमाग़ में आग सुलग उठी।

"लेकिन जोगता तो जनम से ही ऐसा होता है नऽऽ! उसे कौन भगवान के नाम पर चढ़ाता है?" मास्टर अचानक बोल गया और तायाप्पा तड़प उठा।

"यही, सभी को यही लगता है। लेकिन मास्टर, बात ऐसी नहीं है... ये सब अलग है। जब मुझे भगवान के नाम पर चढ़ाया गया, तब सब ठीक था। बिल्कुल आप ही की तरह! बाद में सभी ने मेरे प्राण कुतर डाले। भगवान के नाम से बहुत सताया और मेरे भीतर का कब ख़त्म हुआ, मेरी समझ में भी नहीं आया। हर जोगते का यही हाल है।

किसी से कहें तो यक़ीन नहीं होता और किसी को खोलकर दिखा भी नहीं सकते! हमारी ज़िंदगी चीथड़े जैसी... कूड़ाखाना ही हमारी जगह...कौन है हमारा? कोई भूखा पुरुष आकर भड़ास निकाल जाता है... बाद में वह भी लौटकर नहीं आता... बहुत बुराऽऽ।"

तायाप्पा के गले से सिसकी निकली। तायाप्पा जी भरकर रो लिया...दिमाग़ जल उठने की तरह मास्टर अपनी ही जगह पर सुलगता गया।

...सारा शहर लोगों की भीड़ से खिल उठा था। जिधर देखो उधर ट्रकों में भर-भरकर लोग आ रहे थे। सारा शहर पताकाओं से सजाया गया था। जगह-जगह कमानें बनी हुई थीं। भीड़ के कारण सारी सड़कें चूने जैसी सफ़ेद दिख रही थीं। लोगों के कदम ज़मीन पर पड़ ही नहीं रहे थे। नई-नई गाड़ियों से शहर भर गया था। पूरा शहर मेले में तब्दील हो गया था। इसमें तायाप्पा पैरों में चकरी बँधे होने की तरह घूम रहा था।

बस अड्डे पर उतरी जोगते-जोगतिनों को पाठशाला के सामने पेड़ के नीचे ले जाना और बस अड्डे पर लौटकर आ जाना। तायाप्पा ऐसा खट रहा था, मानो उसमें कोई प्रेतात्मा सवार हुई हो। उसके दिमाग़ में विचारों का कोलाहल मचा हुआ था। जोगतिनें

शान से अपना-अपना जग लिए जा रही थीं। उनमें कुछ अपनी काँख में चौंडका लटकाए अपनी ही धुन में जा रही थीं। चौंडकिया लोगों की भीड़ बढ़ी। चार बजने तक पूरे गाँव में क़रीब चार-सौ जोगतिनें और सौ जोगते जमा हो गए। मास्टर और उसके पाटील साहब हवा की तरफ़ विचरने लगे।

सड़क से गुज़रती भीड़ रुक-रुककर जोगतों के जमघट की तरफ़ देख रही थी। बीच-बीच में कोई ताने भी कस रहा था-

"अरेऽऽ लगता है, ये भी मंत्री की सेवा के लिए आई हैं।"

"अरे, उनका प्रदर्शन है। मंत्री के उतरते ही ये उनका घेराव करनेवाले हैं। चौंडके बजानेवाले हैं।"

कोई सयाना आदमी जानकारी मुहैया कराता और भीड़ का रेला उसी गति से आगे सरक जाता। जोगतिनों को तो भूख-प्यास का भी होश नहीं था। उनके चेहरे पर यही खुशी उफ़न रही थी कि ज़िंदग़ी में पहली बार इतने लोगों के बीच वे बड़ी सरकार से मिलनेवाली हैं...।

सारी तैयारी पूरी होने पर तायाप्पा मास्टर के पास गया। मास्टर बरगद के पेड़ के चबूतरे पर चढ़ गया। तायाप्पा ने अपनी औरतनुमा आवाज़ में सारे जोगते-जोगतिनों को शांत किया। सारे चुपचाप खड़े हो गए और मास्टर ने बोलना शुरू किया—

"हमारे राज्य के मुख्यमंत्री आज इस शहर में आ रहे हैं। वे सरकारी हाईस्कूल के मैदान में साढ़े पाँच बजे उतरेंगे। हम सभी स्कूली के छात्रों की तरह कतार बनाएँगे। हाटों में घूमेंगे। चौंडकेवाले चौंडके बजाएँगे। सुती चौंडकेवाली औरतें उसी पर ताल पकड़ेंगी। बाक़ी सभी 'उदंऽऽ गं आई उदंऽऽ सरकार के नाम से उदंऽऽ' का नारा लगाएँगे। मंत्री के आने पर आवाज़ बुलंद होनी चाहिए। जब तक वे हमें कुछ देंगे नहीं, हम उन्हें जाने नहीं देंगे।" आखिर में मास्टर जोर से चिल्लाया, "उदंऽऽ गं आई उदंऽऽ" और इसी के साथ सारी जोगतिनें अपने खास अंदाज में चिल्लाईं, "सरकार के नाम से उदंऽऽ उदंऽऽ"

मास्टर चबूतरे से नीचे उतरा। उसके सहयोगी कार्यकर्ताओं ने कतार बनाना शुरू किया। एक के पीछे एक जोगतिनें खड़ी हो गयीं। सबसे आगे जोगतों को खड़ा किया गया। तायाप्पा और सखू को सभी के बीच घूमते रहने का काम दिया था। मोरे मास्टर और उनके दो-तीन कार्यकर्ता सामने आए। उनके पीछे जोगते-जोगतिनें... पुलिसवालों ने भीड़ हटाकर उनके लिए रास्ता बनाया। पूरी सड़क पर आवाज़ की पर्त फैल गयी-

"उदंऽऽ गं आई उदंऽऽ सरकार के नाम से उदंऽऽ"

सारे शहर के लोग मोरे मास्टर के प्रदर्शन की तरफ़ भौचक निगाह से देखने लगे। पेट पकड़कर हँसने लगे। जोगतों ने एक-एक आदमी को आँख मारकर 'उदंऽऽ' कहना

शुरू किया। लोग झेंप गए। यह जुलूस देखकर उन्हें अपनी आखों पर यक़ीन नहीं हो रहा था। हर कोई अवाक् था। सारे लोग मुँह बाए देखते ही रह गए।

मंत्री को भूल सारा हाट जुलूस के पीछे सरकने लगा। पुलिसवालों में धाँधली मचने लगी। जोगतों में भी अलग से जोश चढ़ा। जुलूस पाठशाला के रास्ते पर आ गया और धाँधली मच गयी। लोग पानी की तरह चारों दिशाओं में फैल गए। मंत्री का हेलिकाप्टर उतरा। मोरे मास्टर पागल की तरह चिल्लाने लगा। सभी की धड़कनें तेज़ होती गयीं।

मंत्री की गाड़ी पीछे से आ रही थी। पुलिसवालों ने जोगते-जोगतिनों को किनारे हटाया। लाल बत्तियों की गाड़ियाँ धीरे-धीरे सरकने लगीं। मोरे मास्टर बेक़ाबू होकर चिल्लाने लगा। चौंडकियों का हाथ तेज़ी से चलने लगा। सभी तरफ़ अंतड़ियों को मरोड़ती हुई चौंडकों की आवाज़ें गूँजने लगी। जोगतिनों का 'उदंऽऽ' कानों में घर करने लगा। बीच की लाल बत्ती की गाड़ी अचानक मोरे मास्टर के पास रुकी...

गाड़ी का दरवाज़ा खुला। सारी जोगतिनें आँखें फाड़े देखने लगीं। चौंडकियों के हाथ रुक गए। गाड़ी से कोई उतरा और जोगतिनों पर नज़र डालकर खड़ा हो गया। दूसरे ने मोरे मास्टर को गाड़ी में बिठाया... गाड़ी धीरे-धीरे भीड़ में खो गयी। सारी जोगतिनें यह देखकर अवाक् होकर खड़ी हो गयीं। तायाप्पा की धड़कनें मानो बंद हो गयीं...उसकी आँखों के सामने अँधेरा छा गया। सारी भीड़ मंत्री की गाड़ी के पीछे दौड़ने लगी। सड़क पर जोगतिनों का जमघट लग गया। तायाप्पा का दिमाग़ भन्नाया... सड़क के किनारे जाकर वह सिर पकड़कर बैठ गया। पास ही निंगिया चौंडकिया बैठा था...घड़ी-घड़ी छीड़ता गया।

काफ़ी अंधेरा हो गया। जोगतिनें अपनी-अपनी राहों पर बिखर गयीं। जोगतों ने अपने-अपने गाँव की राह पकड़ी। मास्टर की प्रतीक्षा में ऊब चुका तायाप्पा निंगिया का सहारा लेते हुए उठा। सड़क पर कोई भी दिख नहीं रहा था। वह थककर चूर हो गया था। उसमें कोई शक्ति नहीं बची थी। पैर हिलाने तक की ताकत नहीं थी। वह धीरे से कुलबुलाया, तभी निंगिया कातर आवाज़ में बुदबुदाया-

"आज तानाप्पा के यहीं सो जाएँगे। चलो उधर।" निंगिया आगे बड़ा। तायाप्पा देह की चिंदिया सँभलता हुआ धकेलने जैसा घसीटता उसके पीछे चलने लगा।

तानाप्पा की झोपड़ी में दिया जल रहा था। तानाप्पा ने तायाप्पा को देखते ही अलगनी से उतारकर कपड़ा बिछाया और बिना कुछ बोले चूल्हे की तरफ़ मुड़ा। तायाप्पा ने हाथ के इशारे से ही भोजन के लिए मना किया और वहीं लेट गया। उसका सिर फटा जा रहा था। लेटे-लेटे ही तानाप्पा ने दिया बुझा दिया। अंधेरा घुन की तरह बिस्तर पर लेट गया... तायाप्पा बस कसमसा रहा था।

झोपड़ी के सामने कुत्ता किकियाया और तायाप्पा जगा। उसने आँखों से पल्लू दूर हटाते हुए घास–फूस की दीवार से झाँककर देखा। धूप ढलने से ओरी की छाया लंबी–सी लग रही थी। उसने निरूपाय होकर देह का लोंदा सीधा किया। लंबी–सी ऊबासी ली। देह को झिंझोड़ता हुआ वह उठा और झोपड़ी का दरवाज़ा खोला। आँखें चौंधिया–सी गयीं। झोपड़ी के सामने धूप की परत घनी हो गयी थी। वह भीतर मुड़ा। कोने में पड़ा सूप उठाया। मटके से जोंधरा निकालकर सूप में लिया और दरवाज़े के पास बैठ गया। बदन में अभी भी हरारत थी। जोंधरा साफ़ करते–करते वह बोझिल पलकों में खो गया।

"क्या कर रही है रीऽऽ?" दरवाज़े में अचानक म्हादूमा की आवाज़ सुनाई दी। तायाप्पा हड़बड़ाया। ये अचानक यहाँ कैसे टपक पड़ा; इसी विचार में वह म्हादूमा की तरफ़ देखने लगा। पहली बार म्हादूमा की लौंग खुली थी। चुन्नट पैरों में फँसी हुई थी। वह उसके पास बैठा और उसके मुँह की बदबू पूरी झोपड़ी में फैल गयी। तायाप्पा सिटपिटाया। उसकी समझ में नहीं आ रहा था कि दिन में कभी न पीनेवाला ये आदमी, अचानक कैसे पीकर आ गया? उसने म्हादूमा को ग़ौर से निहारा। चेहरे पर झुर्रियों का जाल बिछा था। गर्दन का हिलना जारी था। माथे पर आधा ही कुंमकुम शेष था। कलाई की चमड़ी लूली हो जाने की तरह लटक रही थी। तायाप्पा की समझ में नहीं आ रहा था कि क्या कहें...

"इतनी बेक़ार हो गयी क्या री? या उस मास्टर ने बोलने पर भी पाबंदी लगा दी है?"

म्हादूमा उसके सामने हाथ नचाता हुआ बड़बड़ाया और तायाप्पा के दिमाग़ में तुरंत कुछ हिल उठा।

"तुम्हें अचानक इस तरह देखकर कुछ भी सूझ नहीं रहा। ऊपर से पहली बार इस समय...।" तायाप्पा अचानक रुक गया।

"पीकर नहीं आना था, यही न! पिऊँ नहीं तो क्या करूँ... तू ही बता। तेरी ऐसी कर्तूत देखकर क्या करूँ? सारा संप्रदाय मिट्टी में मिल गया...।'" और म्हादूमा ने हाथ रगड़ना शुरू किया। बैठे–बैठे ही उसका संतुलन ढहने लगा।

"मैंने क्या बुरा किया? तुम्हारे कान फूँकनेवाली ने पूरा नहीं बताया होगा, इसीलिए दिमाग़ ख़राब कर लिया है तुमने...।"

"और पूरा क्या सुनूँ? वो मास्टर सरकार से मदद दिलाएगा और जोगतिनों के सुखभरे दिन आएँगे। यही नऽऽ? ऐसी बकवास मैं बहुत सुन चुकी हूँ... ऐसे बहकानेवाले बहुत आते हैं तो क्या उनके पीछे घूमते रहेंगे...?"

"फिर क्या करूँ?" तायाप्पा तनिक चौकन्ना होकर बैठा।

"तू कुछ मत कर। जब तक मैं ज़िंदा हूँ, अपना संप्रदाय जिलाने के लिए मैं समर्थ

हूँ। इस संप्रदाय के लिए तेरे जैसी भ्रष्ट रंडी का कोई फ़ायदा नहींऽऽ।''

म्हादूमा अचानक आपे से बाहर हो गया। उसका संतुलन चुक गया।

''तेरे बारे में क्या-क्या नहीं सोचा था। सारी जोगतिनों से मैंने कह रखा था कि मेरे बाद ये गुरुपद तुझे सौंपना। लगता था तू संप्रदाय को आगे बढ़ाएगा। लेकिन सारे अरमानों पर तूने पानी फेर दिया रीऽऽ।'' म्हादूमा चीखा। तायाप्पा के कलेजे में हूक उठी। लेकिन उसे लगा कि इस वक्त इसके मुँह लगना ठीक नहीं। वह चुपचाप बैठ गया।

अब मुँह पर ताला क्यों लगा लियाऽऽ बोल न! उस मास्टर से तो बहुत गुलुगुलु बतिया रही थी न? अब बोल।'' और म्हादूमा उसकी तरफ़ खिसका। उसके मुँह का भपारा तायाप्पा के नाक में घुसने लगा।

''अब क्या बोलूँ? तुम सुनोगी तब न! उस मास्टर ने हमारे संप्रदाय का क्या बुरा किया? तू ही बता।'' तायाप्पा जैसे-तैसे बुदबुदाया।

''क्या बुरा किया! अरी सभी को बहका रहा है। तूने ही उसके कान भरे हैं। इसलिए तुझे तो अच्छा ही लग रहा होगा। अब एक काम कर। सारी जोगतिनों को मिट्टी में गाड़ दे। फिर तुम्हें सुकून मिलेगा।''

''मैं क्यों मिट्टी में गाड़ दूँ? ये भंडारा ही सभी को मिट्टी में मिला रहा है, इसकी फिक्र है किसी को!''

''भंडारे ने तुम्हारा क्या बिगाड़ा है री?''

''क्या बिगाड़ा! सारी ज़िंदग़ी को रेगीस्तान बना दिया। और क्या बिगाड़ना बाक़ी रहा? भंडारे के साथ यह साड़ी बदन पर नहीं आती, तो ये सब क्यों होता?''

''अरी-अरीऽऽ, कीड़े पड़ेंगे तेरे मुँह में! मेरे भंडारे को भी बुरा-भला कह रही हो? ख़ारिश से मरेगी तू...।''

''जिस दिन ये साड़ी बदन पर चढ़ी थी उसी दिन ख़ारिश हो गयी थी मुझे। अब और क्या बाक़ी रहा?'' तायाप्पा का भी मुँह चलने लगा।

''मिरगी आए तुझेऽऽ छिनाल राँड़! गुरु से ऐसी बात करती है... भुगतेगी। की? पड़ेंगे...मरेगी... देखनाऽऽ ये भुगतना पड़ेगा। एड़ियाँ रगड़-रगड़कर मरेगी तू...।'' म्हादूमा सीधा झोपड़ी के बाहर आया।

''अब तेरा मुँह भी नहीं देखूँगा राँड़। इसके बाद मैं तेरे दरवाज़े पर आऊँ तो मुझे कुकुरमुत्ता समझना...।'' गुस्से में म्हादूमा ने राह पकड़ी। तायाप्पा की उसे रोकने की भी इच्छा नहीं हुई। वह यूँ ही बैठा रहा। उसकी आँखों के सामने अंधेरे के वृत्त जमा होने लगे।

इकलौता गुरु! ...आज वह भी बिछड़ गया। और क्या-क्या होना बाक़ी है, क्या पता? पूरी ज़िंदग़ी ही मज़ाक बनकर रह गयी है...और क्या होना है?...उसका मन जख़्म जैसा टिसता रहा। उसने सामने रखा सूप लात से ही अलग किया...ज़मीन पर

जोंधरे की खर्रऽऽ से आवाज़ हुई...पूरी झुग्गी में दाने बिखर गए। तायाप्पा उसकी तरफ़ बस देखता रह गया...

माने का लड़का मास्टर का बुलावा लाया। लेकिन तायाप्पा की झुग्गी से बाहर निकलने की इच्छा ही नहीं हो रही थी। आज भी मुंबई-पुणे का कोई साहब आया होगा। जोगतिन कैसे बनती है, वह क्या-क्या करती है, उसे भगवान के नाम पर कैसे चढ़ाते हैं, उससे धंधा कैसे करवाते हैं— ऐसे ही उल्टे-सीधे सवाल पूछेंगे। इससे तो वहाँ न जाना अच्छा।

उस जुलूस के बाद तो सभी ने नाक में दम कर रखा था। कोई भी आकर बेकार में छेड़ता रहता। अख़बार में छापने की बात कहता। मीठी-मीठी हँसी हँसता और ग़ायब हो जाता। एक बार चला गया तो चला गया। मास्टर भी उनके सामने शान बघारता। सब कुछ बताने को कहता। लेकिन तायाप्पा की समझ में नहीं आता कि इनको ये सब बताने से क्या लाभ? जिनको कुछ भी पता नहीं, जिसने ज़िंदगी में कभी जोगतिन को नहीं देखा, उन्हें जोगतिनों सुख-दुख से क्या लेना-देना... ? बेकार में छेड़ने चले आते हैं। एक-दो बार उसने मास्टर से यह कहा भी, लेकिन मास्टर ने ध्यान नहीं दिया। लोग इतनी दूर से हमारे पास आते हैं, यही मास्टर के लिए सुकून की बात थी। तायाप्पा के लिए ये सारी पहेली थी।

उसने घंटा भर सोचकर पैरों में चप्पल चढ़ाई। बिना वजह मास्टर बिगड़ जाएगा इसलिए उसके घर की राह पकड़ी। धीरे-धीरे उसकी आँखों के सामने से एक-एक साहबनुमा आदमी सरकने लगा। चलते-चलते तायाप्पा उसी सोच में खो गया। ...कुछ भी हो, मास्टर के प्रयास सफल हों... सरकार के द्वारा कुछ न कुछ झोली में गिरे। कम से कम आसपास की जोगतिनें तो सुख से जिएँगी! बाद में आनेवाली जोगतिनों के भी अच्छे दिन आएँगे। उनके लिए चाहे जो करना पड़े...।

तायाप्पा का मन ही मन यूँ ही सोचता रहा। उसके विचारों की चींटियाँ पूरे मन के वाल्मीक में विचरने लगीं। वह हिंग्लज कब पहुँचा, उसकी समझ में भी नहीं आया।

वह मास्टर के घर पहुँचा। घर में आठ-दस लोग बैठे हुए थे। सभी चेहरे जाने-पहचाने से। पाँच-छह लोग तो मास्टर के हमेशा के साथी ही थे। सखू दीवार से सटी उनकी तरफ़ टुकुर-टुकुर देख रही थी। तायाप्पा ने भीतर कदम रखा। तभी मास्टर अपने छोटे-छोटे होठों से मुस्कुराता हुआ बोला, "आने में इतनी देर... ?"

"क्या मैं तुम्हारी तरह बेकार बैठा हूँ?" तायाप्पा सखू के बगल में बैठ गया। सभी लोग तनिक आराम से बैठ गए। मास्टर बोलने लगा—

"आज की मीटिंग एक खास वजह से बुलाई गयी है। अगले सप्ताह में डी. एम. साहब आनेवाले हैं। उन्हें निवेदन देना होगा।

तायाप्पा मुँह बाए सुनता रहा। मास्टर की बात अभी ख़त्म भी नहीं हुई थी कि

तभी कुर्सी पर बैठा माने कुलबुलाता हुआ बोला—

"मास्टरऽऽ, ये काम हम सभी मिलकर करते हैं। ठीक है तो फिर जब भी कहीं इस तरह नाम आएँ तो उसमें सभी के नाम होने चाहिए, वरना क्या फ़ायदा?" माने ने क्या कहा, मास्टर की समझ में नहीं आया।

"मतलब! तुम कहना क्या चाहते हो?"

"मतलब ये कि सारे अखबारों में बस आप ही का नाम होता है। क्या हम इसका हिस्सा नहीं है? परिषद हुई नाम आपका। जुलूस निकाला नाम आपका। परसो तहसीलदार के पास गए नाम आपका। अख़बारों में हमेशा आप ही का नाम क्यों? हमारे नाम दिखाई नहीं देते...।" पाटील बीच में ही बड़बड़ाया।

"मतलब काम कर-करके मरने के लिए हम और मक्खन इनके पास!" माने बहुत तल्खी से बोलने लगा और मास्टर चौंका। सिटपिटाया लेकिन फिर सँभलता हुआ बोला—

"लेकिन ये खबरें मैंने नहीं दी हैं। अख़बार के रिपोर्टरों ने दी हैं। इसमें मैं क्या कर सकता हूँ?"

"उनको पार्टी दी होगी आपने।" माने बड़बड़ाया। मास्टर ने माथा पीट लिया। तायाप्पा बेवकूफ़-सा सब सुनता रहा। उसके दिमाग़ में कुछ भी नहीं घुस रहा था। उसे तो मास्टर का लटक आया चेहरा दिख रहा था।

"देखो, हम केवल नाम के लिए काम नहीं करते, इन सबकी भलाई के लिए करते हैं।" मास्टर खुद को रोकता हुआ बोला। लेकिन माने फिर से बड़बड़ाने लगा—

"देखिए, गाँधी-फुले बनना है, तो आप शौक से बन जाइए। लेकिन अगर हमें कोई पद मिलेगा तो हम इस संगठन में रहेंगे, वरना हमें इससे बाहर समझिए...।" माने झट् से बोल गया और मास्टर का संयम चुक गया। उसे सब अजीब लगने लगा। जी किया कि माने को यहाँ से खदेड़ दें लेकिन उसने खुद को रोका। थोड़ी देर बँड़ेर की तरफ़ देखता रहा। फिर सब पर नज़र डालकर बोलने लगा--

"इस मीटिंग में डी. एम. के निवेदन के बारे में और पुणे की परिषद में कौन-कौन जाएगा, इसके बारे में विचार करेंगे। संगठन की संरचना के बारे में बाद में देखा जाएगा। क्यों वसंतराव, आपका क्या खयाल है?" मास्टर ने वसंतराव की तरफ़ देखा। वसंतराव पाटील ने गर्दन इस तरह हिलाई कि माने को दिखाई न दे। लेकिन इसके बाद माने ने पूरा कमरा सिर पर उठा लिया-

"साल भर से देख रहे हैं आपका ये तुन्तुना! यहाँ काम कर-करके हमारी जान निकल गयी।"

"काम किया, काम किया मतलब क्या किया?" मास्टर के मुँह ने आपा खो दिया।

“जोगतिनों को किसने इकट्ठा किया? परिषद किसने ली? जुलूस में सबसे आगे कौन था?” माने पागल की तरह बड़बड़ाने लगा।”

“ए कलमुँहे, जोगतिनों को किसने इकट्ठा किया रेऽऽ? तूने या हमने?” और तायाप्पा अपनी जगह से उठा। माने गुस्से से वहाँ से चला गया। उसके पीछे-पीछे मिसाल भी। मास्टर की कुछ भी समझ में नहीं आ रहा था। वसंतराव तायाप्पा की तरफ़ देखता ही रह गया। तायाप्पा अभी भी काँप रहा था।

“मास्टर, अगर ये हाल है तो किसलिए बुलाया हमें?” इतनी देर ख़ामोश बैठी सखू बोली।

“पता नहीं आज ही इन्हें क्या हो गया?” मास्टर सुन्न होकर बोला।

“होगा क्या? आपको ख्याति मिलने लगी है न!” वसंतराव पाटील बीच में ही बोला।

मास्टर का कमरा तायाप्पा के इर्द-गिर्द घूमने लगने लगा। ये भडुवे और हमारा कल्याण करेंगे? केवल नेतागीरी के लिए इनका ये हाल है, आगे न जाने क्या होता... तायाप्पा मन ही मन बुदबुदाया। उसी सनक में उठा और चल दिया।

...दशहरा क़रीब था। इसलिए बाज़ार में चींटियों की तरह लोग दिख रहे थे... तायाप्पा कुहनी से थैली लटकाए कुछ सामान खरीद रहा था। साथ चल रही रत्नव्वा बच्चे को हाथ से पकड़े उसके पीछे-पीछे घूम रही थी। वावलकर की दुकान के पास किसी सपेरे का खेल चल रहा था। तायाप्पा का आधा ध्यान उसी पर था। तभी भीड़ में तानाप्पा को दौड़ता आता देखकर तायाप्पा चौंका। उसने लोंढे की दुकान के पास तानाप्पा को जोर से पुकारा। पूरा बाज़ार उसकी औरतनुमा आवाज़ से चौंका। तानाप्पा जहाँ के तहाँ रुककर आगे-पीछे देखने लगा।

“कहाँ भागी जा रही है रीऽऽ?” तायाप्पा ने उसके पास पहुँचते हुए पूछा। दौड़ रहा तानाप्पा उसे देखते ही अचानक छाती पीटकर रोने लगा। तायाप्पा की कुछ भी समझ में नहीं आ रहा था। भरी सड़क पर तानाप्पा का सीना पीटना देखकर लोगों का जमघट लग गया।

“अरी क्या हुआ, बता तो सही!” तायाप्पा ने उसे जोर से झकझोरा।

“यमनियाऽऽ गोसावी के ठेके के पास यमनिया ख़त्म हो गया रीऽऽ!” तानाप्पा रोने लगा। तायाप्पा को ऐसा लगा मानो अचानक पैरों तले से ज़मीन खिसक गयी हो। उसने खुद को सँभालते हुए तानाप्पा को भीड़ से बाहर निकाला। धीरे-धीरे वह शांत होता गया।

“तुम्हारे ही पास आ रहा था! अच्छा हुआ तुम मिल गयी, वरना...।” तानाप्पा बोलते-बोलते रुक गया। उसके गले में लगातार सिसकी फँस रही थी। तायाप्पा हवा की

तरह भीड़ में राह बनाता हुआ आगे-आगे जा रहा था...

दोनों मिलकर गोसावी के शराब के ठेके पर पहुँचे। दुकान में इक्का—दुक्का आदमी दिखने लगा था। तानाप्पा को देखते ही गोसावी दुकान से बाहर आया और सामने आकर बोला-

"ए, उठाओ ये लाश हमारे यहाँ से। नहीं तो बिना वजह यहाँ शोर मचाओगे...।"

गोसावी की दुकान के पास मेड़ पर यमनिया का शव ऐंठा हुआ पड़ा था। चेहरे पर मक्खियाँ भिनभिना रही थीं। पूरा चेहरा मधुमक्खियों के छत्ते जैसा लग रहा था। गोसावी ठेके के दरवाज़े से दोनों की तरफ़ देख रहा था। शव के पास आते ही तानाप्पा सीना पीटने लगा। तायाप्पा भौचक् देखता रहा। उसके गले से सिसकी बाहर निकल ही नहीं रही थी। दिल भर आने के कारण वह गले में ही फँसकर रह गयी थी।

"ए, इस तरह देखते रहने से क्या होगा? और किसी को बुलाओ और पहले ये लाश यहाँ से हटाओ।" गोसावी आगे बढ़ता हुआ चिल्लाया। तायाप्पा का पूरा बदन काँपने लगा था। उसने पल्लू से आँखें पोंछते-पोंछते और तानाप्पा को चुप कराते हुए पूछा-

"कब से पड़ा है?"

"सुना है, कल रात से।" तानाप्पा ने खुद को सँभाला।

"अब क्या करेंगे रीऽऽ?"

"म्हादूमा को लाना होगा। क़रीबी लोगों को बुलाना होगा। इसके बिना कैसे होगा?" तानाप्पा बुदबुदाया। तायाप्पा का दिमाग सुन्न हो गया था। उसने खड़े-खड़े ही माथे पीट लिया। मगज हिलने जैसा हुआ।

"यहाँ से उठाकर इसे मेरी झुग्गी में ले जाना होगा रीऽऽ।" तानाप्पा बड़बड़ाया। तायाप्पा को उसकी आवाज़ भी सुनाई नहीं दे रही थी। उसके बदन में हथौड़े के प्रहार जैसी टीस उठी।

"यूँ खड़े रहने से क्या होगा? क्या करना है जल्दी बता!" तानाप्पा ने तायाप्पा का हाथ पकड़कर झकझोरा। तानाप्पा आँखें फिराता हुआ होश में आया।

"तुम ज़रा यहाँ रुकोगी? मास्टर गाँव गया है। कम से कम वसंतराव पाटील को बुला लाता हूँ! यहाँ से शव ले जाने में आसानी होगी...।" और तायाप्पा चल पड़ा। दौड़ता हुआ सड़क पर आया। वह यह भी भूल गया कि सड़क पर लोग होते हैं...

...उसने हाँफते हुए पाटील का दरवाज़ा खटखटाया। गहरी नींद में सो रहा पाटील हड़बड़ाकर जग गया और आँखें मलते हुए दरवाज़े पर आया... उबासी ले रहे पाटील की तरफ़ देखकर तायाप्पा अचानक घायल जैसा रोने लगा-

"क्या हुआ रे?" पाटील ने उसके कंधे पर हाथ रखकर उसे भीतर बुलाया। पास की कुर्सी पर बिठाया। लेकिन तायाप्पा की आवाज़ ही नहीं फूट रही थी...

"अरे क्या हुआ, कुछ तो बता! बताए बिना कैसे पता चलेगा?" पाटील उसे थपथपाता रहा। काफ़ी देर बाद तायाप्पा ने खुद को सँभाला और पल्लू से आँखें पोंछता हुआ बोला—

"पाटील, हमारी पुरानी मंडली का जोगता यमनिया यहाँ के शराब के ठेके की दुकान पर ख़त्म हो गया..."

"फिर..?" पाटील अचानक अवाक् रह गया।

"यहाँ हम दोनों ही हैं। उसे वहाँ से उठाकर कम से कम तानाप्पा की झुग्गी तक तो पहुँचाना ही होगा।"

"क्यों? उसके घरवाले होंगे न, उनको बुलाओ!"

"पाटील!" तायाप्पा की सिसकी दुबारा गले में फँसी।

"कैसे घरवाले? अब हम ही उसके सब कुछ हैं।" तायाप्पा जैसे-तैसे बुदबुदाया। पाटील सिर पकड़कर कुर्सी पर बैठ गया।

"पाटील, इस घड़ी आपको आना ही होगा।" तायाप्पा अचानक घायल की कराह जैसा बड़बड़ाया।

पाटील का चेहरा खर्रऽऽ से उतर गया। अपनी ही तंद्रा में खो जाने की तरह पाटील बड़बड़ाया।

"पाटील, जल्दी कीजिए। कई गाँवों को खबर देनी होगी। आपके सिवा हमारा है ही कौन?" तायाप्पा की आँखों में झड़ी लग गयी। हाथ काँपने लगे। पाटील ने माथे पर हाथ फेरा। बालों में उँगलियाँ धँसाईं और बुदबुदाने की तरह बोला—

"तायाप्पा, सुबह से पैरों में दर्द है। तुम लोग अपना-अपना देख लो। जाओ।"

"तायाप्पा को काटो तो खून नहीं। उसकी आँखों के सामने पाटील उल्टा-पुल्टा घूमने लगा। उसके रोंगटे खड़े हो गए। आँखें घूमने लगीं। ठिठुरने की तरह हाथ थरथर काँपने लगे... उसे चक्कर-सा आया...कुर्सी से गिरते-गिरते ही तायाप्पा उठा-

"पाटील, आपके पैर पकड़ता हूँ। इस वक्त निभा लीजिए।" वह पाटील के कदमों पर गिरा। लेकिन पाटील बदन चुराता हुआ दूर हो गया।

"ज़रूर आता रे, लेकिन गाँव में सभी परिचित लोग हैं। कुछ भी बड़बड़ाते हैं।" और पाटील कुर्सी पर पैर सिकोड़े बैठ गया। उसकी आँखों के सामने अपनी प्रतिष्ठा तैरने लगी। लोगों के चेहरे सामने आने लगे। वह हड़बड़ाया। तायाप्पा पागल की तरह उसे देखता ही रह गया। उसका दिमाग़ भन्ना उठा, पैर भी लड़खड़ा उठे।

"पाटील, हमारे जोगते बहुत भले मानुस होते हैं।" उसने दोनों हथेलियाँ रगड़ते हुए उँगलियाँ चटकाईं और उसी सनक में रास्ता पकड़ा। बिना पीछे मुड़े पच् से थूक दिया और गोसावी के ठेके की तरफ़ मुड़ा...

... रत्ना यमनिया के शव के पास गुमसुम-सी बैठी थी। तानाप्पा घुटने में गर्दन धँसाए बैठा था। वहाँ पहुँचते ही तायाप्पा ने यमनिया के शव को बाहों में भर लिया। तानाप्पा को जगाकर उठाया। उसे यमनिया के पैर पकडने को कह और एक-एक कदम बढ़ाना शुरू किया... बाज़ार के लोग बुत की तरह खड़े थे।

...सारे लोग इकट्ठा होने में शाम हो गयी। आसपास के जोगतों से तानाप्पा की झुग्गी भर गयी। बूढ़े म्हादूमा ने सारा प्रबंध किया। घुप्प अंधेरा हुआ, तभी यमनिया का शव झुग्गी से चल पड़ा। तायाप्पा भारी कदमों से झोटिंग पठार पहुँचा। लेकिन किसी भी तरह उसकी आँखों में आँसू नहीं निकल रहे थे। आँखें सूख-सी गयी थीं। सीना खुलने को तैयार नहीं था। सिसकी गले से बाहर नहीं निकल रही थी। किसी ठूँसे हुए बोरे की तरह। तायाप्पा को यह भी समझ में नहीं आ रहा था कि उसमें जान है भी या नहीं।

...सारा क्रियाकर्म निबट गया। झुग्गी के इर्दगिर्द अंधेरे का जाल और घना होता गया। सारे जोगते तानाप्पा की झुग्गी में कोना पकड़कर बैठे थे। दिए की बाती भी फड़फड़ाते-फड़फड़ाते थक चुकी थी। लेकिन उसकी तरफ़ किसी का हाथ नहीं बढ़ रहा था... सभी थकान और निराशा से चूर थे। तायाप्पा म्हादूमा के सामने घुटने में गर्दन धँसाए बैठा था। धीरे-धीरे उसका पूरा शरीर हिलने लगा था। म्हादूमा धीरे से उसके पास सरका और ताली बजाता हुआ बोला—

"देख रीऽऽ राँड़! जोगते थे इसलिए इसे मिट्टी नसीब हुई।" म्हादूमा की आवाज़ से झुग्गी के भीतर का अंधेरा भी थर्रा उठा। तायाप्पा का कलेजा भी जल उठा। उसके दिमाग़ में कुछ हिला। उसका मुँह बंद हो गया और वह वहाँ से चल दिया। झुग्गी के बाहर अंधेरे में बेक़ाबू होकर वह दौड़ने लगा। दौड़ते-दौड़ते वह गोसावी के ठेके पर पहुँचा।

साड़ी के केले में बँधा रुपया उसने गोसावी के हवाले कर दिया। गोसावी ने भरा हुआ प्याला ठंडे हाथ से उसकी तरफ़ सरकाया... तायाप्पा एक साँस में प्याला पी गया और बाहर आया। अपने ही इर्दगिर्द घूमा... अंधेरा भी गोल-गोल घूमता रहा...लेकिन उन्मुक्त आसमान के प्राण केले के पत्ते की तरह चीरते ही चले गए!

❑❑❑